KB078469

No.4 LIBERATION

당신의 머리 위에

당신의 머리 위에 2부 ☽ 2

박건 장편소설

초판 1쇄 찍은 날 2021년 1월 22일
초판 1쇄 펴낸 날 2021년 1월 29일

지은이 박건
펴낸이 서경석

편집책임 노종아 | 편집 박현성 | 디자인 신현아&노종아

펴낸곳 도서출판 청어람
등록번호 제387-1999-000006호
등록일자 1999. 5. 31
어람번호 제8-0105호

주소 경기도 부천시 부일로 483번길 40 서경B/D 3F (우) 14640
전화 032-656-4452 | 팩스 032-656-4453
E-mail chungeorambook@daum.net
https://blog.naver.com/chungeoram_book

ISBN 979-11-04-92305-0 04810
ISBN 979-11-04-92287-9 (SET)

당신의 머리 위에 2

2부 종말 대, 종말 대 종말

박건 장편소설

도서출판
청람

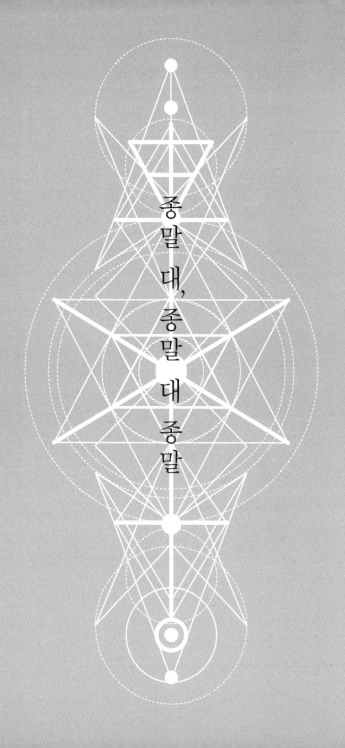

종말 대, 종말 대 종말

영웅은 꽃처럼 지고,
신은 불처럼 타오른다 II

한순간.

전쟁이 멈추었다.

적을 죽이려던 자들, 이만 자리를 피하려 하던 자들, 작전을 짜고 이견을 조율하던 자들, 상황을 지켜보던 자들과 그저 혼란스러워하던 자들까지 누가 강제로 고개를 꺾어버리기라도 한 듯 한 장소를 바라보았다.

그리고 그곳에 내가 있다.

커다란 덩치를 가진 사람이 있다면, 예를 들어 3미터가 넘는 신장의 사람이 있다면 그는 도시 한가운데 수많은 인파 사이에 서 있다 하더라도 단박에 사람들의 시선을 잡아끌게 될 것이다.

그가 뭐 하는 사람인지 알지 못해도, 그의 이름은 무엇인지, 그의 성격과 능력이 무엇인지 알 수 없어도 상관없다. 그저 그 덩치 하나만으로도 사람들은 자연스럽게 그를 주시할 것이다.

그런데 그 신장이 3미터가 아니라면 어떨까?

10미터라면?

20미터라면?

만약, 만약에. 100미터, 200미터라면?

설사 그가 그냥 서 있을 뿐이라 하더라도, 사람들은 그 엄청난 덩치의 거인(巨人)에게서 눈을 뗄 수 없을 것이다.

"뭐야. 방금 뭐였지?"

"목소리? 지금 말을 한 건가?"

시선이 집중된다. 치열하다면 치열한 전쟁터였음에도, 그들은 나에게서 눈을 떼지 못했다.

왜냐하면, 내가 너무나 크기 때문이다.

왜냐하면, 그들이 너무나 작기 때문이다.

쩡!

순간 망치로 철판을 내려치는 듯한 굉음이 울려 퍼진다. 어느새 내 앞에는 금속으로 이루어진 벽이 만들어져 있었고, 그 벽 한가운데에는 선명한 주먹 자국이 새겨 있다.

"흡!"

기습을 날렸던 인간, 권황은 공격이 실패했음에도 마치 그럴 줄 알았다는 듯 벽을 선회해 돌진했다. 그의 발은 바닥을 단 한 번 디뎠을 뿐이지만, 수십 미터의 거리는 단박에 1미터까지 줄어들었다.

그리고 다시 쏟아진 권격!

쩡!

그러나 또다시 그의 정면에 가로세로 2미터쯤 되는 금속 벽이 생겨나 그의 권격을 막아버린다.

"저, 저게 뭐야?!"

"바닥에 떨어져 있던 장비들이……!"

내 주변에 일어선 금속 벽들의 정체는 전장 여기저기에 떨어져 있던 온갖 무기들과 갑옷들이었다. 정확히는 그것 중에서도 금속으로 만들어져 있는 부위의 집합. 마치 액체처럼 녹아 하나의 덩어리가 되어버린 장비들이 살아 있는 생물처럼 권황의 앞을 막아섰다.

"이깟 벽!"

이를 악물고 있는 권황의 온몸에 웅혼한 기공이 휘몰아치기 시작한다.

그는 돌바닥에 깊이 자국이 남을 정도의 진각을 밟았고, 온몸에 휘돌던 기는 이내 무지막지한 경력이 되어 금속 벽을 후려쳤다.

웅!

그러나 이번에는 나 역시 가만있지 않았다. 그대로 손을 뻗어 금속 벽 위에 손바닥을 올린 것이다.

퍽.

그리고 그 결과, 금속 벽에서는 아까와 전혀 다른 소리가 났다. 망치로 철판이 아니라 찰흙 덩어리를 때린 것 같은 소리. 그 어떤 반작용 없이 사라진 경력에 당황한 권황이 눈을 크게 뜨는 것이 보인다.

나는 여전히 금속 벽에 손을 올린 채로 고개를 끄덕였다.

"그래. 이게 녹색의 힘이군. 외부에너지를 진동에너지로 변환하는."

두 눈을 감는다. 육체 안에 있는 특수한 생체 기관이 박동하는 것이 느껴진다. 그것은 하나가 아니다. 양팔에, 양다리에, 그리고 두 폐 사이에 자리하고 있다.

웅―!

진동이 느껴진다. 어느새 금속의 벽에, 그리고 무엇보다 내 몸 전체에 녹색의 파동이 퍼져 나가고 있다.

광학적 현상이 아니었기에 카메라로 찍으면 찍히지 않겠지만, 생명을 가진 존재라면 어린아이라도 볼 수 있는 싱그러운 녹색.

나는 의식을 집중해 생체 기관들에 새로운 신호를 보냈다. 그것 역시 진동이었지만 아까의 진동과는 성질이 다르다.

그것은 진동을 축적하는 적색.

녹색으로 빛나던 몸이 점점 붉게 물들었다. 육체 안에 존재하는 생체 기관에 한차례 빨려들어 갔다가 다시 온몸을 휘돌아 오른팔로 빠져나간다.

녹색으로 빛나던 벽이 일순간 새빨갛게 물들었다. 권황이 깜짝 놀라 금속 벽에서 손을 떼려 했지만 늦다. 마치 살아 있는 것처럼 금속 벽이 그의 주먹을 붙잡았기 때문이다.

"그리고 이것이."

웅!

진동이 퍼져 나간다. 권황이 뿜어낸 경력은 진동이 되었고, 그 진동은 초월의 경지를 넘어선 거대한 영력에 의해 무지막지한 규모로 증폭된다.

새빨갛게 변했던 빛이, 또다시 변했다.

"경천칠색(驚天七色). 주황(朱黃)."

쾅!

귀 옆에 대고 대포를 쏜다면 이러할까. 그 엄청난 폭음에 모두가 비명을 지르며 귀를 막았다. 그저 울려 퍼지는 것만으로 지진이 일어나고 건물이 쓰러지는 엄청난 진동.

"궈, 권황님!!!"

주변에 있던 주가 무사 하나가 비명을 질렀다.

"파, 팔이!!"

피가 분수처럼 뿜어진다. 금속 벽을 후려쳤던 권황의 오른팔은 세상에 없다. 강대한 진동의 힘이 그의 오른팔을 어깨 바로 아래까지 박살 내버렸다.

"감히!!! 네 이놈!!"

혼란스러운 와중이었지만 주가에 충성하는 무사들은 뒤도 돌아보지 않고 쇄도해 들어왔다. 기다란 장검을 든 검사가 벼락처럼 검을 내리꽂았다.

푹!

그러나 검은 목적지에 도달하지 못했다. 바닥에서 솟구친 창 한 자루가 그의 턱을 꿰뚫고 올라가 뇌를 박살 냈다.

"죽어라!"

꿰뚫려 매달리는 시체 아래로 쑥 하고 그림자가 튀어나온다. 착시가 아니라 정말로 그림자 안에 들어갔다가 튀어나왔다. 자신의 육신조차 초월할 정도로 속성을 깊이 깨달은 이로는 보이지 않으니 특수한 초능력을 가지고 태어난 돌연변이라는 뜻.

녀석은 그림자에서 완전히 튀어나와 튕기듯 솟구쳤다. 검을 내뻗으며 온몸을 내던지는 기세는 제법 결연하다. 방어도 반격도 염두에 두지 않는 그 일격은 스스로의 목숨을 초개와 같이 던지지 않으면 행할 수 없는 종류의 것이었으니까.

그러나 결연한 결심을 가진 것은 그뿐. 그의 손에 들린 병기에는 그와 같은 결연함이 없다.

출렁.

내 영역(領域)에 들어서는 순간 수십, 수백 번 이상 담금질되었던 소검이 액체로 변해 버린다. 강대한 금속의 속성력이 한 줌의 열기 없이도 금속을 분자구조부터 뒤틀어 버리는 것이다.

"뭐, 뭣?!"

믿을 수 없다는 경악성이 그의 마지막 유언. 그는 송곳으로 변해 버린 자신의 검에 목을 꿰뚫려 바닥을 굴렀다.

"아, 내 팔."

그러나 그러거나 말거나. 나는 곤죽이 되어버린 오른팔을 보고 있을 뿐이다. 내가 지닌 강대한 영력에 비하면 보잘것없는 육신이 한순간 뿜어진 진동의 힘을 견디지 못하고 파괴된 것.

이미 경천칠색의 식(式)대로 진화하기 시작한 육신이었지만 그래 봐야 한계는 명확하다.

철컥.

그러나 그저 짜증 날 뿐 그리 심각한 상황은 아니었기에 별 망설임 없이 쉐도우 스토커를 꺼내 팔에 겨눈다.

탕!

쏘아진 탄환. 회귀탄(回歸彈)이 팔에 명중한다. 한정된 영역의 시간이 거꾸로 돌아가고 곤죽이 되었던 팔은 멀쩡한 상태로 복원되었다. 그리고 그 순간.

퍽!

이번에는 강렬한 충격이 이마를 때려 머리가 확 뒤로 젖혀진다. 젖혀진 머리에 박혀 있는 것은 온갖 술식이 덕지덕지 발라져 있는 철갑탄. 당연히 쉐도우 스토커의 총알이 아닌, 멀리서 날 노리던 저격수의 탄환이다.

"아, 예지가 안 되니 짜증 나네."

인상이 절로 찡그려진다. 미래가 보이지 않으니 장님이 된 것이나 다름없다.

금속에 대한 제어 능력으로 탄속을 확 줄였으니 망정이지, 아니면 탄환이 두개골을 관통해도 이상할 게 없는 상황이었다. 만약 탄환이 금속이 아니라 나무나 돌이었다면, 이걸로 육신이 죽을 수도 있었다.

"으아앗!!!"

고함을 지르며 덤벼드는 권사의 주먹을 잡아챈다. 녹색으로 물리력을 흡수하기도 귀찮았다.

윙!!

뿜어지는 진동과 함께 녀석이 전신으로 피를 철철 흘리며 쓰러진다. 그리고 그즈음이다.

"뭘 보고 있나?! 그를 지원해!"

기다란 환도를 들고 있던 대한제국의 황녀, 민경이 고함을 터뜨렸다. 너무나 급작스러운 형의 죽음으로 혼란스러운 와중이었지만 내가 혼자 싸우는 모습에 정신을 차린 모양.

그러나 당연하지만 그들의 도움 따위는 필요 없다.

때문에 말했다.

[가만히 대기하라.]

"……!!"

"……?!"

병기를 들고 뛰쳐나오려던 전사들이, 활을 들던 궁수들이, 주문을 외우려던 술사들이 모두 움직임을 멈췄다. 그러나 멈춘 것은 이가의 존재들뿐 주가의 인간들은 오히려 그것을 기회로 여긴 모양이다.

"죽여!"

몸을 돌렸던 나를 향해 대여섯 명의 창술사들이 돌진한다. 화살처럼 쏘아지는 벼락같은 찌르기였으나 그래 봐야 그들이 들고 있는 창은 모두 금속이다.

"학습 능력이 떨어지는군."

거대한 속성력이 휘몰아쳐 장인이 긴 시간을 들여 정련해 낸 창을 액체로 만들어 버린다. 그 난데없는 변화에 적들이 경악하는 순간, 쇳물들은 수십 개의 송곳으로 변해 사방으로 쏘아졌다. 덤벼들었던 적들은 마치 고슴도치처럼 변해 바닥에 쓰러진다.

"그래. 벌레, 벌레들아…… 너희를 어떻게 해야 할까. 어떻게 해야 이 기분이 풀리지?"

몸을 돌려 광화문을 향해 걷기 시작했다.

그리고 나의 영역이 점차 확장되었다.

쩌정! 깡! 촤르륵!!

수많은 무사가 죽으며 떨군 온갖 병기들이 마치 살아 있는 것처럼 하늘로 솟구쳤다. 탄환처럼 쏘아지고, 부메랑처럼 회전했으며, 마치 누군가 들고 있는 것처럼 적의 공격을 쳐내고 약점을 노렸다.

누구도 막지 못한다. 걸어가는 보보(步步)마다 피와 살점이 난무한다.

"이, 이게 뭐야?!"

"피해!!!"

바닥에 떨어져 있던, 시체에 박혀 있던, 심지어 적들이 들고 있던 병기마저 주인의 손에서 벗어나 제비처럼 날아다니기 시작했다. 주가의 이능력자들은 필사적으로 저항했지만, 하늘을 날아드는 병기들에 실린 힘은 절대 평범한 수준이 아니다.

"이럴 수가! 설마 이기어검(以氣御劍)이란 말인가?"

"웃기지도 않는 소리!! 이기어검은 역사책에나 나올 기술이야!"

발작적으로 소리치며 덤벼든다. 그러나 그들 중 누구도 내 주변으로 접근하지 못했다.

멀리서 쏘아지던 저격들 역시 더는 먹히지 않았다. 내 주위를 휘도는 병기들이 모든 원거리 공격을 원천 차단 하고 있었다.

"속성력!! 속성력이다! 저 자식! 정령술을 쓰고 있어!"

"제길! 차라리 이기어검이 낫지 이런 미친 규모의 속성력 행사가 말이 돼?! 마탑의 주인들도 감히 이런 힘을 휘두를 수는 없어! 설마 전설의 정령왕과 계약하기라도 했단 말인가?"

여기저기에서 터져 나오는 고함을 찢어지는 비명들이 덮어버린다. 비처럼 쏟아지는 병기와 바닥에서 솟구치는 쇠꼬챙이들은 살을 가르고 뼈를 부쉈으며 자신을 보호하려는 시도들을 모조리 박살 내버렸다.

달려들던 무사가 자신의 검에 찔려 죽는다.

저주(咀呪)를 쏘아내던 주술사가 역류한 저주에 피를 토하며 죽는다.

주문을 외우던 마법사가 방어 마법을 관통해 들어온 단검에 목을 찔려 죽는다.

죽고, 죽고 죽는다. 내가 속성력을 다루는 데 익숙해지면 익숙해질수록 그 속도는 점점 더 빨라졌다.

사망자의 숫자가 두 자릿수에서 세 자릿수가 되는 데 걸린 시간보다 세 자릿수에서 네 자릿수가 되는 데까지 걸리는 시간이 더 짧을 지경이었다.

하물며 죽어나가는 이들이 보통 이들인가?

그들은 강제로 모집해 총 한 자루 들려서 전쟁터로 내보낸 징집병도, 그냥 월급이나 받으며 기본적인 훈련이나 반복하는 군인들도 아니다. 그들은 하나하나가 최소 10년에서 수십 년의 수련을 거쳐 이능을 연마해 온 투사급 달인들.

그러나 그런 그들이 횃불에 달려드는 나방처럼 허무하게 스러지고 있다.

너무나 압도적인.

"더럽게 느리네. 아직도 3천이 안 돼."

기계적일 정도로 무지막지한 기세의 학살(虐殺)이었다.

"이래서야 다 죽이는 것도 한 세월이겠다."

그 따분한 목소리에, 마침내 이성이 돌아오는 것을 느낀다.

비명이 들린다. 뭔가 부서지는 소리도, 터지는 소리도 들린다. 나는 활짝 열린 문 옆에 앉아 멍하니 그 소리를 듣고만 있었다.

문을 닫아야 한다는 생각이 들었다.

그러나 동시에.

왜?

의문이 들었다. 왜 문을 닫아야 할지 알 수가 없었다.

내가 왜 필사적으로 자신을 통제하려 노력해야 할까? 이 벌레들의 하찮은 목숨 때문에? 대한민국이라는 국가와 그것을 지키는 이가라는 단체 때문에?

웃기는 소리다.

내가 정말 그것들에 관심이 있었다면 맨 처음부터 온갖 방식으로 간섭하였을 것이다. 방법은 너무 많아서 오히려 가늠하기가 힘들 정도다. 궤도 폭격 한 번이면 국가 갈등이건 뭐건 모조리 해결되었을 테니까.

결국, 내가 굳이 이가로 들어왔던 이유는 형이었고.

지금 그 이유는 사라졌다.

'하.'

한숨 쉬며 문에 고개를 기댔다.

그저. 그냥 그렇게 있을 뿐이었다.

*　　　*　　　*

까앙!!

묵직한 쇳소리가 울린다. 따분한 듯 중얼거리던 얼굴 앞으로 날아든 칼끝이 바르르 떨리고 있다. 위험천만한 순간이었지만 나는 눈 하나 깜짝하지 않았다.

"크… 억. 쿨럭. 이, 악. 쿨럭."

수십 개의 쇠꼬챙이에 꿰뚫려 고슴도치처럼 변한 무사가 피를 토한다. 벼락처럼 내지른 그의 일검은 실로 매서웠지만, 완성자에 가까운 그의 무위로도 기다렸다는 듯 솟구치는 쇠꼬챙이를 모두 피하기는 역부족이었다.

딱!

푸확!

손가락이 퉁겨지자 비눗방울처럼 쇠꼬챙이들이 터져 나갔고 거기에 꿰뚫려 있던 시체들 역시 터져 나간다.

"이 괴물 놈! 윽! 내 칼이……!"

"이런 제길! 바닥에 떨어진 무기들을 치워! 이대로는!"

나는 금속과 전격의 정령, 아레스의 도움 없이도 광대한 속성력을 권능처럼 휘둘렀다.

마치 영화 속에 나오는 돌연변이 초능력자처럼, 내 주변에 존재하는 모든 금속에 강대한 물리력과 유연성을 부여한 것이다.

콰득! 뿌득! 촤악!

피가 튄다. 살이 갈라지고 뼈가 끊어진다. 전쟁터에 굴러다니던 수많은 병장기가 도저히 항거할 수 없는 힘으로 주가의 모든 이능력자들을 학살한다.

나는 걸었다.

덤벼들었던, 혹은 도망가려 하던 적들이 자신, 혹은 굴러다니던 병기에 찔리고 베여 쓰러진다.

아예 위에서 덮쳐 몸으로 짓누르려 하는 적들도 있었으나, 몸 주위로 만들어진 반구형의 금속판이 마치 우산처럼 그것들을 막아버렸다.

한 걸음마다 피가 쏟아진다.

다시 한 걸음마다 살점이 쏟아졌다.

그렇게 많이 걷지 못했다. 이제 고작 광화문에 도달했을 뿐이다.

우르르!

금속이 뭉쳐져 만들어낸 손이 툭 밀어내자 시체의 산이 무너진다. 나는 눈 하나 깜빡하지 않고 폴짝 뛰어 경복궁을 벗어났다.

"…악마."

"이런, 악독한……."

악을 쓰며 달려들던 주가의 전사들이 하얗게 질려서 주춤

주춤 물러서는 모습이 보인다. 그렇게 많이 죽었는데도 몇만이 넘는 주가의 능력자들이 남아서 진을 치고 있다.

"너, 네놈, 아니, 자네."

고개를 돌린다. 오른팔이 잘려 나가고 내부가 진탕된, 온몸에 피 칠갑을 한 권황이 믿을 수 없다는 표정으로 나를 보고 있다.

"대체 어떤 역천(逆天)의 힘을 받아들인 것이오? 검마 놈도 살성의 기운을 휘둘러 댔어도 이 정도는 아니었거늘……"

참혹한 모습이지만 이 정도만 해도 제법이다. 살육이 시작됨과 동시에 가장 가까운 장소에서 내 공격을 받아낸 그가 여전히 살아 있다는 것은, 그가 지구 최고 수준의 고수라는 사실을 증명해 낸 것이나 다름없는 일이었으니까.

나는 그를 돌아보았다. 형이 죽은 이상 이곳에 있는 [인간] 중 가장 나은 전투력을 가진 존재. 그러나 그런 그의 꿈틀거림은 그저 혐오를 불러일으킬 뿐이다.

"우스운 소리 하지 마라, 벌레. 하늘은 누구도 감히 거스를 수 없다. 그 꼴같잖은 악령을 불러낸 너조차도 그렇지."

"……"

그에게서 고개를 돌려 다시 벌레들을 돌아보았다.

사실 할 필요가 없는 전투였다.

권황이 자신의 동맹들을 제물로 바쳐 악령을 소환한 시점에서, 사실상 주가 [연합군]은 와해된 것이나 다름없었다. 자신들을 제물로 바치는 동맹을 위해 어떤 미친놈이 싸워주겠는가? 하물며 서로 합의된 상황에 몇몇 병력만 희생한 게 아니라 상당수 단체가 멸망할 정도의 대규모 제물이라면 더더욱 말할 필요도 없겠지.

내가 나서지 않았다면 주가군은 알아서 무너져 내렸을 것이다. 내분이 일어나고 병력들이 각자도생할 테니 도저히 유지할 수 없었겠지. 지금 저들이 서로를 신뢰하지 못하면서도 함께 싸우고 있는 것은, 느닷없는 강적의 등장에 울며 겨자 먹기의 선택을 한 결과이다.

퍽!

이런저런 생각을 하고 있을 때 느닷없는 고통과 함께 시야가 암전된다.

털썩!

내 육신이 쓰러진다.

투두둑. 탱그랑!

하늘을 날고 있던 온갖 무기들이 비처럼 바닥으로 떨어진다.

"해, 해치웠다!"

"뭐? 진짜?"

"해치웠나?"

힘없이 쓰러진 내 모습을 본 주가의 병력들이 환희에 찬 표정을 짓는다.

콰득! 촤악!

순간 벼락처럼 내달린 권황이 쓰러진 내 육신을 짓밟는다. 팔다리를 끊어버리고 목을 잘랐다. 다들 영문을 모를 표정으로 그런 그의 행동을 바라보았지만, 나는 알 것 같았다. 내가 완전히 죽었다고 믿지 못해 확인 사살을 한 것이겠지.

그러나.

그렇게 해도 나는 죽지 않는다.

촤라락!! 끼기긱!

"큭?!"

주먹을 내려쳐 내 심장마저 터뜨린 권황이 신음을 토한다. 금속으로 만들어진 은빛의 손이 그의 목줄을 잡고 있다. 그는 무지막지한 기세로 발버둥 쳤지만 수백 수천 개의 병기가 뭉쳐 만들어진 금속 주먹은 꿈쩍도 하지 않는다.

[타이틀. 인류의 재앙 효과가 발동합니다!]

[부활합니다!]

마치 시간이 거꾸로 돌아가듯 터진 심장이 복구되고 잘려 나간 팔다리와 머리가 날아와 몸통에 붙는다. 나는 두 다리로 땅을 디디고 서 작은 탄환을 주워 들었다.

"정말 나무로 만든 탄환이 있었군."

심상치 않은 기운이 흐르는 주술 탄환을 보고 헛웃음을 짓는다. 아까 금속탄에 머리를 맞았을 때 나무나 돌이었다면 죽을 수도 있다고 생각했으면서도 별 방비 없이 정말 맞은 것이다.

이건 방심 정도가 아니라 안이함이 도가 넘은 수준.

그러나 그런 안이함을 유지할 수 있는 오만(傲慢)함이야말로 강자의 특권이다.

"미쳤군……. 부활? 부활이라고?"

목을 잡힌 권황이 믿을 수 없다는 표정으로 나를 바라보고 있다. 나는 그를 보았다. 구태여 그에게 뭔가 더 설명하거나 길게 조롱할 필요성이 느껴지지 않는다. 그저 다만.

"벌레."

콰득!

짧은 평가와 함께 목뼈가 부러진 권황이 바닥에 떨어진다.

"⋯⋯."

"⋯⋯."

광화문 광장이 침묵에 물든다. 아직도 몇만이나 남은 주가의 능력자들은 물론이고 어어 하면서도 광화문까지 따라 나왔던 이가의 능력자들도 황망히 입만 벌리고 있다.

"관대하의 이름으로 명한다."

영력을 끌어올린다. 신성은 이제 없다. 영혼을 가진 기계, 즉 [기계족]에게 절대적으로 수행되는 명령을 내릴 수 있는 신언(神言)도, 세계 그 자체를 읽어내는 전지(全知)의 권능도 활용할 수 없는 것.

그러나 그렇다 해도 나는 여전히 나이며.

"도망가는 것을."

강대한 영력이 어디 간 것은 아니다.

"금지(禁止)한다."

벼락처럼 쏟아진 언령(言靈)이 수십 개의 주문과 술식을 모조리 파훼해 버린다. 비상 탈출, 텔레포트, 이면 전환 등 모든 수단이 무효화된다.

"크악! 영체화가 풀렸어!"

"어째서 은신술이?"

"주문이 작동하지 않아!"

"거짓말! 표면 세계로도 임시 채널로도 넘어갈 수가 없다고?"

이상하게 흘러가는 분위기에 비상 상황을 대비하던 술법사들이 비명을 지른다. 개중 몇은 뒤도 돌아보지 않고 땅을 박찬다. 마법적인 수단이 막혔다면 발로 뛰어 달아나면 그만이었기 때문이었지만.

달아나던 그들의 앞에 금빛의 거인들이 내려선다.

"뭐, 뭐야, 이건. 로, 로봇?"

"여기에도 거인이 있다! 젠장, 퇴로를 막고 있어!"

"이게 뭐야, 전투기? 이면 세계에서 전투기가 날아다닌다고?"

인(人)급 기가스에 준하는 전투력을 가진 열 기의 황금기사단, 수(獸)급 기가스의 전투력을 가진 50기의 황금사자 부대, 그리고 100대의 'R7' 비행대대가 전장을 넓게 포위해 그 누구도 벗어나지 못하게 감시한다.

퍼벙!!

그때 멀리에서 쏘아진 마법 폭격이 나를 향해 쏟아졌다. 부활 스택을 이미 소모해 위험한 공격이었지만.

"아레스."

쿵!

마치 마술처럼 내 옆으로 은색의 거인이 내려서고, 쏟아지던 마법 폭격이 연못에 던져진 돌멩이처럼 흔적도 없이 사라진다. 그것들은 아레스의 영자력 실드에 가 닿지도 못했다. 초월적인 수준의 항마력이 마력 자체를 흩어버렸기 때문이다.

당연한 말이지만 아레스의 느닷없는 등장에 전장의 모든 이가 자신의 눈을 비비고 고개를 흔들었다.

"저게 뭐야?! 저게 뭐냐고!! 저만한 규모의 영혼거병이라니!"

"영혼거병은 무슨! 저건 그냥 기계다! 설마 록펠러가에서 끼어든 건가?"

"하지만 그냥 기계, 아니, 로봇이라기에는 뭔가 달라……."

갑주를 입은 거인의 형상을 한 아레스의 모습은, 녀석의 전신에서 뿜어지는 신위의 격(格)이 아니더라도 실로 압도적이다. 6.5미터나 되는 이순신 장군의 동상, 정확히는 마도 골렘 순신조차도 30미터나 되는 아레스의 옆에서는 어린아이에 불과했으며 4문명의 정점에 도달한 캔딜러족의 첨단 기술이 집중된 외부 장갑과 움직임은 과학에 대해 잘 모르는 이들조차도 경외감을 느낄 수밖에 없는 수준이었으니까.

[대하.]

나를 부른다. 패기 넘치는 평소와 달리 복잡한 심경이 느껴지는 어투. 나는 손을 뻗어 녀석의 발목 부분을 짚었다.

"부탁해."

[…….]

녀석은 잠시간 나를 내려다보았다. 그러다 이내 대답한다.

[그래.]

아레스가 고개를 숙였다. 가벼운 쇳소리와 함께 아레스의 머리가 열리고 마치 잡아먹기라도 하듯 탑승이 이루어진다. 전면부의 장갑이 닫히자 아이언 하트에서 발생한 영자 파동이 조종실 내부에 가득히 차올랐다.

그것은 아발론(Avalon) 시스템.

마치 수조(水槽)에 가득 찬 물처럼 아레스의 영력이 조종실 가득히 차오른다. 영력이 조종실을 남김없이 채운 후 본격적으로 나와 동조(同調)하기 시작한다.

평상시에는 [문]을 열고 영력을 완전히 개방한다 하더라도 육신에는 아무런 변화도 일어나지 않는다. 튼튼해지지도, 강한 근력을 얻지도, 회복력을 얻지도 못하는 것.

반면 영력의 변화는 극적이다.

문을 열게 된 내 영력은 999라는 [플레이어]의 한계를 넘어선다. 1,054포인트의 마나. 900포인트의 마나력, 1,025포인트의 항마력까지.

육체의 한계를 압도하는 엄청난 영력은 그저 휘두르는 것만으로도 육신을 부술 정도로 위태롭다.

불균형한 정도가 아니라 제대로 활용하기가 어려울 정도. 어찌나 연약한 육신인지 가진 항마력조차도 제대로 활용할 수 없을 정도이다.

'나 스스로의 역량이 너무 낮으니 항마력조차 제대로 활용할 수가 없어. 저주나 정신계 마법이 아닌 이상 그냥 몸으로 맞는 게 나을 정도다.'

아닌 게 아니라, 항마력을 함부로 발동시켰다가는 피부가 다 터져 나갈 정도니 더 말해 무엇하겠는가?

그러나 기가스에 탑승하고, 아발론 시스템이 동조를 시작한 순간 이야기는 완전히 달라진다. 아이언 하트의 강대한 내구가. 신을 빚어낸 듯한 경이적인 기가스의 육신이, 신의 권능을 닮은 어빌리티가 나를 신에 가까운 존재로 승화시킨다.

웅!

〈전신의 보물 창고〉에서 꺼낸 창이 손에 잡힌다. 30미터나 되는 신장을 가진 아레스에게는 젓가락이나 다름없는 크기. 그러나 창은 순식간에 확대되어 창두가 바닥에 끌릴 정도로 거대해졌다. 아레스의 권능이 아닌 창 자체에 담겨 있는 기능이다.

"그렇군. 보람이 궁니르를 들고 다니는 모습이 웃길 만도 해."

나는 손에 든 창을 가만히 바라보았다. 이것은 내가 아레스를 타고 라이징 스톰에 쳐들어갔을 때 내 앞을 막아섰던 노인을 제압하고 강탈한 무기다.

레온하르트 제국으로서도 이걸 나한테 뺏긴 건 참 여러모로 비상 상황이었을 것이다. 왜냐하면, 이 무기는 제국에서도 결코 그냥 넘길 수 없을 정도로 어마어마한 가치를 지닌 보물 중의 보물이기 때문이다.

이것은 우주에 존재하는 초월병기 중에서도 1,000위 안에 들어간다는 강력한 신기 중 하나다.

어지간한 행성 대여섯 개를 그 내용물까지 다 팔아도 하나 사기가 어렵다는 최상위급 초월병기. 넘버링(Numbering).

그러나 제국으로서는 안타깝게도, 내 손에 이게 있다는 게 알려질 때쯤에는 감히 나한테 이걸 달라고 할 수 없는 상황이 되어버리고 말았다.

[참 공교로운 일이지. 그 녀석이 목숨처럼 소중하게 여기는 게 궁니르인데 네가 마침 이걸 얻게 된 건 말이야.]

"그러게."

대답하며 들고 있는 창, 궁니르(Gungnir)를 두 손으로 고쳐 잡았다.

고오오오————!

영력이 끓어오른다. 오늘의 어빌리티를 필요에 따라 변경했다. 굳이 많이도 필요 없다.

*오늘의 어빌리티!

〈일섬〉

〈전광석화〉

어빌리티가 안착하는 순간 스파크가 튄다. 그리고.

일섬(一閃).

다시 땅을 디뎠을 때. 내가 서 있는 곳은 영혼거병 순신의 옆이다.

"뭐?"

"어?"

의문성과 동시에 '콰릉!' 하고 천둥이 친다. 몸을 돌리자 바닥에 주저앉은 채 나를 올려다보는 주가의 능력자들이 보인다.

그리고.

쏴아아!!

쏟아지는 피와 살점이 그들의 온몸을 적시는 모습이 보인다. 전의(戰意)를 잃어버린 채 그저 멍하니 나를 바라본다.

"…신이여."

신음하는 적들을 보며 궁니르를 늘어뜨린다. 바닥에 닿을 듯 말 듯 한 궁니르에서 스파크가 튀고.

그대로 대지를 박찼다.

멸망 VS 멸망 VS 멸망 🌙 ＊＊

쿵.

전투라 부르기도 참혹한 학살이 끝나고 광화문 앞에 내려
선다.

'나름 조심하긴 했지만, 아직도 출입 제한이 유지되고 있다
니. 하급 초월자치고는 제법이야.'

이제는 완전히 박살 나 흔적도 찾기 어려운 광화문의 터를
가로지른다.

"……."

"……."

그곳에는 천 명이 넘는 사람들이 오와 열을 맞춰 나를 기다
리고 있다. 그들은 반듯이 서서 정면을 바라보려 했던 모양이
지만, 그건 그저 그들의 바람일 뿐. 얼굴은 백지장처럼 희고
몸은 부들부들 떨리고 있다.

이가의 남은 능력자 중 손에 꼽을 정도의 힘과 경지를 가진

그들이지만 단지 서 있는 것조차 힘든 듯 불어오는 바람에 휘청거린다.

"흠."

그리고 그 모습을 보면서도 나는 다시 고민했다.

'죽일까?'

원래대로라면 고민하지 않았을 것이다. 원래 나는 기분이 상했다는 이유만으로 그들을 몰살시킬 수 있었으니까. 나는 그냥 그들이 눈에 거슬린다는 이유만으로, 나한테 해를 끼칠 것 같아서, 필요에 의해서, 그것조차 아니면 그냥 다 그들을 몰살시킬 수 있었다.

그러나 지금, 나는 그러지 못하고 있다.

당연한 말이지만 살인이 꺼려져서는 아니다.

우르르!

뭔가 무너지고 쏟아져 구르는 소리가 들린다. 도시의 하수도를 통해 핏물이 콸콸 흐르고 있다.

주가군은 전멸했다.

현대전에서 흔히 말하는 전멸과는 차원이 다르다. 지금 주가의 피해는 고작 20~30%의 그런 안이한 전력 손실이 아니다.

15만의 이능력자들은.

단 한 명의 예외 없이 몰살(沒殺)했다.

평상시 고요하던 광화문 광장은 15만 구가 넘는 어마어마한 규모의 시체로 발 디딜 곳조차 없다.

기잉.

아레스가 한쪽 무릎을 꿇고 앉은 뒤 머리를 열었다. 나는 녀석의 손 위로 올라갔다. 녀석은 나를 이가의 무리들 앞에 내려놓았다.

"……."

나는 별다른 말 없이 그들을 바라보았다.

나는 아직도 고민하고 있었다.

"도움을 주셔서 감사합니다."

"도움을 준 적 없다."

모처럼 입을 연 황녀의 말을 잘라낸다. 별로 녀석들과 대화를 하고 싶은 기분은 아니었다.

솔직히 말하면 내가 굳이 왜 아레스에서 내려서 그들의 앞에 내려왔는지도 모르겠다.

"……."

왜지? 왜일까? 무엇이 내 마음에 걸리는 것일까.

나는 이가의 능력자들을 바라보았다. 그들의 눈동자에서 이해할 수 없는 무언가를 보는 듯한 공포와 재앙을 마주한 것 같은 두려움이 보인다.

그러나 오직 한 명.

가장 앞에 서 있는 황녀, 민경만은 달랐다.

그녀는 오연히 서 있었지만, 나는 그녀의 울음소리를 들을 수 있었다.

그녀는 절규하고 있다. 슬퍼하고 있다. 그러면서도 필사적으로 자신을 수습해 지금 이 상황에 집중하려 노력하고 있다.

"아."

그리고 그제야 나는 내가 왜 여기에 서 있는지 알 수 있었다.

"끝까지 제멋대로라 미안해, 대하야. 그래도."

"그녀를 부탁해."

그녀가 나를 바라보고 있다. 형과 애틋한 시선을 나누었던 눈이다.

'그렇군.'

나는 깨달았다.

신성을 타고난 인간 이상의 존재라고 하더라도—

여전히 나는 관계에 묶여 있는 인간에 불과하다는 것을.

'아.'

그 순간 [나]와 완전히 동화되었던 나의 의식이 깨어난다. 그와 함께 자연스레 [나]는 지금까지와 다른 의식을 지니게 되었다.

특이한 것은 그 사실을 [내]가 전혀 인지하지 못한다는 점. 그리고 그랬기에.

"너, 형의 연인이었지."

학살의 와중에도 고민하던 나와 달리 오만함이 깃들어 있는 목소리로 녀석은 말했다.

"수절(守節)하라."

"……!"

난데없는 말에 민경이 눈을 부릅떴지만 나는 그런 그녀의 반응 따위는 보이지도 않는다는 듯 말을 이었다.

"그리고 평생 인간 관영민을 그리며 살아라."

"……!"

지금껏 최대한 자신을 통제하던 민경조차 이 순간 온몸을 파르르 떤다. 그녀는 이를 악물며 소리쳤다.

"어떻게!"

훅, 하고 강렬한 열기가 뿜어진다. 그녀가 흥분하며 그녀의 초능력이 물질계에 영향을 끼치기 시작한 것이다.

"어떻게 그런 말을! 난, 나는……!"

"거절인가?"

처절할 정도의 애틋함에도 [나]는 눈 하나 깜빡하지 않는다. 나는 어이가 없어서 내심 중얼거렸다.

'미친놈아. 어떻게 거기에서 거절이냐는 질문을 할 수가 있냐?'

신경 줄이 너무 굵어서 둔기로 써도 되지 않을까 싶을 정도였다. 이 와중에 형에 대한 생각이라도 해주는 것에 감사해야 할지도 모른다.

"…아닙니다."

"그렇다면."

피식하고 웃는다.

"굳이 인류를 멸망시킬 필요는 없겠지."

"……!"

순간 민경이 온몸을 떨었다. 그녀뿐이 아니라 우리의 대화에 귀를 기울이고 있던 천 명이 넘는 이가의 이능력자들도 격렬하게 반응했다. 심지어 그중 몇은 제자리에서 펄쩍 뛰어오르기까지 했다.

"뭐, 뭐라고?"

"아니, 이건 설마……."

술렁인다. 하얗던 얼굴들이 숫제 퍼렇게 변한다. 그들 중 하나가 믿을 수 없다는 듯 신음했다.

"멸망의 예언……."

"뭐?"

"아, 아냐!"

고개를 도리도리 흔드는 건 나에게 익숙한 이다. 민경의 동생이자 나의 클래스메이트. 경은.

그러나 나는 그녀를 한번 일별하였을 뿐 무시하고 몸을 돌렸다.

"지니."

[대단위 리콜. 수행합니다.]

빛이 번쩍이고 알바트로스함의 함교로 이동한다. 당연한 말이지만 출격했던 기가스들과 전투기들 모두 알바트로스함으로 귀환한 상태.

나는 함교에 서서 멀어져 가는 경복궁의 모습을 보았다. 긴박한 상황에 대기권까지 내려왔던 알바트로스함이 부상하고 있다.

나는 [나]의 마음을 느꼈다. 그것의 마음은 복잡하다.

녀석은 슬퍼하고 있다. 시원해하고 있다. 짜증 내고 있다. 따분해하고 있다. 외로워하고 있다.

"그래."

고요한 함교에서 녀석이 결심했다는 듯 손뼉 친다.

"맞아."

고개를 끄덕끄덕한다. 시원하기까지 한 표정으로 녀석이 말했다.

"멸종시키자."

'아, 진짜. 미친놈인가?'

나도 모르게 욕지거리가 올라온다. 조금 전에 멸망시킬 필요는 없다고 했는데 그새 왜 마음이 변해서 이딴 소리란 말인가? 이건 어린아이라 변덕이 죽 끓는 것 같다는 그런 개념을 넘어선다. 그냥 눈에 거슬리는 방해물을 치우는 그 이상의 감정이 느껴진다.

혐오.

경멸.

생각해 보면 녀석에게는 그런 성향이 원래부터 있었다. 그저 벌레처럼 여긴다기에는 과할 정도의 혐오감이 느껴진다.

'이건 뭔가 달라. 이걸 정말 또 다른 [나]라고 할 수 있나?'

이해하기 어려운 일이다. 내가 이토록 인간을 경멸했던가? 내가 인간에 대해 이렇게나 뿌리 깊은 혐오감을 가지고 있었다는 말인가?

물론, 어쩌면 그럴 수 있을지도 모른다. 마음속 깊은 곳에서는 인간성에 대한 환멸을 가지고 있을지도 모르지. 하지만 이렇게 거슬리기만 하면 멸망시키고 싶어질 정도라고는 도저히 생각하기 어렵다.

실제로 조금 전 완전히 동화되어 있을 때는 형과 마음을 나누었던 민경의 모습에 많은 감정을 느꼈었는데, 동화가 풀리는 순간 그 모든 감정이 지평선 너머로 사라져 버리고 죽여 치워야 할 벌레를 보는 듯한 혐오감만이 남는다. 예전에도 이런 기미가 좀 있던 건 사실이지만, 어째서인지 지구에 내려온 후 점점 더 강해지고 있다.

"지니! 핵탄두가 몇 개나 있지?"

[영자력 주입이 완료된 핵탄두라면 준비된 물량이 없습니다만, 작업용 핵탄두라면 1만 3,000발 이상 적재되어 있습니다.]

아이언 하트의 등장 이후 대우주의 병기사는 완전히 새로 쓰였다. 최전선에서 활용되던 첨단무기들이 순식간에 시대에 뒤처진 고물이 되거나, 아니면 군용, 혹은 전투용이라는 단어를 머리에서 떼어야만 했던 것.

상황은 핵무기도 마찬가지여서 이제 제국 클래스 이상의 세력에서는 핵무기를 병기로 사용하지 않는다.

직격하지 않는다면 기급 아이언 하트를 장착한 전투기들조차 핵폭발에 파괴되지 않으니 더는 무기로서의 가치가 없는 것.

그러나 핵탄두는 여전히 작업용으로서의 가치가 충분하고. 제3문명에 들어서지 못한 지구는 그 [작업용]만으로도 멸망시키기 충분한 상대다.

'망할 놈이 슬퍼할 틈을 안 주는구나.'

자리에서 일어났다. 그리고 그러자 자연스럽게, 내 옆에 철로 만들어진 문의 형상이 나타난다. 문은 활짝 열려 있는 상황.

완전히 정신을 놔버리고 [나]와 동화되었지만, 녀석이 주가의 인간들을 학살하면서, 또 형의 연인이었던 민경의 존재를 깨닫게 되면서 자연스럽게 동화가 풀렸다.

즉, 지금 나의 상태는 세 가지로 나뉜다고 할 수 있다.

문을 닫은 상태의 나.

문을 연 상태의 나.

그리고 문을 없애 버리고 [동화] 상태에 들어간 나.

특이하게도 문을 연 나, 그러니까 신성화(神聖化) 상태의 나는 동화 상태에 대해 느끼지 못하는 것 같다. 동화 상태와 아닐 때의 사고방식이 전혀 다름에도, 어쩐 일인지 조금의 이상도 느끼지 못하는 상황.

나는 정신을 집중했다. 어려울 것은 없다. 아니, 오히려 내가 뭘 해야 하는지 명확하게 감이 잡히는 느낌이다. 이대로 문을 닫는 것만으로, 나는 충분히 신성의 영향에서 벗어날 수 있을 것이다.

그러나 그때.

"그건 안 돼."

"……."

[침입자가 발생했습니다! 비상! 비상 상황! 관제 인격의 권한으로 제1급 비상 상황을 선포합니다! 방위 시스템 완전 가동! 긴급 폐쇄 시작! 강제 추방을 시도합니다!]

위이잉————!

철컹! 철컥!

벼락같은 경고음과 함께 함교의 모든 장비가 바닥으로 들어가고 몇 겹이나 되는 문들이 폐쇄되기 시작한다. 한순간에 행해진 신속한 대처. 그리고 이어지는 리콜 시도가 있었지만.

"나도 보고 있으니 호들갑 떨지 말고 마실 거나 좀 가져다줘."

[나]는 손을 한 번 떨쳐내는 것만으로 그것들을 간단히 무산시켰다.

[…함장님?]

"어서."

[…긴급 절차를 정지합니다.]

지니의 말을 들으며 [나]는 다시 모습을 드러낸 티 테이블에 가 앉는다. 침입자는 별다른 말 없이 따라와 마주 앉았다.

"안녕."

"안녕……. 음, 이건 우주선인가?"

그는 거적때기나 다름없는 옷들을 대충 걸친 20대 초반의 사내였다. 동양인은 아니고 백인과 아랍계의 혼혈로 보이는 뚜렷한 이목구비에 까무잡잡한 피부.

첫인상만 보면 형편이 별로 안 좋은 외국인 노동자 같은데 뜻밖에도 그를 본 [나]는 반색하며 활짝 웃었다.

"응응! 근사하지? 대우주에서도 흔치 않은 테라급 전함이야!"

"그럼 저 이상한 남자는?"

그가 손을 들어 가리킨 것은 어느새 인간형으로 자신의 모습을 구현한 아레스. 나는 어이가 없어 헛웃음 지었다.

'저게 보인다고?'

아레스의 인간형은 정말로 무슨 영체 같은, 실존하는 무언가가 아니다. 굳이 말하자면 그것은 녀석의 [시점] 자체를 상징화한 것에 불과하므로 그 모습을 볼 수 있는 건 아레스가 데이터를 직접 쏴주고 있는 마도안경 우자트뿐이어야 한다.

"아! 내 친구 아레스야. 이런 거 처음 보지? 초월병기 중에서도 순위권에 드는 넘버링이지! 신의 위상(位相)을 가진 강철의 거인!"

웬일인지 [나]는 굉장히 들떠 있는 상태다. 자랑이라도 하는 그의 말투는 지금까지 보지 못한 종류의 것이다.

"확실히… 처음 본다. 세상에는 이런 것도 있었군."

[대하, 저건 뭐냐?]

영문 모를 상황에 아레스가 황당해한다.

"뭐냐니! 그야 당연히."

거기까지 말한 [나]는 멈칫하더니 사내를 돌아본다.

"이름이 뭐야?"

"후안이다. 후안 언네임드 니에또."

"후안이래."

고스란히 따라 하는 성의 없는 대답에 상관없이 나는 녀석의 머리 위를 보고 있었다. 어차피 나에게 자기소개는 그다지 중요하지 않은 문제였으니까.

[34지구]
[??신 후안]

그런데 내 눈에 표시된 칭호는 너무나 이상한 종류였다.

'물음표?'

처음 접하는 케이스에 의문을 표할 때 사내가 고개를 돌려 눈을 마주친다.

그리고 칭호가 변했다.

[이상한 눈이군.]

[보지 마라.]

'……!'

머릿속으로 번개가 친다. 처음 접하는 케이스였던 물음표와 다르게 이건 한 번 겪어본 적이 있는 상황이다. 대우주에서 만났던 언터쳐블. 하와가 스스로의 타이틀에 간섭한 적이 있었던 것.

'아니, 설마.'

자연히 이어지는 결론에 어이가 없어서 헛웃음이 나온다.

'지구에 성계신 말고 다른 언터쳐블이 있다고?'

내가 [나]의 안에서 경악하고 있다는 사실을 알 리 없는 아레스는 어이없어한다.

[아니, 깬 건지 안 깬 건지 모르겠군. 왜 왔다 갔다 해? 학살을 벌일까 걱정했는데 그거 이상으로 상황이 이상한데?]

"아, 맞아. 학살."

어느새 지니가 가져다준 음료를 마시고 있던 사내가 입을 열었다.

"인간들을 죽이지 마라. 그……."

"관대하."

"그래, 관대하. 인간들을 죽이지 말아다오."

'뭐지, 이놈은?'

빙빙 돌리는 것 없이 직설적인 부탁에 나는 문을 닫는 것도 잊고 혼란에 빠졌다. 시작부터 끝까지 이해할 수 없는 존재다.

언터쳐블씩이나 되는 존재가 저런 볼품없는 모습을 하고 이곳에 방문한 것도 그렇지만, 와서 하는 부탁이 인간을 죽이지 말라는 것이라니?

나는 일단 지켜보기로 했다. 지금 이 상황이 성계신이 와서 [나]를 진정시켰을 때와 근본적으로 다르다는 것을 깨달았기 때문이다.

[나]는 난감한 표정으로 답했다.

"어, 하지만 꼴 보기 싫은걸. 눈에 거슬려. 치우고 싶어."

"인간이라는 존재가 그렇게 느껴질 수는 있지. 이해한다. 하지만 그렇다고 그들이 무가치하게 학살당해야 할 존재는 아니야."

인류애가 넘치는 발언이었지만 정작 그 발언을 하는 사내의 얼굴에는 조금의 감정조차 느껴지지 않는다. 마치 남의 말을 전하는 것처럼. 책에 쓰인 글귀를 읽는 것처럼 무덤덤한 목소리.

그러나 그 이상함을 전혀 느끼지 못한 듯 [나]는 인상을 찡그릴 뿐이다.

"인간은 벌레야."

"아니. 나는 인류야말로 희망을 품을 존재라고 생각한다."

여전히 아무 감정 없는 목소리다. 너무나 태연해 사실은 인류의 존립에 조금의 관심도 없는 것처럼 보일 지경.

"아오……."

[나]는 답답함에 가슴을 쳤다. 이해할 수 없는 말을 들었다는 분위기. 그러나 그것도 잠시일 뿐 금세 태도를 회복해 묻는다.

"그런데 내가 인류를 멸종시키려는 걸 어떻게 알고 온 거야? 아직 아무것도 한 게 없는데."

"사실 잘 모르겠다. 나는 그저……. 인류 문명을 박살 낼 정도로 거대한 [흐름]이 느껴졌기에 찾아왔을 뿐이야."

'흐름? 단순한 예지라고 하기에는 조금 괴상한 형태인데.'

게다가 문을 연, 그러니까 신성을 각성한 [나]는 운명의 흐름을 초월한 존재다. 행위의 결과물인 인류의 멸망을 예지하는 거야 충분히 가능하겠지만 그 원인을 단박에 인식하고 찾아올 수 있다니.

하지만 역시나 [나]는 그런 것들에 그 어떤 위기감도 느끼지 않는다. 그런 것들은 아무런 관심 사항이 아니다.

"역시 이해가 안 돼. 왜 인간에 그렇게 신경을 써?"

"다시 말하지만, 나는 인류가 희망을 품은 존재라고 생각한다. 그들은 그저 약간의 문제로 엇나가고 있을 뿐이지."

"약간의 문제?"

"그래."

사내가 고개를 끄덕인다.

"그들을 이끌어주고 훈육(訓育)해 줄 절대자가 없다는 문제."

"흠……."

[나]는 잘 모르겠다는 듯 눈살을 찌푸렸다.

"그래도 싫은데."

"끝까지 어쩔 수 없다면."

사내가 마시던 음료를 내려놓고 [나]를 응시한다.

"나는 막을 수밖에 없다."

"…칫."

[나]는 투정을 부리듯 입을 삐쭉거렸다.

끔찍한 광경이다.

'아니, 이거 태도가 왜 이래? 왜 애처럼 굴지? 퇴행(退行)이라도 하나?'

제국에 있을 때의 [나]는 이렇지 않았다는 걸 생각하면 이상할 정도의 변화다. 전지의 권능을 잃어버렸기 때문일까? 성계신한테 고백했던 것도 그렇고 여러모로 정상이 아니다.

"좋아. 알았어."

"고맙군."

사내가 자리에서 일어난다. 그리고 그 순간.

팟!

사라진다. 이제 이곳에 그의 흔적은 없다.

"아, 뭐야! 제 할 말만 하고!"

남은 [내]가 발을 동동 구르는 것을 보며 다시 문을 이미지했다. 마음속에 커다란 철문이 그려지고.

철컥!

그것을 단박에 닫아버린다.

까닥.

새끼손가락을 움직인다. 손가락 한 마디를 굽혔다가 이내 검지, 중지, 약지 순으로 진행해 마침내 주먹을 쥐었다.

"후우."

심호흡과 함께 육체의 통제가 완전히 돌아온다. 이런 식으로 육체의 제어권을 되찾는 건 처음이라 상당히 낯선 감각.

[대하?]

[함장님?]

두 관제 인격이 나를 부른다. 육성이 아님에도 그들의 감정이 느껴진다. 당혹스러움과 걱정, 그리고 불안까지.

그러나 나는 그들의 의문을 풀어주는 대신 손을 내저었다. 지금은 인간도 신도 아닌 무언가가 되어 있는 상태에 관해 설명할 기분이 아니다.

분노하느라, 또 그런 상황을 수습하느라 내팽개쳤던 내 감정부터 추스르지 못하면 미쳐 버릴 것만 같다.

"나중에."

[…고유세계로 가 있지.]

[필요하실 때 불러주십시오. 함장님.]

함교가 침묵에 잠든다. 나는 천천히 걸어 함교의 한쪽에 있는 스크린으로 다가갔다. 가볍게 의식을 집중하는 것만으로 스크린에 지구의 모습이 떠오른다.

끼릭!

한 칸밖에 남지 않은 커터 날을 뽑아내 허공에 휘휘 저어본다.

"나는… 그렇게 가치 있는 사람이 아니야."

"나쁜 아이……. 난 나빠."

세상 모든 비극과 슬픔을 다 짊어진 듯했던 꼬마의 모습이 떠오른다. 사실 그때는 나도 꼬마였지만, 그런 내 눈으로 봐도 너무나 작고 왜소해 보이던 소년.

"맛, 있어."
"으, 으응, 재미있다."
"고마워."

벽에 등을 기대고 앉는다. 차가운 금속의 감촉이 맨살에 와 닿는다. 그러고 보니 상의가 다 찢어졌는데도 전혀 인지하지 못하고 있었다.

끼릭끼릭. 끼릭.

칼날 밀대를 밀었다 당겼다 아무 의미 없는 소음을 만들어 내며 그저 멍하니 있는다.

불같이 분노하고 학살을 벌이고도 마음속에는 공허함만이 가득 차 있을 뿐이었다.

"그녀를 부탁해."

몸을 웅크려 무릎에 머리를 묻는다.

끼릭끼릭.

지구 밖 거대 전함의 함교 안.

무의미하고 허무한 쇳소리만이 나직이 울려 퍼졌다.

*   *   *

거대한 전함이 대기권을 벗어나 위성 궤도로 올라선다. 지구상에 존재하는 그 어떤 관측 장비에도 탐지되지 않는 레온하르트 제국의 테라급 전함. 알바트로스.

과거 만 단위의 승무원까지 탑승시켜 대우주를 탐험하는 탐사대로, 연구 도시로, 무장 전함으로 활약하던 알바트로스함은 이제는 단 하나의 고귀한 존재만을 위해 기동하고 있다.

그는 레온하르트 제국이 간절히 바라왔던 [두 번째 황제].

비록 그 스스로가 그 영광된 자리를 박차고 나왔지만, 그렇다 하더라도 그 상징성은 감히 무시할 수준이 아니다. 제국 클래스의 세력에게도 절대 낮지 않은 가치를 지닌 테라급 함선이 개인에게 증여되었다는 것이 바로 그 증거라 할 수 있을 것이다.

비록 지금은 닭 잡는 소 칼이 되어서 낭비되고 있지만 알바트로스는 4문명의 정점에 달한 초과학의 결과물이자 궁극 마법이 덕지덕지 발려 있는 마도 문명의 총아인 초월병기인 것이다.

"진짜 진정되었네. 이걸 운이 좋다고 해야 하나……."

그런데 그 알바트로스함에 침입자가 있었다. 불과 수십 분 전에도 정체 모를 사내가 마음대로 들어갔다 나갔다는 사실을 생각하면 치욕적이기까지 한 일.

그러나 어쩔 수 없는 일이다. 알바트로스함에 침입한 것은 중학생 정도의 외모로 보이는 작달막한 신장의 소녀.

34지구의 관리자이자 창조신의 위계를 가진 성계신이었으니까.

"당장 멸망은 아니어도 1억 이상의 희생자가 생길 거로 생각했는데."

그녀는 복잡한 표정으로 울고 있는 대하의 모습을 바라보았다. 대하와 불과 몇 미터도 떨어지지 않은 거리였지만, 그 누구도, 심지어 모든 환영에 면역이었던 대하조차도 그녀를 발견하지 못했다.

대하의 앞에 서 있는 그녀의 모습은 마치 포토샵으로 그녀라는 존재를 이 장소에 가져다 붙인 듯 이질적이다.

"완전히 예측 불허의 상황이 되어버렸어."

운명의 틀을 벗어난 존재를 예지하는 건 쉽지 않은 일이다. 예지 자체도 어려울뿐더러 수많은 대가를 치르고 행한 예지가 틀려 버리는 경우가 부지기수니까.

그러나 꼭 예지 능력이 있어야만 미래를 알 수 있는 건 아니어서 오랜 시간을 살아온 성계신은 [애송이 신]들이 무슨 짓을 저지를지 뻔히 짐작할 수 있었다.

관대하는 결국 신성에 잡아먹힐 것이다.

인간들은 결국 그를 도발하고 자극할 것이며.

그리하여 인류는 멸망, 그게 아니더라도 멸망에 준하는 상황에 부닥치고 말 것이다.

신성을 추출해 외부에 봉인한다는 엽기적인 방법으로 상황을 유예시켰다지만 결국 한계는 올 수밖에 없다. 그가 이어받은 것은 [인간에게 실망]하고 [인간만을 위한 신]에게 반기를 든 존재의 신성이었기 때문이다.

그야말로 불을 보듯 뻔한 미래.

후안은 또 어떤가?

관대하가 결국 신성에 잡아먹힐 예정이라면 그는 이미 잡아먹혔다.

그는 무의미한 망집(妄執)에 빠졌다. 평생을 불행하게 살았기에 관념에 사로잡혔으며, 초월한 존재라고 볼 수 없을 정도로 인간에 집착하고 있다.

심지어, 그래도 정통 신이었던 디카르마의 신성을 이은 대하와 다르게 그는 이름 지어지지 못한 존재. 언네임드의 신성을 이은 자.

그는 인류 문명을 제멋대로 주무를 것이다. 스스로는 인간을 선(善)으로 이끈다고 생각하겠지만 제멋대로 휘두르다 제멋대로 실망하고 결국 모든 걸 파멸로 몰아가겠지.

"게다가 진짜 재앙까지."

저 둘조차도 인간에게는 항거할 수 없는 재앙이건만.

심지어 그 둘은 대마법사, 제논 호 키프리오스(Zenon ho Kyprios)가 예지한 [멸망의 예언]과 무관한 존재이다.

멸망의 씨앗은 지구 깊은 곳에서 거대한 악의를 가지고 발아하고 있다.

"하하! 진짜 개판이다. 하하하하!"

기가 막힌다는 듯 성계신이 깔깔대며 웃었다. 어쩌다 자신이 관리하는 문명에 이런 일이 벌어진 것인지 알 수가 없다. 마음 같아서는 하나하나 죄다 후드려 패고 봉인시켜 버리고 싶을 정도지만, 사명(使命)에 따라 움직이는 그녀의 처지를 생각해 보면 허망한 상상일 뿐이다.

"하지만 뭐."

그녀는 문득 웃음을 멈추고 무릎에 얼굴을 박은 채 울고 있는 소년을 바라보았다.

어리고 어린 소년.

그녀가 사랑하는 사내의 양자.

"어쩌면······. 정말 어쩌면."

그녀는 대하의 앞에 쭈그려 앉았다.

"오히려 이런 개판이라 멸망을 막을 수 있을지도 모르지."

지구에 대하 혼자 있었다면, 결국 인류는 멸망했을 것이다. 결국, 대하는 인간을 향한 혐오를 견디지 못하고 구제(驅除)를 시작했을 테니까.

지구에 후안 혼자 있었다면, 역시나 인류는 멸망했을 것이다. 후안은 멋대로 인류에게 기대하고 멋대로 실망하고, 멋대로 징벌을 내렸을 테니까.

지구에 아무도 없었다면.

그래도 인류는 멸망했을 것이다.

대전쟁 때 지구의 내핵에 스며들었던 거대한 혼돈(混沌)이 마침내 발아해 인류의 문명을 파괴하고 모든 영혼을 집어삼켰을 테니까.

그러나 지금.

멸망과 멸망, 그리고 멸망이 한자리에 모였다.

그 결과가 어찌 될지는 누구도 알 수 없다. 상급 신으로서 거대한 권능을 가지고 있는 그녀도, 지구에서 오랫동안 계획을 준비하고 있는 인중신도 마찬가지일 것이다.

"에휴, 우리 꼬맹이들."

혀를 차며 일어난다. 여전히 머리를 박고 있는 대하는 그녀의 존재를 눈치채지 못했다. 그녀가 앞에서 떠들었다 한들, 그 말이 전해지길 원치 않았기에 그는 아무것도 알 수 없을 것이다.

"많이 시달리겠구먼."

범인(凡人)이 새로운 세상을 만난다면 그는 그 세상에 적응해야 할 것이다.

영웅(英雄)이 새로운 세상을 만난다면 그는 그 세상을 변혁시키고 이끌어 나갈 것이다.

하지만 새로운 세상을 만난 것이 신이라면.

그렇다면…….

"세상이, 그들에게 적응해야 하겠지."

쓰게 웃은 그녀가 몸을 일으킨다. 이어 그 모습이 허깨비처럼 사라지고, 다시금 침묵이 내려앉은 함교에는 무릎에 머리를 묻은 대하 혼자만이 남아 있었다.

*   *   *

3만 대 15만. 싸우기도 전에 전의(戰意)가 꺾일 정도로 불합

리했던 전쟁은 전 세계 모든 세력의 예상을 뒤집고 3만의 승리
로 끝났다.

기적적인 승리다.

절반이 넘는, 그러니까 1만 6,000명의 사상자는 이가의 입
장에서도 뼈아픈 타격이지만 주가의 원정군이 입은 피해에 비
하면 그야말로 조족지혈에 불과하다.

자신만만하게 이가의 영역에 침범했던 주가의 15만 대군은
단 한 명의 생존자조차 없이 몰살(沒殺)을 당했으니 이제 주가
는, 나아가 중국에 속한 세력 전체가 복수는커녕 이면 세계에
서 자신들의 영역을 수습하는 데에도 전력을 다해야 하는 처지
가 되고 만 것이다.

하물며 주가는 활동의 근거지인 자금성을 점령당해 사실상
멸망의 갈림길에 선 상황이니, 오늘이 지나 이 승리가 전 세계
로 퍼져 나간다면 이면 세계의 세력 구도에 지각변동이 일어날
것이다.

역사적으로 이만한 대첩(大捷)이 없는 것은 아니지만 그것
들은 아주 특수한 지형, 보급이나 정치 등의 외부적인 문제,
혹은 비대칭적으로 발달한 병기의 존재로 가능한 일이었고 지
금처럼 미스테리할 정도의 결과는 아니었다. 이미 주가의 움직
임을 파악하고 대비하고 있던 세계의 모든 세력이 뒤통수를 맞
은 것이나 다름없는 상황.

치사량의 국뽕을 집어먹은 한국 출신의 전략가들도 최상 중
에서도 최상의 결과로 전략적 패배에 전술적 승리 정도를 조심
스럽게 늘어놓을 뿐 감히 이런 결과를 주장하지는 못했다.

왜냐하면, 불가능한 일이었기 때문이다.

적어도 그렇게 인식될 만한 전투였다.

표면 세계로 예를 들자면 북한과 미국이 싸웠는데 북한이 이긴 정도의 충격이다.

패배한 미국이 북한의 속국으로 들어가는 정도의 충격이다.

미국이 항모를 포함한 최신의 병기들로 최선을 다해 무장한 후 그 숫자조차도 15만 명이나 끌고, 심지어 선전포고도 안 하고서 기습적으로 침범했는데, 북한의 징집병 3만에 몰살당한 정도의 충격이다.

기적이라는 단어조차도 가져다 쓸 수 없을 정도로 믿을 수 없는 승리.

애초에 질도, 양도 압도적인 열세인데 누가 승리를 예측했겠는가?

그러나 광화문 광장에서 그 승리를 기뻐하는 이들을 찾아보기는 어려웠다.

"맙소사, 이건 대체……."

"으 제길, 냄새가. 우웁!"

"지금 뭐 하는 거냐! 이래서 애송이 놈들은! 얼른 움직여! 시체와 장비들을 수습해라!"

경복궁 안에 피신해 있던 모든 인력이 광화문 광장으로 나와 전장을 정리하고 있다.

평소 유래 있는 가문의 후손이라 잘난 척하던 후기지수들도, 전투력이 약해 경복궁 밖으로 나가는 게 허가되지 않던 수련생들도, 심지어 온갖 제약으로 덕지덕지 묶여 있던 경복궁의 궁녀들까지도 땀을 흘리고 피를 묻히며 광화문 광장을 치워 나가고 있었다.

"피 냄새가 이렇게나 진동을 하는데 마족이 하나도 덤벼들지 않는다니 좀 섬뜩하지 않아? 그냥 근처에 없는 정도가 아니라 감지 범위에 하나도 잡히지 않는다니."

"대규모 전투에 놀라 거리를 벌렸다잖아."

"그게 말이 돼? 사지가 다 잘려도 피 냄새를 향해 기어가는 게 마족이잖아."

마법이 걸린 커다란 달구지를 끌고 와 거기에 박살 난 병장기들을 담고 있던 수련생들이 수군거렸다. 그들뿐이 아니었다.

"멀쩡한 시체가 거의 없어. 어떻게 시체 대부분이 터지고 으깨질 수가 있지? 이건 마치……. 그래. 마치 음속으로 날아드는 커다란 기둥에 치인 것 같군."

"나름 끔찍한 삶을 살아왔다고 생각했는데 그저 애송이에 불과했네. 이런 무지막지한 광경을 보게 될 줄이야."

산처럼 쌓여 있는 시체. 냇물처럼 흐르는 피에 칼날 위를 걷는 것이나 다름없는 삶을 살아왔다고 자신하던 무사들조차도 온몸을 떨었다.

광화문 광장에 남은 흔적만으로도 그 위에서 벌어진 전쟁이 얼마나 처참했는지 느낄 수 있었기 때문이다.

다만 그렇다고 해도.

"알 수가 없어. 전쟁의 중후반까지는 연락도 받고 소식도 듣고 심지어 참여하기까지 했지만……. 도대체 마지막에 이가가 어떤 무기를 썼길래 이런 파멸적인 위력을 낼 수 있었던 거지?"

"엄청 찔러봤는데도 아무것도 알아내지 못했어. 그나마 후방에 빠져 있던 녀석들이 엄청난 폭음과 함께 천둥 벼락이 치는 소리를 들었다고는 하는데."

"게다가 포로조차 받지 않고 이 많은 숫자를 다 죽여 버린다는 건……."

"역시 금지된 술법을 사용한 것이겠지?"

같은 이가 소속인 그들조차도 전쟁 말미에 벌어진 참상에 대해서는 알 수가 없었다. 이가에 펼쳐진 강력한 결계가 경복궁을 구역별로 분리하고 있어서이기도 했고, 민경이 하위 능력자들의 기억을 왜곡시키는 후속 조처를 했기 때문이기도 하다.

이가에서도 오직 1,000명 정도의 고위 능력자들만이 대하의 존재를 알고 있을 뿐이었다.

"황녀 전하."

그리고 민경의 곁으로 다가온 소녀는 바로 그런 고위 능력자 중 하나다. 이가의 능력자 중에서도 최상위권에 위치한 강대한 능력자.

"인검(人劍)."

그녀는 이가의 무력을 상징하는 천(天), 지(地), 인(人) 중 사람을 상징하는 인검의 수호자이다. 그리고 인검의 수호자라는 것은 그녀가 이가의 3대 무력 단체 중 하나인 화랑단의 수장이라는 뜻이기도 하다.

화랑단(花郎團).

신라 시대에 만들어진 청소년들의 수양 단체였던 화랑단은 이미 오래전 멸망해 사라졌으나 그들의 능력에 흥미를 느낀 대마법사가 부활시켰고, 그는 인검을 만들어 화랑단을 이끄는 이가 대대로 물려받으며 힘을 키우도록 명령했다.

화랑은 오로지 인간(人)에게서 힘을 얻는 자들.

그들은 인간들의 동경과 선망, 사랑과 애정을 힘으로 치환해 사역하며, 그 때문에 화랑들 모두가 가수, 배우, 모델이나 방송인 등의 직업을 가지고 있다.

그들은 어느 장소, 어느 사람들과 섞이더라도 빛나는 존재다. 화랑이라는 집단이 가지는 근본적인 성향 때문에 전쟁터에 나가더라도 스타일리스트와 메이크업아티스트를 데리고 다닐 정도.

그들은 빼어난 외모와 재능, 그리고 매력을 갖춘 존재들이며 사력을 다해 그걸 발전시키면서 살아간다.

그리고 그런 화랑단의 단주가 바로.

"최배달."

"아, 이런 씨……."

"뭐라고?"

"아, 아닙니다."

순간 날아갔던 이성이 돌아오고 소녀가 이성을 되찾았다. 그녀는 화랑단을 이끄는 단장으로서 이면 세계에서 높은 명성을 가지고 있지만, 사실 그보다 훨씬 많은 사람들이 그녀를 다른 호칭으로 기억하고 있다.

천재 싱어송 라이터.

국민 여동생.

리프(Leaf).

그녀는 뛰어난 가창력을 가진 싱어송 라이터이자 연기력을 인정받은 정상급 배우였고, 온갖 예능에서 똑 부러지는 태도와 행동을 보여 전 국민적인 호감을 사고 있는 방송인이기도 했다.

"웃차."

리프는 민경의 옆으로 다가와 창가에 기댔다. 민경은 폐허가 된 건물 중에서 그나마 형태가 남아 있는 고층 건물에 올라와 있던 상태였기에 나란히 서자 한참 전후 처리 중인 광화문 광장이 내려다보인다.

문득 리프가 말한다.

"전 항상 천재 소리를 달고 살았지요."

"천재?"

민경이 고개를 돌리자 그녀가 고개를 끄덕였다.

"스승님께서 고아였던 절 우연히 발견하고는 손뼉을 치며 미친 듯 웃으셨다고 하죠."

일박광소(一拍狂笑)의 전설이다. 표정이 없어 목인(木人)이라고 불렸던 그녀의 스승이 그녀의 놀라운 재능을 보고 기쁨을 참지 못했다는 사연.

그녀가 화랑의 독문 수련법 천지화랑도(天指花郎道)에 얼마나 놀라운 적성을 가졌는지 단적으로 보여주는 예라 하겠다.

명문가의 자손인 천검이나 병기로써 제조된 지검과 다르게 오직 인검인 그녀만이 오로지 자신의 재능만으로 단장의 자리에 올랐다.

"노래를 처음 불렀을 때는 음악 천재라고 불렸고 연기에 진출했을 때는 연기 천재라고 불렸습니다."

그녀는 그 누구의 도움도 없이, 그냥 맨몸으로 대형 연예 기획사로 찾아가 단번에 합격했다. 그녀의 음색과 발성은 기획사에서 트레이너를 붙이기 부담스러워할 정도였고 한 번 본 댄스는 그 자리에서 전부 완벽하게 모방할 수 있을 정도로 몸놀림에 능했다.

"게다가 그 모든 것들보다 항상 앞에 붙는 호칭이 얼굴 천재였고요."

"……."

너무나 당당한 자기 자랑에 한참 심각하던 민경조차도 어이없는 표정을 지었다. 하지만 리프는 이내 쓰게 웃었다.

"그런데, 그런데도."

리프는 고개를 돌려 민경의 눈을 똑바로 바라보았다.

"영민이를 보았을 때……. 저는 열등감을 느꼈죠."

그녀가 맨 처음 관영민에게 관심을 가진 것은 물론 외모 때문이었다. 만화를 찢고 나온 것만 같은, 남자가 아니라 머리를 짧게 자른 미소녀로밖에 안 보이는 외모는 실로 비범한 수준이었으니까.

그러나 탑 안에서 그가 검을 들었을 때.

마침내 표면 세계에서는 드러낼 일 없던 무(武)의 재능을 내보였을 때.

그녀는 전율했다.

"녀석은 세상을 뒤엎을 정도의 천재였습니다."

그야말로 개세(蓋世)적인 천재다. 그저 수많은 사람 중 가장 강한 자가 될 정도의 재능이 아니라 혼자의 힘으로 세상을 까서 뒤집을, 인간이라는 종의 한계를 뛰어넘어 초월(超越)의 경지에 오를지도 모른다고 짐작될 정신과 재능의 소유자.

"그래. 정말 무시무시한 녀석이었지."

이면 세계의 가장 깊은 곳에 박혀 있는 언네임드의 유해, [탑]은 1년에 한 번씩 전 세계를 대상으로 도전자를 받아들인다. 만약 도전자가 없거나 모자란다면 강제로 소환했다.

관영민은 유일한 표면 세계 출신의 도전자였다. 1,000명이 넘던 도전자 중 유일한 일반인.

그러나 그 일반인은 고작 커터 칼 하나 들고 탑의 우승자가 되었다.

"하지만."

문득 공기가 무거워진다. 리프의 표정이 진중해진다.

"그 동생 녀석은 달라요. 그건, 그건 정말 완전히 다릅니다."

리프는 관영민의 동생, 관대하를 떠올렸다.

마주 보는 것만으로도 다리가 후들거릴 정도로 초월적인 마력도, 온갖 술법으로 떡칠되어 있는 병기들을 눈 깜빡할 사이에 액체로 만들어 버리는 믿기지 않는 수준의 속성력도 실로 두려운 것들이었지만 그녀를 충격과 공포로 몰아간 것은 그가 불러낸 로봇과 전투기들이었다.

어이가 없다. 검과 마법이 지배하는 이면 세계에 로봇이라니?

그는 천재 같은 것이 아니다. 그의 존재는 표면 세계는 물론이고 이면 세계에서조차 너무도 이질적이었다.

"대체 그 녀석은 뭡니까?"

"……."

민경은 별다른 대답 없이 광화문 광장을 내려다보았다. 궁녀들이 광화문 한편에 있는 시설을 조작해 하수구로 흘러 나갔던 혈액들을 회수하는 모습이 보인다.

이번 전투로 입은 피해는 실로 어마무시한 수준이지만, 반대급부는 그 피해조차도 우습게 여길 정도로 막대하다. 주가의 모든 것이나 다름없는 자금성의 권한을 얻어낸 것을 별개로 하더라도 그렇다.

15만 명이 사용하던 장비, 물자, 심지어 시체들까지.

지금부터 이가는 칼날 위를 걸어가야 한다.

지금의 이득으로 더 강한 힘을 지니게 될 것이며, 이가라는 단체가 가지는 위상 자체가 지금까지와는 차원이 달라지겠지만, 다른 세력들은 그것을 축하하는 대신 발을 걸고 등을 찌르며 승리의 비밀을 캐내려 할 테니까.

"그건 나도 궁금하지만."

민경이 창가에서 몸을 돌린다. 그럴 기분이 아니라 하더라도 더는 감상에 빠져 있을 시간이 없다.

"그걸 너무 궁금해해서도 안 된다는 사실 정도는 알지?"

"…그렇네요. 네. 그렇겠죠."

리프가 쓰게 웃는다. 대하가, 그리고 그가 탑승한 거대한 로봇이 그들의 앞에 내려설 때의 압도적인 위압감이 떠오른다.

그리고 무엇보다 그 말.

"그렇다면, 굳이 인류를 멸망시킬 필요는 없겠지."

그 오만한 말.

믿을 수 없는 일이지만……. 그녀는 그 말에서 조금의 허세
도 느끼지 못했다.

"머저리들이 녀석을 자극하는 일이 없게 작업해 줘."

그렇게 마무리한 민경이 가볍게 땅을 박차 건물 아래로 뛰
어내린다. 고개를 내밀어 아래를 보았지만 이미 그녀의 모습은
사라지고 없다.

"아이고, 답은 하나도 못 듣고 일만 생기다니."

리프는 괜히 물어봤네, 하고 투덜거리며 다시 광화문 광장
을 내려다보았다. 수많은 이가의 능력자들이 보인다.

"그래. 인간은 인간의 싸움을 해야겠지."

다짐과도 같은 말.

그러나 그녀는 몰랐다. 몰려오는 신화(神話)의 파도 앞에.

[인간의 싸움]이라는 건 허망한 희망 사항에 불과하다는 사
실을.

*　　　*　　　*

눈을 뜬다. 가볍게 씻고 교복으로 갈아입었다. 별다른 준비
물은 없다. 쉐도우 스토커를 차고 우자트를 쓴다. 그 외에는 스
마트폰 정도.

문을 열고 나선 내 눈앞에 궁녀복을 입은 소녀의 모습이 보

인다.

"안녕."

"……."

나는 문 앞에 서 있는 궁녀를 가만히 바라보았다. 궁녀복을 입고 있는 소녀는 나에게도 낯익은 상대다.

[원일고등학교]

[3레벨]

[우울한 이선애]

궁녀복을 입고 있음에도 여전히 고등학교 소속인 그녀는 더 이상의 추가적인 인사 없이 그저 조용히 내 옆에 선다. 정확히는 내 옆에서 한 걸음 반 뒤. 나는 고개를 슬쩍 돌려 그녀를 잠시 바라보았다.

'아, 그러고 보니 이 녀석 변신했었지?'

뭔가 비밀이 있는 녀석이다. 위기의 순간 합성 마수로 변신하며 레벨이 8까지 치솟던 모습은 꽤 인상적. 이름까지 니케로 바뀌던 와중에도 소속은 원일고등학교였다는 게 개그라면 개그겠지만.

"다시 궁으로 돌아왔네."

"그렇게 되었어."

나는 뭔가 뻔뻔한 태도로 답하는 그녀의 모습을 잠시 바라보다 이내 어깨를 으쓱이고 계단으로 향한다. 그녀가 누군지, 어디 소속이고 어떤 힘을 가졌는지, 안가가 습격당한 건 어떤 연유였는지, 누가 배신자이고 또 상황이 어떻게 정리되었는지 굳이 묻지 않았다.

왜냐하면, 관심 없기 때문이다. 별 관심도 없으면서 그냥 할 말이 없다는 이유로 남의 사정을 캐묻는 것도 참으로 꼴불견이다.

나에게는 별로 궁금하지도 않은 사안이라 하더라도 그들에게는 나름 기밀 사항일 테니까.

꾸벅.

계단 옆에 서 있다가 허리를 숙이는 궁녀를 지나쳐 계단으로 내려간다. 평소보다 허리를 숙이는 각도가 10도 이상 깊어서 부담스럽다.

내가 머물던 숙소, 강녕전에서 나와 경회루로 향한다.

"지현아! 괜찮은 거야?"

"좀 다친 정도니 오버하지 마. 그 난리 통에서 살아난 것도 감지덕지니까."

"너, 소식 들었어? 가주님께서 가주직을 내려놓으셨대."

"하하! 진짜 상상도 못 했어. 설마 우리가 이길 줄이야!"

"황제 폐하께서도 모르는 사이 황녀님께서 엄청난 준비를 하셨더군. 그리고 무엇보다 검귀의 힘이 컸어."

"실로 악마적인 재능이었습니다. 그의 희생이 아니었다면 이 가가 과연 승리할 수 있었을지."

경회루는 소란스러운 평소보다도 훨씬 더 시끌벅적했다. 식사하는 사람들이 목소리를 높여 떠들어대고 개중에는 꼭두새벽부터 술을 마시는 자들조차 있다.

거대한 규모의 전투. 믿기지 않는 승리. 그리고 그 와중 발생한 죽음으로 인한 흥분과 두려움이 뒤섞여 마치 용광로처럼 펄펄 끓고 있다.

"가락국수 주세요. 아, 참고로 저 강체사입니다."

"그래그래, 많이 처먹는 거 잘 알겠⋯⋯."

이가의 능력자들에게 배식하고 있던 마족 아줌마가 내 모습을 확인하고 멈칫한다.

"왜요?"

"왜가 아니라⋯⋯. 너, 아직도 이가에 남아 있었구나?"

크레파스로 칠한 것 같은 까만 눈동자가 나를 가만히 바라본다. 느껴지는 것은 약간의 경계와 두려움. 나는 피식 웃으며 답했다.

"뭘 잘못한 것도 아닌데 떠날 이유가 없죠. 어디 갔나 안 보였는데 전투를 보긴 했나 보네요."

"그야 그런 계약이었으니까. 하지만 도통 모르겠군. 너, 아니, 당신은."

"국수나 줘요."

"⋯그러지."

나는 그녀에게서 국수를 받았다. 세숫대야만 한 크기의 접시에 면이 가득 들어 있고 다시 그 위에 고명이 산처럼 쌓여 있는, 그야말로 타임 어택 챌린지에나 나올 것 같은 메뉴다. 말이 좋아 가락국수지 건더기 엄청 많은 우동 같은 메뉴.

물론 맛만 있으면 상관없기에 받아서 적당한 자리에 앉았는데, 그렇게 앉은 내 맞은편에 따라서 앉는 사람이 있다. 선애는 아니고 처음 보는 얼굴이다.

"드디어 만나게 되었군. 어이, 너. 그 검귀 놈의 동생 맞지?"

내 맞은편의 의자를 빼 앉은 그는 나보다 1~2살 정도 많아 보이는 청년이다. 훤칠한 키에 탄탄한 몸, 매력적인 이목구비를 가진 미남.

그러나 그는 자리에 앉기가 무섭게 다시 일어나야 했다.

자의(自意)가 아니었다. 타의(他意)다.

"어? 선배님들? 지금 뭐 하시는 겁니까?"

"따라와."

"아니, 잠깐. 지금은 훈련 시간도 아니고 공적인 자리도 아닌데 이렇게 강압적으로… 컥?!"

반항하던 청년의 복부에 인정사정없는 철권이 틀어박힌다. 자연스럽게 그의 두 팔을 잡은 두 사내가 쓰러지려는 그의 몸을 부축한다.

"실례했습니다."

공손한 말과 함께 기절한 사내를 질질 끌고 간다. 내 뒤에 서 있던 선애가 황당하다는 듯 신음 소리를 낸다.

"아니, A4B4가 왜?"

"아는 사람이야?"

"아는 사람이냐니! A4B4잖아! '굿나잇 잘 자요'랑 '커플 데이'도 몰라?"

"아이돌이구나."

그러나 전혀 모르는 녀석들. 나도 나름 TV 보고 사는 고등학생이라는 걸 생각하면 그리 유명한 그룹은 아닌 모양이다.

후루룩.

지름이 1미터는 되어 보이는 국수 그릇을 기울여 국물을 마시고 면도 집어 먹는다. 경천칠색을 수련한 이후로 기초대사량이 너무 늘어서 먹는 걸 게을리하면 근손실이 발생했기에 부지런히 먹는다.

물론 고유세계에 들어가 있는 내 몸 역시 틈틈이 식사하고 있지만, 그 몸은 권황에게 입은 부상을 완전히 치료하지 못했기에 현실에서 더 부지런히 먹어줘야 한다.

"말도 안 돼. A4B4면 소화랑도 아니고 진짜배기 화랑인데 어째서 널 케어하고 있는 거지? 저 공손한 태도는 또 뭐고?"

선애가 말을 건다. 의욕 없던 지금까지의 태도와 다르게 눈을 반짝이는 모습이었지만 그저 어깨를 으쓱이고 되묻는다.

"넌 밥 안 먹어?"

"궁녀는 경희루에서 식사 안 해. 아니, 그보다."

"뭐 그렇다면야."

평소와 달리 궁금한 게 많아 보이는 녀석의 말을 끊고 식사를 시작했을 때였다.

─전체 공지입니다. 오늘 오후 6시 태원전에서 합동 장례식이 시작될 예정이니 유가족분들과 문의 사항이 있으신 분들께서는 수정전 4층으로 찾아와 주시길 바랍니다. 영환 스님께서 주관하시며 방식은 화장(火葬)입니다.

느닷없는 방송에 잠시 식당이 조용해졌다. 그러나 그건 아주 잠시일 뿐 이내 조금 전보다도 더 시끄러워졌다.

"와, 장례식을 치러준단 말이야? 진짜로?"

"주가 놈들 시체가 많긴 많나 보네. 사자(死者)에게 이만한 예의를 갖춰줄 수 있다니."

국수 접시를 들어 국물을 모조리 들이켠 후 탁, 소리 나게 바닥에 내려놓는다.

국물 요리라서 그런지 약간 부족한 느낌이었지만 새벽 단련을 하지 않았으니 이 정도가 적당하리라. 부족하면 알바트로스함에서 에너지바를 보급받으면 되겠지.

"장례식을 하는 게 그렇게 놀라운 일이야?"

자리에서 일어나며 묻는다. 선애는 멋대로 진행하는 이야기에 토라진 듯 입을 삐쭉였지만 항의하는 대신 설명했다.

"놀라운 일이지. 소속이 있는 능력자의 시체는 보통 그 집단에 귀속되니까."

"이가에서 시신을 갈취한단 말이야?"

황당해 돌아보자 선애가 오히려 더 황당하다는 듯 나를 본다.

"너, 정말 이면 세계에 대해 전혀 모르는구나?"

"딱히 알 이유도 없지."

그릇을 반납하고 경회루를 나선다. 홍례문을 지나 영제교를 건너 근정문을 통과한다. 근정전에 있는 문을 통해 이면 세계에서 표면 세계로 넘어가는 모든 과정이 일사천리였다.

"능력자들의 시체는 그 자체로 높은 가치를 지닌 자산이야. 동시에 각 세력의 기술들이 집약된 기밀 덩어리이기도 하고.

대마법사님의 지시 사항이기 때문에 세상 어느 세력에 가입하더라도 사망 시 시체 양도는 기본으로 깔고 가야 해. 그러기 싫으면 상당한 수준의 재화를 내야만 하고."

녀석의 설명을 들으며 준비된 차량에 도착한다.

나는 차를 보고 혀를 찼다.

"과해."

선애는 차 옆에 서 있는 사람을 보고 비명을 질렀다.

"지검(地劍)!"

육중해 보이는 디자인의 리무진이 주차장에 서 있고 그 앞에 갑주로 온몸을 감싸고 있는 사내가 대기 중이다.

"호들갑 떨지 마라. 못 본 사이에 궁녀 수준이 많이 떨어졌군."

"궁녀 아니에요! 이거 알바 하는 거니까 아저씨는 신경 끄시죠?"

발끈하는 선애의 말에 헛웃음 짓는다.

"알바야?"

"그래. 이미 옛~ 날에 그만뒀어. 네 담당이 된 건 일당이 세서라고."

"…네 이년."

고급 세단 옆에 있던 지검의 목소리가 가라앉는다. 선애는 표정을 굳히며 그를 마주 보았다. 일촉즉발의 분위기이지만 내 알 바 아니다.

"네 이년 같은 소리 하지 말고 차 바꿔 와."

"하지만 이 차량은 천궁(天宮) 1호입니다. 특급의 결계가 적용된 방탄 리무진으로."

"사람들이 다 쳐다보잖아. 바꿔."

더 말 섞기도 귀찮아서 끊어버리자 지검이 잠시 멈칫하다가 고개를 끄덕였다.

"알겠습니다."

대답과 동시에 불과 십여 초도 지나지 않아 검은색의 세단이 주차장으로 들어온다. 꽤 빠릿빠릿하다.

"이게 대체 무슨."

당황스러워하는 선애를 무시하고 세단에 올라탄다. 더 이상의 대화는 없다. 선애는 내 옆에 앉아서 눈을 동그랗게 뜨고 있을 뿐이다.

"왜?"

"왜라니."

선애가 내 옆에 붙어 소곤거린다.

"어째서 지검이 너한테 저렇게 쩔쩔매는 거야? 검귀라는 선배가 엄청난 활약을 했다는 말은 들었지만… 아무리 그래도 이가 육검이 운전사를 자처하다니."

"이가 육검?"

막연히 이가 최고의 무력이라고만 알고 있던 이름에 의문을 표하자 선애가 고개를 끄덕이며 답한다.

"천지인풍운우(天地人風雲雨) 해서 육검이야. 대마법사께서 칠대 가문 모두에게 직접 내리신 천검, 지검, 인검과 이가의 역사가 담긴 풍검, 운검, 우검을 맡은 고수들을 지칭하는 말이지."

또 대마법사의 안배가 나왔다. 그러고 보니 주가에서 온 녀석들도 천검인가 지검인가 하는 녀석들이 있었다.

"그러면 천지인과 풍운우 간의 수준 차이가 있겠네."

"아무래도 그렇지. 실력 차이는 그렇게 크지는 않지만 아무래도."

"그래, 장비빨이 어마어마하겠지."

이제는 죽고 없다는 대마법사는 편집증이 느껴질 정도로 전력을 다해 지구 전체의 전력을 끌어올렸다.

능력자들이 순조롭게 성장할 수 있는 시스템을 만들고 세력들을 가다듬었으며 각 세력에 어마어마한 위력의 마법기들을 안배해 놓은 것이다.

그저 아이언 하트가 없을 뿐이지 그 수준이 인급 기가스에 맞먹는 영혼거병 순신과 세종, 경회루 깊은 곳에 잠들어 있는 이무기, 어지간한 도시 이상으로 확장되어 고립되어도 몇 년이고 버틸 수 있는 무지막지한 규모의 공간 결계, 그리고 여기저기 숨어 있는 포격 결계와 긴급 물품들까지.

당연한 말이지만 대마법사가 직접 내린 그런 무구들은 지구의 제작자들이 만들어낸 병기와 차원을 달리할 것이다.

"세력 차이도 커. 천검의 별운검단(別雲劍團), 지검의 야차단(夜叉團), 인검의 화랑단(花郎團)은 이가의 삼대 무력 단체거든."

녀석의 말에 고개를 갸웃거린다.

"음? 어제 보니 천검이 야차단이라는 단체에 명령을 내리던데."

실제로 그랬다. 그 백발 영감이 천검의 이름으로 어쩌고 하고 명령을 내리니 경복궁에 있던 웨어 비스트들이 움직였었다.

"그거야."

순간 말문이 막힌 듯 선애가 멈칫하더니 이내 입술을 깨물었다.

"제 역할도 제대로 수행하지 못할 만큼 우두머리가 못나서 그렇지."

거기까지 이야기했을 때 차가 학교에 도착한다.

차에서 내리자 마치 마술처럼 선애의 궁녀복이 교복으로 변했다. 나는 운전석의 지검을 보며 말했다.

"학생회장에게 전해."

"말씀하십시오."

공손히 고개를 숙이는 지검을 보며 말했다.

"나를 보험으로 삼아도 좋다."

그것은 형의 당부로 인한 최소한의 도리.

"보험, 입니까."

"그래. 하지만 기억해야 할 거야."

그러나 그 형은 이제 없다.

"이제 이가와 나 사이에는 연결점이 없다는 걸."

그렇게만 말하고 등교하는 학생들 사이로 들어간다. 전날 무슨 일이 있었는지도 모르는 채 왁자지껄 떠들며 등교하는 아이들.

'귀찮아.'

어느새인가 그들을 보는 내 시선이 조금은 식어 있는 것을 느끼며.

천천히 학교로 향한다.

*　　　*　　　*

경천칠색은 근력(筋力)이 모자란 수련법이다. 단지 힘이 부족한 게 아니라 민첩성, 반사신경을 포함한 육체적인 스펙 전부가 다른 생체력 수련자의 절반 이하에 불과한 수련법이니 생체력 수련자들 사이에서는 그야말로 이단이라 할 만한 존재.

애초에 생체력이 어떤 능력이던가? 무엇을 목적으로 한 이능인가?

그것은 생체력 수련자들 사이의 격언을 보면 알 수 있다.

―몸이 나쁘면 머리가 고생이다.

―세상 모든 일은 근력으로 해결할 수 있다. 만약 해결할 수 없다면, 쓸데없이 머리를 써 다른 방법을 찾기 전에 당신의 근력이 부족한 것은 아닌지 고민하라.

생체력은 다른 영능과 비교조차 할 수 없을 정도로 단순하고 직관적인 수련법이다. 애초에 몬스터나 우주 괴수 같은 인외(人外)의 존재들에게 모티브를 얻어 만든 능력이니 당연하다면 당연한 일.

내공 수련자는 정신을 극한으로 몰아붙이는 시련을 통해 자신의 철학(哲學)을 만든다.

생체력 수련자는 쇠를 든다.

차크라 수련자는 자신의 내면을 들여다보며 세계와 공명을 이루는 [앎]을 추구한다.

생체력 수련자는 쇠를 든다.

신성력 수련자는 끝없는 기도와 명상으로 정신을 도야시키고 신과의 채널링을 완성해 간다.

생체력 수련자는 쇠를 든다.

다른 계열 수련자들이 납득 못 할 정도로 생체력 수련은 단순하기 짝이 없다. 그저 드는 쇠의 무게가 100킬로그램이었다가, 1톤이었다가, 10톤, 100톤이 될 뿐이다. 그저 끝없는 단련이 생체력의 시작이자 끝이고, 그 결과 만들어지는 궁극의 육신이 바로 생체력의 목적.

그러나 경천칠색은 생체력 수련법이라고는 믿을 수 없을 정도로 육체 강화가 적다. 물론 생체력 수련 자체가 하드 트레이닝이니만큼 강건한 육신을 가지게 되지만, 생체력의 가장 큰 특징이라 할 수 있는 강체화(強體化)가 이루어지지 않는 것.

대신 경천칠색은 다른 생체력이 가지지 못한 아주 강력한 특징을 가진다.

콰릉!

쩌렁쩌렁한 굉음이 고유세계를 뒤덮는다. 나는 들고 있던 오른손을 봤다. 살이 갈라지고 피가 흐르고 있다. 그저 피부만이 아니라 근섬유까지 찢어진 중상. 그러나 뼈는 상하지 않았다.

"흠, 이 정도가 몸이 견딜 수 있는 한계치인가."

경천칠색은 '마나를 소모'하는 게 가능한 수련법이다.

가장 근본적인 부분부터 마나와 결합해 마나 자체를 활용하기에는 어려움이 많은 다른 수련법과 다르게, 경천칠색은 육신을 진화시켜 마나를 진동으로, 또 진동을 마나로 바꿀 수 있는 일종의 변환기로 만든다.

[출력이 높아졌군요. 어지간한 5클래스 주문에 맞먹는 위력입니다.]

"가진 마나량이나 마나력은 8클래스 마법사에 맞먹는데 말이지."

[생체력과 마법을 출력으로 비교하는 건 좀.]

경천칠색은 소유자의 마나를 동력으로 활용할 수 있다.

내가 많고 많은 제국의 식(式) 중에서 경천칠색을 선택한 이유가 바로 그것이다. 지금의 나는 나를 위해 죽어간 나폴레옹의 아이언 하트를 품고 있고, 그저 [책]을 구현화하는 것으로 나폴레옹의 영력과 어빌리티를 인간의 몸으로 활용하는 게 가능하다. 경천칠색을 선택함으로써 내 전투력은 경지를 아득히 넘어서는 수준으로 강화되는 것이다.

책을 덮자 200(+600). 즉 800포인트나 되던 마나량과 마나력이 200포인트로 돌아왔다.

'하지만 이제는 잘 모르겠군. 이게 정말 제대로 된 선택이었을까?'

인간의 육신을 가지고 아이언 하트의 영력을 쓸 수 있다는 점에서, 틀림없이 경천칠색은 좋은 선택이다. 경천칠색을 익힌 나는 다른 생체력을 익힌 내가 10명이 덤벼도 압도할 수 있을 정도로 강해졌으니까.

그러나 수련을 하면 할수록 회의감이 든다.

'나한테 필요한 건 현재의 전투력이 아니었을 텐데.'

성명: 관대하

클래스: 없음

칭호: 인류의 재앙.

근력: 200 체력: 200 생명력: 200 순발력: 200

마나: 200 마나력: 200 항마력: 200

회복력: 200 마나 회복력: 200 운: 200

상태: 정상

스탯창을 확인한다. 요번에 문을 열었다 닫은 이후 마치 약속이라도 한 것처럼 100이었던 올스탯이 200으로 맞춰졌다. 열받는 건 하드 트레이닝으로 130~150까지 단련한 근력, 체력 등도 나머지 스탯과 동일한 선까지만 성장했다는 것.

공짜로 스탯이 오른 이득에도 짜증이 나는 건 내 단련이 아무런 의미도 없는 행위였다고 비웃는 듯한 성장 때문일 것이다.

"지니, 고유세계 식료품 상황은 어때?"

[거의 소진되었습니다. 혹시 상황이 되신다면 보급을 부탁드려도 되겠습니까?]

"당연히 채워놔야지. 요번에… 특성 랭크가 올라서 진입시킬 수 있는 규모가 늘어났거든."

새로운 창을 켜 시스템 로그를 확인한다.

[특성 고유세계(Legend++++)가 랭크 업 합니다!]
[E랭크 → C랭크]

F에서 시작되어 E까지 올랐던 랭크가 이번 사건으로 다시 2단계나 오르면서, 고유세계는 실로 대단한 격변을 맞이했다. 어지간한 중형차만 한 크기를 가진 소혹성의 모습을 하고 잇던 F랭크와 10분이나 걸어야 한 바퀴 돌 수 있었던 E랭크 사이의 그 엄청난 격차를 생각해 보면, 어쩌면 당연한 일이다.

D랭크를 단숨에 뛰어넘어 C랭크에 도달한 고유세계의 크기는.

기이이이잉————!!

철컹! 끼이익!

쿵!

"흠, 지니."

나는 굉음과 함께 올라가고 있는 고층 건물들을 보며 한숨 쉬었다.

"나 한 명밖에 없는 세상인데 군이 도시의 형태로 꾸밀 필요가 있어?"

[그저 필요한 시설들을 조성하고 있을 뿐입니다. 식물 공장과 축사 등으로 이루어진 식량 플랜트와 만들어진 작품들을 보관할 병기고, 발전소, 더불어 필요한 부품들을 수급할 군수공장들이 자리하고 있지요. 그리고 만일을 대비한 거주 시설과…….]

"거주 시설까지 필요해?"

[고유세계는 외부 생명체도 들어올 수 있는 공간이니까요. 나중에 일이 닥쳐서 만드는 것보다 여유가 있을 때 작업을 완료해 두는 게 나을 것입니다. 어차피 남아도는 전력을 활용하는 것이니까요. 아! 상황이 되신다면 함 내부로 돌아오셔서 배터리 보급도 부탁드립니다. 발전소 건설이 완료되어 가니 이번이 마지막입니다.]

"…그래. 뭐 잘 꾸미면 좋겠지."

뭔가 의욕이 넘치는 지니의 모습에 헛웃음 지을 때였다.

[대하.]

"아, 수업 끝났어?"

[그것도 있는데.]

"흠, 뭐 알았어."

말과 동시에 시점이 바뀐다.

"안녕!"

나는 내 앞에 서서 손을 흔드는 소녀를 가만히 바라보았다. 트윈 로즈의 일인이자 나를 이면 세계로 이끈 클래스메이트, 경은이 환히 웃고 있다.

"무슨 등교를 하교 시간에 해?"

교재들을 사물함에 넣으며 묻자 경은이 한숨 쉬며 답했다.

"알잖아. 도저히 학교 공부를 할 상황이 아니야. 진짜 엄청 바빠."

"안녕하십니까, 아가씨."

그때 마찬가지로 교재를 정리한 선애가 우리 옆으로 다가온다. 경은이 알은척을 한다.

"어? 너는 이가에서 나가기로 했던 거 아니었어?"

"그러기로 했었습니다만 아랫것들 개인 사정 따위 별로 안 중요하게 생각하는 분들이 많으니까요. 어느 정도 타협을 봐서 기간제 알바로 뛰고 있어요."

"올~ 프리랜서라니 멋진데?"

자기들끼리 대화를 시작한 두 녀석을 두고 교실을 나선다. 계단을 내려가자 다시 익숙한 얼굴이 등장한다.

"대하! 너 진짜 괜찮구나? 별일은 없어?"

"아, 재석아. 너도 하교 시간에 등교하냐?"

"등교는 무슨! 지금 학교가 중요하겠냐? 2/3가 결석인데 이 난리 통에 학교에 오는 게 더 이상하지. 회의 끌려 다니다가 간신히 여유가 나서 찾아온. 으악?!"

내 옆으로 붙던 재석이 비명을 지른다. 뒤늦게 따라온 경은이 인상을 찡그린다.

"너, 무슨 귀신 본 것처럼 놀란다?"

"아, 아니. 그냥 당황해서. 왜 학교에 온 거야?"

"…그냥 이유가 있어."

항상 유쾌한, 아니더라도 그런 분위기를 유지하려 노력하던 경은의 분위기가 착 가라앉는다. 그녀가 고개를 돌려 나를 바라보았다.

"집으로 갈 거지? 데려다줄게."

"굳이 그럴 필요 없어."

가볍게 거절한다.

"잠시 들를 데도 있고."

"뭐? 왜?"

설마 거절당할 줄 몰랐던 듯 당황하는 표정에 손을 내젓는다.

"왜는 무슨. 알아서 갈 테니까 신경 쓰지 마."

그렇게 말하고 학교를 나선다. 엉거주춤한 자세로 따라온 재석이가 얼떨떨한 목소리로 말한다.

"뭐, 뭐야, 너. 지금 경은이를 깐 거야?"

"까기는. 그나저나 넌 괜찮아? 광화문에서 보니 너도 일에 직접 관여되어 있는 것 같던데."

"그러고 보니 너도 거기 있었지……. 아니, 잠깐. 넌 왜 따라와?"

"경호? 아니 그건 좀 억지겠다. 그냥 수발이지."

태연하게 답하는 선애의 모습에 재석이 황당해한다.

"뭔 소리야? 너, 이가 나간 거 아니었어?"

눈을 동그랗게 뜨는 재석의 모습에 나도 황당하다. 이제 보니 내 짝꿍님도 꽤 유명 인사인 모양. 그리고 그즈음 우리는 교문에 도착했다.

"대하 님."

"아, 차는 됐어요. 시내에 좀 들렀다 갈 거라."

"흠, 하지만."

교문 앞에서 차를 세워놓고 있던 지검이 난감한 표정을 짓는다. 재석이 비명을 질렀다.

"으악?! 지검님?! 어째서?"

"아, 시끄러워. 금방이면 되니 기다리든가 먼저 가든가 하세요. 차 없어도 궁에 가는 건 문제없으니까."

"역시 그렇습니까."

지검은 잠시 눈을 감았다. 분위기를 보아하니 멀리 있는 누군가와 통신을 하는 모양. 그는 이내 눈을 뜨더니 말했다.

"그럼 시내까지 모시겠습니다. 워낙 위험한 시국인지라."

"위험이라……."

거기까지 말했다가 멈칫한다. 그리고 이내 쓰게 웃었다.

"뭐 그렇기는 하네요."

"네, 앞으로 상황이 어찌 될지 모르니."

"아뇨. 앞으로가 아닌데요."

"그게 무슨 말씀……. 이런!"

지검이 경악성과 함께 검을 뽑아 드는 순간이었다.

슉.

내 옆에 서 있던 재석의 모습이 사라진다. 고개를 돌려보니 하교하는 학생들로 북적이던 교문 주위가 한산해진 모습이 보인다.

수많은 학생이 모조리 사라지고 주변의 모든 것들이 그 빛깔을 잃었다. 하늘을 올려다보니 어두컴컴. 해도 달도 없는 하늘은 검은 크레파스로 범벅이 된 도화지처럼 새까맣기만 하다.

"임시 채널?! 대체 누가?"

"미쳤군! 감히 이가의 영역에서……!"

지검이 환두대도를 들고 내 앞을 막아선다. 어느새 그의 온몸에는 역사 드라마에서나 나올 법한 갑주가 착용되어 있는 상태. 내 뒤에는 선애가 붙었다. 그녀의 복장 역시 교복이 아닌 궁녀복으로 변경되어 있다.

"이런, 이런. 지검, 알 만한 사람이 대체 뭐 하시는 거지? 그런 천하의 대악당을 보호하다니."

그리고 그렇게 긴장한 이들의 앞에 한 사내가 다가온다. 자신의 키만큼이나 거대한 대검을 메고 있는 건장한 체구의 서양인이다.

"스펙터(Specter)!"

지검이 도를 중단으로 잡고 방어 자세를 취한다. 이가 최강의 무사 중 하나라는 그의 얼굴이 긴장으로 굳어 있는 게 보인다.

[어벤저스]

[12레벨]

[악멸(惡滅) 사냥꾼 알렉스]

상대방의 칭호를 보니 상황이 이해가 간다. 큰 차이는 아니지만, 그는 지검보다도, 심지어 11레벨의 천검보다도 높은 레벨의 존재인 것이다.

"그만! 더 다가오면 베겠다, 스펙터!"

"하지만 그는 악(惡)이다."

"설마 전쟁의 결과를 악(惡)이라 규정짓는 것인가? 이면 세계에서 그게 얼마나 웃긴 소리인지 너도 알고 있을 텐데. 아니, 그보다 이건 내정간섭이야!"

평소 과묵한 분위기와 다르게 꽤 달변인 지검.

하지만 스펙터라 불린 사내, 알렉스는 고개를 흔들었다.

"하지만 그래도 난 묻고 싶다. 수천 수만 명을 학살한 악인(惡人)이여."

알렉스가 지검에게서 고개를 돌려 나를 바라본다.

"왜 꼭 그래야만 했지? 굳이 그들을 몰살시키지 않아도 충분한 힘을 가지고 있는 듯한데. 그리고 왜."

그의 거대한 대검이 바닥으로 늘어지더니 그의 전신에서 강맹한 기운이 뿜어져 나오기 시작했다. 명백한 전투 태세다.

"그런 학살을 저지른 너에게 조금의 악업도 쌓이지 않는단 말이냐?"

"……."

나는 잠시 그를 마주 보았다.

정의롭고 굳건한 눈으로 그가 나를 바라보았다. 대뜸 나타나서 시비 거는 주제에 저런 표정을 짓고 있다니 어이가 없다.

"내 질문에 대답해라."

"내가 왜?"

"왜라… 이유가 필요하다면 이런 건 어떤가?"

"으악!"

순간 그의 앞에 한 덩치가 나타나 쓰러진다. 혼비백산하던 녀석은 황급히 몸을 일으키려 했지만, 어느새 자신의 목 앞에 늘어진 시퍼런 칼날을 보고 굳어버린다. 불과 조금 전만 해도 내 옆에 서 있던 재석이다.

"협박인가."

녀석이 나를 협박하고 있다.

녀석이 감히 나를 협박하고 있다.

하찮은 벌레. 콧바람 한 번에 날아갈 미물. 혐오스러운 쓰레기. 주제를 모르는 인간 따위가 감히 나를.

쿵!

"……!"

문을 두드리는 소리에 번뜩 정신이 든다.

"하."

절로 한숨이 나온다.

'어쩌면 지구를 떠나야 할지도 모르겠군.'

참을성이 점점 떨어져 간다.

조금만 자극해도 터지는 폭탄처럼 예민해져 가는데 세상 사람들은 그게 폭탄인지도 모르고 그 앞에서 불꽃놀이를 하고 있는 상황.

"대답해라!"

'이대로라면 정말…….'

나는 인류를 멸망시키고 말 것이다.

그러나 그렇게 생각하는 순간.

—부활이 완료되었습니다. 소요 시간 311년 8개월 17일 14시간 38분 17초.

—기존 프로젝트가 미실행된 상태임을 확인했습니다.

—프로젝트를 재기동합니다.

—종말 프로젝트.

—콘셉트(Concept), 호러(Horror).

예정되어 있던 종말이 실행되었다.

＊　　　＊　　　＊

창조신은 세상을 단번에 만들지 않았다.

그는 수없이 많은 시행착오를 겪었고 수없이 실패했다. 많은 [설정]이 만들어지고 버려졌으며 많은 [캐릭터]들이 만들어지고 버려졌다.

지나치게 강해서 너무나 이질적이어서, 작위적이기 때문에, 세계의 법칙을 뒤틀기 때문에, 위험해서, 너무 커서, 너무 작아서, 아름다워서, 번식이 너무나 빨라서, 미완성(未完成)이기 때문에.

온갖 이유로 버려진 그것들은 이름조차 지어지지 못한 채 심연(深淵)이나 혼돈의 영역에 처박혔다.

언네임드(Unnamed).

창조신에게조차 규정받지 못한 그들은 세상 그 어떤 존재들도, 심지어 신들조차도 감히 들어갈 수 없는 공간에 유폐되어 그 어떤 방법으로도 물질계에 나오는 게 불가능한 존재들이었다.

간혹 그들 중 일부가 외신(外神)과 혼동되어 숭배받기도 하였지만, 그 어떤 신성과 업을 쌓아도 그들의 처지가 달라지는 일은 없었다.

그러나 약 400년 전. 세계를 리셋하려던 대우주의 관리자, 아수라가 격퇴되고 창조신이 대우주의 관리에서 손을 놔버림으로써 그들을 억누르던 창조신의, 그리고 아수라의 제약이 완전히 벗겨져 버리고 말았다.

그들은 조금의 망설임도 없이 물질계로 뛰쳐나왔으니, 그것이 바로 대우주 전체를 전화(戰火)의 불길에 던져 넣은 대전쟁의 시작.

규정되지 않은 존재라 할 수 있는 언네임드는 각각 [키워드]로 설정되어 있고 그중 상당수가 별다른 지성을 가지지 못했다.

미완성의 존재는 물론, 그저 창조신의 [아이디어]에 불과한 존재들까지 있었기 때문이다.

그리고 그것 중에는 [종말 프로젝트]라는 아이디어가 존재했다.

그것은 대우주의 방향성이 창조신의 뜻과 어긋났을 때를 위한 구상이었지만 쓸데없이 자극적이고 너무나 오랜 시간이 걸린다는 판단으로 폐기되었던 언네임드였다.

아무도 그 존재를 모르던 [종말 프로젝트]는 [투쟁]이라 불리는 언네임드에 의해 물질계로 풀려났으며 언네임드들의 병기로써 활용되었다.

그리하여 멸망한 행성의 숫자만 수백 수천!

그러나 온 우주를 공포에 떨게 하며 위세를 떨치던 그것도 결국은 파괴되고 말았다. 종말 프로젝트의 위험도를 높게 평가한 마법의 신, 염룡(炎龍) 카인이 강림한 것이다.

그리고 긴 세월이 지난 지금, 파괴되었던 [종말 프로젝트]가 부활했다.

*　　　　*　　　　*

—부활이 완료되었습니다. 소요 시간 311년 8개월 17일 14시간 38분 17초.

—기존 프로젝트가 미실행된 상태임을 확인했습니다.

—프로젝트를 재기동합니다.

—종말 프로젝트.

—콘셉트(Concept). 호러(Horror).

"기어코 시작이로군. 이러기 전에 일을 끝내고 싶었는데."

학교 옥상에 앉아 있던 사내, 관일한은 교문 앞에 서 있는 아들의 모습을 바라보다가 깊은 한숨을 내쉬었다.

"자식 농사가 제일 어렵다더니. 정말 마음대로 안 되는구나."

예전 성계신은 대하에게 깨달음을 얻어 초월지경에 도달한다면 신성을 컨트롤할 수 있을 거라고 조언했다. 지금 대하가 관심조차 없던 이능을 수련하고 있는 게 바로 그녀의 말 때문이라고 해도 과언이 아닌 상황.

"망할 녀석. 지 일 아니라고 아무 말 대잔치를 하다니."

그러나 사실 대하가 붙잡고 있는 성계신의 말은 그저 대충 내뱉은 아무 말에 불과하다. 그 말이 거짓이라는 게 아니라, 말 그대로 그냥 말일 뿐이라는 것이다.

초월지경이라니?

물론 객관적으로 보면 대하가 보통의 인간과 비교할 수 없을 정도로 유리한 조건을 갖추고 있는 것은 사실이다. 이미 신성을 타고난 그는 초월자들이 인생 전체를 던져 쌓아야 하는 업(業)을 이미 넘치도록 가지고 있으니, 그는 그저 자신을 단련해 깨달음을 얻기만 해도 초월지경에 오를 수 있겠지.

그러나 그럼에도.

그는 그러지 못할 것이다.

"가진 게 너무 많아."

편한 길이 있으면 그곳으로 걷고 마는 것이 인간이다.

가진 무기가 있어 휘두르게 되는 것은 비겁한 게 아니라 자연스러운 일이다.

"정말 초월지경에 이르길 원한다면……."

그는 삶의 주제(主題)를 정의(定義)하여야 할 것이다.

그는 자신을 속박하는 모든 것을 초월(超越)하여야 할 것이다.

그는 무엇에도 흔들리지 않는 의념(意念)을 세워야 할 것이다.

하지만 지금 이 상황에 그가 어찌 그럴 수 있을까? 지구 문명 전체를 다 지워 버릴 수 있는 거대 함선이, 대우주에서도 흔치 않은 신화적인 무구, 초월병기가 그를 따르고 있다. 아니, 사실 그 무엇보다 그의 신성 자체가 문제다. 들끓는 신성의 격이 너무나 높아서 이미 완성(完成)된 것이나 다름없는 대하의 자아로도 도저히 억누를 수가 없는 지경에 이른 것이다.

"사실 시간만 많으면 되는데 그 시간이 없다니."

지구 깊숙한 곳. 지각 맨틀 외핵을 지나 내핵 깊숙이 잠들어 있던 대전쟁 최흉(最凶)의 병기가 가동되었다.

파직!

스파크와 함께 공간이 갈라진다. 미립자보다도 작은 균열과 함께 일정량의 마력이 머나먼 차원을 관통해 그의 앞에 도달한다.

극한으로 압축되어 있던 마력이 가벼운 소음과 함께 주르륵 텍스트를 뱉어낸다.

[종말병기가 작동된 걸 확인했어. 때마침 네가 있는 행성이야.]

[하던 일을 마치고 그리로 갈게.]

[제니카 건도 되도록 빨리 부탁해. 혹시 양자가 각성하지 못했거나 협조해 주지 않아?]

[PS. 왜 갱신을 하지 않는 거야? 벌써 20년이 다 되어가. 사정이 있다면 말해줘.]

[PS. 답장 꼭 부탁해.]

"그래. 결국, 오게 되는군."

일한은 바람에 흩어져 사라지는 메시지를 바라보며 읊조렸다.

"녀석이 와."

대우주의 멸망을 막은 위대한 영웅.

인류의 대표자. 만능의 달인.

수많은 문명과 사람들을 구해온 정의의 사도. 아무리 불리한 상황에서도 승리하고 마는 전략의 귀재. 신의 사도. 불세출의 전쟁 영웅. 불굴의 투사……

올 마스터(All master).

온 우주를 누비는 그 위대한 영웅이 이곳 34지구로 올 것이다.

"…서둘러야 해."

몸을 일으킨다. 그리고.

학교 위에서 그의 모습이 사라졌다.

*　　　*　　　*

"흣! 하아… 하웃!"

고급스러운 분위기의 사무실.

뉴욕시에 있는 한 마천루(摩天樓)의 최고층. 도시 전체가 한눈에 내려다보이는 그곳에서 질척이는 신음이 흘러 다닌다.

쭉쭉 뻗은 팔다리에 풍만하다 못해 터질 것 같은 가슴을 가진 여인은 고급 원목으로 만들어진 책상에 엎어진 채로 거짓 섞인 교성을 내지르고 있다. 그녀의 뒤에서 비싼 양복을 풀어헤친 채 그녀를 탐하고 있는 것은 불룩 튀어나온 배를 가진 백인 사내다.

"조반니 브라운."

"누, 누구냐!"

느닷없는 소리에 깜짝 놀란 사내가 자신의 앞에 엎어져 있던 여인을 밀어버리며 몸을 돌린다. 그의 앞에는 까무잡잡한 피부를 가진 20대 초반의 사내가 서 있었다.

선천적으로 신성을 타고나 자신의 의지로 그 신성을 받아들인 자.

후안이다.

"거짓말쟁이."

"뭐냐! 누구냐! 여긴 어떻게 들어왔지?"

조반니 브라운은 성공한 변호사이다.

미남이라고 부르기 어렵지만 친숙하게 둥글둥글한 몸매와 그 몸매에 잘 어울리는 사람 좋아 보이는 외모를 가진 그는 뛰어난 지능과 말이 안 되는 궤변조차도 그럴듯하게 들리게 만드는 달변의 소유자이다.

그는 여태껏 불가능하리라 여겼던 수없이 많은 극악 범죄자들을 성공적으로 변호해 냈다. 그 놀라운 성과의 결과로 무지막지한 액수의 달러를 챙긴 건 너무도 자연스러운 흐름이었고 말이다.

악마의 변호사(Devil's Advocate).

그것이 그가 얻은 별명이다.

"너는 거짓으로 수많은 이들에게 절망을 주었지."

그리고 그런 그야말로, 후안에는 더없이 합당한 제물이다.

"미친놈이로군!"

탕!

어느새 책상 서랍에서 권총을 찾아 꺼낸 조반니가 방아쇠를 당겼다. 평소라면 이렇게까지 경솔하게 행동하지 않았겠지만,

후안에게서 흐르는 이질적인 분위기가 그의 이성을 잃게 했다.

"뭐? 뭐, 뭐야?"

당연하지만 통하지 않는다.

조반니는 허공에 떠 있는 총알을 보며 신음했다. 이게 대체 무슨 조화란 말인가? 그러나 후안은 그의 리액션에 아무런 관심도 없다.

뿌득!

후안은 자신의 입안에 손을 넣어 어금니 중 하나를 그대로 뽑아버렸다. 실로 살벌한 모습이지만 그는 눈썹 하나 까딱이지 않는다.

웅!

뽑힌 이빨이 눈부신 빛과 함께 새로운 형태로 변했다. 백색으로 작열하는 그것은 검의 형상을 하고 있다.

"이것은 진실의 검이니, 세상에 존재하는 모든 거짓을 베어 없앨 것이다."

"너, 아니, 당신 뭡니까? 왜 갑자기 나타나서……."

푹!

조금의 망설임도 없이 빛의 검을 조반니의 가슴에 박는다. 입을 떡 벌릴 뿐 경악성조차 토하지 못하는 조반니.

이어 빛의 검이 손잡이까지 그의 몸 안으로 빨려 들어가고—

번쩍!

빛으로 변한 조반니의 육신이 승화(昇華)하기 시작한다. 등이 터져 나가며 인간의 것이 아닌 새로운 기관이 만들어지고 그 외모도, 신장도 모조리 변하기 시작했다.

그리고 그 변화의 끝에.

―나는 진실의 수호자요, 세상에 존재하는 모든 거짓을 베어 없앨 자이니.

여섯 장의 날개를 가진 거대한 천사가 이글이글 불타는 검을 들고 선언한다.

―나의 이름은 [진실]이다.

만일 지금 이 광경을 대우주의 누군가가 보았다면 설사 그가 신위를 가진 존재라 해도 경악을 금치 못할 것이다.
[진실]에게 깃든 초월의 힘.
그것이 중급 초월자, [황제] 클래스에 맞먹는 수준이었으니까.
심지어 대상은 그 하나뿐이 아니다.
후안은 아프리카의 한 독재자를 찾아냈다. 그는 불의(不義)한 자. 그는 그에게 차갑게 얼어붙은 저울을 박아 넣었다.

―나는 정의의 수호자요, 세상에 존재하는 모든 불의를 판단할 자이니.

안대로 눈을 가리고 저울을 든 아름다운 여인이 선언한다.

―나의 이름은 [정의]로다.

후안은 미국의 한 여기자를 찾아냈다. 거대한 테러 현장에 끼어들어 피해자인 척 스스로를 꾸며 일약 스타가 되었던 이. 그러나 시간이 지나 그 모든 것이 사기였다는 게 밝혀져 전 세계적인 비난을 받았던 불명예(不名譽)한 자.

후안은 그에게 거대한 비석을 박아 넣었다.

―나는 명예의 수호자요, 세상 모두가 우러를 이름을 기록하는 자이니.

까맣게 빛나는 거대한 석판을 든 노인이 선언한다.

―나의 이름은 [명예]이니라.

황제 클래스는커녕 초월자 하나 없던 지구에 중급 초월자가 셋이나 탄생한다. 그들은 온갖 사명을 덕지덕지 붙여 만들어낸 도구로서의 신.

후안은 그들을 이용해 인류를 교정하고 훈육하려 했다. 그것은 어쩌면 인류를 좀 더 나은 영역으로 나아가게 할지도 모를 행위이다. 이 세 신은 틀림없이 인간을 더욱더 진실하게 하고, 정의롭게 하며, 명예롭게 만들 것이기 때문이다.

그러나 그것들은 결국 강제(强制)에 불과하다. 강제된 진실. 강제된 정의. 강제된 명예.

인간은 어떻게든 거짓을 꾸며낼 방법을 찾을 것이며, 어떻게

든 빈틈을 찾아내 정의롭지 않을 짓을 벌일 것이다. 명예라는 단어를 곡해하고 명예로 인한 이득을 공유하려 할 것이다.

그리고, 신(神)은 실망했을 것이다.

인간의 습성을 이해하고 규칙을 조정하는 대신 더욱 가혹한 규칙을 들이밀었을 것이다.

자신의 실수와 과오를 인정하기보다 그것을 없던 일로 만들고자 폭주했을 것이다.

그렇게 되었을 것이다.

―부활이 완료되었습니다. 소요 시간 311년 8개월 17일 14시간 38분 17초.

―기존 프로젝트가 미실행된 상태임을 확인했습니다.

―프로젝트를 재기동합니다.

―종말 프로젝트.

―콘셉트(Concept). 호러(Horror).

…종말이 시작되지 않았다면.

*　　　*　　　*

누구나 공포를 품고 산다.

아무리 용감해 보이고 강한 힘을 소유한 사람이라도 그것은 마찬가지.

어두운 밤 굽이굽이 친 골목을 걷다 보면 자기도 모르게 그

너머에서 칼을 든 살인마가 나타나는 상상을 한다.

아파트 단지에서 펄럭이는 커튼은 목을 매 죽은 처녀의 모습으로 보인다.

길 가던 할머니가 음료를 주면 그냥 감사하다 생각하는 대신 혹시 '그 음료에 이상한 약이 타 있지 않을까?' 하는 상상을 한다. 저 길 건너 봉고차를 보고 '날 납치해 성매매 업소에 팔아버리려는 조직폭력배가 있지 않을까?' 하는 생각을 한다.

다다다!

앞서 걷던 왜소한 체구의 여인이 골목을 돌아 후다닥 달려간다. 그냥 갈 길을 가는 게 아니라 마치 도망이라도 가는 것 같은 모양새다.

"아 형, 형이 음습하게 걸으니까 저 아가씨가 무서워서 도망가잖아."

"아니, 내가 뭘! 나 아무것도 안 했거든? 그냥 집 가는 길이구먼!"

어두운 골목을 두 사내가 걷고 있다. 건장한 체구를 가진 이들이다. 키가 180이 넘고 체중은 100킬로그램이 넘는 덩치들.

"뭐 이해해야지. 우리 같은 덩어리가 뒤에서 걸어오면 여자 입장에서 무서울 수도 있지."

"이해는 무슨. 이 길 전세 냈어? 나도 무서워! 저기 달려간 여자가 사실은 연쇄 살인마라서 저 골목 너머에서 칼 들고 기다릴 수도 있잖아!"

"하하! 그게 뭐야, 스릴러도 아니고!"

그렇게 대화를 하고 웃으며 걷는다. 그런데 그들의 걸음이 변했다. 어느새 두 사내 모두 골목길에서 멀찍이 떨어져 걷게 된 것이다. 심지어 골목을 지나는 순간에는, 둘 모두 숨을 죽이고 골목 너머를 살폈다.

당연하지만 골목 너머에는 아무도 없다.

"큭!"

"푸하하하! 아 시발, 쫄았어!"

"형이 이상한 소리 해서 그렇잖아! 게다가 이 양아치 보소? 날 골목 쪽으로 밀고 자기가 밖으로 빠지네?"

다시 와자지껄 떠들며 걷는 두 사내.

그런데 그런 그들을 향해 달려드는 존재가 있었다.

푸욱!

"악?!"

"미, 미친! 저리 꺼져!!"

형 쪽이 칼을 맞고 휘청인다. 깜짝 놀란 동생은 잠시 버벅였지만 이내 온 힘을 다해 칼을 찌른 여인을 걷어찼다.

쿵!

비명조차 없이 바닥을 뒹구는 여인. 동생은 다급한 와중에도 그런 그녀를 다시 한번 걷어찬 후 형을 부축했다. 피가 쏟아지지만 죽을 정도는 아니다. 작은 체구의 여인이었던 만큼 힘이 부족했던 모양.

그러나 위기를 벗어났음에도 동생의 얼굴은 창백하다.

절로 신음이 나온다. 두려운 상황임에도 황당함에 입이 다물어지지 않는다.

"아니, 진짜. 진짜로⋯⋯."

이 상황이 현실이라는 게 믿기지 않는다.

"진짜로 살인마였다고?"

한편 두 사내에게 도망쳤던 여인은 한참 거리를 벌린 뒤 심호흡했다.

"헥… 헥… 괜히 뛰었네. 어두운 밤에 시커먼 덩어리 둘이 다니니 무섭잖— 어?"

무심코 고개를 돌렸던 여인의 얼굴이 창백해진다.

잠시 전 골목에서 그녀의 뒤에 있던 건장한 두 사내가.

그녀를—

추격하고 있다.

"꺄아악!!! 꺄아아악————!!!"

비명을 지르며 뛴다. 그러나 소용없다. 골목을 넘어 뛰어오는 두 사내는 그녀보다 훨씬 빨랐기 때문이다.

사실은 그렇지 않다.

100킬로그램이 넘는 체구의 사내들은 사실 그녀보다 달리기가 느렸고, 설사 순간 속도가 빠르다 하더라도 체력이 달려서 그녀가 전력으로 달아난다면 충분히 떨쳐낼 수 있는 상대였다. 그녀는 평소에도 조깅이 취미였으니까.

그러나 소용없다.

그녀가 그들에게서 '도망칠 수 없다'고 생각했기에……. 그들은 그녀보다 더 빠른 속도로 달려왔다.

왜냐하면, 사실 그들은 인간이 아니기 때문이다.

그들은 그저 사내들의 모습을 보고 그녀가 투영해 낸 공포일 뿐이다. 실제로 그녀가 본 사내들은 골목 건너편에서 그녀의 모습을 한 살인마에게 칼침을 맞았으니까.

"안 돼!! 안 돼!!!"

더더욱 강한 공포를 느낄수록, 더더욱 강한 공포를 상상할수록 두 사내의 모습은 점점 뚜렷해져만 간다.

그녀는 동시에 이 위기 상황에서 자신을 구하는 누군가의 모습 역시 상상했지만.

종말 프로젝트의 콘셉트는 호러.

그것은 오직 공포만을 받아들여 구현했고—

그녀는 비명과 함께 자신이 상상하던 형태로 살해당하고 말았다.

*　　　　*　　　　*

"미안해! 미안해! 미안해. 용서해 줘!"

[용서 못 해!!! 넌 날 죽였어! 이 살인마!]

"아니야! 실수였어! 나, 난 그냥!"

[죽엇!!!!]

정신병원에 수용되어 있던 사내를 식칼을 든 여인이 난도질하기 시작한다. 아무도 들어올 수 없는 독방이었음에도 그녀는 나타났다. 왜냐하면, 사내는 오래전부터 이런 장면을 상상하며 두려움에 떨었기 때문이다.

"여기 있었구나! 허니, 너무 보고 싶었어."

"꺄아아악!!! 다, 당신이 어떻게 여기에?"

전남편의 폭력을 견디지 못하고 가출해 캔자스주에서 새로운 인생을 찾았던 여인이 문을 열고 들어오는 사내의 모습에 비명을 지른다.

그녀는 사실 전남편은 음주 운전으로 죽은 지 3년이 넘었다는 사실을 몰랐다. 왜냐하면, 알아볼 생각조차 하지 않았기 때문이다. 전남편에 트라우마를 가지고 있던 그녀는 그저 두려워하며 조마조마하게 살고 있었고, 그녀의 마음을 잠식하던 공포는 그녀의 전남편이 아닌 언네임드의 종말 병기를 자극했다.

콰르르르릉!!!

"모두 도망쳐! 으아아악!"

"제길! 결국! 무너졌어! 내 이럴 줄 알았다고!"

무너진 건물에서 학생들이 탈출한다. 꽤 오래전부터 부실 공사라는 소문이 돌던 건물이다. 정말로 부실 공사는 아니었다. 그저 밋밋한 외양 때문에 돈 유언비어였지만, 그 안에 사는 사람들이 그 소문을 믿고 두려움을 느낀다는 것이 중요하다.

"저! 저기 터널!!! 터널에 사람이 있어!"

"꺄아악!! 어, 어서 밟아!"

"이, 이게 뭐야?! 왜 출구가 가까워지질 않지?!"

악령 터널로 유명한 심령 스팟에 찾아온 사람들이 하나둘 실종되기 시작한다.

딩~ 동~♪ 딩딩~🎵

피아노가 서서히 피로 물들기 시작한다. 치는 사람도 없는데 스스로 건반이 눌린다.

경비를 따돌리고 몰래 음악실로 숨어들었던 학생들의 얼굴이 하얗게 질린다.

"응? 뭐야?"

방과 후 학교 순찰을 하던 선생은 방과 후 빈 교실에 앉아 있는 소녀를 보고 흠칫했다.

"뭐, 뭐야. 왜 이 시간에 학교에 학생이 있지?"

불현듯 그의 머릿속에 학생들에게 들은 괴담이 떠오른다.

'말도 안 돼.'

그는 고개를 흔들어 잡념을 떨치고 그녀에게 다가갔다.

"애, 왜 집에 안 가고 여기에 있어?"

"저 집에 못 가요."

아무 말 없이 의자에 앉아 고개를 숙이고 있는 소녀. 뭔가 찝찝한 기분을 느끼면서도 선생이 묻는다.

"뭐? 왜?"

"왜냐하면……."

슥, 하고 소녀의 몸이 떠오른다. 그녀의 모습은 비정상적일 정도로 짧다.

—왜냐하면, 다리가 없거든요!!!

*   *   *

공포가 구현된다.

침대에 누워 천정의 무늬를 보며 '귀신 같아!'라고 무서워하면 그것은 정말 귀신이 되어서 누워 있던 이의 목을 졸랐다.

지나친 과로(過勞)를 견디다가 '이러다 진짜 죽는 거 아냐?'

라고 진지하게 공포를 느낀다면, 그는 정말로 과로사(過勞死) 했다. 고층 난간에서 이러다 난간이 부서져 떨어질 것 같다고, 무섭다고 생각하면 정말로 난간이 부서지는 사고가 일어났다.

"사람 살려!"

"저게 뭐야?! 으아악!!"

그리고 다수의 공통된 공포가 모여 [규정] 지어진 존재는.

그저 순간의 허상이나 현실 왜곡이 아닌, 실존하는 존재가 되어 현실에 구현되었다.

"나왔어! 진짜로 나왔어! 이것 봐! 악마는 있다고!"

"큭큭큭! 크하하하하! 하찮은 인간 놈들!"

정말로 악마가 나타났다. 아무것도 없는 교회의 지하 창고에 불과한 장소였지만, 수많은 사람이 믿었기 때문이다. 떠돌던 괴담이 모이고 모여 그들의 상상에 적합한 형태를 띠게 된 것이다.

시작은 사람들의 막연한 공포를 받아들여 만들어지기에 미약하지만, 그렇게 구체화된 현상으로 인해 다시 공포가 무시무시한 기세로 부풀어 오른다. 그리고 그렇게 부풀어 오른 공포는 더더욱 거대한 현상을 만들어내며 최종적으로는 초월자들까지 항거할 수 없는 거대한 흐름으로 완성된다.

이게 바로 종말 프로젝트. 콘셉트(Concept), 호러(Horror).

대전쟁 시절 수많은 문명을 멸망시킨 언네임드의 종말 병기(終末兵器).

이 종말 프로젝트에 당한 수백 개의 문명 중 멸망을 피한 사례는 고작 십수 건에 불과하며 그조차도 죄다 높은 수준을 지닌 고위 문명들이었다. 고작 제2문명의 끝자락에 불과한 34지구에게는 도저히 피할 수 없는 재앙이라 할 수 있었다.

하지만.

"할 수 있지?"

"꼭! 해내겠습니다!"

불교 5대 명산 중의 하나로 꼽히는 구화산 깊은 곳. 진천파(振天派)의 내공 수련자 왕팡은 이를 악물며 진천신공을 운기했다.

'할 수 있어!'

진천신공은 입문, 수련 단계를 완료하고 나면 약물을 이용한 인위적인 각성 과정에 들어가게 된다. 만일 수련자가 각성에 성공하게 되면 그는 몸 안에 제2의 단전인 진천단(振天丹)을 형성하게 되어 2배가 넘는 내공(內功)과 내력(內力)을 발휘할 수 있다. 폭발적인 전력 상승을 이루게 됨은 물론이고 장기적으로도 더욱 높은 잠재력을 가지게 되는 것!

그러나 그 순간.

왕팡은 공포를 느꼈다.

'실패하면 어쩌지?'

각성의 성공률은 약 50%.

높다고도 낮다고도 할 수 없는 확률이지만 실패하게 되면 재시도가 불가능하므로 성공 여부에 따라 수련자의 인생은 완전히 달라진다. 각성에 성공한다면 그는 진천파의 정식 제자로서 승승장구하게 될 테지만, 실패할 경우 그는 평생 이류 무사를 벗어나지 못하는 밑바닥 인생을 살게 되리라.

그가 공포를 느끼자 자연스럽게 [종말 프로젝트]의 간섭이 시작된다. 종말 프로젝트는 그의 인과율에 간섭해 그의 운명을 공포에 적합한 형태로 뒤틀었다.

설사 그가 각성에 성공할 만한 재능을 가지고 있다 하더라도, 그의 공포의 형태대로 실패하게 하려는 것!

그러나 그 순간. 그의 왼쪽 손등에 박힌 육망성이 번뜩인다.

—에러!

—에러!

—에러!

—기존에 존재하던 콘셉트가 있음을 확인!

—콘셉트를 로딩 중입니다!

정보와 정보가 만나 얽혔다. 마치 기다리고 있었다는 듯 자리하고 있는 기존의 시스템이 있다.

—콘셉트를 로드하였습니다.

—콘셉트를 변경합니다.

—콘셉트… 콘셉트…….

마치 저항하기라도 하듯 버벅거리지만 소용없는 일이다. 종말 프로젝트에게는 지성이 없으니까. 세계를 뒤트는 불길한 힘이라 하더라도, 그건 말하자면 일종의 시스템에 불과하다. 문명을 종말시킨다는 기본 개념을 훼손하기는 어렵지만, 적어도

'어떻게 종말시킬 것인가' 라는 과정, 그러니까 콘셉트를 변경
시키는 정도는 가능하다.

　―콘셉트를 변경하였습니다.
　―콘셉트(Concept).
　―MMORPG.

기나긴 시간. 종말을 막기 위해 모든 힘을 다했던―
대마법사의 안배가 마침내 작동하기 시작했다.

종말은 MMORPG를 타고 　☽ ✷ ✷

"종말?"

"종말이라고?"

한순간 분위기가 얼어붙는다. 여기저기에서 비명이 터져 나왔다. 재석을 인질로 잡고 있던 백인 남성, 스펙터 역시 대경실색하는 모습을 보인다.

이면 세계의 사람들은 종말이라는 단어에 언제나 민감하게 반응한다. 하긴, 이해 못 할 건 아니다. 지구 전체에 온갖 안배를 남겨놓을 정도로 전력을 다해 종말을 대비하던 대마법사가 지구 최고의 권력자였으니 그 아래에는 얼마나 강조에 강조를 해왔겠는가? 귀에 못이 박이다 못해 노이로제가 걸릴 정도로 들어왔을지도 모른다.

사실 그가 죽기가 무섭게 다른 가문에 쳐들어간 주가가 정상이 아니었다. 본인들이야 속도전을 펼쳤다고 생각하겠지만, 결과 역시 최악이었다.

"정말, 정말로 종말이 온단 말인가? 이렇게 빨리? 대마법사님이 돌아가시고 아직 일주일도 지나지 않았는데?"

그는 멱살을 잡고 있던 재석을 대충 근처에 내려놓고 나를 보았다.

"사소한 다툼이나 하고 있을 때가 아니군. 나중에 다시 오지."

"하."

기가 차서 헛웃음 짓는 순간 어둡던 하늘이 밝아진다. 거품 세계에서 빠져나와 표면 세계로 돌아온 것이다.

"뭐야? 뭐야, 방금. 너도 들었지?"

"종말 프로젝트라니 대체 뭐야?"

"타입 호러라고?"

하교하고 있던 학생들은 혼란에 빠져 있다. 서로 떠들어대고 스마트폰을 꺼내 화면을 보고 전화를 받고 황급히 어디론가 가 버린다.

"일반인한테까지 들렸군."

"SNS도 폭주하고 있어요. 세계 전체에 퍼져 나간 것 같은데."

"미치겠군……."

선애와 지검이 신음하는 사이 주저앉아 있던 재석이 벌게진 목을 주무르며 다가온다.

"뭐야, 대체. 뭔 상황이야? 종말이라니. 이거 설마 그 말 많던 종말의 시작이야? 이면 세계가 아니라 표면 세계에서부터 시작하는 종말이라고? 대마법사님이 매일 경고하던 그거?"

물음표 가득한 녀석의 말에 어깨를 으쓱였다. 녀석은 꽤나 혼란스러워 보인다. 얼마나 혼란스러운지 조금 전만 해도 자기가 인질이었다는 사실조차 잊은 것 같다.

"나라고 알겠냐?"

가볍게 흘렸지만, 전혀 짐작이 안 가는 건 아니다.

'전에 그 후안인가 하는 남자가 한 짓인가.'

그에게서 느껴지던 힘과 권능이 비범한 수준이기는 했다. 최하가 언터쳐블, 그러니까 성계신에 비빌 수 있을지 모른다고 느껴진 존재가 바로 그였으니까.

'하지만 그렇다고 단정 짓기에도 좀 이상한데.'

[내]가 인류를 몰살시키려 하니 직접 찾아와 만류한 그가 굳이 [종말 프로젝트]라는 걸 가동한다는 건 상당히 부자연스럽게 느껴진다. 물론 미친놈 속을 누가 알겠느냐마는 왠지 지금 일어난 일은 그의 작품이 아니라는 예감이 들었다.

'지니, 혹시 무슨 사건 사고 같은 게 있어?'

[아직 별다른 특이 사항은 확인되지 않았습니다. 지구 전체로 퍼져 나간 목소리를 듣고 사람들이 혼란스러워하고 있을 뿐입니다.]

'모르겠네.'

투덜거리며 지검에게 고개를 돌린다.

"일정이 바뀌었습니다. 그냥 궁으로 가죠."

오래간만에 오락실이나 가볼까 했지만 아무래도 애매한 분위기. 지검이 즉시 고개를 끄덕인다.

"즉시 이동하겠습니다."

말과 함께 차량을 준비한다. 도착한 것은 우리 차량만이 아니다.

"도련님! 괜찮으십니까?"

"참 빨리도 온다, 이것들아. 어휴, 이것들을 호위라고."

재석이 건장한 남성들에게 둘러싸여 튼튼해 보이는 차량에 탑승하는 모습이 보인다. 권력과 무력이 금력보다 우선인 세상이라지만 명색이 재벌 3세인 만큼 부리는 사람들이 있는 모양이었다.

"전원 특급 경계 태세를 유지하라!"

"나가 있는 모든 인원을 불러들여!"

경복궁에 돌아오자 역시나 난리다. 전쟁 때 그러했듯이 사람들이 뛰어다니고 여기저기 모여 떠들고 있는 상황.

나는 슬쩍 고개를 돌려 지겸을 보았다.

"가서 일 보세요."

"하지만."

"바쁠 텐데 무리할 필요 없어요. 어차피 호위 따위는 필요 없고."

"……."

망설이는 지겸을 두고 경회루로 발을 옮긴다. 그는 이가에서도 다섯 손가락 안에 드는 강자. 또 다른 종말의 신호가 나타난 이상 대비를 하지 않을 수는 없으리라. 내게 별다른 위협이 느껴지지 않는다면 더더욱 그렇겠지.

"제육 정식으로 주세요. 2배로 주세요."

"너, 아직도 안 갔냐?"

"아니, 왜 자꾸 보내려고 해요? 제가 눈에 거슬려요?"

영문 모를 소리에 인상을 찡그리자 식당 아줌마가 흠칫 놀라 한 발짝 뒤로 물러선다. 그러나 놀란 자신의 모습에 자존심이 상한 듯 고개를 파라락! 소리가 나게 털더니 인상을 찡그리며 말했다.

"슬슬 자유가 눈앞에 보이는 상황에 어마어마한 변수가 눈앞에 보이는데, 어떻게 안 거슬리겠냐?"

"자유?"

의문을 표하자 쟁반에 음식들을 담아 주며 그녀가 답한다.

"그래. 대마법사가 준비한 안배들이 모두 소모되고 나면 우리도 이 지긋지긋한 식모 노릇에서 벗어날 수 있게 되거든. 재수 없게 낚여서 벌써 200년도 넘게 부려 먹혔어. 내가 마계로 돌아가면 물질계 쪽으로는 침도 안 뱉는다! 지독한 인간 놈들!"

우웅――!

식당 아줌마의 온몸에서 새카만 탁기(濁氣)가 뿜어진다. 그리고 그 모습을 본 이가 사람들이 당황했다.

"헉! 비상! 줌마 화남!!"

"으악! 요새 잠잠하시더니 왜 저래?!"

소란스럽던 식당이 한층 더 시끄러워진다.

"아줌마."

소란과 함께 몰리는 시선에 슬쩍 그녀에게 다가가 속삭인다.

"닥쳐요."

"……."

슬금슬금 범위를 넓혀가던 탁기가 게 눈 감추듯 사라지고,

탁기를 뿜어내던 아줌마가 어색한 표정으로 웃는다.

"아, 미, 미안. 좀 흥분해서."

"대충 알겠으니까 배식이나 해요."

"그, 그래. 맛있게 먹어라."

왜인지 오들오들 떠는 그녀를 내버려 두고 자리로 가서 앉는다. 내 뒤를 따르던 선애가 어이없다는 목소리로 물었다.

"너, 대체 뭐야? 혹시 대마법사님의 숨겨진 제자, 그런 거야?"

"마법의 마 자도 모르는데 제자는 무슨."

무시하고 끼니를 챙겨 먹는다. 언제나 그랬듯 훌륭한 퀄리티의 음식들이었지만 생각이 많아져서인지 맛이 느껴지지 않는다.

'지니, 여전히 별일 없나?'

[아직 명확하게 파악되는 일은 없습니다. 다만.]

'다만?'

[다만 세계적으로 사건 사고가 묘하게 잦아지고 있습니다.]

'사건 사고라.'

식사를 마치고 고궁박물관의 훈련장으로 향한다. 평소라면 꼭두각시를 써서 아레스에게 훈련을 맡기겠지만 그냥 직접 몸을 움직인다.

철컥!

두 다리에 100킬로그램짜리 고리를 달고 턱걸이를 시작한다. 너무나 가볍다. 대충 던져 버리고 다른 고리를 찾아 걸었다.

'아, 열받아. 나보다 아레스가 열심히 한 건데도 열받네.'

100포인트던 올 스탯이 200포인트로 맞춰지면서 내가 그동안 한 육체 단련은 모조리 없던 일이 되었다. 140포인트까지 올렸던 근력도, 150포인트까지 올렸던 체력도, 120포인트까지 올렸던 순발력도 모조리 200포인트다. 별다른 단련을 하지 않았던 항마력도, 마나나 마나량도 모조리 200포인트. 아마 육체 단련을 하지 않았어도 올 스탯은 똑같이 200포인트가 되었을 것이다.

'아무리 힘을 얻기 위한 훈련이 아니었지만 이건 정말 맥이 빠진다.'

그저 문을 열고 신성을 한차례 받아들인 것만으로 모든 스탯이 한 차원 높은 경지로 올라섰다. 내가 계속해서 문을 여닫는 행위를 반복한다면, 아마 그것만으로도 계속해서 스탯이 한계를 돌파할 것이다.

하지만 그런 식으로 스탯을 강화해서 정말 신성을 이겨내는 게 가능할까?

뿌득! 뿌드득!

300킬로그램짜리 고리를 건 채 100번씩 턱걸이를 하자 가슴과 어깨, 양팔에서 흉악한 소리가 나기 시작한다. 마치 바람이라도 넣은 듯 어깨가 부풀어 오르고 시퍼렇게 피멍이 들었지만 멈추지 않는다.

다음은 스쿼트. 다음은 푸시업. 다음은 전력 질주.

그 모든 과정이 육신을 파괴하고 있다. 보통 사람이라면 그저 육신이 파괴되고 끝나겠지만, 내 전신에 퍼져 있는 생체력 인자가 파괴된 육신을 변이시키고 한 차원 높은 곳으로 진화시키고 있다.

그렇게 아침까지 단련한다. 그리고 아침을 먹는다. 다시 훈련장에 들어갔다. 훈련을 진행하고, 점심을 먹었다. 다시 훈련을 진행하고, 저녁을 먹었다. 밤새 훈련을 진행한다.

다시 반복.

"…아니, 저거 며칠째 하는 거야? 저게 돼? 키메라 인자라도 가지고 있나?"

"잠을 아예 안 자는 거 같은데."

"쟤, 걔 맞지? 검귀의 동생이라는……."

여기저기에서 수군거리는 소리가 들린다. 공용 훈련장에서 단련하고 있으니 당연한 일이었지만 다가와 말을 거는 자는 없다. 물론 시도하는 이들은 있었지만, 귀신같이 나타난 잘생긴 남자들이 모조리 차단한다.

그리고 일요일 아침.

무의미하게까지 느껴지는 단련을 멈추게 한 건 마치 비명처럼 높게 울리는 목소리였다.

—에러!

—에러!

—에러!

—기존에 존재하던 콘셉트가 있음을 확인!

—콘셉트를 로딩 중입니다!

영문을 알 수 없는 소리에 등에 올려놓았던 추를 내려놓는다. 단련을 멈춘 건 나뿐이 아니다.

"뭐야? 에러라니 무슨 소리야?"

"콘셉트라면 이거 전에 들렸던 그 이야기의 연속인가?"

불안감을 감추며 속닥이는 아이들. 나는 지니에게 물었다.

'여전히 특이 사항이 없어?'

[사건 사고가 폭발적으로 증가한 상태입니다. 교통사고, 살인, 화재나 엘리베이터 오작동 등등 이유도 다양한데, 심지어 유령이나 악마의 목격담까지 발생하고 있지요. 그리고……]

지니가 거기까지 말했을 때였다.

―콘셉트를 로드하였습니다.

―콘셉트를 변경합니다.

―콘셉트… 콘셉트…….

또렷하게 들렸던 전의 알림과 다르게 에러라도 난 것처럼 노이즈가 가득한 목소리가.

―콘셉트를 변경하였습니다.

―콘셉트(Concept).

―MMORPG.

훈련장은 혼란의 도가니다.

"이게 무슨 소리야? MMORPG? 그거 애들이 하는 게임 아닌가?"

"연락 좀 돌려봐! 이거 저번처럼 전 세계에 울려 퍼지고 있는 거야?"

—호러(Horror).
—MMORPG.
—호러(Horror).
—MMORPG.
—호러… MMORPG.

영문 모를 소리를 마지막으로 알림이 끝났다. 나는 훈련용으로 준비된 대형 타이어에 걸터앉아 생각을 정리했다.

"MMORPG라니. 설마 저번 호러도 게임 이야기였나? 호러 게임?"

그러나 아니다. 무슨 근거가 있는 건 아니지만……. 분명 그런 느낌은 아니었다. 그때 호러란 단어는 공포라는 그 자체에 중점을 둔 느낌이었으니까. 게다가 이 알림음이 스스로 알리지 않았던가? 지금 이 상황이 에러라고 말이다.

'기존에 존재하던 콘셉트가 있음을 확인했다고 했어. 즉 기존 콘셉트가 이미 있어서 에러가 났다는 말이지.'

그렇다면 짐작 가는 게 있다.

'애초에 지구에 존재하는 MMORPG라면 하나밖에 없잖아?'

나는 왼손을 들었다. 형광등에 은은하게 모습을 드러내는 육망성. 바로 [미션 시스템]이다.

MMORPG란 대규모 다중 사용자 온라인 롤플레잉 게

임(Massively Multiplayer Online Role—Playing Game). 현실에 있는 인간들의 힘을 발휘하는 미션 시스템에 온라인이라는 단어가 어울리는지는 잘 모르겠지만 레벨이, 퀘스트가, 스탯과 스킬이 존재하는 미션 시스템은 충분히 MMORPG라 부를 수 있는 종류의 것이겠지.

나는 잠시 서서 생각을 정리했다.

'지니, 알림이 있고 나서 따로 또 변화가 있나?'

[폭발적으로 증가했던 사건 사고가… 줄어들고 있습니다. 여전히 이유는 알 수 없습니다.]

'결국, 닥쳐와야 상황 파악이 되겠군.'

맘에 안 드는구먼, 하고 생각하며 다시 단련을 시작한다.

문제는 그 [닥쳐옴]이 그리 먼 일이 아니었다는 것이다.

그날 저녁 일요일 오후 7시.

—스테이지(Stage)가 오픈됩니다!
—레벨 1. 하급(下級)이 설정되었습니다.

결국, 종말 프로젝트는 인류를 찾아오고야 말았다.

호러, 그리고 MMORPG라는 혼종의 모습으로.

*　　　*　　　*

—스테이지(Stage)가 오픈됩니다!
—레벨 1. 하급(下級)이 설정되었습니다.

―30분 안에 해당 적을 제거하십시오.

―10초 후 스테이지가 시작됩니다.

―10. 9. 8. 7…….

그건 정말 느닷없이 벌어진 일이었다. 저녁을 먹고 훈련장에 들어왔는데, 눈을 감았다가 뜨니 보이는 건 훈련장이 아니라 다 부서져 가는 폐가다.

"캬악!"

짐승 같은, 그러나 짐승이라고 하기에도 이질적인 탁성에 시선을 낮춘다. 보이는 것은 폐가 앞을 지키듯 서 있는 꼬마 애다. 1미터도 안 되는 자그마한 신장에 분홍 원피스를 곱게 차려입은 여자아이.

문제는 그게 살아 있는 꼬마가 아니라는 것이다.

"캬아악!!"

온몸에서 진물이 흘러내리고 있다. 두 눈은 마치 중증의 백내장 환자처럼 백태가 끼었고 손톱이 다 빠진 손끝은 뭉개져 있다.

"겨우 이게 적이라고?"

끔찍한 외형이지만 그래 봐야 내 상대는 아니다. 경천칠색을 사용할 것도 없이 그냥 손가락 하나만 튕겨도 머리가 터져 죽을 정도로 엄청난 전투력 격차가 녀석과 나 사이에 존재하는 것.

그러나 순간, 나는 상황이 좀 다르다는 걸 깨달았다.

"이게 뭐야? 힘이……."

온몸에 힘이 없다. 생체력은커녕 일반인 영역의 육체 능력조차 느껴지지 않는다.

—3. 2. 1. 전투를 시작합니다.

"캭!"

내 당혹 따위 알 바 아니라는 듯 덤벼드는 시체 녀석에게 반사적으로 발길질한다.

퍽!

"캭!"

제대로 들어갔지만, 녀석은 그저 바닥을 데굴데굴 굴렀을 뿐 이내 몸을 일으켰다. 어디 그뿐인가?

"후우… 뭐야. 발차기 한 번 했다고 호흡이."

황당해하는 나에게 녹색 괴물이 다시 덤벼든다. 뭉개진 두 팔을 대중없이 휘두르며 온몸을 날린다.

그야말로 공포영화에나 나올 광경이었지만.

"아니, 아무리 그래도 너무 무시하네!"

퍽! 우당탕!

하단 차기로 녀석을 넘어뜨린다. 또다시 바닥을 구르는 꼬마. 녀석은 발버둥 치며 즉시 일어서려고 했지만.

뿌득!

그 전에 목을 거세게 밟아 부러뜨린다. 포악해 보이는 기세에 비해 신체 능력이 형편없다. 거기에 1미터도 안 되는 신장. 기세만 사납지 전투 능력은 기껏해야 유치원생 수준에 불과하다.

—클리어!

—모든 전투가 완료될 때까지 대기합니다.

"뭐야, 대체."

허무한 결과에 의문이 들었지만 일단 상태창부터 확인한다.

성명: 관대하

클래스: 정령사(1), 대장장이(1), 강체사(1)

칭호: 인류의 재앙.

근력: 10 체력: 10 생명력: 10 순발력: 10

마나: 10 마나력: 10 항마력: 10

회복력: 10 마나 회복력: 10 운: 10

상태: 정상

"아니, 스탯이 왜 이렇게 됐어? 레벨은 또 왜 1이고?"

올 스탯 10포인트라니 어이가 없다. 내가 일반인일 때, 그러니까 지구를 떠나기 전보다 낮은 수치. 이 정도 스탯이면 운동이 뭔지도 모르는 남자아이, 혹은 여중생 정도에 불과한 신체 능력이다. 발차기 한 방에 호흡이 흐트러질 정도로 심각한 수준.

아무래도 레벨 조정, 이라는 상태 때문에 벌어진 일인 것 같았다.

"1레벨 시험에 맞는 스탯만 쓰라는 건가? 하지만 1레벨치고
도 너무 약한데."

중얼거리고 있을 때 새로운 텍스트가 떠올랐다.

—모든 전투가 완료되었습니다. 시험자 67억 8,665만 1,249명 중
33억 4,550만 7,765명 합격. 나머지 인원은 [사망 처리]되었습니다.

"…이게 뭔. 겨우 이걸로 인류 절반이 죽었다고?"

할 말을 잃어버린다. 왜냐하면, 메시지가 이 시험을 인류 전
체가 보았으며, 그래서 이 짧은 시간 동안 34억 명이라는 인간
이 죽었다고 알려왔기 때문이다.

물론 적은 약했다.

올 스탯이 10으로 제한되었다고 투덜거렸지만, 상대는 그 적
은 스탯을 고려하더라도 약한 적이었다. 평균 스탯이 기껏해야
5나 될까? 심지어 1미터도 안 되는 작은 신장은 전투에 매우
부적합한 종류의 것.

그러나 현대의 인류는 투쟁에 걸맞지 않다.

고작 손가락만 한 바퀴벌레만 나와도 비명을 지르며 도망가
는 것이 바로 현대인이다. 아무리 약하다 해도 끔찍한 외형의
시체가 덤비는데 정신 바짝 차리고 저항하는 게 쉬운 일은 아
니겠지.

하물며 전 인류를 조금의 배려 없이 참가시켰다면, 그 안에
는 어린아이와 노인은 물론이고 육체나 정신에 문제가 있는 장
애인 역시 존재할 것이다.

아무리 적이 약하다고 해도… 과연 그들이 상대를 죽여야만 클리어하는 시험을 완수해 낼 수 있을까?

—다음 전투를 시작하시겠습니까? 연속으로 적을 쓰러뜨릴 경우 클리어 숫자만큼 [사망 처리]가 취소됩니다. 스테이지 종료 시 취소되지 않은 [사망 처리]는 [확정]으로 변해 되돌릴 수 없습니다.

"……"

잠시 아무 말 없이 생각에 잠겼다. 불행 중 다음으로 지금 당장 인류의 반이 다 죽어버리지는 않은 모양이다.

—다음 전투를 시작하시겠습니까? 전투를 시작하지 않으면 스테이지는 종료됩니다.

"…다음 전투는 즉시 시작이야?"

—최대 대기 시간은 5분입니다.

"…시작해."

—레벨 1. 하급(下級)이 설정되었습니다.
—30분 안에 해당 적을 제거하십시오.
—10초 후 스테이지가 시작됩니다.
—10. 9. 8. 7…….

"캬악!"

아까와 마찬가지로 원피스를 입은 시체 꼬마가 나타난다. 나는 녀석의 칭호를 봤다.

[종말 프로젝트]
[1레벨]
[비통한 앨리스]

퍽!

이번에는 주먹을 휘두른다. 맹렬하게 달려들었다가 관자놀이를 얻어맞은 시체 꼬마가 비명도 지르지 못하고 쓰러진다. 아무리 몸이 약해졌다 해도 나는 경천칠색의 수련자. 이런 약골을 상대하는 건 간단한 일이다.

다만 문제는.

"와, 주먹질 한 번에 체력이."

주먹질 한 번 했다고 숨이 가쁘고 주먹질한 오른팔이 덜덜 떨린다. 살펴보니 손목이 삔 것 같다.

—다음 전투를 시작하시겠습니까?

"잠시 대기."

그렇게 말하고 호흡을 고른다. 아무래도 새 전투를 한다고 체력을 회복시켜 주는 그런 친절함은 없는 것 같았다.

"아레스."

불러본다. 그러나 대답이 없었다. 놀랍게도 이 세계는 외부와의 연결을 완전히 차단하는 듯하다. 나는 세상 그 누구와도 의견을 나누는 게 불가능했다.

[괜찮으십니까, 함장님?]

그러니까 현실 세계의 나는 말이다.

"아, 너무 걱정할 필요는 없어."

고유세계의 나는 좀 달랐다.

[지금 무슨 상황인 거야? 현실의 널 볼 수도, 외부와 연락을 할 수도 없어.]

피규어나 장난감 로봇처럼 보이는 형태를 가진 정령형 아레스가 내 옆으로 다가와 말을 건다. 녀석의 본체 역시 고유세계의 한쪽에 만들어진 대기실에 보관 중이어서 그런지 별다른 문제는 느껴지지 않는다.

"지금 좀비 잡고 있어. 5분에 하나씩."

[겨우 좀비 잡는 데 5분이나 쓴다고?]

"스탯이 일반인 수준으로 떨어졌으니 어쩔 수 없지. 어디 보자… 웃!!"

바닥에 굴러다니던 덤벨을 들어보려 했지만 그야말로 미동도 하지 않는다. 황당하게도 현실의 육체만 제한된 게 아니라 고유세계의 육신 역시 스탯이 초중생 수준으로 조정되어 버린 것! 아무래도 육신이 링크되어 있기에 벌어지는 일인 것 같다.

[이곳의 물건을 밖으로 꺼내실 수 있습니까?]

지니의 말에 시도해 보았지만, 전혀 반응이 없다. 그 사실을 알려주자 지니가 놀랍다는 듯 눈을 깜빡인다.

[대단하군요. 고유세계는 상급 이상의 신들이나 가질 수 있는 권능인데… 그야말로 세계의 법칙을 거스르는 힘입니다. 시공간마저 간섭할 지경이니, 그 규칙을 힘으로 깨는 건 언터쳐블들에게도 쉽지 않은 일일 겁니다.]

"공간이야 그렇다 쳐도 시간?"

영문을 알 수 없는 소리에 의문을 표하자 지니가 답했다.

[네, 지금 현실의 시간은 멈춰 있습니다. 정확히는 그 시험에 든 모든 존재의 시간이 무한대로 증폭된 셈이지만요.]

[말하자면 궁극 마법인 타임 스톱 같은 효과지.]

"하지만 인류 전체에게 그 정도 간섭을 할 수가 있다니……."

나는 내 의식을 스테이지라는 장소와 고유세계로 왕복시키며 꾸준히 시체 꼬마를 파괴했다. 전투라기보다는 노가다에 가까운 행위. 잠시간의 시간이 지나자 어느새 내 손에 파괴된 시체의 수가 80마리가 넘는다.

"허억… 허억……."

호흡이 끊어질 것 같다. 팔다리가 후들거린다. 주먹은 퉁퉁 부었고 손목도 제대로 말을 듣지 않는다.

"아, 실수다."

나는 그제야 내가 전투 방식을 잘못 잡았다는 사실을 깨달았다. 주먹을 이용해 한 방에 적을 쓰러뜨리는 원 펀치 방식은 이 나약한 육신과 맞지 않는다. 한 대도 안 맞고 때리기만 했는데 손목이 나가 버리다니 문제가 심각하다.

일반인 이하의 스탯인 주제에 경천칠색은 익힌 상태라는 게 사태를 악화시켰다.

"주먹 말고 발을 쓸걸. 어차피 느릿한 녀석이었는데."

아니, 그보다는 무기가 있으면 더 좋았을 것이다. 약한 몸을 무기로 쓰니 전투를 장시간 이어나갈 수가 없다.

슬슬 한계가 보인다고 생각하며 90마리를 쓰러뜨렸을 때였다.

—사망 처리가 모두 취소되었습니다!

—축하합니다! 스테이지가 완벽하게 클리어되었습니다! 기여도에 따라 보상이 주어집니다.

—당신의 순위는 499만 9,147위입니다.

"…와."

어이가 없어 헛웃음을 짓는다. 혼자서 좀비를 90마리나 잡았는데 500만 등이라니. 이게 정말 내가 알던 지구란 말인가?

[이면세계 때문이겠지.]

"몸이 약해져도 이면세계 녀석들한테 이런 시체 꼬마 따위 아무것도 아닐 테니까."

내가 알던 평화로운 지구는 사실 없다. 이곳, 34지구는 이면 세계가 존재하며, 삶과 죽음을 넘나들며 치열한 투쟁을 거듭해 온 1,000만 명의 영능력자가 존재하는 세상. 사실 영능력에 입문한 시기로만 치면 나는 초보자에 불과한 수준이다.

팟!

생각에 잠겨 있던 내 앞으로 커다란 자판기가 모습을 드러낸다. 그리고 당연하다는 듯 안내 메시지가 흘러나온다.

—클리어 보상으로 90포인트를 획득하셨습니다.
—포인트는 거래의 수단이며 [각성 포션], [경험치 포션], [장비], [도구], [재료] 등을 구매할 수 있습니다.

나는 자판기를 살펴보았다. [각성 포션] 버튼을 누르자 상세 선택지가 떠오른다. 각각 [영능 각성 포션], [스킬 각성 포션], [스탯 각성 포션]이 있다.
버튼을 눌러보았다.

—이미 다수의 영능을 각성한 상태입니다. 영능 각성 포션을 구매하실 수 없습니다!
—이미 다수의 스탯을 보유하고 있습니다! 스탯 각성 포션을 구매하실 수 없습니다!

안 된다는 말이지만 실망하지 않는다. 선택지들을 보니 대충 어떻게 해야 할지 느낌이 오고 있을뿐더러 [스킬 각성 포션]은 구입이 가능했기 때문이다.

[스킬 각성. 현재 평균 레벨 1. 1개의 스킬 장착 가능.]
1. 빠른 신진대사: 체력 회복력이 향상, 허기 수치 증가.
2. 괴력: 힘이 30% 증가한다. 속도가 30% 감소한다.
3. 총잡이: 총기류 사용 시 대미지 30% 증가. 근접 대미지 30% 감소.

4. 행운의 기운: 소모품 발견 시 그 숫자가 2배로 증가. 적이 행운의 기운을 감지함.

5. 두 번 먹는 입: 식량 취식 시 2배의 효과. 쉽게 피로해져 잦은 수면이 필요함.

6. 완벽한 수면: 수면 시간 50% 감소. 수면 종료 시 체력 대폭 증가. 허기 수치 대폭 증가.

7. 고립자: 한 자리에서 1분 이상 대기 시 주변과 동화. 시야가 5미터로 제한.

8. 억제기 : 1회 클리어를 2회 클리어로 판정. 고스탯부터 100포인트 스탯 감소 디버프.

9……

10……

"이건 좀 신기하네."

스킬은 그 종류가 상당했다. 숫자를 세어보니 30개가 넘고, 가격도 고작 10포인트에 불과하다. 쉽게 말해 시험을 열 번만 클리어해도 스킬 하나를 살 수 있다는 것.

다만 문제가 있다.

"죄다 페널티가 달려 있다니."

30개가 넘는 스킬 중 일방적으로 좋은 스킬이 없다. 힘이 증가하면 속도가 감소하고 총기 대미지가 증가하면 근접 대미지가 감소하고. 은신이 가능해지는 대신 가까운 것밖에 보지 못하는 등등의 페널티를 감수하고 장점을 강화하는 방식의 스킬들.

순간적으로 대여섯 개의 발상이 떠올랐지만 일단 묻어두고 다음 항목으로 넘어간다. 이런 시스템까지 이용하기에 아직 스테이지의 난이도가 너무 쉬웠기 때문이다.

"다음으로는 장비가……. 뭐 이렇게 많아?"

화면을 조작하자 스크롤이 끝도 없이 내려간다. 그야말로 온갖 무기와 방어구. 싸게는 식칼부터 비싸게는 마법 무구까지 어마어마한 규모의 선택지가 주어진다.

'다만 가격이 지나치게 비싸다.'

가장 싼 편에 속하는 식칼도 10포인트. 좀 괜찮아 보이는 장검 하나 골라보니 가격이 100포인트를 넘어선다. 이 스테이지라는 공간이 1인 1클리어가 기본이라는 걸 생각해 보면 저레벨에서는 엄두도 낼 수 없는 항목인 것 같았다.

"다음은 도구."

장비 항목도 스크롤이 길었지만 도구 항목은 그보다도 더하다. 손목시계나 랜턴, 캠코더 같은 잡다한 물건부터 [수수께끼의 일기장]이라든가 [안전지대 분필] 같은 영문을 알 수 없는 아이템까지.

심지어 도구 슬롯에서 영약. 그 안에서도 내공 칸으로 들어가자 이런 목록이 뜬다.

1. 백년삼(白年蔘): 백 년의 세월을 담은 삼.

2. 천년삼(千年蔘): 천 년의 세월을 담은 삼.

3. 만년삼(萬年蔘): 만 년의 세월을 담은 삼.

4. 금봉(金蜂)의 꿀: 금봉이 모은 꿀.

5. 태극단(太極丹): 도가의 비법으로 만든 단환.

6. 대환단(大還丹): 불가의 비법으로 만든 단환.

"별걸 다 파는군."

슬쩍 포인트를 본다. 10포인트에 불과하던 스킬들과는 차원이 다른 가격이 보인다.

특히나 대환단의 가격은.

"와, 2,500만 포인트."

비싸다. 농담이 아니라 저 시체 괴물을 대한민국 인구의 절반만큼 죽여야 살 수 있다는 말이 아닌가?

지금 레벨에서 건들 콘텐츠가 아니었기에 넘기고 [재료] 칸을 열었다.

"역시. 재료라고 하면 당연히 이게 있어야지."

짐작대로 그곳에는 그것이 있다.

철광석(鐵鑛石)이.

―철광석 90킬로그램을 구입하셨습니다!

여기에서.

나는 하나의 시도를 했다. 구매가 끝나고 주변 배경이 일그러지는 순간 의식을 현실에서 고유세계의 나로 변경한 것이다.

와르르!

[어라? 함장님?]

"된다!"

구매한 철광석이 고유세계로 떨어졌다. 만약 자판기에서 철광석이 쏟아졌다면 어림도 없을 일이지만 아무래도 자판기에서 구입한 건 [대상]의 앞으로 물건이 나타나게 하는 모양이다.

"심지어 질량 제한도 완전히 무시하잖아?"

어이없게도 무생물을 고유세계로 넘길 때 느껴지는 부담이 전혀 없다. 이 [스테이지]라는 공간이 고유세계의 법칙마저 왜곡할 수 있다는 뜻이다.

"지니, 이것들 제련 좀 해줘."

대충 지시하고 의식을 다시 현실로 돌린다.

"…돌아왔어."

"미친. 꿈이 아니었군."

"야, 너두?"

"헐, 너두?"

훈련장에 있던 이가의 수련자들이 술렁거리는 소리를 들으며 스탯부터 확인한다. 다행히 원래대로 돌아와 있다.

'역시 스탯 조정은 그 특이한 공간 안에서만이었군.'

하지만 그렇다면 그 안에서 포인트로 구매해 얻어낼 [스탯]과 [영능]은 현실에서 어떻게 적용될 것인가?

'지니, 특이 사항은?'

[특별히 많은 사망자는 없습니다.]

'그렇겠지. 스테이지가 완벽하게 클리어되었으니. 종말 프로젝트라는 이름치고는 약한 편이군. 난도가 낮아.'

그러나 당연하게도 그건 시작에 불과했다.

정확히 24시간 뒤. 그러니까 월요일 오후 7시. 누군가의 기대, 혹은 불안감대로.

—스테이지(Stage)가 오픈됩니다!
—레벨 1. 중급(中級)이 설정되었습니다.

다음 시험이 시작되었다.

*　　　*　　　*

—스테이지(Stage)가 오픈됩니다!
—레벨 1. 중급(中級)이 설정되었습니다.
—1시간 안에 해당 적(5개체)을 제거하십시오.
—10초 후 스테이지가 시작됩니다.
—10. 9. 8. 7…….

　장소는 어제와 마찬가지로 다 부서져 가는 폐가 앞이다. 다만 다른 점이 있다면 어제와 달리 시간이 밤으로 설정되어 있으며, 폐가 앞에서 으르렁거리던 시체 꼬마가 없다는 점.
　잠시 후 카운트다운이 끝나 스테이지가 시작되었다는 알림이 울려 퍼졌음에도 상황은 변화가 없다.
　"건물 안에 숨어 있는 모양이네."
　나는 아무런 부담 없이 다 부서져 가는 폐가를 향해 걸었다. 발걸음은 너무도 가볍다. 당연한 일이다. 왜냐하면.
　쿵!

내 손에는 강철 곤봉이 들려 있었으니까.

"캬아악!!"

"뚝배기!"

콰작!

너덜너덜하던 문을 부수고 들어가자마자 덤벼들었던 시체 꼬마의 머리통이 박살 난다. 심약한 사람이었다면 심장이 바닥을 굴러다닐 정도로 급작스러운 기습이었지만 내 마음에는 만족감만이 차오를 뿐이다.

"와, 너무 편한데? 무기도 무기지만 스탯이 확장되었네."

상태창을 열어보니 10에 고정되어 있던 올 스탯이 30까지 확장되어 있다.

체감상 건강한 성인 남성의 신체 스탯(근력, 체력, 생명력 등)이 대략 30포인트 정도.

즉 지금의 나는 우주로 나가기 전의 내 몸보다도 미묘하게 좋은 신체 능력을 갖추게 되었다. 여중생의 신체 능력으로, 심지어 맨손으로 잡던 적이 상대인 이상 부담 따위 있을 리가 없다.

지금의 일격만 해도 그렇다.

정말 가벼운 일격이었다. 그냥 강철 곤봉을 들어 올렸다가, 중력에 따라 떨어뜨리듯 내려친 것.

별다른 체력 소모도 없을뿐더러 무엇보다 아무런 반작용이 없다. 손목이 삐거나 손가락뼈가 부러지는 일이 없는 것이다.

"역시 사람은 도구를 써야지."

폐가 안으로 들어선다. 겉에서 보기보다 꽤 규모가 있는 폐가다. 1층만 해도 부엌을 포함해 5개나 되는 방이 있고 비슷한 규모의 2층까지 있는 것.

나는 거침없이 발걸음을 옮겼다. 창밖은 어둑어둑한 밤이고 광원이라고는 샹들리에와 벽에 걸려 있는 몇 개의 촛불뿐이었기에 으스스한 분위기지만 겨우 그 정도로 내 발걸음을 멈추게 할 수는 없다.

퍽!

부엌으로 들어가서 냉장고에 들어 있던 시체 꼬마의 머리를 부순다. 1층은 이제 패스. 2층으로 올라가는 계단으로 향한다.

그리고 점프!

퍽!

샹들리에에 매달려 있던 시체 꼬마의 머리를 깬다. 샹들리에에는 제법 화려한 종류로 녀석의 모습을 가려주었지만, 나에게는 어림없는 소리다.

[종말 프로젝트]
[1레벨]
[비통한 세바스찬]

몸을 숨겨봐야 나에게는 칭호가 보인다. 나름 꼼꼼하게 잘 숨었지만, 기습을 위해 몸을 숨기고 있는 행위는 나에게 목숨을 가져다 바치는 만용에 불과하다.

"웃차."

쿵!

문을 열자 떨어지는 석상을 몸을 비틀어 피한다.

"뭐야 이 허접스러운 함정은."

퍽!

투덜거리며 문 뒤에 숨어 있던 시체 꼬마의 머리통을 깬다. 석상에 얻어맞아 충격을 받았다면 습격하려던 모양이다.

퍽!

창가에 매달려 있던 녀석은 굳이 나갈 것도 없이 강철 곤봉을 든 팔만 밖으로 내밀어 깼다.

―클리어!

―모든 전투가 완료될 때까지 대기합니다.

"간단하지만 시간은 훨씬 많이 걸리네."

바로 앞에서 덤벼들던 때보다 훨씬 긴 시간을 소모한다. 그마저도 시체들의 위치를 파악할 수 있는 나라서 빠른 것이지, 다른 사람들은 시체 꼬마의 기습에 당할 가능성도 있다. 기습에 당하고 싶지 않으면 차분하게 폐가를 수색하며 움직여야 할 것이다.

"뭐 그래도 스탯 제한이 풀렸으니 훨씬 낫겠지."

아무리 일반인 기준이라 하더라도 10포인트는 너무 낮다. 사실상 성인 남성은 모조리 스탯을 제한당한다고 해도 과언이 아닌 상태.

그러나 거꾸로 생각하면 스탯 제한 30포인트에서는 다른 문제가 발생한다.

'일반인은 오히려 30포인트를 다 채우지 못하는 경우가 많겠지. 특히나 여성이나 아이, 노인들의 경우는 말이야.'

말이 좋아 스탯 조정이지 그냥 스탯 제한이기 때문에, 스탯이 감소하기만 하지 올라가지는 않는다. 대부분 스탯 제한이 걸렸던 1레벨 하 난이도와 다르게, 중 난이도부터는 스탯 제한보다 모자란 스탯을 가진 사람들이 많아질 것이라는 뜻. 자판기에서 경험치 포션을 적극적으로 사용하지 않으면 해당 레벨의 클리어에 필요한 것보다 낮은 스탯을 가지게 될 것이다.

그리고 대부분 게임이 그러하듯.

해당 레벨보다 스탯이 낮으면 체감 난이도가 폭증하게 마련이다.

팟!

"좋아! 이것도 되는군."

나는 강철 의자를 꺼내 앉았다. 어제 고유세계에 있는 무기들을 스테이지로 꺼내려고 했을 때는 아무런 반응이 없었는데 이번에는 성공했다.

"들고 들어오는 것만 쳐주지 않을까 걱정했는데."

스테이지에 들고 온 강철 곤봉은 자판기에서 구입한 철광석을 제련해 만든 철로 만들어낸 것이다. 역시나 스테이지 안에서는 외부의 물건을 쓸 수 없었던 것.

맘 같아서는 총도 만들어 보고 싶었는데 아쉽게도 자판기에서 화약까지 팔지는 않더라.

[석궁 정도는 가능할 것 같습니다만.]

'그렇긴 한데 이렇게 좁은 배경에서 석궁이 의미가 있을 것 같지 않아. 게다가 레벨이 계속 올라가는 모양이니 위력 면에서도 한계가 있겠고.'

나는 이런저런 테스트를 하며 시간을 보낸다.

시간을 보냈다.

계속 시간을 보냈다.

"…아니, 잠깐만. 이거 왜 안 끝나지?"

의자를 고유세계로 집어넣으며 의문을 표한다. 왜냐하면, 이해할 수 없는 일이었기 때문이다. 분명 시험 주제 자체가 1시간 안에 해당 적(5개체)을 제거하는 것이었는데 이게 몇 시간째 인가?

그리고 마치 내 불평에 대답이라도 하듯 알림이 들려온다.

—경고. 45억 2,555만 5,531명의 전투가 완료되지 않고 있습니다.

—시험자 66억 9,665만 1,249명 중 10억 550만 1,775명 합격. 나머지 인원은 [사망 처리]되었습니다.

—시스템이 일부 업데이트됩니다.

—과도하게 시간을 끄는 행위를 포기 행위로 간주합니다.

—앞으로 1차 시험 종료 12시간 후 재시험을 치르게 되며, 포기 행위를 2번 반복할 경우 사망 처리 됩니다.

전과는 조금 다른 말에 나는 상황을 파악할 수 있었다.

"아… 사람들이 저 폐가에 아예 안 들어갔구먼?"

생각해 보니 충분히 고를 만한 선택지다. 어제, 불과 24시간

전 인류의 50%가 사망을 경험했고 사망하지 않은 이들이라 하더라도 좀비와 죽고 죽이는 사투를 경험했다. 충분히 트라우마가 될 일이니 시험을 거부하는 게 오히려 정상일 것이다.

　—다음 전투를 시작하시겠습니까? 연속으로 적을 쓰러뜨릴 경우 클리어 숫자만큼 [사망 처리]가 취소됩니다. 스테이지 종료 시 취소되지 않은 [사망 처리]는 [확정]으로 변해 되돌릴 수 없습니다.

　"시작!"
　물론 나와는 관계없는 일이었다.
　"이리 오너라!"
　문을 박차고 폐가로 들어간다. 이번에는 5마리가 죄다 1층에 있었다. 옷장에 있던 녀석, 화장실 천장에 숨어 있던 녀석, 부서진 마루 구멍 아래에 숨어 있던 녀석, 아까처럼 샹들리에에 매달려 있던 녀석, 그리고 침대 안에 숨어 있던 녀석까지.
　"오, 남매 머리가 바사삭!!"
　퍽!
　녀석들이 괴성을 지르기도 전에 머리를 부순다. 시체 꼬마 녀석들은 기습을 위해 숨죽이고 있던 상태 그대로 죽었다.

　—다음 전투를 시작하시겠습니까?
　—다음 전투를 시작하시겠습니까?

　계속 도전을 이어간다. 전투는 쉬웠다. 모습을 숨긴 적들의 모습은 뻔히 짐작되었고 신체 능력도 향상된 데다 무기까지 들고 있으니까.

그러나 편리하게 적을 해치우고 체력 안배를 하고 있음에도… 점점 체력이 달리기 시작한다. 어제와 다르게 제자리에서 전투를 해결하는 게 불가능했기 때문이다.

—다음 전투를 시작하시겠습니까?

그렇게 201번째 시험을 클리어했을 때였다.

—사망 처리가 모두 취소되었습니다!
—축하합니다! 스테이지가 클리어되었습니다! 기여도에 따라 보상이 주어집니다.
—당신의 순위는 9,147위입니다.

"이렇게 잡았는데 아직도 9천 등이야? 스탯도 한계치인 데다가 무기까지 들었는데."

500만 등에서 많이 올라갔지만 그렇다곤 해도 놀라운 일이다. 아무래도 이 시험에 빠르게 적응한 이들이 많은 모양이다.

아니면 스탯 제한 따위 실력으로 뛰어넘는 고수가 많다든지.

"이것 참."

소리 소문 없이 모습을 드러낸 자판기로 다가가며 웃는다.

"승부욕 생기게 만드네."

—클리어 보상으로 1,005포인트를 획득하셨습니다.

—포인트는 거래의 수단이며 [각성 포션], [경험치 포션], [장비], [도구], [재료] 등을 구매할 수 있습니다.

—철광석 1,005킬로그램을 구입하셨습니다!

—스테이지를 종료합니다. 5. 4. 3. 2. 1.

＊　　　＊　　　＊

해가 일찍 뜨는 여름인데도 어둑어둑할 정도의 새벽. 다른 시간대에 비하면 훨씬 한적한 훈련장의 문이 열린다.

"대하야!"

나는 연신 들어 올리고 있던 대형 덤벨을 대충 내려놓았다. 훈련장에 들어온 것은 건장한 체구에 양복을 걸친, 어디로 봐도 조폭으로밖에 보이지 않는 사내.

믿을 수 없겠지만 이 녀석은 고등학생이다.

"오, 친구. 잘 살아 계시구먼."

"뭐? 아이고."

현실의 몸을 고유세계의 육신과 교체해 샤워를 시키게 하고 뽀송뽀송한 몸으로 재석을 따라 나온다. 종종 보이는 묘하게 경직된 분위기의 궁녀들을 지나쳐 경회루 2층에 있는 찻집으로 향한다.

원래대로라면 이 시간에는 열지 않지만, 시국이 시국인 만큼 24시간 운영하는 모양이다.

"좀 괜찮아?"

혀끝이 얼얼할 정도로 다디단 초코 브라우니 쇼콜라를 마시며 묻는다. 괜한 물음이 아니라 녀석의 왼팔에 붕대가 감겨 있다.

"그리 심한 상처는 아냐. 망할 샹들리에 매달려 있는 녀석이 뛰어내리는 걸 제대로 못 막아서 물렸지."

"뭐 전염되거나 그런 건 아니지? 좀비 바이러스라든가."

그냥 해보는 질문이었다. 실제로 재석은 좀 다쳤을 뿐 감염의 기미는 전혀 없지 않은가? 그저 난 물려보지 않았으니 확인차 물어본 것.

그런데 뜻밖의 답변이 돌아온다.

"전염돼."

"뭐, 진짜?"

깜짝 놀라 묻는다. 설마 이 난리 통에 좀비 전염까지 된단 말인가? 그런데 그런 내 반응에 재석은 그저 기가 막힌다는 표정을 지을 뿐이다.

"이런 기본적인 질문이라니… 너, 설마 한 번도 안 물렸어? 아니, 그보다 뉴스도 안 보냐? 온 세상이 이 난리가 났는데?"

"뭐, 그냥."

"와, 재수 없는… 뭐 걱정은 하지 마. 전염은 되는데 현실로 돌아오면 문제없으니까. 다른 물건들이 그런 것처럼 좀비 바이러스도 현실로 넘어올 수는 없는 모양이야. 현실로 돌아오면 그냥 부상만 남을 뿐이지."

"전염이 됐다는 건 어떻게 알았는데?"

"마흔네 번째 클리어 때 손을 물렸거든. 쉰여섯 번째에는 전염이 어깨까지 퍼져서 더 진행할 수가 없더라고. 솔직히 마지막 클리어는 거의 억지였어. 하마터면 죽을 뻔했지."

생각해 보니 그 스테이지라는 곳에 있는 물건들을 현실에 가져오는 것은 불가능하다. 가져올 수 있는 건 오직 그 안에 있는 자판기에서 구입한 물건뿐.

현실로 돌아오면 남는 것은 그저 부상일 뿐 외계의 바이러스나 저주 등이 따라오지는 않는다는 말이다.

"그나저나 쉰여섯 번이나 깼다고? 그러고 보니 너⋯⋯."

나는 그제야 재석이 뭔가 달라졌다는 사실을 깨달았다. 녀석에 전신에서 은은한 생명력이 뿜어지고 있다.

재석의 얼굴을 보니 환한 미소가 보인다. 종말이 다가온다는 심각한 상황이지만, 그런데도 녀석의 얼굴에는 기쁨이 가득하다.

"그래, 맞아. 영능을 각성했어. 생체력."

"허."

놀라운 일이었다. 왜냐하면⋯ 그에게는 영능(靈能)에 대한 재능이 거의 없다시피 했기 때문이다.

영능을 키워 나가고 발전시키는 건 물론 노력도 필요한 일이지만 입문(入門)을 위해서는 무조건 재능이 필요하다. 특별한 영약이나 대법을 사용하지 않는 이상 재능 없는 이가 영능을 각성하는 건 거의 불가능한 일이기 때문이다.

"자판기 효과가 엄청난 모양이네."

"그러게. 그렇게 발버둥 치다가 포기했는데 이런 식으로 기회가 생길 줄은 몰랐어. 일성의 엄청난 부로도 쉽지 않은 일이었는데."

잠시 재석이를 가만히 바라본다. 그런데 그러다 보니 문득 드는 생각이 있었다.

"너 생체력의 식(式)은 어떤 거로 하기로 했어? 네 얼굴로 천지화랑도(天指花郎道)는 어려울 텐데."

"얼굴이 돼도 천지화랑도는 못 배워. 이가가 얼마나 **빡빡한** 곳인데 나이 먹을 만큼 먹은 재벌 가문 사람을 받아들여? 수련법은 많으니 돈으로 살 수 있는 거로 사봐야지."

"흠."

잠시 계획을 점검한다. 그리고 보면 재석이 녀석, 생각 이상으로 괜찮은 조건이다.

"그럼 이건 어때?"

"뭐가?"

"내가 익힌 식을 전수해 줄게."

난데없는 말에 재석의 표정이 진지해진다. 왜냐면 알고 있기 때문일 것이다. 나를 대하는 이가의 극도로 조심스러운 태도. 철저하기까지 한 정보 통제까지.

녀석은 이가 출신이 아니지만, 한국 경제를 지배한다는 일성 회장의 손자이며 정황상 이가를 지배한 황녀의 수족이기도 하다. 나에 대해 정확히 알지는 못해도 절대 범상치 않은 존재라는 것을 모를 리 없는 상황.

나를 바라보는 녀석의 시선이 복잡하다.

"너를 오래 알아왔고 또 잘 안다고 생각했는데⋯ 정말 모르겠네. 연약해 보이는 미소년이었던 영민이 형이 검귀가 되어서 이가를 구한 것도 그랬지만."

"…형은 나도 몰랐어."

그래, 짐작도 못 했다. 형의 칭호인 검귀가 정말 검을 귀신같이 다루기에 얻어낸 것도, 밤이면 밤마다 형이 내가 알 수 없는 특별한 장소에서 죽고 죽이는 싸움을 계속해 왔다는 것도.

"내 짐작이지만 아마 네가 익히고 있는 식이 이가의 것보다도 더 강하겠지?"

"물론."

대마법사의 안배와 지원으로 변방 행성이라고는 도저히 믿을 수 없을 정도의 영능학을 발전시킨 34지구지만, 그렇다 하더라도 대우주에서도 인정받는 제국의 체계적인 영능에 비할 바는 못 된다.

단순한 영능학의 수준만이 문제가 아니라, 그것을 뒷받침할 인프라에서 어마어마한 차이가 있다.

"뭐, 가르쳐 준다면 나야 고맙지. 뭔가 준비가 필요해?"

"몸만 오면 돼."

"뭐? 그렇게 대추웅―?"

팟!

손과 손이 마주 닿는 순간 재석의 모습이 사라진다.

호로록.

빨대에 입을 대고 초코 브라우니 쇼콜라를 빨아 먹는다.

"아, 달다."

아침 7시.

그러니까 2차 시험이 벌어지기 3시간 전에 벌어진 일이었다.

＊　　　　＊　　　　＊

철컹! 철컹! 쿵! 쿵!

사철로 가득한 사막이나 다를 바 없었던 고유세계는 날마다 격변의 시간을 거쳐왔다.

그리고 이제 그곳은, 하나의 거대한 도시가 되어 있다.

"여, 여긴 어디야?! 텔레포트? 아니면 임시 채널인가?"

난데없이 끌려온 세상에 당황하는 재석의 옆으로 지니가 다가온다.

[방문을 환영합니다. 배재석 님.]

"아, 안녕하세요. 저는."

[잠시 치수를 체크하겠습니다.]

"네? 치수라니 무슨 말… 우, 우왓!"

어안이 벙벙한 표정으로 지니에게 끌려간다. 산적 같은 녀석의 얼굴이 새빨갛게 물들어 있다.

'하긴 지니를 보면 그럴 만하긴 하지.'

보기 좋게 그을린 피부에 오밀조밀한 이목구비를 가진 지니가 사막의 무희들이나 입을 법한 파격적인 복장을 하고 있으니 처음 보는 사람이라면 당황하는 게 정상.

물론 그녀가 정말로 파격적인 복장을 걸치고 있는 것은 아니다. 그녀의 육신을 구성하고 있는 것은 특수한 금속으로 만들어진 메탈 바디(Metal Body)이며 그 모습은 어디까지나 그

위를 위장하고 있는 캐릭터 이미지(Character Image)일 뿐이니까.

"야, 이게 뭔 상황이야? 저 누나는 누구고? 여기는 어디야?"

치수를 다 잰 재석이 다가와 묻는다. 나는 대충 답해주었다.

"내 비서야. 여기는 내 아공간이고."

"무슨… 세상에 이렇게 커다란 아공간이 어디 있어? 게다가 생명체들이 이렇게 막 들어올 수 있다고?"

생명체가 막 들어올 수 있는 게 아니라 거꾸로 생명체가 아니면 들어오기 힘들다는 게 문제지만 설명할 이유가 없는 만큼 대충 넘긴다.

"좀 특별한 아공간이라고 생각하면 돼. 지니! 조정은 끝났어?"

[물론입니다, 함장님. 이쪽으로.]

지니의 안내에 따라 재석과 걸었다. 우리가 있는 공간은 고유세계 속에서도 가장 규모가 큰, 고유세계의 중심부라 할 수 있는 강철의 성이다.

"여기 뭐야? 무슨 아웃렛 같은데."

"내부 구조는 그렇지."

그러나 외부에는 백만 대군이 몰려와도 모조리 녹여 버릴 수 있을 정도로 엄청난 방위 시설이 준비되어 있다는 걸 녀석은 알까? 고유세계에 누가 쳐들어올 것도 아닌데 무슨 요새 도시라도 만드는 것처럼 엄청난 설비와 건축물들이 지금 이 순간에도 만들어지고 있다.

"음? 이것들은 뭐야?"

잠시 걷던 재석이 통로에 마치 전시되듯 늘어져 있는 무기들을 보고 물었다. 스테이지에서 얻어낸 금속으로 만든 일종의 시험작들.

1레벨 하급 시험 때 내가 얻을 수 있었던 철광석은 90킬로그램이나 되었지만, 그것들을 제련해 불순물을 태우고 얻어낸 순철은 고작해야 11킬로그램에 불과했다. 내가 쓸 곤봉을 두세 개 만들고 나자 남는 것도 없는 수준이었던 것.

그러나 1레벨 중급 시험 때 내가 얻어낸 철광석은 무려 1톤에 달했고 제련해 얻은 순철도 150킬로그램이 넘었다. 다른 것들을 제작해 보는 건 너무나 당연한 일이다.

"무기지 뭐."

"우… 우와. 이거 잠깐 휘둘러 봐도 돼?"

"음? 물론이지."

내 답변에 재석이 홀린 듯 칼을 걸이에서 꺼내 들어 허공에 휘둘렀다. 바람이 갈라지는 소리가 서늘하게 울려 퍼진다.

"오, 재석이 너 제법 자세가 나오는걸?"

"영능이 없어서 문제였지 무술은 꽤 오래 수련해 왔으니까. 하지만 이거 진짜 명검이다. 설마 네가 만든 거야?"

눈을 반짝이는 녀석의 모습에 고개를 흔들었다.

"명검은 무슨 명검. 압연강판을 레이저 커팅하고 cnc 가공으로 모양 잡고 벨트 샌더로 연마해 만들어낸 공산품이지."

"공산품이라니. 무게중심이 이 정도로 완벽한 검은 처음 보는데……."

녀석의 목소리에 숨길 수 없는 감탄이 섞여 있지만, 그래 봐야 그저 알바트로스함에 저장된 설계도의 뛰어남일 뿐이다.

완벽한 무게중심 같은 건 굳이 장인의 능력이 아니더라도 충분히 재현 가능한 종류의 것이니까.

"장점이라곤 튼튼하고 날카로운 것밖에 없는데 완벽까지야."

저 검은 말하자면 양산품이기에 아무런 특수 효과도 깃들어 있지 않다. 재석에게 한 말대로 튼튼하고 날카로울 뿐.

대신 무지막지한 규모의 미래 시설에서 뽑아냈기에 그 두 가지 장점이 상상을 초월한다는 장점이 있다.

"어차피 그 칼은 시험 삼아 만든 거니 너 가져. 하지만 좀비 잡는 데 칼은 별로 안 좋은 선택이더라고."

그렇게 말하며 다음 물건들을 보여준다. 개수는 여러 개지만 종류는 두 가지다.

곤봉과 망치.

"좀비를 잡는다고? 이 무기 설마."

"그래. 자판기에서 산 철광석으로 만들었지. 실험 삼아 만들어봤는데 다행히 가지고 들어갈 수 있더라고."

"……!"

조금은 붕 뜬 상태에서 물건들을 살피고 있던 재석의 눈매가 날카로워졌다.

"얼마나 있어?"

"별로 없어. 철이 150킬로그램밖에 안 나와서 곤봉하고 망치를 각각 5자루만 만드니 끝나 버렸거든."

길이가 40센티미터에 불과한 강철 곤봉은 그 무게가 2킬로그램에 불과하지만, 두장(망치의 머리 길이)이 17센티미터. 두경(망치의 머리 두께)이 7센티미터나 되는 전투 망치는 무게가

7킬로그램이나 된다.

"흠, 하지만 겨우 5자루씩만 만들었으면 철이 남을 텐데."

"물론이지."

그렇게 말하며 한쪽 벽으로 다가간다.

위잉!

벽이 열리고 그것이 모습을 드러낸다.

그것은 아까 재석이 보고 감탄했던 칼과 마찬가지로, 압연 강판을 레이저 커팅하고 cnc 가공으로 모양을 잡아낸 물건이다. 전신을 철판으로 둘러싼 풀 플레이트 아머는 아니다. 각각 상체와 하체의 일부를 보호하는 판금과 강철 부츠, 그리고 최대한의 압축으로 사이즈를 줄인 건틀렛으로 이루어진 간략한 플레이트 아머. 사실상 상의와 하의는 튼튼하게 만든 게 전부고 거의 모든 노력이 강철 부츠와 건틀렛에 들어갔다고 해도 과언이 아니다.

"와."

반짝반짝 빛나는 플레이트의 모습에 재석의 눈 역시 반짝인다.

"흠."

나는 잠시 재석을 바라보았다.

사실 저 갑옷은 내가 입으려고 만든 것이지만 스테이지 공략이 방어력이 의미 없는 스피드 런이 되면서 계륵이 된 물건이다.

'하지만 재석이한테는 다르겠지.'

스테이지를 진행하며 상처를 입는 재석에게는 방어구의 가치는 더 말할 필요가 없는 수준. 나는 플레이트를 보며 감탄하고 있는 재석을 다시 한번 본 후 지니를 불렀다.

"지니, 걷기 전에 저걸 입혀."

[네, 함장님.]

"응? 입는 건 이해하겠는데 걷다니 무슨 소… 헛! 누나? 잠깐만요! 제가 직… 느왁?!"

난데없는 환복에 재석이 반항했지만 이제 간신히 생체력을 다루기 시작한 녀석이 높은 출력을 가진 메탈 바디의 힘을 이겨낼 수는 없다.

"그 갑옷하고 곤봉 망치는 너한테 파는 것으로 하지. 대금은… 그래. 돈보다는 소, 닭, 돼지 같은 가축들로 부탁해. 많을수록 좋아."

"아니, 잠깐! 지금 뭐 하려는 거야? 어어어??"

지니의 손짓과 함께 재석의 몸이 붕 하고 떠오른다. 도착한 곳은 강철로 만들어진 말굽 모양의 건축물이다. 높이만 15미터. 폭도 5미터가 넘는 그것은 마치 소리굽쇠를 크게 확대한 것처럼 생겼다.

"한눈 많이 팔았지만 그래도 원래 하던 걸 해야지."

"원래 하던 거라니. 식을 배운다면서?"

"그래. 그 이름은 경천칠색. 하늘을 놀라게 할 일곱 색이지."

허공에 뜬 재석의 몸이 대자로 펴진다. 보이지 않는 영자력이 녀석의 몸을 결박해 허공에 띄운 것이다.

"아, 아니, 잠깐! 무슨 식을 이렇게 수련해? 이게 수련이라고?"

당황하는 재석에게 설명한다.

"정확히는 수련을 위한 사전 작업이지. 생체력을 각성했다고 끝이 아니거든. 경천칠색을 익히려면 육신에 진동을 받아들일 수 있는 특질을 부여해야 하니까."

쿵!

거기까지 말하고 거대한 말굽을 한 대 때린다. 내 전력이 담긴 진동이 소리굽쇠 안으로 빨려 들어가 공명하기 시작한다.

우우우웅━━━!

우우웅━━!

"으어어얽!! 이게 뭐야! 으어어어얽!!"

소리굽쇠의 한가운데 둥둥 뜬 재석이 쏟아지는 진동에 비명을 지르는 모습을 보며 근처에 자리를 펴고 앉는다.

마치 기다렸다는 듯 지니가 커다란 접시를 줄줄이 내려놓는다.

[안심 스테이크와 새우튀김 샐러드입니다.]

"항상 고마워."

새우튀김을 두세 개씩 입에 던져 넣으며 시간을 확인한다. 어느새 5시다.

"시험까지 이제 2시간 남았네."

과연 2차 시험은 어떤 결과가 나올지 궁금하다.

* * *

세계는 혼란에 빠졌다.

경복궁 안에만 있던 나는 크게 체감하지 못했지만 수많은 국가의 정부가 계엄령을 선포해 국민을 통제하고 있고, 모든 병원이 넘쳐나는 환자를 감당 못 해 비명을 지르는 상태.

그나마 다행인 점이 있다면.

—2차 시험이 앞으로 30분 남았습니다! 국민 여러분께서는 가장 안전하다고 생각되는 장소에서 배부된 긴급 치료 키트를 옆에 두고 시험에 임하시길 바랍니다!

—전국 각지에 1,855개의 긴급 의료소와 의료 지원품이 배치되었으며…….

—부상자분들께서는 가까운 학교나 동사무소로…….

각국 정부는 놀랄 정도로 신속하게 상황에 대처하고 있었다. 마치 오래전부터 매뉴얼이 만들어져 있던 것처럼 TF를 꾸렸고 발 빠르게 [종말 특별법]을 발동시켜 사재기 등의 혼란 상황을 대비했다.

어디에 그렇게 비축해 두었는지 알 수 없을 정도로 대량으로 준비되어 있던 의약품들을 풀었으며 업데이트되는 정보를 모조리 조합해 안내 방송을 시작했다.

"아니, 이게 어떻게 된 거야. 내가 알던 헬조선이 아닌 거 같은데."

"뭐지? 국회의원들이 왜 일 잘하지?"

"대통령이 지금 20시간째 안 자고 현장을 지휘하고 있대."

"정부 지지율이 엄청 오르고 있는데도 야당이 태클을 전혀 안 걸다니."

한국뿐이 아니다.

물론 상당수의 국가가, 특히나 중국의 경우는 국가 전체가 휘청일 정도로 엄청난 대혼란을 겪고 있었지만, 사회 구조가 튼튼한 대부분의 선진국은 국민이 놀랄 정도로 발 빠르게 혼란을 최소화하고 있었다.

그리고 그 때문일까?

2차 시험도 별문제 없이 클리어되었다.

─사망 처리가 모두 취소되었습니다!

─축하합니다! 스테이지가 완벽하게 클리어되었습니다! 기여도에 따라 보상이 주어집니다.

─당신의 순위는 9,091위입니다.

"아, 등수가 통 안 올라가네……."

무슨 스피드 런 하듯 머리통을 부수며 달렸는데도 아직도 9,000등이라니 기가 찬다. 칭호가 눈에 보이는 것을 적극적으로 활용해 시작하자마자 문을 부수고 들어가 그냥 달려가서 머리통을 부수는 모든 과정에 그 어떤 군더더기도 없는 것 같은데도 늦는단 말인가?

─클리어 보상으로 1,605포인트를 획득하셨습니다.

─포인트는 거래의 수단이며 [각성 포션], [경험치 포션], [장비], [도구], [재료] 등을 구매할 수 있습니다.

─철광석 1,605킬로그램을 구입하셨습니다!

─스테이지를 종료합니다. 5. 4. 3. 2. 1.

삽시간에 배경이 변한다. 어느새 나는 경회루의 카페로 돌아와 있는 상태다.

"흠. 끝났구먼."

컵을 닦고 있던 바리스타 아저씨가 별 감흥 없이 다시 컵을 닦기 시작했다. 그 역시 몇 초 전에 좀비 머리를 깨고 다녔을 것이라는 걸 생각해 보면 굉장히 밋밋한 반응이다.

'설마 저 아저씨도 내 위에 있는 9천 명 중 한 명인가?'

뭔가 오기가 발동하는 느낌이다. 나름 잘한 것 같은데 9,091위라니!

자연스럽게 불만이 생긴다.

'이거 난도가 너무 낮은 거 아냐? 종말이라더니.'

물론 시험 자체에 실패하는 사람들이 있기에 나처럼 추가 도전을 하는 사람들도 생기는 거지만, 아무리 그래도 시험을 통과하느냐 마느냐가 아니라 스피드 런을 해서 경쟁을 해야 하다니.

'이걸 정말 [종말]이라고 할 수 있나?'

그러나 그때 나는 제대로 체감하고 있지 못했다.

레벨 1이라는 문장의 뜻과.

인류 전체가 강제로 시험에 참여해야만 한다는 잔혹함을.

─스테이지(Stage)가 오픈됩니다!

─레벨 1. 상급(上級)이 설정되었습니다.

일요일 저녁 7시, 월요일 저녁 7시에 이어 화요일 저녁 7시에 세 번째 시험이 열렸다.

스테이지는 더더욱 커졌다. [함정]이 생겨났고, 2레벨의 [보스]가 생겨났다.

―스테이지(Stage)가 오픈됩니다!
―레벨 2. 하급(下級)이 설정되었습니다.

수요일 저녁 7시. 레벨 2. 하급.
목요일 저녁 7시. 레벨 2. 중급.
금요일 저녁 7시. 레벨 2. 상급.
결과는 올 퍼펙트 클리어.
어이없게도 토요일은 시험이 없었다. 마치 일주일에 하루는 쉬는 날이라고 말하는 것처럼.
그리고 다시 일요일 저녁 7시.

―스테이지(Stage)가 오픈됩니다!
―레벨 3. 하급(下級)이 설정되었습니다.

쿵!
키가 2미터가 넘는 근육질의 시체 괴물이 쓰러진다. 넝마 같은 옷을 입고 있는 시체 괴물은 어마어마한 근육질로, 바닥을 내려치는 주먹질만으로도 땅이 울릴 정도로 무식한 괴력을 가지고 있다.

"와. 이거."

지난주 오늘. 나는 이 자리에서 거의 유아나 다름없는 신장의 꼬마 시체와 싸웠다.

녀석은 너무 약했다. 거의 여중생이나 다를 바 없는 신체 능력으로도 손쉽게 이길 정도로 약한 적.

그 적을 상대로도 인류는 절반이 죽었다. 그런데 지금의 적은 어떠한가?

"보통 사람들한테는 좀 어렵겠는데?"

근육질의 시체 괴물을 쓰러뜨린 나는 심각한 표정으로 쓰러진 시체를 바라보았다.

[종말 프로젝트]
[3레벨]
[분노한 브라운]

여전히 나에게는 손쉬운 상대지만 그건 상대적인 이야기일 뿐, 객관적으로 이 녀석은 맹수와 싸워도 이길 정도의 전투력을 가지고 있다.

지난주는 유치원생이 적이었는데, 요번 주는 호랑이가 적.

그렇다면 다음 주는 어떻게 된단 말인가?

스탯 제한도 이제 130으로 너무 높다. 인류의 대부분이 오히려 스탯이 모자란 상황이 되어버린 지 오래.

물론 이면 세계에서 수라장을 거쳐온 1,000만 명의 영능력자들은 여전히 수월하게 전투를 수행하고 있다. 나만 해도 그렇다. 올 스탯이 200인 나는 스탯 제한이 높아지면 높아질수록 전투가 오히려 너무 쉬워지고 있는 상황.

하지만 다른 사람들은 어떻게 한단 말인가?

60억이 넘는 [보통 사람]들은?

물론 일반인이었던 재석이가 그런 것처럼 인류 역시 성장하고 전투에 익숙해질 수도 있겠지만, 과연 보편적인 인류가 이 업데이트 속도에 맞춰서 성장할 수 있을까?

"업데이트가 너무 빨라."

결국, 나는 깨달았다.

지금의 업데이트는 너무나 빠르며.

인류는 절대 이 속도를 따라갈 수 없을 것이라는 사실을.

*   *   *

─모든 전투가 완료되었습니다. 시험자 62억 675만 6,249명 중 6억 5,550만 8,765명 합격. 나머지 인원은 [사망 처리]되었습니다.

"……."

잠시 멍하니 텍스트를 보고만 있었다.

야단났다.

진짜 야단났다.

"초기 합격률이 10%대까지 떨어졌어……."

사실 기미는 지난주부터 충분히 있었다. 계속해서 스테이지를 완벽하게 클리어하고 있지만, 완벽 클리어를 위한 시간은 점점 더 길어지고 있었으니까.

이유는 많다.

재석이가 그러하듯 일반인 중에서도 전투가 적성에 맞고 영능과 스킬, 스탯을 얻어내는 것에 크나큰 관심을 두게 된 이들이 있지만, 대부분 사람은 오히려 점점 더 시험에 치를 떨었다.

애초에 콘셉트 자체가 호러가 아닌가?

뭔가 제대로 보이는 게 없을 정도로 어두운 저택 안. 벽마다 새겨져 있는 불길한 문구. 은은하게 들려오는 여인과 아이의 울음소리.

갑자기 튀어나와 피부를 뚫고 들어가는 화살 함정. 무지막지한 기세로 굴러와 몸을 으깨 버리는 바위 함정. 창이 거꾸로 꽂혀 있는 바닥 함정.

저택을 배회하다 침입자의 기색을 느끼면 괴성을 지르며 덤벼들어 살을 물어뜯는 끔찍한 외형의 시체 괴물까지.

노약자가 아니라 어지간히 담대한 강심장이라도 버텨내기가 어려운 환경이다. 굳은 마음을 먹고 이겨낸다고 하더라도, 몇 번 클리어를 반복하면 신경쇠약에 걸리기 딱 좋다.

절대적으로 안전한 귀신의 집에서도 무섭다고 비명을 지르며 완전한 제3자의 입장에서 키보드와 마우스로 플레이하는 공포게임에서도 자지러지는 게 현대인이라는 존재가 아니던가?

하물며 정말로 내 몸이 찢기고 뚫리고 씹어 먹히는 스테이지라면 더 말할 것도 없겠지.

―다음 전투를 시작하시겠습니까? 연속으로 적을 쓰러뜨릴 경우 클리어 숫자만큼 [사망 처리]가 취소됩니다. 스테이지 종료 시 취소되지 않은 [사망 처리]는 [확정]으로 변해 되돌릴 수 없습니다.

"55억 5,124만 7,484번… 인가."

그것은 사망자의 숫자이며 동시에 남은 6억 명이 달성해야 하는 클리어 숫자이기도 하다.

[단순 계산으로 치면 한 사람당 9번만 클리어해 주면 되네.]

"그런데 그게 될 리가 없잖아."

불쑥 끼어드는 아레스의 말에 한숨을 쉬었다.

그렇다. 그게 될 리가 없다.

"저 클리어 인원 중 태반이 부상자일 텐데."

모든 사람이 나처럼 상처 하나 없이 적을 해치울 수 있는 게 아니다. 죽고 죽이는 사투(死鬪) 끝에 클리어하는 쪽이 오히려 일반적.

그나마 그들이 그렇게 목숨을 도외시하고 덤빌 수 있는 것도, 그들이 죽는다 해도 [완벽 클리어]로 인해 부활할 수 있을 거라는 믿음 때문이다.

스테이지는 절대 체력도 부상도 치료해 주지 않지만, 적어도 부활을 하게 되면 멀쩡한 몸 상태로 현실로 돌아갈 수 있으니까.

"크아아아!!!"

뻑!

머리통을 부수며 생각한다.

우리 34지구에는 이면 세계에서 오래전부터 영능을 수련해 온 1,000만 명의 전사들이 존재한다. 대마법사의 안배로 인해 같은 문명 레벨의 타 행성과 비교조차 할 수 없을 정도로 강화된 영능력자들.

·그들은 이미 오래전부터 죽고 죽이는 사투를 반복해 왔으며 혹독한 과정을 통해 영능을 수련해 왔으니 고작 3레벨은 그렇게 무서운 적도 아니다.

그러나 보통의 인간 60억 명이 시험을 다 포기한다면.

이론상 1,000만 명의 영능력자들은 각각 600번의 시험을 클리어해야 한다.

아무리 빨라도 몇 시간은 걸리는 시험을.

―다음 전투를 시작하시겠습니까?

"시작."

―레벨 3. 하급(下級)이 설정되었습니다.
―1시간 안에 해당 적을 제거하십시오.
―10초 후 스테이지가 시작됩니다.
―10. 9. 8. 7……

일대일 전투인데도 시간제한을 1시간이나 준다. 그나마 하급이라 이 정도지 중급이 되면 시간제한은 6시간이 넘어갈 것이다.

그리고 그렇게 되면 적의 강약만이 문제가 아니다. 1,000만 명의 영능력자들. 그리고 실력을 쌓은 후발 주자들은 하나같이 마라톤 선수처럼 기나긴 전투를 수행해야만 완벽 클리어에 성공할 수 있을 것이다.

"크아아아!!!"

뻑!

머리통을 부순다. 또 부수고, 또다시 부쉈다.

─다음 전투를 시작하시겠습니까?

─다음 전투를 시작하시겠습니까?

─다음 전투를 시작하시겠습니까?

그리고 그렇게 수많은 전투를 진행한 끝에.

─사망 처리가 모두 취소되었습니다!

─축하합니다! 스테이지가 완벽하게 클리어되었습니다! 기여도에 따라 보상이 주어집니다.

─당신의 순위는 8,891위입니다.

또다시 시험을 끝내고.

"아, 그러고 보니 이거."

불현듯 나는 이 게임을 정의할 수 있을 것만 같은 기분이 들었다.

"그냥 난이도 조절 망한 노가다 게임 아닌가?"

문제는, 이 스테이지의 구조 자체에 있었다.

누구에게는 너무 쉽고.

누구에게는 너무 어렵다.

스테이지의 난이도가 획일적이고 참가가 강제로 결정되니 플레이 자체를 포기하는 사람들이 생기고 상위 플레이어들이 그것을 메꿔야만 한다.

'그런데 그 메꿔야 할 판 수가 지나치잖아. 차라리 어려운 임무가 낫지 이런 생노가다라니.'

내심 투덜거리며 자리에 주저앉는다. 오른팔이 얼얼하다.

"내가 몇 시간이나 싸웠지?"

혼잣말처럼 중얼거렸지만, 당연히 혼잣말은 아니다.

[쉬는 시간 포함 786분. 약 13시간입니다.]

"배고파. 목말라… 젠장, 근손실이 다 올 정도네."

아닌 게 아니라 온몸이 바짝 말라 피부가 쩍쩍 갈라질 정도다. 시작과 동시에 적의 일격을 피하고 진동의 힘을 담은 초진동 곤봉으로 머리를 때리는. 그야말로 최적화되어 있다고밖에 말할 수 없는 전투 방식을 택했음에도 이 정도다.

'그렇다고 5분의 쉬는 시간을 안 쓸 수가 없으니.'

동선을 최적화해 때리기만 하고 있지만, 그렇다고 그게 손목을 까닥이듯 쉬운 일은 아니니 체력을 회복하는 시간은 반드시 필요하다.

[식사가 준비되어 있습니다.]

"그거야 나도 알지."

고유세계에서 대답한다. 지니의 말대로 내 앞에는 진수성찬이 차려 있다.

그러나 배가 고픈 건 스테이지의 나지 고유세계의 내가 아니다. 평소 즐겨 하는 [교체]는 스테이지만 되면 먹통이 되어버려서 쓸 수가 없다.

"되기만 하면 체력이 무한이나 다름없을 텐데."

—클리어 보상으로 4,720포인트를 획득하셨습니다.
—포인트는 거래의 수단이며 [각성 포션], [경험치 포션], [장비], [도구], [재료] 등을 구매할 수 있습니다.

"3레벨 하급은 1판당 25포인트인가. 빨리 끝나는 건 좋은데 포인트가 2레벨 중급 정도밖에 안 되네."

투덜거리며 모습을 드러낸 자판기에 다가간다.

[드디어 스킬을 구매하실 생각입니까?]

"구성 자체가 껄끄러워서 쓰기 싫었는데 어쩔 수 없네. 지금 이 구도대로라면… 중급 시험에서 완벽 클리어에 실패하게 될 테니."

완벽 클리어 실패에 발생할 사망자만이 문제가 아니다. 사망자가 나오기 시작한다면, 목숨을 던져 스테이지를 클리어하던 이들이 소극적으로 변하게 될 것이라는 게 진짜 문제.

지금이야 상처 회복을 위해 자살도 할 수 있을 정도지만 완벽 클리어가 불가능하게 되면 당연히 사람들은 몸을 사리게 될 것이다. 그럼 완벽 클리어가 더더욱 어려워지고, 완벽 클리어가 불가능에 가까워지면 더더욱 몸을 사리게 되겠지.

그야말로 악순환.

나는 일단 재료에서 광석들을 적당히 사들이고 각성 포션을 구매했다.

고른 것은 스킬 중에서도 페널티가 가장 적어 보이는 [행운의 기운]이다.

스킬 목록. 1/2

1. 행운의 기운(입문): 소모품 발견 시 그 숫자가 2배로 증가. 적이 행운의 기운을 감지함.

적이 행운의 기운을 감지한다는 페널티는 적들에게 언제나 감지된다는 뜻이다. 내가 모습을 숨기더라도, 혹은 조심스럽게 다가서더라도 적들이 반응한다는 뜻.

하지만 어차피 바로 쳐들어가서 머리통을 깨는 내 플레이 스타일을 생각하면 그다지 단점도 아니다.

"나머지는 통 쓸 게 없네……."

지금도 몸이 바짝바짝 마르는데 허기 수치가 증가하는 [빠른 신진대사]를 선택할 수는 없다. 내 전투 스타일 자체가 속도를 중시하기 때문에 속도를 늦추는 [괴력]을 선택할 수도 없고. 둔기만 쓰고 있는데 총잡이를 선택하는 것도 말이 안 되고.

1회 클리어를 2회 클리어로 판정하는 [억제기]도 제법 끌리지만, 이득과 비교하면 스탯 감소가 너무 크다.

마법사가 마력을 회전시켜 서클을 만들어내는 마력 수치가

100포인트다. 마찬가지로 200포인트가 넘으면 2클래스, 300포인트가 넘으면 3클래스에(물론 다른 스탯들이 너무 낮으면 클래스 값을 못하게 되겠지만) 도달할 수 있다.

주 스탯 100포인트라는 건 사실상 [한 단계]의 격차인데 5회도 10회도 아니고 고작 2회 클리어 효과라니.

[그런데 무기 항목에 총이 없는데 왜 총잡이 스킬은 있을까요?]

"아마 전투 중에 획득할 방법이 있겠지. 총기를 든 적이 등장한다거나? 아니면 내가 지금 그렇듯 제작할 수 있을지도 모르고."

자판기 안의 몸은 잠시 대기 상태로 두고 고유세계로 의식을 옮겨 지니와 의견을 나눴지만 역시 확 느낌이 오는 스킬은 없다. 꽤 신기한 효과들이 많은데 페널티가 너무 크다.

시험 삼아 [완벽한 수면]을 샀다. 아직까지 스테이지에서 잠을 잔 적이 없지만 레벨이 높아질수록 플레이 타임이 길어지고 있기 때문이다.

"음?"

그런데 스킬이 계속 구입된다.

[왜 그러십니까?]

"스킬이 계속 구입되네. 이거 장착 숫자가 2개인 거지 구매에는 한계가 없었구나."

대신 구매할 때마다 가격이 계속 올라갔다. 최초 10포인트였던 스킬 가격이 20포인트, 30포인트, 40포인트 이런 식으로 점점 비싸지는 것.

"뭐 가격이 올라 봤자지."

대충 느낌 오는 스킬 10개를 사들였다. 그래 봐야 550포인트다.

"허기를 해결할 수 있어야 할 텐데."

관련된 스킬이 몇 개 있긴 하다. 식량을 취식 시 2배의 효과를 준다는 [두 번 먹는 입]. 자신의 신체 일부를 취식하면 그 효과가 10배로 증가하는 [광기의 식사]. 그리고 외부의 음식을 위장에 저장해 올 수 있는 [숨겨진 간식]까지.

특히나 [광기의 식사]는 스킬 중에서 정말 몇 안 되는 노 페널티 스킬이다.

"노 페널티는 지랄. 내 몸을 먹는 거 자체가 페널티지."

정말 역겨운 스킬이다. 문제는 이런 스킬이 존재한다는 그 자체, 이건 총잡이 스킬처럼 스테이지의 방향성을 짐작하게 해 주는 요소다.

"이런 스킬이 필요한 상황이 온다는 말인데."

눈을 가늘게 뜬 채 스킬을 변경해 본다.

—이미 스킬 변경을 1회 시도하였습니다!

—재도전이나 다음 스테이지 도전 때 재변경할 수 있습니다.

"아, 막 변경이 가능한 건 아니었군."

결국 [행운의 기운]과 [두 번 먹는 입]을 장착한 상태로 [도구] 칸에 들어간다.

마지막으로 필요한 물건들의 구매를 마치고 스테이지를 종료

했다.

—스테이지를 종료합니다. 5. 4. 3. 2. 1.

현실로 돌아온다.

내 앞에는 몸에 착 달라붙는 전신 갑옷을 입은 재석이 있다.

"오? 웬일로 상처가 없네."

매번 시험이 끝날 때마다 피투성이였던 재석의 멀쩡한 모습에 묻자 재석이 씁쓸하게 웃었다.

"죽었어. 너무 욕심을 부린 거지. 스테이지가 안 끝나도 한계가 왔으면 그만해야 했는데."

사실 스테이지가 완벽하게 클리어된다는 확신만 있다면 죽을 때까지 스테이지를 클리어하는 게 차라리 이득이다. 상처를 입고 밖으로 나오면 그 부상이 그대로지만 죽고 살아나면 입장 때와 같은 몸 상태로 나올 수 있게 되니까.

하지만 어디까지나 이론상 그렇다는 것이지 쉽지 않은 일이다. 누구든 죽음은 두려워하는 법이고, 혹여나 완벽 클리어가나오지 않으면 정말로 죽을 수 있으니까.

"어쩌다 죽었어?"

"그거야 알 수 없지. 죽게 되면 마지막 스테이지의 기억이 날아가 버리거든."

"그런 게 있어?"

놀라는 내 모습에 재석이 어이없어한다.

"야, 너 인터넷 안 하냐? 아니, 인터넷도 필요 없지. 지금 어느 채널을 틀어도 스테이지 이야기가 나오는데."

"나는 원래 공략 안 보고 스스로 하는 편이라."

"목숨이 걸렸는데 뭐라는 거야……."

나는 어이없어하는 재석을 잠시 보다가 이내 [도구] 칸에서 구매한 아이템을 꺼내 들었다.

"뭐, 그래도 이제 좀 신경 쓰려고."

—캠코더: 버튼을 누르면 영상을 녹화할 수 있다. 어두운 장소에서도 노이즈를 최소화한 밝은 영상을 촬영할 수 있는 기능이 탑재되어 있다.

꽤나 비싼 도구에 속하는 캠코더를 들고 생각한다. 지금 상황은 나 혼자 스테이지 많이 깨서 해결될 문제가 아니라고. 당장은 몰라도 4레벨, 5레벨, 6레벨을 넘어서면 반드시 파탄이 올 것이라고.

결론은 하나다. 아마 나뿐이 아니라 많은 사람이 알고 있을 것이다.

"참고해야 할지 모르니까."

결국, 우리는.

인류 전체의 역량을 키워야 할 것이다.

지구적인 레벨링 🌙 ✳ ✳

—스테이지(Stage)가 오픈됩니다!

—레벨 3. 중급(中級)이 설정되었습니다.

—6시간 안에 해당 적(5개체)을 제거하십시오.

—10초 후 스테이지가 시작됩니다.

—10. 9. 8. 7…….

—3. 2. 1. 전투를 시작합니다.

배경이 변한다. 도착한 곳은 거대한 홀이었다.

"실내 시작이라."

2레벨까지의 전개는 언제나 같았다. 폐건물의 문 앞에서 시작해 그 안으로 들어가 시체 괴물들을 찾아 죽이는 것. 그런데 이번에는 문 앞이 아니라 시작부터 건물 안에서 시작한 것이다.

철컥!

몸을 돌려 다가간 홀의 정문을 잡자 문이 잠겨 열리지 않는다. 창문 같은 건 보이지도 않는다.

쾅!

강하게 힘을 줘 때려봤지만, 문은 꿈쩍도 하지 않는다.

"이렇게 되면 포기 행위도 어렵겠는데."

지금까지 시험을 치를 생각이 없는 사람들은 폐가의 문을 열지 않고 그냥 밖에서 시간을 끄는 것으로 시험을 치르지 않았다. 두려워서든, 1차 시험에서 괜히 죽지 않고 다른 사람들에게 정보를 얻기 위해서든 버티는 쪽으로 갔던 것.

우─우─웅───!

쩌적!

진동의 힘을 가하자 문에 금이 갔지만, 그저 그뿐으로 여전히 파괴되지 않는다. 이 문에 수십 분 정도 시간을 투자하면 부술 수도 있을 것 같지만 차라리 시체 괴물 5마리를 잡는 게 더 쉬울 것이다.

"흠, 그래도 테스트 겸 부숴는 봐야지."

경천칠색(驚天七色).

황(黃).

황색은 피부에 닿은 물체의 고유진동을 파악해 구현하는 원리로 시전 시간이 너무 길어 비전투용으로 분류된 기술이다. 물체에 접촉한 육신 자체가 공진(Resonance)현상을 이용해 근사해(Approximate solution)를 구하는 것이 황색의 시작.

그리고 마침내 고유진동을 파악해 내면 이제는 접촉한 오른손을 통해 강제진동을 일으킨다.

우우웅————!

물체가 강제진동을 할 때, 외란의 주파수와 고유진동수가 일치하게 되면 동적 응답이 무한히 커지는 공진현상이 일어나며 이후 시간이 지나면 물체는 1차 고유진동수로 자유진동하게 된다.

"됐다."

그리고 1차 고유진동은 그 물체가 가장 변형되기 쉬운 모양을 뜻한다.

위잉—!

마치 호수에 돌을 던진 것처럼 문이 크게 물결친다. 거센 바람에 천이 펄럭이듯 뒤틀린다.

당연하지만 이렇게 심한 변형을 버틸 수 있는 물질은 거의 없다.

빠직!

부서진 문을 대충 걷어차고 문밖으로 나온다.

"와."

그리고 놀란다.

"엄청 크잖아?"

저택의 규모가 어마어마하다. 개인의 저택이라는 생각이 들지 않을 정도의 거대 건축물. 현대의 백화점이나 대형 마트 정도의 규모였다.

저택 밖은 그 끝이 보이지 않는 거대한 숲이었는데 마치 공간이 지워져 있는 것처럼 일정 거리 이상의 배경이 보이지 않는다.

"아레스."

고유세계에서 철괴 한 덩이를 꺼낸 후 이름을 부르자 철괴가 마치 한여름 날의 얼음처럼 삽시간에 녹아내렸다가 작은 로봇의 형태로 변한다.

신급 기가스 아레스가 아닌 정령 아레스의 형태다.

[뭐냐?]

"하늘로 올라가서 여기 좀 찍어줘."

[아주 요새 잔심부름이 그냥.]

투덜거리며 슝, 하고 하늘로 날아간다. 녀석의 손에는 녀석의 몸만큼이나 커다란 캠코더가 들려 있다.

"어디 보자, 일단 3층까지 있나. 지하도 있을 거 같은데."

나는 폐건물을 외곽을 따라 한 바퀴 돌았다. 폐건물에는 창문이 하나도 없다. 내부는 중세 귀족들이 거주할 법한 저택이라는 걸 생각해 보면 비정상적인 구조다.

"문도 하나밖에 없고."

나는 건물 한편의 벽에 손을 올렸다. 정문 기준으로 가장 반대편에 있는 장소였다.

경천칠색(驚天七色).

황(黃).

콰직!

물결치는 벽을 부숴 버리고 안으로 들어간다. 느껴지는 인기척은 없다.

"중급 시험에는 안 쓰는 공간인가……."

방을 모조리 수색하며 이동한다. 보이는 가구란 가구는 다 뒤지고 서랍이라는 서랍은 전부 다 열었다.

그리고 그쯤에 스킬의 위력을 파악할 수 있었다.

―딱딱한 밀빵을 획득했습니다!

―[행운의 기운]이 작용했습니다! 딱딱한 밀빵을 획득했습니다!

"오호."

아직은 배가 고픈 상태가 아니었기에 밀빵을 고유세계로 집어넣었다. 시험을 수백 번을 보면서 식량을 획득한 건 처음.

그뿐이 아니다.

―9mm 탄환을 3발을 획득했습니다!

―[행운의 기운]이 작용했습니다! 9mm 탄환을 3발을 획득했습니다!

―9mm 탄환을 1발을 획득했습니다!

―[행운의 기운]이 작용했습니다! 9mm 탄환을 1발을 획득했습니다!

―주머니칼을 획득했습니다!

생각보다 행운의 기운이 활약하고 있다. 만일 총잡이 특성을 쓸 거라면 행운의 기운은 무조건 선택해야 할 것 같았다.

"문제는 아직 총이 없다는 거지만."

방들을 죄다 뒤지며 나아간다. 그 결과 36발의 탄환과 6개의 빵, 손도끼와 주머니칼을 획득할 수 있었다. [행운의 기운]은 어디까지나 소모품에 적용되는 능력이어서 그런지 장비들은 추가 획득의 기회가 없다.

"크워워!!!!"

그런데 그때, 괴성이 울려 퍼진다. 가까운 거리지만, 그렇다고 정말 가까운 거리는 아니다.

"아니, 위층에 있는데도 감지한다고?"

머리 위에서 쿵쿵쿵! 하고 뭔가가 뛰어가는 소리가 들린다. 잠시 기다리니 계단 문이 쾅! 하고 부서지고 시체 괴물이 모습을 드러낸다.

[종말 프로젝트]

[3레벨]

[돌격대장 알]

그것은 어제의 시험에서 만났던 녀석보다도 더 덩치가 큰 시체다. 거의 2.5미터는 되어 보이는 키에 근육질의 몸이 인상적인 괴물.

나는 고유세계에서 총을 꺼냈다.

화약이 없어 총을 못 쓰는 거지 권총을 만드는 것 정도는 금속만으로도 얼마든지 가능하다. 총알만 있으면 문제는 없다.

탕!

정확한 사격이 시체 괴물의 이마를 후려친다. 막 바닥을 박차 돌진하려던 녀석이 휘청거린다.

"크오오!"

괴성을 지르며 자세를 고친다.

탕!

다시 휘청인다. 녀석은 다시금 자세를 잡고 달리려고 했지만.

탕! 퍽!

눈동자를 맞히자 한순간 전신을 파르르 떨더니 쓰러졌다.

"총 좋은데?"

이능이나 초인적인 전투 능력 없이 적을 해치웠다는 건 꽤나 고무적인 일이다. 바꿔 말해 총을 잘 쓰기만 하면 일반인도 스테이지를 클리어하는 게 가능하다는 뜻이기 때문이다.

"총도 찾아봐야겠다."

다시 건물을 뒤지기 시작한다. 방을 찾고 층을 오가면서 건물의 구조를 파악하고 아이템이 나왔던 자리를 기록하여 일종의 지도를 만든다. 건물의 외부에서 전체적인 형태를 살펴보았기 때문에 그리 어렵지 않은 일이었다.

[종말 프로젝트]

[3레벨]

[사냥꾼 헌트]

"아, 이건 또 뭐야."

마치 바퀴벌레처럼 벽을 타고 달려오는 시체의 모습에 인상을 찡그린다.

탕!

총알 한 방에 머리통이 날아간다. 아까 그 녀석과 다르게 굳이 안구를 맞히지 않아도 죽는 걸 보니 내구가 모자란 모양.

그러나 바퀴벌레가 으레 그러하듯 워낙 빠르고 변칙적으로 움직이는지라 보통 사람은 맞히는 게 쉽지 않을 것 같다.

탕!

장롱 옆에 숨어 있던 녀석을 쏴서 맞힌다. 칭호와 이름은 [암살자 셰인]. 이 녀석은 피부가 완전히 까매서 그림자에 숨어 있으면 잘 보이지 않았다.

"찾았다!"

거의 초반에 시작했던 자리까지 와서야 권총을 찾을 수 있었다. 금이 가 있던 나무 장판 아래였다.

[와, 이걸 어떻게 찾으라고 여기에 놨나?]

"그러게, 엿 먹으라는 것도 아니고."

열리는 구조도 아닌데 그냥 금이 가 있다고 부숴보는 사람은 그리 많지 않을 것이다. 나야 사물도 칭호를 볼 수 있으니 찾은 것이지 보통 찾지 못할 것이다.

"캬악!"

"아, 네가 마지막이구나."

나는 덤벼드는 시체 괴물 녀석의 사지를 박살 낸 다음 대충 근처에 던져두고 건물을 마저 뒤졌다. 그리하여 마침내 건물의 모든 구조를 파악할 수 있었다.

―경고. 15억 5,455만 7,531명의 전투가 완료되지 않고 있습니다.

―시험자 61억 8,175만 6,999명 중 4억 5,550만 8,765명 합격. 나머지 인원은 [사망 처리]되었습니다.

합격자 수 4억 5,000만.

슬슬 위험한 수준으로 떨어졌다. 정상적으로 플레이하면 6시간이나 걸리는 시험에서 탈락자가 이렇게 많으면 완벽 클리어에 실패해 대량의 사망자가 발생할 수 있다.

"그나마 포기자가 15억이 넘는다는 게 다행인가?"

포기자는 2차 시험이 남아 있으니 다만 일부라도 클리어할 가능성이 존재한다.

[그런데 어떻게 포기자가 나올 수 있지? 여기는 시작 지점으로도 적이 찾아오잖아?]

아레스의 말대로 이 저택 안의 시체 괴물들은 건물 전체를 배회하고 있고, 굳이 돌아다니지 않아도 가만히 있으면 괴물들이 찾아오게 된다. 재수 없으면 5마리가 동시에 몰려드는 상황까지 가능하니 가만히 있으면 오히려 더 최악의 상황을 맞이하게 되는 것.

"하지만 방법이 없는 건 아냐. 숨으면 되니까."

어쨌든 시체 괴물들에게 발견만 되지 않으면 전투는 수행하지 않아도 된다. 숨을 곳이야 많다. 옷장, 장롱, 커다란 서랍이나 화장실 등등.

시체 괴물들이 방 전체를 샅샅이 뒤지고 다니는 건 아니니 숨죽이고 6시간 숨어 있으면 어떻게든 버티는 건 가능하다.

—다음 전투를 시작하시겠습니까?

"시작."

망설일 것 없는 재시작.

나타난 결과는 실망스러웠다.

[함장님, 보관하고 있던 빵이 소멸했습니다.]

"그러게. 손도끼도, 권총도, 탄환도 없어졌어. 해당 스테이지에서 획득한 소모품은 그 스테이지에서 다 써야 하는 거군."

혹시나 잔뜩 쟁여두면 내내 쓸 수 있지 않을까 했는데 그렇게 편하게는 못 해주겠다는 뜻이다.

이번에는 굳이 문을 부수고 나가지 않고 정상적으로 진행했다. 나타나는 적들을 사냥하고 소모품을 획득한다. 빵은 나오는 대로 먹었고 총알은 얻는 대로 다 쐈다.

—다음 전투를 시작하시겠습니까?

"시작."

또다시 재시작. 또다시 재시작. 또다시 재시작.

지니가 그리고 있는 [맵]이 점점 상세해졌고, 나는 3레벨 시험의 새로운 규칙들을 파악할 수 있었다.

1. 저택에서 찾을 수 있는 장비는 권총, 손도끼, 주머니칼로 고정이다.

2. 모든 발견물의 위치는 매 판 랜덤하게 정해진다.

3. 소모품의 수량 역시 랜덤이다. 총알은 10발~20발. 빵은 1~2개. 물병은 없거나 1병.

4. 시체 괴물들에게 개성이 생겨났고 각각 장단점이 있다. 이 역시 매 판 랜덤이지만 총 10종류 안에서 정해진다.

새로운 스테이지를 시작하고 금이 가 있는 나무 장판을 부순다. 권총은 보이지 않는다.

콰직!

벽에 있는 액자를 부수자 숨겨진 공간이 나타난다. 권총이 거기에 있었다.

"권총은 웬만하면 시작 지점 근처에 있네."

랜덤으로 위치가 바뀌긴 하는데 아무 데나 나타나는 건 아니고 대충 5군데의 장소에 돌아가며 나타났다.

—다음 전투를 시작하시겠습니까?

—다음 전투를 시작하시겠습니까?

—다음 전투를 시작하시겠습니까?

클리어하고, 클리어하고, 클리어한다. 스테이지의 크기가 커졌기에, 그리고 내가 저택 전체를 꼼꼼히 조사하며 진행하고 있었기에 시간 소모는 상상을 초월하는 수준.

"내가 몇 시간이나 싸웠지?"

[쉬는 시간 포함 42시간이 막 지났습니다.]

"아무래도 시간제한은 없는 모양이네. 정말로 무한대는 아니겠지만."

[어차피 정지한 시간 속입니다. 최초 1회의 클리어 때를 제외하고는 모든 인류가 각각의 타임 라인에서 움직인다고 생각하시면 됩니다.]

지니의 대답을 들으며 다시 복도를 걷기 시작한다. 이제 조사가 다 끝났기에 굳이 뒤지고 다니는 대신 곧바로 시체 괴물들을 찾아가 머리를 부숴주었다. 총을 찾기도 귀찮다.

"흠 그런데 말이야."

그리고 그렇게 5시간 정도를 더 클리어했을까.

불현듯 의문이 들었다.

"왜 배가 안 고프지?"

*   *   *

"허억……!"

내 앞에 앉아 있던 재석이 불현듯 깊은 신음을 토해낸다. 불과 1초 전만 해도 말끔했었을 녀석의 전신이 피범벅. 그러나 특별한 일도 아니었기에 호들갑 떨지 않고 묻는다.

"클리어 몇 번?"

재석은 헐떡이는 와중에도 대답한다.

"허억… 흐아… 37번!"

"시간은?"

"모르겠어. 대략… 40시간? 아니, 잠을 두 번 잤으니 50시간쯤인가. 제길, 서서 잤더니 피로가 하나도 안 풀려."

"제법인데."

웃으며 녀석의 갑옷을 벗겨준다. 재석이 벌벌 떨면서 시트 한쪽에 있는 버튼을 눌렀다.

"도련님!"

"괜찮으십니까?"

기다렸다는 듯 우리가 타고 있던 대형 밴의 문이 열리고 양복의 사내들이 들어온다. 당연하지만, 차는 공간 확장이 되어 있는 물건이었기에 한편에 준비된 침상에 재석을 눕히고는 상처 위에 소독약을 뿌리고 그 위에 붕대를 감을 수 있었다.

"지속하는 간결 치유!"

백색의 빛이 뿜어져 재석의 상처를 감싼 붕대에 스며든다.

"기원하나니. 여기에 원기의 보옥을 내리소서."

머리를 박박 민 양복 사내의 읊조림과 함께 허공에 녹색의 구슬이 만들어진다. 헐떡이던 재석의 호흡이 점차 가라앉는다.

"후우… 고마워. 다들 바쁜 몸인데."

"천만의 말씀입니다, 도련님. 저희야말로 도련님 덕택에 훨씬 좋은 성적을 거둘 수 있었지요."

꾸벅 고개를 숙이는 경호원들의 허리에는 강철로 만들어진 곤봉이, 등에는 기다란 전투 망치가 걸려 있다. 재석이 나에게 사들인 스테이지용 장비들이다.

"다들 별문제는 없지?"

"전원 3까지 레벨을 올렸고 영능 사용에도 익숙해졌습니다. 요번 스테이지에서는 변경점이 많아 메모해 온 상태고요."

"그래, 그랬지."

재석이 만든 팀은 전원 일반인으로 이루어져 있다. 정확히는 '일반인이었던' 능력자들.

그들은 굴지의 대기업인 일성의 경호원으로 발탁될 정도로 빼어난 지성과 육신을 갖추고 있지만, 안타깝게도 영적 재능이 부족해 이면 세계의 능력자들에게는 대항조차 할 수 없던 사람들이다.

인류 전체를 몰살시킬지도 모를 재앙인 [종말 프로젝트]는 그들에게 있어서 한계를 깨부술 사다리이기도 했다.

"지도 작성은 어떻게 되었지?"

"팀에 모인 정보를 취득하고 이가의 능력자들에게 모인 정보 역시 교섭할 예정입니다. 그리고."

"지도는 다 만들었어."

"그리고, 예?"

재석에게 보고하던 사내가 멍청한 표정을 지으며 말을 멈춘다. 나는 고유세계에서 USB를 꺼내 재석에게 던졌다. 지니가 편집을 마친 영상과 각종 데이터가 담겨 있는 물건이다.

"이게 뭐야?"

영문을 모르겠다는 재석의 말에 답했다.

"플레이 영상이랑 지도랑 공략본. 가져다 참고하고⋯ 너 마이튜브 계정 있지?"

"그야 있지."

"거기에다 올려."

"뭔 소리야? 지금 막 스테이지가 끝났는데 지도랑 공략본이 완성되어 있다고? 게다가 그걸 마이튜브에 올려?"

"일단 그건 체험판 같은 거니까 참고만 하든가. 다음 시험부터 더 본격적으로 할 거야."

"……?"

혼란에 빠진 재석을 놔두고 차량을 나선다. 차가 서 있던 곳은 정부 서울청사의 주차장이다. 시국이 시국이었지만 대한민국 정부는 이가의 지배를 받는 곳이었기에 얼마든지 출입할 수 있다.

"…보통 난리가 아니네."

주차장을 가로질러 큰길로 나오니 광화문 광장의 모습이 보인다.

시간은 저녁. 7시 5분.

광화문 광장에 사람들이 가득하다. 이가를 공격해 왔던 주가군이 그렇게 많다고 생각했는데 절대로 뒤지지 않는 규모.

그러나 이곳에 모인 사람들은 관광이나 시위 같은 이유로 모인 이들이 아니다.

"다들 괜찮으세요?!"

"하하하! 살았어! 살았다고!"

"지연아?! 정신 차려! 괜찮아?"

"도와주세요! 여기 부상자가 있어요!"

불어오는 바람에 피 냄새가 물씬 풍긴다. 평소 연인과 가족들이 앉아 볕을 쬐던 잔디밭엔 기쁨, 또는 슬픔에 울고 있는 사람들로 가득하다.

차량이 통제된 도로에는 수십 개의 긴급 의료 센터가 세워져 있고 그 안에서 의료인들이, 또는 치료 능력을 갖춘 영능력자들이 사람들을 치료하고 있다.

다행히 스테이지의 특성상 중상자는 그리 많지 않다. 재석이처럼 무리하지 않는 이상 가벼운 외상만을 입는 게 보통으로, 그 이상의 상처를 입는 경우는 대부분 죽게 되어 오히려 상처가 없다.

"정말 애매한 시간이라고 생각했는데."

오후 7시.

그리고 오전 7시.

실제로 애매한 시간이었지만 지금 광경을 보니 어쩌면 꽤 적당한 시간일지도 모른다는 생각이 들었다. 어쨌든 일과 시간은 아니지 않은가?

[한국의 직장인들은 아침 7시에 스테이지를 마치고, 출근해서 일하고 퇴근해서 오후 7시의 스테이지를 진행한다고 하더군요.]

"이 와중에 출퇴근하고 있다니… 어른들은 대단하구먼."

이것이 가장의 책임감인지 뭔지 모르겠지만 어쨌든 무시무시한 일이다.

그나마 지금 사회가 유지되고 있는 것도 그 무시무시한 사회인들이 있기 때문일 것이다.

"원래는 자정과 정오랬지?"

[네, 함장님. 키리티마티섬의 시간을 기준으로 스테이지가 열리고 있습니다.]

대한민국은 협정세계시, 즉 UTC보다 9시간 빠른 나라다.

국제표준시의 기준인 영국보다 더 동쪽에 있어 일찍 하루를 맞이하기 때문이다.

그런데 스테이지는 그런 한국의 시간보다도 5시간이나 빠르게 시작한다.

스테이지가 전 세계에서 가장 빨리 태양이 뜨는 장소, 키리티마티섬(UTC+14:00)을 기준으로 삼기 때문이다.

"듣도 보도 못한 장소가 전 세계 기준이라니."

즉 세계는 키리티마티섬의 시간이 자정일 때 1차 시험을, 정오일 때 2차 시험을 치르고 있다. 우리는 그쪽보다 시간이 5시간 느려서 전일 오후 7시에 시작하는 것이고.

'어쨌든 서두르자. 준비도 하고 레벨을 올려놔야지.'

물론 스테이지에서 포인트로 경험치를 살 수 있지만, 한정적인 포인트로 경험치를 사는 것보다는 여유 시간에 마족들을 사냥하는 게 나을 것이다.

"궁으로 가는 거야?"

들려오는 말에 뒤를 돌아본다. 학교도 안 가는데 교복을 입고 있는 선애의 모습이 보인다.

"시험은 잘 봤어?"

"뭐 적당히."

대충 대답하는 녀석의 모습을 잠시 바라본다. 녀석의 레벨이 3에서 4로 올라 있다. 아마 종말 프로젝트를 겪으면서 성장했거나 자판기를 이용해 스스로를 강화한 모양이다.

'게다가 변신하면 무슨 합성 마수인가 하는 게 될 수 있으니 더 과감하게 움직일 수 있겠네.'

어쩌면 그녀 역시 내 위에 있는 수천 명의 사람 중 하나일지 모른다.

"그러고 보니 재석이한테 말했던 가축들 처리를 너한테 맡겼다고 하던데."

"아, 그거. 이가에 자리를 빌려서 받아놨어. 안내할게."

선애는 굳이 많은 질문을 하지 않았다. 무슨 일로 그렇게 많은 가축을 받은 것이냐? 왜 그렇게 많은 가축을 받으면서 왜 사료는 닭 사료뿐이냐? 보관은 어떻게 할 것이냐 등등.

종말 프로젝트를 진행하면서 그녀는 자잘한 일에 흥미와 관심을 잃은 듯 보였다. 그저 돈을 받으니 할 일을 한다는 태도다.

팟!

건널목을 지나 경복궁으로 들어선 후 바로 이면 세계로 진입한다. 원래 이런저런 과정을 거쳐야 하지만 황녀, 어쩌면 여황이나 다름없는 무소불위의 권력을 휘두르는 민경의 명에 의해 언제든 자유롭게 들어설 수 있다.

"여기야."

국립고궁박물관의 반대쪽. 현실에서는 주차장에 해당하는 장소로 이동한다. 당연한 말이지만 그곳에 차는 없고, 대신 수십 개의 깃발이 꽂혀 있다.

어느새 궁녀복으로 환복(그야말로 눈 깜빡할 새다)한 선애가 그중 한 깃발로 다가가 뽑는다.

팟!

한순간 배경이 변한다. 그곳은 거대한 초원이었다.

"음머~"

"꼬끼오——!"

"꾸익!"

소가 운다. 닭이 울고 돼지가 울었다. 선애가 설명한다.

"소가 50마리, 돼지가 300마리, 닭이 700마리야. 참고로 닭은 요청대로 대부분 암탉이고."

"어디 보자… 다 들어가려나?"

굳이 망설일 것 없이 녀석들에게 다가간다. 죄다 자리에 묶여 있거나 우리에 들어 있었기에 달아나는 일 따위는 없다.

팟!

소 한 마리가 사라진다. 내 머릿속에 녀석의 '질량'이 느껴진다.

'대략 600킬로그램… 아니, 이 정도면 거의 700킬로그램 이군.'

돼지 한 마리가 사라진다.

'100킬로그램이 조금 넘는 정도다.'

닭도 한 마리 사라졌다.

'1킬로그램 정도.'

닭은 호수에 따라 크기가 다르다고 들었는데 여기 있는 녀석들은 대체로 비슷한 크기다.

"좋아. 되겠군."

계산이 끝났다. 충분히 가능할 것 같았다.

팟팟팟팟!!

가축들을 터치하며 지나간다. 내 손에 닿은 가축들은 감쪽

같이 사라졌다. 당연한 말이지만 없어진 건 아니고 고유세계로 이동된 것이다.

고유세계가 성장하면서 내가 그 안으로 이동시킬 수 있는 질량이 엄청나게 증가했다. 고작 하루에 수 킬로그램의 질량을 옮길 수 있을 뿐이어서 지니의 메탈 바디도 부품 단위로 옮겨 조립해야 했던 과거와 달리, 지금은 흙이라든가 물같이 가치에 비해 무거운 물질조차 고유세계 안으로 넣을 수 있을 정도로 여유가 생긴 것.

"꼬꼭!"

"……."

나는 마지막 남은 닭을 애매한 시선으로 내려다보았다. 종은 모르겠지만 뭔가 새하얀 색깔의 닭. 특별한 닭이어서 본 건 아니다. 그저 마지막 닭인 녀석이 고유세계로 들어가지 않았기에 본 것. 다 넣을 수 있다고 생각했는데 아무래도 계산에 실패했나 보다.

'지니, 내가 지금 받아들인 총 무게가 어떻게 되지?'

[62,954킬로그램. 그러니까 63톤가량입니다.]

'C랭크 고유세계가 받아들일 수 있는 생명체의 질량이 대충 그 정도라는 말이네.'

그리고 고유세계로 진입할 수 있는 생명체의 질량이 무생물의 스무 배에서 서른 배 정도 가능했다는 걸 생각해 보면 고유세계로 들여보낼 수 있는 무생물의 질량은 대략 2~3톤이라는 말이다.

[여전히 아이언 하트를 들여보내기는 어려운 수준이군요.]

'그래. 가장 가벼운 아이언 하트도 5톤은 넘으니.'

마치 갑옷처럼 입는 소형 기가스의 아이언 하트의 무게조차
도 그 정도다. 그 이상의 크기를 가진 기가스의 아이언 하트는
수십 수백 톤이 넘으니 고유세계에서 기가스를 조립하는 건 아
주 나중의 일이겠지.

"이건 너 가져."

"엑?"

품에 닭을 안겨주자 선애의 눈이 동그래진다.

"꼬꼬!"

자신이 삶과 죽음의 경계를 가로질렀다는 사실을 아는지 모
르는지 동그란 눈으로 선애를 올려다보는 닭. 관심이 없어 무
슨 종인지는 모르겠지만 눈처럼 하얀 털을 가진 녀석이다.

"에엥?"

"부탁해."

그렇게 대충 닭을 넘기고 깃발이 만든 차원에서 빠져나온다.

'지니, 도축.'

[즉시 실행하겠습니다.]

나는 3레벨 중급 시험에서 버그를 발견했다.

물론 이게 정말 게임인 것은 아니니 이걸 버그라 말하는 건
웃기는 일이겠지만, 적어도 스테이지를 만들어낸 시스템이 유
도하지 않은 맹점을 발견한 것이다.

바로 스킬, [두 번 먹는 입]이다.

두 번 먹는 입의 효과는 '식량 취식 시 2배의 효과. 쉽게 피
로해져 잦은 수면이 필요함'이다. 스테이지를 진행하다가 확률

적으로 발견하는 음식을 먹을 때 그 효과가 증가하지만, 대신 자주 자야 해서 플레이 타임이 늘어나거나 혹은 위기에 빠질 수 있는 페널티를 가진 스킬.

그런데 그 스킬을 장착하고 나자 그 전의 스테이지에서와 다르게 나는 배고픔에서 거의 완벽하게 해방되었다.

'고유세계가 이런 변수를 만들어내게 될 줄이야.'

고유세계에서 발동한 스킬이 스테이지에 반영되고 있다.

어찌 생각해 보면 당연한 일일지도 모른다. 실제로 스탯 제한 역시 스테이지 안에서만이 아니라 고유세계에 적용되지 않았던가?

고유세계의 내 육신이 식사하자, 두 번 먹는 입이 가진 '1배'의 증가분이 음식을 먹지 않은 스테이지의 육신에도 적용되었다. 쉽게 말해 고유세계 안에서 음식을 먹으면 스테이지의 육신 역시 음식을 먹은 효과를 가지는 것.

그리고 생체력 수련자인 난 음식만 충분하다면.

얼마든지 장기전을 이어갈 수 있다.

"물론 고유세계에 비축할 수 있는 식량이 무한한 건 아니라 한계가 있겠지만."

그렇다 하더라도 상당한 메리트다. 이게 일반 온라인 게임이었다면 영구 밴을 당해도 할 말이 없을 정도.

하지만.

─사망 처리가 모두 취소되었습니다!

─축하합니다! 스테이지가 완벽하게 클리어되었습니다! 기여도에

따라 보상이 주어집니다.

　—당신의 순위는 8,891위입니다.

　등수에는 별다른 변화가 없다.

　"아직은 스피드 런이 트렌드니 뭐."

　투덜거리며 문득 생각한다.

　이 위에 있는 수천 명은 대체 뭐 하는 사람들일까?

＊　　　＊　　　＊

　일요일 저녁 7시. 3레벨 하급.

　월요일 아침 7시. 3레벨 하급 2차.

　월요일 저녁 7시. 3레벨 중급.

　화요일 아침 7시. 3레벨 중급. 2차.

　두 단계. 총 4번의 시험을 다 마치도록 여전히 사망자는 나오지 않았다.

　그러나 그것이 상황을 낙관적으로 볼 수 있다는 뜻은 아니다.

　화요일 저녁 7시 시작된 3레벨 상급 시험은 사람들에게 그 사실을 선명하게 알려주었다.

　"젠장… 1차 시험에서 죽었으니 2차 시험에는 도전도 못 하겠군. 레벨 6에 화랑단의 일원인 내가 고작 3레벨의 스테이지를 스무 번도 못 깨고 죽어버리다니."

　화요일 저녁 3레벨 상급 1차 도전이 끝난 경복궁의 분위기는 어수선하다.

"하급과 중급과는 달라. 상급은 그냥 다 싸워서 해결하기에 너무 위험해. 완성자급의 초고수가 아닌 이상 방심하는 순간 다칠 수밖에 없는데 스테이지에서 다치면 회복이 힘드니까."

"적은 약해도 스테이지의 환경이 악의적이야. 일반 게임의 던전과는 느낌이 전혀 달라. 마치 공포 게임 같은……."

너무나 당연한 말이지만 3레벨 상급의 난이도는 중급과 비교조차 할 수 없다. 그저 적이 강해지는 그런 개념이 아니라, 스테이지 자체에 변화가 생기기 때문이다.

첫째로 중급보다도 더 다양해진 적.

하급 시험에 해당 레벨 적이 1마리가 나온다면 중급 시험에는 5마리가 나오며, 상급 시험에는 최대 10마리까지 적이 등장한다.

문제는 그들이 각각 다른 특성이 가졌다는 점이다. 어둠 속에 몸을 숨길 수 있거나, 빠르거나, 힘이 강하거나, 가장 최악의 경우로 독을 가진 예도 있다. 자칫 방심해서 일격을 허용하게 되면 더 이상의 클리어는 불가능해지는 수준.

둘째로 함정.

상급 난이도에는 살상력을 가진 함정이 설치된다. 갑자기 땅이 꺼진다든지, 벽에서 칼날이 튀어나온다든지, 화살이 쏘아진다든지 하는 함정.

물론 아직 3레벨이라서 즉사성 함정은 잘 없지만 일단 한번함정에 걸리면 다칠 수밖에 없고 스테이지에서 부상은 죽음으로 이어진다.

셋째로 보스.

상급은 해당 레벨의 시체 괴물에 더해서 다음 레벨의 시체 괴물이 추가된다. 당연한 말이지만 동렙의 적도 힘든 상황에 다음 레벨의 적과 싸우면 대체로 죽게 마련이다.

다행히 이면 세계의 고수들이 적극적으로 스테이지에 임하고 있고 보통 사람 중에서도 이능력을 습득해 싸우는 이들이 생겨나 어떻게든 완벽 클리어에 성공하고 있지만.

"큰일이야. 이 페이스대로라면… 완벽 클리어에 실패하게 될 거야."

"거기까지 가면 이미 늦은 거지. 사망자가 나오기 시작하면 돌이킬 수 없을 테니까."

"미치겠군. 이제 겨우 3레벨인데. 4레벨은 어쩌지? 5레벨, 6레벨은? 그리고 그 이상으로 간다면……."

"적어도 스테이지를 진행할 수 없는 사람은 제외해 줘야지! 갓난아이들, 노인들, 심약한 여자나 남자들까지 모조리 포함이라니!"

"게다가 부상과 피로도 하루로 완치될 수준이 아니어서 피로와 부상이 오히려 누적되고 있어. 차라리 한 번 죽는 게 나은 상황이라니."

참고로 3레벨 상급 스테이지의 1차 결과는 이렇다.

─경고. 18억 4,855만 1511명의 전투가 완료되지 않고 있습니다.

─시험자 61억 5,566만 2,984명 중 1억 540만 7,695명 합격. 나머지 인원은 [사망 처리]되었습니다.

61억의 인류 중 합격자 1억.

물론 아직 시험을 회피한 18억의 사람들이 남아 있으니 이걸 최종적인 결과라고 말할 수는 없겠지만 3레벨 상급 시험의 시간제한이 얼마던가? 무려 12시간이나 된다.

클리어를 시도하는 대신 그 긴 시간을 책상 밑에서, 옷장 속에서, 화장실에서 숨어 있던 이들이 스테이지가 끝나 잠깐의 쉬는 시간이 주어진다고 의지력이 생겨 스테이지를 완료할 수 있을까?

"있다."

나는 그렇게 생각했다.

"충분히 가능해."

오늘 3레벨 상급 난이도를 300번 클리어했다. 비록 5,891등밖에 하지 못했지만, 그로써 나는 알게 되었다.

"일반인은 다 죽으라는 게임이 아니야."

이 [게임]은.

[공략]이 가능하다는 것을.

"재석이 녀석한테 마이튜브에 올릴 영상을 광고하라고 해야겠다."

그렇게 중얼거리며 걷던 난 바쁘게 뛰어가는 사내를 피해 발걸음을 멈췄다.

그러고 보니 광화문을 수많은 이능력자들이 오가는 상황이다. 예전 내가 처음으로 찾아왔을 때와는 완전히 다른 분위기.

"부상자! 여기 부상자 있습니다!"

"찬열! 에라이, 무리하더라니!!"

"크하하! 그래도 이제 6레벨입니다!"

피를 철철 흘리면서도 크하하 하고 웃는 무사를 백의를 입고 있는 치료사가 타박한다.

"에휴, 등신아! 경험치 포션 쓰면 금방 올릴 수 있는데!"

"한정된 포인트를 이면 세계에서도 벌 수 있는 경험치를 사는 데 쓸 수는 없죠. 2,500만 포인트면 포인트 자판기에서 대환단도 살 수 있다던데."

"2,500만 포인트를 언제 모으냐. 차라리 비급을 사지."

그들의 대화에 다시금 광화문으로 고개를 돌린다. 내가 처음 경복궁에 왔을 때는 언제나 닫혀 있던 문.

그러나 지금은 다르다. 광화문이 활짝 열려 있고 셀 수 없이 많은 이들이 새롭게 만들어진 광화문을 오가고 있다.

내가 그러하듯 이면 세계의 모든 존재가 적극적으로 레벨링을 하고 있다는 뜻. 그리고 레벨링을 통제하거나 적어도 이런저런 조건을 붙이던 이가가 완벽히 개방하고 사냥을 장려하고 있다는 뜻이기도 하다.

"그나마 모두가 절망하고 있는 건 아니라는 건가."

내심 다행이라고 생각하며 경회루로 들어섰다. 현실의 시간으로 치면 불과 1시간 전 배식을 마쳤던 경회루이지만, 스테이지에서 기나긴 시간을 보낸 사람들이 많았던 만큼 다시 문을 연 상태다.

[별로 어려운 일은 아닙니다.]

"……?"

그런데 경회루에 들어서는 내 귀에 어딘가 익숙한 목소리가 들린다.

"저렇게."

모두 심각한 표정으로 TV를 보고 있다.

"저렇게 쉽게 클리어하다니……."

"체력을 거의 안 쓰는군. 내공의 사용도 최소한이야."

"전투력이 전부가 아니라는 건가. 내가 스테이지의 클리어 방법을 완전히 잘못 잡고 있었군."

"웹에서 공략법들이라는 걸 꽤 보긴 했지만… 이건 차원이 다르다."

경회루 안에 사람들이 그득그득하다. 다만 특이한 점이 있다면, 그들이 식사에 집중하는 대신 식당 한편에 있는 커다란 화면을 보고 있다는 것이다.

화면에는 강철 투구를 쓴 사내가 서 있다.

가벼운 옷차림에 머리만 투구를 쓰고 있으니 무슨 만화 캐릭터나 클럽 DJ처럼 보이는 외양이다.

[지금까지 3레벨 이상의 전투력을 가진 경우의 스피드 런. 2레벨 이상의 전투력을 가진 경우의 안정적인 진행을 보여 드렸습니다. 그리고 지금부터.]

거기까지 들은 이가의 사람들이 술렁거린다.

"뭐? 여기서 끝이 아니라고?"

"아니, 설마?"

"이 흐름이면……."

[레벨 1의 클리어 방법에 대해 공략해 볼까 합니다. 흠, 이름을 붙이자면.]

"아니, 배재석 미친놈아."
화면을 보며 헛웃음을 흘린다.

[일반인의 몸으로 스테이지 클리어하기.]

"마이튜브에 올리랬더니 왜 공중파를 타고 있냐……."

                    *   *   *

[다시 한번 전체 지도를 보시죠.]

말과 함께 화면 한쪽에 스테이지의 지도가 떠오른다. 당연하지만 지니가 후처리 작업으로 추가해 준 결과다.

[3레벨 이상용 스피드 런 공략에서는 저택의 7%가량 공간만을 활용했습니다. 2레벨 공략에서도 19%면 충분했지요. 하지만.]

지도가 확 하고 밝아진다.

[당신이 초능력이 없는 일반인이라면 맵의 97%를 활용해야 합니

다. 모든 방을 파밍하셔야 하고 모든 문서를 확인해야 하며 모든 장치를 작동시켜야 합니다. 공략 시간은 3시간에서 11시간까지. 저는 3시간에 끝낼 생각이지만 그건 제가 고인물이라 그런 것이니 길어지더라도 서두르지는 마세요. 목숨은 하나니까요.]

그렇게 말하고 걷는다. 시점은 3인칭이다.

[아, 말씀 안 드렸는데 촬영을 돕고 있는 건 제가 소환한 정령입니다. 그 외에는 그 어떤 이능도 사용하지 않을 셈이고 스킬도 장착하지 않았습니다. 뭐 그래도 굳이 추천하자면 [총잡이] 스킬을 각성하면 도움이 될 겁니다. 어차피 딜은 다 총으로 해야 해서.]

3레벨 상급의 시작 지점은 중앙 홀이 아닌 창고로 보이는 작은 방. 나는 성큼성큼 걸어가 벽에 기대 서 있는 테이블에 다가섰다.

[일단 가장 먼저 해야 할 일은 둔기를 구하시는 겁니다. 전투용은 당연히 아니고 작업용입니다.]

콰직!
테이블의 다리를 밟아 부러뜨린다. 그것만으로 머리 부분이 크고 묵직한 둔기가 만들어진다.

[3레벨 상급에서 파밍할 수 있는 총기는 글록입니다. 다들 아시겠

지만, 스테이지에서 가장 꼼꼼히 숨겨져 있는 아이템이 총기라서 잘 못 찾는 분들은 총 찾는 데에만 3시간 넘게 쓰거나, 포기하기도 하지만.]

꽈득!

액자를 치우고 그 뒤에 금이 가 있던 벽을 나무 둔기로 부숴 총기를 찾아낸다.

[운이 좋게 한 번에 찾았네요. 총기가 나오는 장소는 랜덤인데 대체로 입구 근처입니다. 자막으로 제가 찾은 포인트 스무 군데 정도 안내할 테니 참고하세요.]

그렇게 말하고 이번에는 구석에 있는 가구에 다가선다.

[아! 참고로 플레이 시작하고 30분이 지나도록 시작 지점에 있으면 적이 찾아옵니다. 뭐 모르시는 분들은 대부분 죽었을 테니 숨어 계신 분들은 이미 알고 계시겠죠? 불안하시면 저 건너건너 방문 앞에 의자라도 하나 세워놓은 다음 그거 밀리는 소리 나면 이 신발장에 숨으시면 됩니다. 가구들을 굳이 뒤지진 않으니 잠을 자도 안전합니다만, 당연히 소리는 내면 안 됩니다.]

드르륵.

와르르!

서랍을 연다. 사물함을 열고 옷장을 열어젖힌다.

[그다음 좌측 방을 쭉 돌면서 파밍을 하시면 됩니다. 파밍 포인트는 서랍들고 침대 밑, 부서진 천장 위, 혹은 금이 간 장판 아래 등등입니다. 부숴야 할 포인트들은 아까 준비한 둔기로 부수면 됩니다. 그렇게 방 다섯 개 파밍하시면 운이 웬만큼 없지 않은 이상 총알 3개이상 얻으실 수 있을 겁니다. 스킬 [행운의 기운]을 장착하신 상태라면 최소 6개 이상의 총알을 얻는다는 말이지만 그 경우 은신을 포기하셔야 합니다. 누군가 자신을 향해 100원짜리 동전을 집어 던졌을 때, 그걸 총알로 맞힐 사격 실력이 있다면 그쪽도 괜찮습니다. 그게 가능하면 플레이 타임도 3시간 안쪽으로 줄일 수 있습니다.]

"……."

"……."

언제나 시끌시끌하던 경회루가 조용하다. 다들 홀린 듯 화면을 보고 있는 상태.

그중 하나가 어이없다는 듯 신음한다.

"아니, 대체 몇 번을 클리어했길래 저걸 다 알아? 파밍 포인트가 저렇게 많았나?"

"와, 금 간 바닥은 생각도 못 했네. 그냥 금 간 게 아니라 그게 부술 수 있는 포인트였어?"

"거기 조용히 좀 합시다."

"앗, 네."

수군거리다가 다시 고요해진다. 그저 가끔 고기를 씹거나 면을 빨아들이는 소리가 들릴 뿐이다.

'그 와중에 먹는 사람은 먹는군.'

다행히 먹는 소리 가지고는 다른 사람들도 뭐라고 하지 않는다. 어쨌든 여기는 식당이었고, 스테이지에서 입은 부상을 회복하고 온 이들에게 식사는 필수적인 문제였기 때문이다.

[자, 여기 바닥에 홈 보이시죠? 함정의 흔적이니 돌아가세요. 함정위치도 랜덤이지만 포인트는 정해져 있으니 위치를 암기하시고……]

철가면이 슥 하고 화면을 지나가더니 한쪽 방에 다가간다. 다른 곳과 달리 문이 피로 물들어 있다.

[여기 열쇠는 이 다음다음 방에 있는 시계에 숨겨져 있습니다만 1시간 이내에 이 위치에 도착하셨으면 그냥 부수고 들어가서도 상관없습니다.]

쾅!

나무 둔기로 문을 부수고 들어간다. 온통 피범벅인 방에는 쓰러진 시체가 있고 그 앞에는 피로 적셔진 노트가 있다.

[아, 참고로 이 시체는 그냥 시체니 경계할 필요는 없습니다. 공포 분위기를 위한 소품이라고 생각하시고. 슬슬 첫 번째 적을 잡습니다. 총에 총알을 장전해 주세요.]

그 안내에 아무 말 없이 화면을 보고 있던 이가 사람들이 수군거리기 시작한다.

"정말로 가능할까? 나도 총은 찾았지만 좀비 녀석들 총 안 통하던데."

"아무래도 어렵겠지. 소총이면 또 모르겠지만 저깟 권총 하나 들었다고 1레벨이 3레벨, 4레벨 적들을 잡을 수는 없을 텐데."

"일반인 권총 한 자루 들고 사자, 코끼리 잡는다는 소리나 다름없어."

"총알로 눈을 맞히면 잡을 수 있잖아."

무사로 보이는 사내의 말에 술법사로 보이는 사내가 어이없다는 표정을 지었다.

"아니, 미친 듯이 달려드는 좀비 눈을 총알로 맞힐 수 있으면 그게 무슨 일반인이야?"

*　　　*　　　*

방 안의 분위기는 음산하다. 한쪽 벽 가득히 튀어 있는 피. 바짝 말라 미라처럼 보이는 시체.

그러나 이미 같은 광경을 셀 수 없이 보았던 철가면은 아무렇지 않게 성큼 다가가 시체 머리에 눌려 있는 노트를 빼 들었다.

[일기장입니다. 시간 없으니 대충 내용을 간추리자면 이 저택의 주인인 알렉 백작이 고아들을 모아 돌봐왔는데 그중 한 아이인 안젤리나라는 꼬마가 뭔가 좀 이상하다. 뭐 대충 그런 내용입니다.]

파라락!

페이지를 대충 넘긴다.

[이 일기장을 보는 게 트리거입니다. 이 일기장을 보면 일정 영역을 돌아다니던 시체 괴물 중 하나가 저기 복도 끝에 소환되죠.]

일기장을 덮고 밖으로 나간다. 그러며 설명한다.

[아, 참고로 나타날 녀석은 토마스라고 합니다. 이 일기장에 있는 '고아 중 가장 덩치가 큰 토마스'라는 게 바로 그 단서지요. 또 내용을 꼼꼼히 살펴보면 '토마스가 또 뛰어다녀서 주의시켰다. 아무리 가르쳐도 이 녀석은 발아래를 살피지 못한다'라는 내용도 있습니다. 이게 녀석의 약점이죠.]

"저건 맞아. 그러고 보니 덩치 녀석 일단 뛰면 아래를 제대로 살피지 않아서 물건들에 걸려 넘어지곤 했지……. 하지만 그게 일반인도 활용 가능한 약점인가?"

화면을 보다가 무심코 중얼거리는 무인의 말에 대답하듯 철가면이 말한다.

[즉, 이 녀석은 하단을 노리는 함정에 걸린다는 겁니다.]

철가면. 그러니까 화면 속의 나는 척척 스테이지를 진행했다. 플레이어를 노리는 함정을 역이용해서 적을 처리한다. 시체 괴물의 동선은 함정을 피하도록 짜여 있지만 [돌진]하는 적을 함정으로 끌어들이는 건 가능하다.

중앙 홀에서 몸을 숨기고 있다가 배회 중인 적을 샹들리에를 떨어뜨려 잡는다. 7미터 거리에서 손가락 3개 두께의 철사를 맞히면 된다.

숨겨져 있는 향수를 찾아내 몸의 냄새를 숨기고 은신한 적에게 다가가 벌려진 녀석의 입안에 총을 넣고 방아쇠를 당긴다.

한쪽 복도 끝에서 반대쪽 끝까지 전력 질주로 달려가 원거리에서 저주를 거는 적의 코앞까지 접근. 캐스팅이 끝나기 전에 머리에 총알을 박아 넣는다.

"와."

불현듯 탄식이 흘러나온다.

"이거 가능하겠는데?"

느닷없는 소리에 고개를 돌려보니 아는 얼굴이 보인다. 늘씬한 몸매가 고스란히 드러날 정도로 가벼운 복장에 긴 머리칼을 대충 올려 묶은 상태의 경은이다.

'뭐야. 있는지도 몰랐네.'

평소 이가의 아이돌 같은 존재로 어딜 가도 시선을 받던 그녀지만 오늘만은 사람들 사이에 섞여 식사 중이었기에 몰랐다. 여전히 노출이 많지만 평소에 비하면 훨씬 얌전한 복장. 그녀 역시 스테이지 자체에 집중하고 있는 모양이다.

"아니, 아가씨. 지금 진심으로 하는 말씀이세요? 저걸 일반인이 할 수 있다고요?"

"적어도 스펙상 불가능한 건 하나도 없잖아?"

"하지만 일반인이 어떻게 어둠 속을 기어서 괴물의 지척까지 접근하겠어요? 일단 앞이 안 보일 텐데."

반박이 나왔지만 그녀는 차분히 설명했다. 눈이 반짝이고 있다.

"영상에서 공략이 나왔잖아. 오른쪽. 왼쪽. 앞으로 갔다가 왼쪽, 왼쪽! 길을 외워 가면 되지!"

"아니, 아무리 그래도⋯⋯."

"게다가 무서울 텐데."

여기저기 웅성거리며 담론을 나누는 사람들의 모습을 지켜보다 튀김 덮밥을 받아 왔다.

"아, 화면 가리지 마세요."

"앗, 죄송합니다."

꾸벅 사과하고 자리에 앉는다. 퉁명스러운 말투에도 별로 화는 나지 않는다.

"대단한데⋯⋯. 그냥 클리어하기 급급했는데 한 번 깨고 말 스테이지를 저렇게까지 연구할 수 있다니."

"게다가 어지간한 무기만큼이나 비싼 캠코더를 구매해서 말이야."

사람들은 몰입해서 화면을 보고 있다.

사실 이런 상황은 예상했다.

스테이지는 인류 전체가 당면한 절망이다. 스테이지의 영향력은 너무나도 커서, 차라리 거대한 사회 현상이라고 할 수 있을 지경.

어떤 문화가 선풍적인 인기를 끌고 전 세계적인 영향력을 가지게 된다 하더라도 그 대상을 인류 전체로 두면 어디까지나 국소적인 현상일 뿐이다.

마이클 잭슨은, 비틀즈는 세계적인 스타였다.

그러나 과연 그들을, 그리고 그들의 음악을 [모든] 인류가 알고 있다고 장담할 수 있을까?

어쩌면 누군가는 그것이 사람 이름인지, 지명인지도 구분하지 못할지도 모른다.

음악에 관심이 없다면, 오지에 살고 있다면, 개인적인 환경과 상황이 음악과 거리가 멀다면 얼마든지 그럴 수 있는 문제니까.

1차세계대전 2차세계대전이 전 세계를 할퀴었다고 표현하지만, 그조차도 사실은 일부와 일부의 문제에 불과하다. 인류 전체를 대상으로 보면, 오히려 총성 한 발 못 들어본 이들이 더 많았겠지.

그러나 종말 프로젝트는 다르다.

이것은 [모든] 인류의 문제.

단 한 명의 예외조차 없이 모두가 맞닥뜨리게 된 현실이다.

그리고 그 와중, 그 문제를 해결할 [공략법]이 있다면 어떻게 되겠는가?

[많은 분이 스테이지를 클리어하지 않고 숨어 있다는 걸 알고 있습니다.]

마지막 남은 방. 보스방을 향해 철가면이 걷는다.

[정확히는 18억 4,855만 1,511명. 이해합니다. 공포 게임도 무서워서 못하는 사람이 얼마나 많은데.]

키리리리릭!

[하지만. 이것만은 명심하세요. 당신들이 스스로를 구하지 않는다면.]

철컹!
거대한 철문이 열린다. 한 손에 권총을 든 채 철가면이 말한다.

[언젠가 타인이 당신들을 구하지 못하는 순간이 올 것이라는 사실을.]

뎅! 뎅! 뎅! 뎅!
거대한 종소리가 울린다. 커다란 의자가 자리하고 있는 접견실의 중앙에 달린 시계가 12시를 가리킨다.

―보스(Boss). 등장.
―악에 물든 자. 안젤리나.

[키이~]

괴성이 들린다. 고개를 들어보니 커다란 시계의 위에 앉아 있는 소녀의 모습이 보인다.

"잠깐. 왜 보스는 공략이 없지?"

"그냥 이대로 싸우는 건가?"

사람들이 의아해했지만. 굳이 더 공략할 필요가 없다.

안젤리나는 보스답게 3레벨을 넘어서는 전투력을 가지고 있었지만, 그 콘셉트를 유지하기 위해 치명적인 약점을 가지고 있었으니까.

[원래 스테이지가 정해놓은 공략은 따로 있습니다. 저 위에 있는 시계가 1분마다 안젤리나에게 디버프를 걸어주니 시간을 끌면서 버티는 쪽이지요. 다만, 이렇게 하면 무조건 부상을 감수할 수밖에 없어요. 안젤리나는 코앞에서 쏘는 총알도 피할 정도의 인지능력에 살점을 우습게 발라 버릴 수 있는 손톱을 가졌으니까요. 아마 피와 살점을 흘려가며 처절하게 싸워야 간신히 이길 수 있겠지요.]

[캬캬!!]

텅! 하는 소리와 함께 안젤리나가 철가면의 앞에 뛰어내린다. 작은 체구에 회색의 피부, 그리고 어린아이의 외향과 너무도 어울리지 않는 뒤틀린 미소.

그러나 철가면은 태연히 말한다.

[그런데 일기장을 잘 보면 안젤리나에 관한 이야기가 있습니다.

'안젤리나는 뭐든 금세 흥미를 잃고 주의가 산만하다'라는 이야기. 이건 소악마인 임프의 특성이기도 한데요. 이걸 활용하면 이런 식의 간편한 공략이 가능합니다.]

권총을 들어 올린다. 권총은 그녀에게도 위험한 무기지만 안 젤리나는 자신만만한 표정으로 웃고 있다. 그녀의 인지능력은 인간을 초월한 수준이기 때문에 눈앞에서 총을 쏴도 무리 없 이 피할 수 있는 것.

물론 겨우 4레벨이 총알을 보고 피하는 건 당연히 아니다. 그저 총을 쏘는 인간의 동작을 보고 피하는 것이지.

[답은 필살.[한눈팔기]입니다.]

그렇게 말하고 총을 든다. 안젤리나는 자신만만한 표정을 지으며 바닥을 박차 뛸 준비를 한다.

그리고 그때.

[어?]

깜짝 놀란 듯 과장된 표정을 지으며 왼쪽을 본다.

[캬?]

안젤리나의 고개가 철가면이 바라본 방향으로 돌아간다.

탕!

[캬악?!]

어깨에 총을 맞은 안젤리나가 바닥을 뒹군다.

[어깨를 맞혔습니다만, 지금 눈알을 맞혔다면 녀석은 죽었을 겁니다. 여태까지 제 플레이를 본 분들은 아시겠지만, 당연히 빗나간 건 아니고 빗나가도 괜찮다는 걸 보여 드리려고 한 겁니다.]
[캬아아아!!!]

몸을 일으킨 후 분노하며 다시 달려드는 안젤리나. 그리고.

[어?!]
[캬?!]

필살 한눈팔기!!!
고개를 돌렸던 안젤리나가 다시 고개를 돌리는 시점에 맞춰 이번에는 왼쪽 어깨를 맞힌다.

[캬아아아아!!]
[어?!?!]
[···캬?!]

한 번 더 한눈팔기를 당한다. 완전히 농락이다.

[레벨 3. 상급 공략은 여기에서 마치겠습니다.]

철컥, 하고 총을 재장전한다.

[봐주셔서 감사합니다.]

탕!

그리고 영상이 끝난다.

"아니, 이게 뭐야."

"한눈팔기라니……"

"이런, 미친……."

"……."

충격에 웅성거리는 사람들을 바라보다 오징어 튀김을 집는다.

바삭!

너무 맛있다. 저 마족 아줌마가 좀 고깝긴 해도 요리 실력은 제법이란 말이야.

"와. 저거 대체 누구지?"

"한국말을 쓰는 거 보니 이가 출신 아니겠어?"

"지킴이일 수도 있지. 지킴이들도 인간인데 스테이지에 안 갈 이유는 없으니."

"아니, 사실 저 사람이 대단한 건 플레이 스타일이지 이능

수준이 아니지 않아? 의외로 군인이나 무슨 프로게이머 같은
걸 수도 있지."

여기저기에서 진지한 대화가 들린다. 그런데 거기에서 신경
쓰이는 단어가 들린다.

"지킴이?"

그러고 보니 들어본 명칭이다. 내 재능을 읽어내기 위해 찾
아왔던 선별사 율(律)의 말에서.

"위대하신 대마법사님은 고고한 마력과 끝도 없는 지식, 그리
고 성계신의 축복을 이용해 두 개의 율법 단체(律法團體)를 만들었
지요."

"맞습니다. 이면과 표면을 구분하시려는 대마법사님의 뜻을
강제하는 [지킴이]. 그리고 지구에 존재하는 모든 인류의 재능을
감지해 선별해 내는 저희 [선별사]. 이 두 세력은 이면 세계의 다
른 세력과도 완전히 구분된 역할을 가지고 있지요."

그래, 대충 그런 말이었다.

'하긴 좀 이상하긴 했지.'

이능력자가 천만 명이 넘게 존재하는 34지구에서 이면 세계
의 존재가 표면에 드러나지 않는다는 게 말이 되지 않는다. 이
가 녀석들이 일성 그룹을 막 대하는 걸 보면 녀석들이 표면 세
계에서 영향력을 전혀 행사하지 못하는 건 아닌 모양이지만,
적어도 외부로 드러나지 못하게 강제하는 힘이 있다는 것.

그것이 [지킴이]인 모양이다.

'녀석들이 제법 강하고, 내 위쪽 등수에 다수 포함되어 있을 지도 모르지.'

하지만 아무리 그래도 내가 6,000등인 상황은 정상이 아니다.

'공략도 좋지만, 등수부터 더 올려야지.'

식사를 마치고 시끌벅적한 경회루를 빠져나온다. 어느새 하늘이 어둑어둑하다. 시간은 9시.

2차 스테이지가 열리기까지 10시간이 남았다.

'지니. 식량 비축 상황은 어때?'

[고유세계에 들이신 가축들을 일부 도축하고 일부는 축사를 만들어 사육을 시작했습니다. 닭들도 순조로이 알을 낳기 시작했고 스마트 팜 구성 역시 완료해 작물을 재배하고 있습니다.]

'스마트 팜이라면 식물 공장인가 그거일 텐데. 고유세계에서 식물을 키운단 말이야?'

나라고 하는 [좌표]에 종속된 차원이라 할 수 있는 고유세계는 행성의 모습을 하고 있지만 절대 생명체가 살 수 있는 환경이 아니다.

오직 금속으로 이루어진 사철의 대지.

거대한 건축물을 만들긴 어렵지 않아도 농사를 짓기는 어려운 환경이다. 그곳은 어떤 생물도 자라기 어려운 장소니까.

무엇보다 물이 없다는 게 치명적이다. 무생물을 생물체보다 진입시키기 힘든 고유세계의 특성 때문에 마실 물조차 한정된다. 고유세계에 다량의 물을 넣느니 차라리 살아 있는 가축들을 넣는 게 더 효율적이니까.

[레온하르트 제국의 기술력이라면 충분히 해결 가능한 문제입니다. 가축들의 혈액도 있고 털과 깃털들도, 대변과 소변도 있으니까요.]

'똥오줌 말이야? 흠, 확실히 그것들이라면 농사에 도움이 되긴 하겠구나.'

고개를 끄덕이자 지니가 자신만만한 태도로 답한다.

[심지어 가축들이 삼킨 음식물들은 별문제 없이 고유세계로 진입되더군요. 최대한 물을 먹인 뒤 진입시키는 중입니다. 이상하게 음식물이 아닌 물건들은 실패하고 있지만요.]

'뭔가 동물 학대의 느낌이……. 어쨌든 부탁해. 고기를 좋아하기는 해도 너무 고기만 먹으려니 고역이라서.'

그렇게 말하고 훈련장으로 향한다. 현실과 고유세계를 자유롭게 왕복할 수 있는 육체의 특성을 활용해 한쪽은 잠을 자고 한쪽은 훈련한다.

그리고 다음 날 아침 7시.

─사망 처리가 모두 취소되었습니다!

─축하합니다! 스테이지가 완벽하게 클리어되었습니다! 기여도에 따라 보상이 주어집니다.

─당신의 순위는 5,005위입니다.

레벨 3의 스테이지가 완벽 클리어된다.

18억 4,855만 1,511명 포기자 중 추가 합격자는 7억 명.

전 지구적인 레벨링의 시작이었다.

*　　　　*　　　　*

4레벨 시험이 시작되었다.

1레벨이 일반인 이하의 전투력이라면.

2레벨은 단련한 인간, 혹은 대형견 정도의 전투력.

3레벨은 사자나 호랑이와 같은 맹수 정도의 전투력이다.

그렇다면 4레벨은?

"코끼리 정도인가."

바닥에 쓰러져 있는 사내를 보며 고개를 끄덕인다. 그래, 대충 그 정도는 될 것 같다.

보통 인간과 똑같은 외양.

1~3레벨의 시체들과는 다르다. 흑백사진으로 보면 구별이 안 될 정도로 인간과 흡사한 외양.

물론 녀석들과 마주친 사람들이 정말로 녀석들을 인간과 헷갈릴 리는 없을 것이다. 녀석들의 외양은 인간일지 몰라도 피부는 인간의 것이 아니었으니까.

"인형."

정확히는 목각 인형이다.

─다음 전투를 시작하시겠습니까? 전투를 시작하지 않으면 스테이지는 종료됩니다.

"시작."

—레벨 4. 히급(下級)이 설정되었습니다.
—1시간 안에 해당 적을 제거하십시오.
—10초 후 스테이지가 시작됩니다.
—10. 9. 8. 7……

콰작!

새로이 모습을 드러낸 인형의 머리가 한 방에 박살 난다.

"그래도 아직은 한 방이네."

내가 이능에 입문했을 때에도 레벨 5였던 최하급 마족을 우습게 잡았으니 여전히 어려울 것은 없다.

하지만 보통 사람들에게는 어떨까?

"스테이지 구성이 어떻게 될지 모르겠지만 슬슬 레벨 1은 어렵겠는데."

나는 한 방에 부쉈지만, 그렇다 하더라도 약한 내구는 절대 아니다. 총알을 맞혀도 피부에 박히고 말 정도인데 심지어 이 녀석은 눈동자 같은 약점도 없지 않은가?

—사망 처리가 모두 취소되었습니다!
—축하합니다! 스테이지가 완벽하게 클리어되었습니다! 기여도에 따라 보상이 주어집니다.
—당신의 순위는 6,891위입니다.

순위를 보고 어이가 없어 헛웃음이 나온다.

"아니, 죄다 한 방에 잡았는데 순위가 왜 떨어져? 이거 지구 수준 무시할 게 못 되네."

역시 난이도 하급은 문제가 없다. 실제로 2차 시험도 필요 없어서 그냥 1차에 끝나 버린 상황이 아닌가? 일반적인 이면 세계의 능력자들에게는 [공략]이 필요한 중급과 상급 스테이지보다는 그냥 이렇게 1 : 1로 싸우는 상황이 더 익숙한 것이다.

특히나 하급 전투는 플레이 타임이 짧아서 사망자가 많아도 상위 합격자들이 충분히 커버할 수 있다. 지구의 인류가 60억이 넘는다지만 기존에 존재하던 이면 세계의 능력자만 해도 1,000만 명이 넘는 데다, 단지 이능에 대한 재능이 모자랐을 뿐 스테이지에 완벽하게 적응한 후발주자들도 많으니 이론상 100번씩만 잡아줘도 완벽 클리어가 가능한 것이다.

오히려 문제가 있다면 플레이 타임이 길어지는 중급 난이도와 상급 난이도 쪽에 있겠지.

훙!

눈을 뜬다.

동시에 주변은 기쁨의 탄성과 고통의 신음, 안타까움의 탄식으로 시끄러워졌다.

"수고하셨습니다!"

"수고하셨습니다!!!"

눈을 뜬 사람들이 서로 모르는 사람의 손을 잡으며 마치 축하하듯 인사한다.

"엉엉……. 끝났어! 끝났다고!"

중학생, 혹은 고등학생으로 보이는 아이들이 서로 껴안고 운다. 물론 전부가 그렇게 무사한 것은 아니다.

"윽! 젠장, 손가락이 찌그러졌어! 누가 좀 도와주세요!"

"허억…… 허억…… 누, 누가 치료를……"

"정신 차려요! 이렇게 부상이 심하면 차라리 재도전하셔서 죽지 왜 그냥 끝내셨어요?"

"주, 죽는 건…… 무, 서워서."

"물론 이해는 하지만 거기서 죽는 게 낫지 이렇게 중상을 입고 나왔다 치료 늦으면 현실에서 죽을 수가 있다고요. 게다가, 아오, 피 봐! 저기요! 힐러 어디 없어요?!"

당연히 부상자들도 있다. 코끝으로 피 냄새가 와 닿았지만, 예전처럼 진동하는 수준은 아니다. 스테이지라는 환경에 사람들이 적응하기 시작했다는 뜻이었다.

"아이고…… 시험을 시작했다는 문구를 본 뒤로 아무런 기억이 안 나는구나."

조금의 상처도 없이 깔끔한 노인의 말에 중년 사내가 다가가 말한다.

"바로 돌아가셨나 보네요."

"쿵. 왠지 억울하구나. 근데 아범아. 적으로는 뭐가 나왔느냐? 또 시체?"

"아닙니다, 아버님. 나무 인형이었습니다."

장인과 사위로 보이는 둘의 대화에 고등학생 정도로 보이는 여자아이가 끼어든다. 역시나 가족으로 보인다.

"아빠는 이겼어?"

"이겼으니까 알지."

"와. 아빠 짱! 나 하급 난이도 너무 싫어… 1 : 1 전투는 그냥 막싸움이라 뭘 어떻게 할 수가 없어. 나름 망치하고 지팡이를 들고 갔는데도 져버렸나 봐."

그녀의 말에 사내가 되묻는다.

"어렵기는 중급하고 상급이 더 어렵지 않나? 하급에 나오는 적을 다섯 마리, 열 마리 잡아야 하잖아."

"물론 그렇지만! 대신 중급하고 상급은 그분이 있죠!"

"그분?"

"철가면!"

그렇게 소리치며 스마트폰을 꺼내 든다. 거기에는 반팔 티에 청바지를 입은, 너무나 가벼운 복장에 강철 투구를 걸친 사내가 서 있다.

"아, 이 사람이 철가면이니?"

"네! 몸 진짜 너무 좋지 않아요? 게다가 이분 공략 진짜 엄청나요! 저 3레벨 중급하고 상급 다 깬 것도 이분 덕분이에요!"

"와! 철가면 아시는구나! 현 인류 최고 공략파라고 할 수 있죠!"

"1레벨, 2레벨 시험도 다 포기했던 제가 3레벨에 시작해서 4레벨 하급을 깰 정도의 이능을 얻을 수 있었습니다. 솔직히 그냥 깨는 것도 엄두를 못 내고 있었는데……. 정말 대단한 사람인 것 같아요."

여기저기에서 호응하며 모여드는 사람들.

[오, 대하 너 인기 좋은데?]

'시끄러워.'

뭔가 멋쩍어져서 고개를 돌린다. 다른 쪽에는 퇴근한 회사원들이 모여 대화를 나누고 있다.

"그나마 목각 인형이라니 다행이에요, 부장님. 3레벨 상급도 클리어했지만, 솔직히 좀비들은 너무 혐오스러워서."

"그래도 꽤 섬뜩하던걸. 그냥 피부만 나무고 사람하고 똑같이 생겼더라고."

"와, 박 과장님께서도 클리어하셨어요? 마법사인데?"

"불 마법이 잘 먹히더라고."

"대박."

"크하하하하! 나 5번 클리어 함!"

"진짜? 강현빈이 아니라 갓형빈이셨네. 자판기에서 뭐 삼?"

"청단(靑丹). 내공이 지금 2개월밖에 없어서 죽을 지경이거든."

"시바, 무협지 보면 개나 소나 1갑자(60년) 내공은 깔고 가던데 우리는 왜 며칠, 몇 개월 수준으로 놀아야 하냐."

광화문 광장이 사람으로 가득하다. 평소처럼 시민광장이 좀 차 있는 수준이 아니다. 광장은 물론이고 주변의 건물, 주차장, 도로까지 꽉꽉 들어차 있는 것이다.

[많이도 모였네.]

아레스의 말대로 어마어마한 인원이다. 농담이 아니라 수십만도 넘어 보이는, 그 어떤 시위나 집회도 재현하지 못할 어마어마한 숫자.

게다가 이것은 굳이 광화문 광장에서만 벌어지는 일도 아니다.

전국 각지의 운동장, 혹은 강당, 도청이나 시청 하물며 마을 회관까지 여기와 비슷한 광경이 재현되고 있다고 한다. 사실상 국민 대부분이 밖에 나와 있다고 해도 과언이 아니겠지.

[신기하군요. 누가 강제하는 것도 아닌데.]

사실 스테이지를 모여서 수행해야 할 이유는 없다, 스테이지는 철저한 개인전으로 파티 플레이 같은 건 존재하지 않으니까.

그러나.

사람들은 마치 누가 법으로 강제하기라도 하는 것처럼 아등바등 모여서 스테이지를 진행했다. 적게는 수십 명, 많게는 여기 광화문처럼 수십만 명까지 모이는 것이다.

그들은 스테이지가 시작하기 전에 서로를 응원했다. 스테이지가 끝나면 소리 높여 서로를 격려하고 축하했다. 스테이지 공략에 대해 의견을 나누고 울고 웃으며 서로를 위로했다.

"든든한 1인분 도시락 1,500원에! 맛있는 3단 샌드위치 500원에 팔고 있습니다! 허기지신 분들은 돈통에 돈 알아서 넣으시고 들고 가세요!"

"모두 수고하셨습니다! 오늘은 2차 시험 없으니까 편히 주무세요!"

정부 역시 사람들의 이런 분위기를 장려했다. 부상자나 사망자(는 아직 없지만)가 생길 경우 당연히 사람들이 모여 있는 편이 조치에 용이하기 때문이다.

보통 사람이 이 정도로 모이면 정부는 우려와 간섭을 하는 것이 보통이지만 현실은 그렇지 않다.

지금은 인류 멸망의 대위기.

그런 안이한 정치 논리를 들이밀 상황이 아니었으니까.

"그러고 보니 뉴스 보셨어요? 중국 쪽은 난리가 났다던데."

"그렇지. 십만 단위의 시위가 사방에서 일어났는데 그걸 다 강경 진압 하고 있다고 하니 뭐. 북한도 지금 거의 내전 상태고."

…물론 인류 멸망의 대위기가 닥쳐와도 개짓거리를 하는 집단이 없는 건 아니다.

독재국가나 그에 준하는 통치 체제를 가진 국가들은 그야말로 대혼란 상태로, 특히나 중국은 이가에 쳐들어왔던 이면 세계의 능력자들마저 몰살당하면서 상황이 심각하다고 들었다.

'뭐, 내가 알 바는 아니지.'

그리고 다음 날 저녁.

나는 또다시 광화문 광장의 바닥에 주저앉았다.

"저기요."

"네?"

난데없이 말을 거는 아주머니에게 고개를 돌리자 그녀가 나에게 뭔가를 넘겨준다. 받고 보니 접이식 좌식 의자였다.

"앉아서 하세요! 아! 여기 이 물도 마시고! 힘내서 파이팅!"

"아, 네, 네……."

얼떨떨하게 그걸 받아 들자 아주머니가 엄지를 척 하고 내밀고 다음 사람에게 의자를 나눠주며 멀어진다.

[흠, 뭔가.]

내 앞에 근육질의 사내가 마주 앉는다. 당연한 일이지만 나에게만 보이는 아레스다.

[종말치고는 분위기가 훈훈하군.]

'그러게. 나도 이런 분위기일 줄은 몰랐는데.'

만화나 영화나 소설 등을 보다 보면 종말에 마주한 인간의 저열한 행태를 보게 되는 경우가 많다. 내일 지구가 멸망하는데 방화나 약탈을 한다든지, 평소에는 법과 규제로 인해 감히 드러내지 못했던 악랄하고 사악한 충동을 휘두른다든지 하는 그런 흔하디흔한 전개들.

그러나 지금 이곳의 분위기는 전혀 다르다.

[아직 종말의 위기로까지는 느껴지지 않아서 그런 건가? 충분히 이겨낼 수 있을 것 같아서?]

'그보다는 각국의 대가리들이 제 역할을 해주고 있어서겠지. 대마법사의 안배가 그쪽에는 없을 리 없으니.'

대충 대답하며 아주머니에게 받은 의자에 앉는다. 아직은 한참 여름이라 해가 긴 시기. 저 멀리 서서히 지고 있는 태양이 보인다.

"준비됐어?"

이제는 학교도 안 다니는 주제에 교복을 입고 있는 선애가 묻는다.

나는 녀석을 바라보았다. 정확히는 머리 위를 바라본다.

[원일고등학교]

[5레벨]

[권법 숙련자 이선애]

처음 3레벨이었던 그녀의 레벨은 4레벨을 넘어 마침내 5레벨에 도달했다. 그녀 역시 스테이지를 겪으며 레벨을 올리고 스탯을 찍고 영약들을 챙겨 먹었다는 뜻이리라.

"뭐 그냥 하던 대로 하는 거지."

"꽤 여유네. 무섭다는 사람들도 많던데."

"무섭다고?"

의문을 표하는 순간이었다.

"화이팅!!!"

"모두들 힘내세요! 할 수 있다!!!"

"화이팅! 아자아자 아자!!"

"1차 시험에는 너무 무리 마시고 힘들 거 같으면 그냥 숨어 계시다가 내일 아침에 공략 보고 클리어하세요!"

스마트폰을 꺼내 시간을 확인한다. 어느새 6시 59분이다.

선애가 말했다.

"너무 무서워서 다들 저렇게 목소리 높여 서로를 응원하는 거야. 그나마 사람들이 견딜 수 있는 건… 적어도 공평하게 모든 사람이 그 공간에 들어간다는 걸 알고 있기 때문이니까."

"흠."

다시 사람들을 둘러본다. 그러고 보면 소리치는 사람들의 표정들이 그리 신나지는 않다. 하긴 이제 곧 정체불명의 괴물과 죽고 죽이는 싸움을 해야 하는데 정말로 즐거울 사람은 많지 않을 것이다.

"난 재미있는데."

"뭐? 너 싸이코패스야?"

"너무하네."

투덜거림을 마지막으로 레벨 4. 중급의 스테이지가 시작된다.

—모든 전투가 완료되었습니다. 시험자 61억 675만 6,249명 중 12억 5,550만 8,765명 합격. 나머지 인원은 [사망 처리]되었습니다.

하급보다 5배나 많은 적에 함정까지 있는 4레벨 중급 시험이었지만 초기 합격률이 10%에서 20%까지 상승했다.

[공략] 때문이다.

나는 계속해서 공략을 만들었다. 최대한 많은 시도와 연구를 통해 레벨별 공략과 팁들을 뽑아냈고, 놀랍게도 그것은 한국뿐만 아니라 전 세계로 퍼져 나갔다.

나뿐이 아니다.

수많은 선두주자가 공략을 쏟아내기 시작했다. 개중에는 나조차도 눈치 못 챈 요소들을 찾아내는 사람들조차도 있었다. 그러나 여전히 가장 인정받는 공략은 [철가면]의 공략. 사람들은, 심지어 다른 공략자들마저 내 공략을 무슨 바이블처럼 칭송했다.

그리고 4레벨 상급.

—모든 전투가 완료되었습니다. 시험자 60억 8,376만 1,423명 중 15억 11만 4,000명 합격. 나머지 인원은 [사망 처리]되었습니다.

중급보다도 더 복합적인 공략이 필요한 4레벨 상급이 25%나 되는 합격률을 달성했다. 난이도는 올라가고 있는데 오히려 클리어율이 증가하고 있다.

'인류 전체의 역량이 올라가고 있다.'

그들은 각성 포션을 구매해 스탯과 스킬을 각성시켰으며, 영능을 각성시켜 [직업]을 얻었다. 경험치 포션으로 레벨을 올려 스탯을 상승시켰고 장비를 구매해 무장했다.

'그 와중에 인류 전체의 숫자가 줄어들고 있다는 게 문제지만……. 능력자들의 테러도 많고 내전에 전쟁까지 난리 난 나라들이 있으니 어쩔 수 없지.'

나는 선애를 바라보았다.

[원일고등학교]

[6레벨]

[권법 숙련자 이선애]

또 성장했다. 그녀뿐이 아니다. 인류 전체가 성장하고 있다.

그러나.

그러나.

그러나…….

—스테이지(Stage)가 오픈됩니다!

—레벨 5. 상급(上級)이 설정되었습니다.

하루를 쉬고 5레벨 시험을 다 마쳤음에도 선애의 레벨은 여전히 6이다.

─스테이지(Stage)가 오픈됩니다!
─레벨 6. 상급(上級)이 설정되었습니다.

6레벨 시험이 끝났을 때, 그녀는 간신히 7레벨이 되었다.

─스테이지(Stage)가 오픈됩니다!
─레벨 7. 상급(上級)이 설정되었습니다.

그리고 마침내.

종말 프로젝트가 시작되고 4주째. 여전히 인류는 완벽 클리어에 성공하였지만.

원래부터 이면 세계에서 살아왔던 선애의 레벨은.

여전히 7이었다.

"아자!!! 파이팅!!! 우리는 할 수 있습니다!"

"우, 우리는! 우리는……!"

힘내서 소리치던 사내가 문득 말을 더 잇지 못하고 멈칫한다.

그러자 옆에 있던 여인이 두 손을 들어 스스로의 입을 막는다.

"흑……!"

"세, 세현아!"

"몰라. 몰라. 이젠 싫어⋯⋯."

그녀뿐이 아니다.

"완전히 놓쳤어. 따라갈 수 없어⋯⋯. 대체 이 스테이지는 몇 레벨까지 있는 거지?"

"아직은 공략파들이 커버해 주고 있지만 이래서는."

웃음과 격려, 응원이 가득하던 광화문 광장에 점점 울음소리가 차오르기 시작했다. 아직도 죽은 자들은 없지만, 그들은 느끼고 있었다.

점점 한계가 다가온다는 사실을.

─레벨 8. 하급(下級)이 설정되었습니다.

─1시간 안에 해당 적을 제거하십시오.

─10초 후 스테이지가 시작됩니다.

─10. 9. 8. 7⋯⋯.

"우어어──!!"

3미터가 넘는 거대한 덩치의 거인이 나를 보고 고함을 지른다.

"와."

나는 어이가 없어 웃었다.

"돌았나."

[종말 프로젝트]

[8레벨]

[숲 오우거]

녀석은 달려드는 대신 몸을 돌리더니 대뜸 가로수 정도의 사이즈를 가진 나무를 수수깡처럼 꺾었다.

콰직!

헛웃음이 나올 정도로 간단히 꺾인 나무의 상단을 무슨 머리 털듯 대충 쳐내자 거대한 몽둥이가 완성된다.

그렇다. 지금 이 순간.

인류는 60억 마리의 오우거와 마주한 것이다.

＊　　　＊　　　＊

하늘을 찌를 듯 쭉쭉 뻗어 있는 나무들로 가득한 숲이다. 이파리가 얼마나 무성한지 햇빛이 땅까지 와 닿지도 못할 정도.

결국, 땅 위의 존재는 대낮에도 어둠 속을 걸어야 한다.

"컨셉 꾸준하네. 기껏 실외인데 결국 또 컴컴하다니."

터벅터벅 숲을 가로지른다. 발밑이 잘 보이지 않을 정도로 깜깜한 숲속이지만 이미 수백 번을 가로지른 길이라 눈 감고도 걸을 수 있다.

그리고 그때.

"크아아아!"

소리 소문 없이 모습을 드러낸 오우거가 괴성을 지르며 주먹을 내려찍는다. 어마어마한 덩치를 가진 녀석의 모습은 마치 눈앞으로 쏟아지는 산사태를 보는 것처럼 압도적이다.

경천칠색(驚天七色).
녹(綠).

웅!
주먹과 주먹이 충돌하는 순간 녹색의 파동이 흩뿌려진다.
오우거의 주먹에 실려 있던 물리력이 진동으로 변해 왼팔로 흡수되는 걸 느끼며 정면으로 내디딘다.
쿵!
바닥이 울릴 정도로 묵직하게 대지를 박차고 점프. 굽혀진 오우거의 무릎을 밟아 거세게 가속한다.
그리고 그대로.

경천칠색(驚天七色).
주황(朱黃).

오우거의 무릎을 박차는 순간 오른팔 전체가 주황색으로 빛난다. 그러다 주먹이 허리를 지나갈 때는 팔꿈치까지 빛났고, 마침내 오우거의 눈을 후려치는 순간에는 그 모든 빛이 주먹으로 집중된다.
"쿠웍!"
그러나 주먹이 안구를 때리려는 순간 오우거가 고개를 숙인다. 주먹은 각막 대신 녀석의 눈썹을 때렸다.

텅———!

"크어어어엉!!!"

고통의 괴성을 지르며 마구 휘두르는 손을 피해 근처 나무로 올라선다. 욕이 절로 나온다.

"또 실패야! 진짜 더럽게 안 맞네!"

둔해 보이는 덩치에 안 맞게 오우거의 반사신경은 고양이를 넘어선다. 배가 불룩 나온 주제에 공중제비를 돌 수 있을 정도로 민첩하고 잡히면 나라도 목숨이 위험할 정도의 괴력까지.

수십 수백 번을 싸웠음에도 도저히 한 방 컷을 낼 수가 없는 적이다.

"기습이 아니면 아무리 해도 한 방에 해결할 수가 없네."

오우거 녀석이 어찌나 예민한지 그냥 몸을 숨기는 정도로는 감각을 속일 수가 없다. 그나마 잠을 잘 때를 노리면 기습할 수 있지만, 그렇게 되면 플레이 타임이 답도 없이 길어진다.

지금은 8레벨 상급 난이도 2차 시험.

이미 공략 영상은 1차 시험이 끝나고 다 푼 상태이기 때문에 플레이 타임을 늘릴 이유가 없다.

"책."

파라라락——!

말과 동시에 눈앞으로 한 권의 책이 떠올라 자동으로 펼쳐진다. 표지에는 아무런 글자도 없어 제목조차 알 수 없었지만, 펼쳐진 페이지에는 [나폴레옹]이라는 소제목이 쓰여 있다.

동시에 마력 수치가 200포인트에서 200(+600)으로 변했다.

경천칠색(驚天七色).

청(靑).

오른팔이 푸르게 빛나기 시작한다. 주황과 똑같은 진동이지만 그 구동 방식은 전혀 다르다. 주황은 오우거가 나를 때렸던 충격 에너지를 진동으로 변환해 돌려준 것이지만, 청색은 내 안에 있는 거대한 영자력을 연료로 한 것이기 때문이다.

그리고 600포인트의 영자력을 태워 만들어낸 진동은 나 스스로의 생체력에서 만들어내는 진동과 차원이 다르다.

우웅—!

푸른빛이 점차 밝아지다 눈이 아플 정도로 강해진다. 스스로의 힘이 아니었기에 주먹으로 진동을 집중시키지도 못하고 진동을 만들어내는 데 수 초나 걸렸지만, 나에게 머리를 맞아 정신 못 차리던 오우거는 제대로 대처하지 못했다.

우르릉—!

오른손이 오우거의 관자놀이와 충돌하는 순간 천둥소리가 난다. 마치 얻어맞은 종처럼 파르르 떨리는 머리통은 그 안의 내용물이 어떻게 되었는지 알려주고 있다.

쿵!

바닥에 쓰러지는 오우거를 피해 오른팔을 가볍게 턴다. 완전히 해소되지 않은 진동이 윙—하는 소리와 함께 흩어진다.

[겨우 두 방 만에 오우거를 잡다니. 그 투법도 꽤 익숙해졌는데?]

"나폴레옹의 영자력 덕분이지 뭐. 순수한 실력으로 싸웠으면 아직도 30분은 걸려.”

겸양의 말을 내뱉었지만, 경천칠색에 꽤나 숙련된 것도 사실이다.

스테이지를 진행하는 동안.

나는 기습적으로 날아오는 공격을 녹색으로 받아낼 수 있게 되었다. 축적된 진동을 찰나의 순간 주황으로 뿜어낼 수도 있게 되었고 외부의 영력이라 할 수 있는 영자력을 한순간에 끌어와 내 것처럼 휘두를 수도 있게 되었다.

특히나 영자력을 진동으로 바꾸는 청색은 처음과 비교조차 할 수 없을 정도다.

[생체력 수준이 이제 전문가 정도인데 오우거를 때려잡는다니…….]

“금수저의 특권이지.”

원래 경천칠색은 이런 투법이 아니다. 육신의 힘을 진동으로 축적하는 적색과 외부 피해량을 진동으로 바꾸는 녹색으로 마치 저금을 하듯 진동을 축적하다 그렇게 모인 진동을 주황으로 내뿜어 적을 격살하는 것이 정석.

‘비효율적이야.’

그러나 나는 그렇게 싸우지 않는다. 당연하다. 그 방식은 시간도 많이 들고 무엇보다 칼로리 소모가 심하기 때문이다.

육체의 힘을 진동으로 축적하다니 왜 그런 뻘짓을 한단 말인가? 나에게는 이미 거대한 영자력이 있는데.

[하지만 이게 맞는 걸까? 경천칠색은 전신휘광과 완전히 다른 구조라서 단언하기 힘들지만……. 지금 너무 기형적으로 수

련하고 있는 거 같은데.]

아레스의 말대로 내 수련법은 정상이 아니다. 실제로 나는 어느 순간부터 적색은 쓰지도 않고 있다. 원래 경천칠색의 기본이라 할 수 있는 것이 바로 경천칠색의 첫째인 적색임에도 배제해 버린 것.

하지만 그렇다고 억지로 적색을 쓰는 것도 웃기는 일이 아닌가?

내가 적색을 쓰는 건 말하자면 수백억 자산을 물려받은 재벌 2세가 자신만의 힘으로 편의점 아르바이트를 해 백만 원 남짓의 돈을 벌어 저축하는 것과 같다.

그건 생활력이 강한 게 아니다.

미련한 것이지.

[대신이라고 해야 할지 모르겠지만…… . 청색의 활용은 비약적으로 성장하고 있습니다. 이제는 5클래스급 마법에 준하는 파괴력을 3초 안에 뽑아낼 수 있을 정도이지요.]

"많이 썼으니까."

정순한 영자력보다 칼로리가 더 귀중한 스테이지에서 나는 청색을 적극적으로 사용했고, 그 결과 빠르고, 강력하고, 적은 코스트로 청색을 발동할 수 있게 되었다.

다만 문제가 있다면.

"너무 시끄러워."

이 망할 놈의 식이 얼마나 요란스러운지 제대로 쓰려면 은신 플레이는 꿈도 못 꾼다. 소리만 해도 어마어마한데 심지어 빛까지 나니 장님에 귀머거리가 아닌 이상 내 존재를 모를 수가 없다.

그리고 역시나.

쿵!

하늘에서부터, 정확히는 높은 나무에서부터 거대한 덩치가 떨어져 내린다. 다른 오우거들과 달리 날렵한 근육질 몸매를 가진 녀석이다.

[종말 프로젝트]
[9레벨]
[날렵한 러너]

"수련 겸 생체력만으로 싸우고 싶긴 한데."

파라라락!

내 옆에 떠 있는 책의 페이지가 바람에 나부끼듯 마구 넘어간다.

몸 안에서 끓어오르는 영자력을 담아 어빌리티를 발동했다.

"죽지 않는 황제."

내 주위로 실드가 생겨난다.

"크앙!"

잠시 나를 견제하던 러너가 즉시 달려든다.

"똑똑해. 이 경우에는 그 장점이 발목을 잡게 되지만."

원래 러너의 전투 방식은 이렇지 않다. 이름 그대로 틈만 나면 뛰어다니는 이 녀석은 날렵하게 내 공격을 피하거나 주위를 돌면서 장기전으로 전투를 끌고 가기 때문이다.

그러나 지금처럼 의미심장한 실드가 생긴다면?

녀석은 불안감을 느끼고 그것을 깨려고 한다. 이 보호막이 뭔지는 몰라도 내가 원하는 걸 훼방 놓겠다는 심리다.

쾅! 쾅! 쾅!

주먹으로 후려치고, 멀찍이 달려갔다가 돌진해 발로 걷어차고. 심지어 바위를 들어 내려찍지만 어빌리티, [죽지 않는 황제]는 꿈쩍도 하지 않는다. 너무나 당연한 게 우주전을 상정하고 만들어진 실드가 저따위 공격에 어찌 뚫리겠는가? 이런 어빌리티가 아니라 그냥 평상시 달고 다니는 나폴레옹의 실드도 핵폭탄을 막는다.

'물론 아이언 하트만 가지고 있는 나도 그럴 수 있을지는 모르겠지만.'

기가스에서 가장 중요한 부분이 아이언 하트인 건 사실이지만 당연히 다른 부품들도 중요하다. 실드 생성기도, 입자 방출기도 없는 상태에서는 아이언 하트의 출력도 당연히 제한된다. 그나마 관련 어빌리티가 있으니 실드라도 치는 것이다.

"내 사전에 불가능은 없다."

증폭 기술을 사용한다.

이후 과정은 설명할 필요조차 없다.

내 오른손이 청색으로 빛나고—

콰르릉!!!!

"크… 어."

쿵!

쓰러지는 러너의 뒤로 텍스트가 떠오른다.

—클리어!

—다음 전투를 시작하시겠습니까? 전투를 시작하지 않으면 스테이지는 종료됩니다.

"시작."

—레벨 8. 상급(上級)이 설정되었습니다.

—100시간 안에 해당 적(11개체)을 제거하십시오.

—10초 후 스테이지가 시작됩니다.

—10. 9. 8. 7……

—3. 2. 1. 전투를 시작합니다.

"……"

그 문장을 잠시간 가만히 바라보았다.

시간제한 100시간.

날수로 치면 4일이 넘는 시간을 주는 만큼, 8레벨 스테이지는 실로 어마어마한 넓이를 가지고 있다.

나는 물었다.

"지금이 몇 번째지?"

지금껏 조용하던 지니가 대답한다.

[정확히 511회째입니다.]

"내가 얼마나 여기에 있었지?"

[4,595시간. 그러니까.]

다시금 숲을 가로지른다. 고개를 들어봐도 하늘은 보이지 않는다.

[대략 190일 정도입니다.]

"……."

터벅터벅 걷는다. 계속 뛰어가던 루트지만 그럴 기분이 들지 않는다.

[안 끝나네.]

"그러게. 안 끝나네."

[굳이 네가 이렇게 계속 클리어할 필요가 있을까? 슬슬 재미도 없고. 이건 그냥 노가다잖아.]

아레스의 말대로 노가다. 처음에는 재미로 했지만, 이제는 오우거 얼굴만 봐도 구토가 나올 정도로 지겹다.

사실 세상 그 어떤 재미있는 게임도 200일 동안 내리 하면 재미없을 것이다.

와삭!

이파리가 특이하게 생긴 나무를 타고 올라가 열매를 따 먹는다. 열매의 등장 위치는 랜덤인 데다 나뭇잎에 가려져 있기에 잘 보이지 않지만, 이 망할 스테이지를 500번 넘게 클리어했더니 대충 봐도 위치 확인이 끝난다.

"식량 사정은 어때?"

[육류는 이제 절반 정도 남았습니다.]

"스마트 팜은?"

[100% 가동 중입니다만…….]

"그래, 그래. 내가 옥수수를 너무 많이 먹었지."

[옥수수가 아닙니다. 빅 브래드는 레온하르트 제국의 특수 작물인……]

"그래, 옥수수."

대충 말하며 나무 위를 걷는다. 그러면서 포인트를 모조리 훑어 식량이 될 수 있는 모든 과일을 챙겨 먹었다.

"오우거 녀석만 먹을 수 있어도 식량 걱정은 없을 텐데."

절로 한숨이 나오지만 어쩔 수 없는 일이다. 오우거의 시체는 죽는 순간 삽시간에 썩어 사라져 버리기 때문에 살점 하나 손에 넣을 수 없다. 절대 스테이지에서 풍족하게 먹고사는 꼴을 두고 보지 않겠다는 악의가 느껴진다.

괜히 스킬 중에 [광기의 식사] 따위를 집어넣었겠는가?

"크워워워!!!!"

"그래, 나도 반가워."

오우거를 잡는다. 숲을 돌아다니며 열매들을 따 먹고 물을 마신다. 그리고 또 오우거를 잡는다.

최적의 루트. 최적의 동작. 안전한 수면과 고유세계에서의 식사까지.

이제 나는 뛰지도 않는다. 원래도 속도보다 효율을 중시했었지만, 이제는 더욱 더 극단적으로 그것을 추구하기 시작한 것이다.

―다음 전투를 시작하시겠습니까?

―다음 전투를 시작하시겠습니까?

―다음 전투를…….

시간이 물 흐르듯 흐른다.

나는 오우거를 잡았다. 잡고, 잡고, 또 잡았다.

그리고 어느 순간.

알림이 울렸다.

―최후의 10인.

―현재 10명의 시험자가 시험을 진행 중입니다.

"음?"

삽시간에 썩어 사라지는 오우거의 시체를 보며 입맛을 다시고 있던 난 그 느닷없는 알림에 놀라지도 못하고 그냥 멍하니 서 있었다.

그러나 이내 그 말이 뜻하는 바를 이해하고 신음했다.

"…겨우 10명이라니. 완벽 클리어까지는 얼마나 남았는데?"

무심코 한 말이었는데 친절하게도 대답이 돌아왔다.

―현재 남은 [사망 처리]의 숫자

―1억 1,322만 5,531명입니다.

"……."

*　　　　*　　　　*

"아니, 이런."

그냥 좀 부족한 정도인 줄 알았는데 그 정도가 아니다.

"1억이라니."

내가 1년이 넘는 시간 동안 클리어한 스테이지가 고작 1,000번에 불과하다. 심지어 그 1,000번을 클리어하기 위해 수백 톤이 넘는 가축들을 대부분 소모해 버렸다.

그런데 1억이라니.

"아이고, 근손실……."

힘이 빠져 근처 나무에 기댄다. 제법 커졌던 덩치는 이미 형편없이 쪼그라져 있다. 단백질 섭취가 부족한 육신이 온몸의 지방을 태우고도 모자라 근육까지 분해하여 에너지로 만들어 버리고 있는 것.

"육류는?"

[긴급 상황을 위한 100킬로그램 남짓이 전부입니다.]

"스마트 팜의 상황은?"

[전력 가동 중이지만 종자를 제외하면 비축량이 5%에 불과합니다. 다만 몇 달이라도 불려 나갈 시간이 있다면 좀 다르겠지만…….]

"그런 시간을 벌었다가는 내가 굶어 죽겠지."

[그뿐이 아니라 수분도 모자랍니다.]

"기어코 바닥이 난 거야? 가축들 피까지 전부 재활용한다면서."

[빅 브래드는 기적의 작물이라 불리지만 그렇다고 무에서 유를 창조할 수는 없습니다. 아무리 아끼고 아껴도 한계가 있지요.]

"첩첩산중이네."

나의 고유세계는 사철로 이루어진 세상.

당연한 말이지만 농사를 지을 만한 환경이 아니다. 고유세계로 가축들을 끌어올 때 최대한 물을 먹게 하고, 그들의 뼈와 가죽, 심지어 털까지 적극적으로 활용했지만 그래 봐야 한계가 있다.

'고유세계가 흙과 물로 이루어진 장소였으면 달랐겠지만.'

그러나 내 영혼의 성질과 속성을 생각하면 어쩔 수 없는 일이다.

"결국, 이렇게 되나."

넋 놓고 스테이지를 진행할 때는 몰랐는데 꽤나 암담한 상황이다. 오우거를 잡는 거야 어려울 것도 없는 일이지만, 이 이상 플레이를 진행할 자원이 없는 상황.

그뿐이 아니다.

"죽겠어."

떨어진 자원은 단지 식량만이 아니다. 내 육신도, 정신도 한계에 도달해 있다. 스테이지를 진행하면 진행할수록 점점 체중이 가벼워지고 기력이 떨어져 가고 있는 상황. 특히나 나는 생체력 수련자였던 만큼 상황이 심각하다.

그나마 여기에서 완벽 클리어가 코앞이라면 다행이겠지만.

"하."

다시 생각해도 기가 막힌다.

"1억이라니."

나는 1년이라는 시간 동안 1,000번의 스테이지를 클리어했다.

그건, 틀림없이 위업이라 할 만하다.

나는 어지간한 도시 규모의 밀림을 1,000번이나 가로질렀고 1만 1천 마리의 오우거를 때려잡았다. 숲 안에 숨겨진 길, 히든 스토리, 히든 웨폰과 히든 퀘스트까지 모조리 밝혀냈다. 아마도 지구상에 나보다 스테이지에 더 해박한 이는 존재하지 않겠지.

그러나 바꿔 말하면.

고작 1,000번을 깼을 뿐이다.

"기가 차는군."

나 혼자 죽도록 깨봐야 그것만으로 완벽 클리어를 하는 것은 불가능하다는 건 이미 알고 있었다. 그래서 공략 영상을 만들어서 뿌렸던 것이기도 하고.

그러나 결국 이 꼴.

"도저히 할 수 있는 수준이 아니잖아?"

1,000번의 클리어를 위해 1년이 걸렸다. 그것도 안전도 뭣도 없이 속도 중심의 스피드 런을 수행했음에도 그렇다.

남은 1억 번을 모조리 스피드 런으로 수행한다 해도 클리어를 위해 걸리는 시간은 10만 년.

그렇다. 10만 년이다.

"아무리 그래도 이건 좀."

말이 안 되는 시간이다. 이쯤 되면 이미 식량이 문제가 아니다. 식량이 무제한으로 공급된다 하더라도 견딜 수 없는 규모의 시간.

물론 아직 나 말고도 9명의 인원이 남아 있지만, 그래 봐야 10만 년이 1만 년 되는 건데 유의미한 차이라고 할 수 있을까? 오우거 잡다가 늙어 죽는 데에는 만 년도 천 년도 필요 없다. 고작 백 년이면 충분한 것이다.

　—최후의 9인.
　—최후의 8인.
　—최후의 7인.
　—현재 7명의 시험자가 시험을 진행 중입니다.

"아, 이런."
그나마 그 최후의 인원들이 스테이지에서 탈출하기 시작한다. 그들 역시 지금 내가 하는 것과 같은 판단을 내리고 더 이상의 진행을 포기한 것이다.
[여기까지네.]
[수고하셨습니다, 함장님. 다음 시험 때에는…….]
아레스와 지니가 상황을 마무리한다. 그들 역시 알고 있다. 이미 이건 놀이의 영역도, 훈련의 영역도 아니며, 완벽 클리어는 어차피 불가능하다는 사실을.
이어진 상황에 그들이 당황한 것도 아마 그 때문일 것이다.

　—다음 전투를 시작하시겠습니까?

"…한다."

[함장님?]

[대하야?]

지니와 아레스의 목소리에 나를 만류하는 기색이 느껴진다.

이미 한계에 다다른 몸으로 무리를 하는 내 모습에 내가 지구의 인간들을 위해 희생한다고 생각하고 있을지도 모르지.

그러나.

'정말 그런가?'

모르겠다. 내가 얼굴도 본 적 없는 사람들에게 인류애를 발휘할 거로 생각한 적이 없으니까.

다만.

—레벨 8. 상급(上級)이 설정되었습니다.

—80시간 안에 해당 적(11개체)을 제거하십시오.

—10초 후 스테이지가 시작됩니다.

—10. 9. 8. 7……

—3. 2. 1. 전투를 시작합니다.

그저.

그냥 솔직하게.

"간다."

못하겠으니까 포기해야 한다는 사실이 고까웠다.

—다음 전투를 시작하시겠습니까?

—다음 전투를 시작하시겠습니까?

스테이지를 계속해서 클리어한다. 방법은 여태까지와 같다. 숲으로 들어가 획득할 수 있는 열매들을 구해서 먹고 시냇물을 마시고 생체력으로 오우거를 때려잡는 것.

숲 안에는 오우거를 상대할 수 있는 작살과 오우거를 깊은 잠에 빠지게 하는 독초. 그리고 사냥꾼들이 만들어두었다는 함정 등이 있지만 숲 전체에 흩어져 있기에 무시하는 것이다.

다만 전투 방식이 지금까지와 좀 다르다.

경천칠색(驚天七色).

청(靑).

천둥소리와 함께 새파란 빛이 터져 나간다. 그리고 그 소리를 들은 다른 오우거가 멀리에서부터 달려든다.

경천칠색(驚天七色).

청(靑).

천둥소리와 함께 오우거가 쓰러진다. 움직임마저 줄여 칼로리의 소모를 최소화하고 전투는 오로지 영자력만을 활용해 수행한다.

[이게 뭐야. 전사가 아니라 무슨 마법사처럼 싸우고 있네.]

"말 걸지 마라. 근손실 온다."

[뭐래…….]

아레스에게 한 말은 개소리였지만 실제로 몸 상태가 심하긴 하다.

"으 목말라."

온몸이 바짝바짝 마른다. 툭 털어보니 피부 각질이 먼지가 날 정도로 자욱하게 일어난다.

꿀꺽.

투명한 시냇물을 들이마신다. 처음에는 이 시냇물을 보고 물은 무제한으로 먹을 수 있을 테니 다행이라고 생각했었지.

슈아아!

내가 일정 수준 이상의 물을 마시자 시냇물이 거짓말처럼 삽시간에 말라 버린다. 한 물줄기에서 마실 수 있는 물은 고작 한 모금 정도다.

"시발, 사탄 같은 놈들."

이 망할 놈의 스테이지를 설계한 놈이 누군지 모르지만, 눈앞에 있다면 머리통을 쪼개 버리고 싶다. 먹고 마시는 거로 진짜 개치사하게 군다.

"배고파…… 진짜 배고프다……"

나는 고통에 익숙한 편이다. 청명에게 납치되어 비인들에게 고문당할 때도 녀석들에게 농담 따먹기를 했던 나다. 내 정신력은 특수 요원이나 독립투사에 맞먹을 정도라고 감히 자부할 지경.

그러나 지금 내 몸을 지배하는 허기(虛飢)는.

"죽겠네."

점점 인간이 감당할 수준을 넘어서고 있었다.

와삭!

이 숲 안에서 허락되는 유일한 식량. 열매를 따 먹었지만, 고작 이 정도로는 일반인의 배를 다 채우기도 어렵다. 그나마 고유세계에서 먹는 식량이 스킬로 적용되기에 망정이지 아니었으면 벌써 예전에 시험을 포기했어야 하리라.

"아 제길 괜히 경천칠색을 골랐나……."

생체력은. 특히나 레온하르트 제국의 생체력은 배고픔을 감수하는 수련법이 아니다.

오히려 매 순간 어마어마한 수준의 보급을 받는 것을 전제로 만들어졌기에 제대로 된 보급이 없다면 기초대사량조차 채우기 어렵다.

—다음 전투를 시작하시겠습니까?
—다음 전투를 시작하시겠습니까?

열댓 번 더 스테이지를 클리어했다. 말이 좋아 열댓 번이지 배고픔에 플레이 타임이 늘어져서 일주일이 넘는 시간이 지난 상황.

그리고 그러던 와중에도.

—최후의 6인.
—최후의 5인.
—현재 5명의 시험자가 시험을 진행 중입니다.

"다 나가네."

시험자는 꾸준히 줄어갔다. 내가 그러하듯 그들 역시 한계 상황이니 그렇겠지. 아니, 사실 한계에 도달한 몸 상태만이 문제는 아닐 것이다.

"어차피 완벽 클리어는 불가능해 보일 테니."

점점 지쳐간다. 허기가 너무나 강해져 오우거를 만나면 무섭거나 투쟁심이 일어나는 게 아니라 입에 침이 고일 정도다.

몬스터고 뭐고 먹을 수만 있었으면 벌써 먹었다.

'역시 생체력으로는 한계가 있어.'

물론 그렇다 해도 그만둘 생각은 없다.

그만둘 거였다면 그냥 최후의 10인이 되었을 때 그만두었을 것이다.

'오오라와 정령력을 써야 해.'

스테이지의 육신이 자리를 잡고 잠들 때마다 나는 고유세계에서 오오라 제작술을 수련했다. 오오라 제작술은 일반적인 오오라 수련자들이 사용하는 방식과는 조금 다르다. 그들은 굳이 오오라를 특정 형태로 구현하지도, 속성력을 부풀려 몸에 두르지도 않으니까.

오오라 제작술 수련자는 이미 있는 대상의 성질과 형태를 변형시키는 것으로 제작을 수행한다.

따라서 금속성 계열의 수련자는 오직 금속만을. 목속성 계열의 수련자는 오직 나무만을 제작의 재료로 사용하는 것이다.

'뭐 예외가 없는 건 아니지만.'

좀 더 포괄적인 개념의 토속성 계열의 수련자는 돌과 금속을 다 사용할 수 있고 화속성 계열의 제작술 수련자는 대상 그 자체를 다루기보다 금속을 제련하는 대장술의 형태로 제작을 하기도 한다고 들었다.

'규모가 이쯤 되면 무투로는 안 돼. 내가 직접 싸워서는 답이 없다.'

기계신 디카르마의 피를 이은 나는 경이적인 속성력으로 오오라 제작술을 습득한 그 순간부터 완성자급 수련자나 가질 만한 특수능력을 갖추게 되었다.

특성 부여.

나는 정신을 집중해 오오라를 쏟아붓는 것으로 금속에 특수한 성질을 깃들게 할 수 있다. 오오라가 금속 자체에 깃들기 때문에 그 형태가 파괴되어도 유지되는 특성.

그중 내가 제일 먼저 습득한 특성이 바로 동심원(同心圓)이다.

외부에서 공격이 들어올 경우, 그 힘이 아무리 일점에 집중되어 있다 하더라도 동심원을 그리며 갑옷 전체로 분산시키는 동심원 특성은 진동을 다루는 경천칠색과 너무나 어울리는 능력이라 가장 먼저 선택했었지.

그리고 종말 프로젝트가 8레벨이 되는 동안 나는 추가적인 특성들을 습득했다.

대상의 강도와 내구를 상승시키는 [강화]와 파손 시 원상태로 되돌리는 [복원]. 그리고 화염과 빙결, 그리고 뇌전의 [속성 저항]까지.

그리고 마지막으로.

"그것만 완성한다면……."

스테이지의 플레이타임이 답도 없이 길어지면서 나는 연 단위의 시간을 투자해 하나의 특성을 가다듬고 있었다.

대장술에 흔히 있을 법한 특성은 아니다. 무기보다는 병기에 들어갈 특성.

'그래. 공략을 만들려면 당연히 모든 조건을 포함한 공략을 만들어야 해. 10만 년 이상의 시간이 필요하다면 당연히 정상적으로 플레이해선 안 된다.'

아무리 내 멘탈이 좋다 하더라도 10만 년은 불가능의 영역. 그러나 이 특성만 완성할 수 있다면.

'가능성이… 있어.'

만약 이게 가능하다면 난이도가 문제지 시간은 문제가 아니다. 어쩌면 나 혼자서도 모든 인류의 스테이지를.

클리어.

할.

수 있.

'어?'

철컥.

순간 나는 내가 문 앞에 있다는 사실을 깨달았다. 그뿐이 아니다.

문이 열려 있다.

'뭐!?'

경악해 소리 질렀지만, 당연히 아무도 듣지 못한다.

'아니, 어째서? 왜 뜬금없이 주도권을 뺏긴 거지?'

지금껏 이런 적이 없는 것은 아니지만 이렇게 뜬금없는 상황은 처음이다.

분노에 이성을 잃은 것도 아니고, 일부로 연 것도 아닌데 어째서 문이 열렸단 말인가?

다행히 눈앞에 떠오르는 텍스트가 그 이유를 알려주었다.

[타이틀. 인류의 재앙 효과가 발동합니다!]
[부활합니다!]

[함장님!?]
[아니, 무슨…….]

아레스와 지니가 뒤늦게 비명을 지르는 소리가 들린다. 바닥에 처박혀 있던 고개가 들리고 시야가 회복된다.

[나]는 멍하니 앉아 있다. 부활이 발동했지만, 그런데도 여전히 몸은 바짝 마른 상태다. 온몸이 박살 나고 심장이 터져도 부활시키는 타이틀 효과라 해도 없는 살과 근육을 만들지는 못하는 모양이다.

"…배고파."

[아니, 뭔 머저리 같은 소리를 하고 있어!? 너 지금 설마 죽은 거야?]

[무리하셨습니다, 함장님. 여기까지 하시지요.]

[나]의 말에 아레스와 지니가 나를 타박한다.

그럴 만하다.

나는 아사(餓死)한 것이다.

그것도 두 눈 똑바로 뜨고 움직이던 와중에!

＊　　　　＊　　　　＊

"배고파."

그러나 [나]는 그런 그들의 말이 들리지 않는다는 듯 그저 멍하니 중얼거리고 있을 뿐이다. 바닥에 주저앉은 몸은 파들파들 떨리고 있다.

아레스와 지니가 나를 나무란다.

[생체력을 마냥 좋게 생각하지 마! 많이 먹는 만큼 힘을 낼수 있다는 건 그 반대급부도 있다는 이야기니까!]

[생체력은 내공 사용자의 심마라던가 마나 폭주 같은 위험은 없지만 충분한 식사가 필수적입니다. 하지만 설마 정말로 아사할 때까지 싸우실 수 있다니…… . 제가 함장님을 과소평가했군요.]

[여기까지 해. 어차피 모든 사람을 다 구할 수 있는 것도 아닌…… .]

"배… 고파."

신음과 함께 흘러나오는 목소리에 아레스와 지니의 타박이 멈춘다.

"배고파…… . 배고파! 배고파배고파배고파배고파배고파배고파!!!!!"

[하, 함장님?]

힘없던 신음에 점차 신경질이 섞이기 시작한다. 아레스와 지니가 당황하는 사이 [나]는 자리에서 일어났다.

"목말라"

[대하야? 뭐야 너. 왜 맛이 갔어?]

"목말라! 목마르다고! 목말라목말라목말라목말라!!!!!!"

버럭버럭 소리를 지른다. 얼굴은 볼 수 없어도 잔뜩 일그러진 표정이 느껴진다.

"이게 뭐야! 엄청 배고프잖아! 목마르잖아!! 짜증 나게!"

벌떡 일어났다가 휘청하고 다시 주저앉는다.

그리고 그때였다.

"크와앙!!"

괴성과 함께 오우거 한 마리가 모습을 드러낸다. 녀석은 내 모습을 발견하자 단 1초의 망설임도 없이 돌진하기 시작했다.

"이건 또 뭐야! 꺼져!"

웅!

경천칠색이 발동한다. 온몸을 휘도는 청색.

그러나 그 빛은 곧 꺼진다.

"헉!"

[나]는 신음을 토하며 바닥에 쓰러졌다.

청색이 육신의 힘이 아닌 소유자의 마나를 주로 사용하는 기술이기는 하지만 그렇다 하더라도 그것은 생체력의 식이다. 신체 자원을 [전혀] 소모하지 않는다는 건 있을 수 없는 일.

그렇기에 경천칠색을 사용하면 배가 고파지게 되며.

지금의 나에게 허기란 고통이다.

쾅!

오우거가 내 머리통을 후려쳤다. 물론 성공했다는 말은 아니다. 마치 마술처럼 모습을 드러낸 은빛의 기운이 녀석의 손을 막았다.

"쿠어?"

오우거가 당황하는 소리가 들린다. 녀석은 양손을 휘둘러 주변에 안개처럼 자욱하게 퍼진 은빛을 흩어내려 했지만, 그보다 은색의 기운. 오오라가 속성으로 구현되는 것이 훨씬 더 빨랐다.

촤앙! 콰드득!

안개처럼 퍼져 있던 은빛이 삽시간에 수천 개의 도검으로 변해 오우거의 몸을 갈가리 찢어버린다. 흩어지는 핏물 속에서, [내]가 소리친다.

"아파! 아프다고! 배가 아파!!!"

사실 그건 배가 아픈 것이 아니다. 그저 지나친 허기가 그렇게 느껴지는 것뿐이지.

녀석이 소리쳤다.

"아레스!!!!"

우우우웅――!

거대한 영력이 휘몰아친다.

"와라!! 아레스!!!"

재차 소리친다.

[저, 저기 대하야?]

"오라고!!!"

영력이 휘몰아친다. 그것은 강대한 언령.

그러나 그뿐이다.

[저기, 나 그쪽 세상으로는 못 가.]

언령으로는 절대명령권을 행사할 수 없다. 그럴 [권한]이
없다.

계엄령을 명령할 수 있는 건 대통령이지 돈 많은 졸부 따위
가 아니다.

"이익……! 여기 뭐야! 배고파! 먹을 건 없어?"

[근처에 찾아보시면 열매가…….]

지니의 안내에 [내]가 붕 하고 떠올라 숲을 뒤지기 시작한다.

"우어어어!!"

물론 그 와중에 덤비는 오우거들이 있었지만.

콰작!!!

주변을 뒤덮은 살벌한 금속의 오오라에 갈가리 찢어진다. 1천
이 넘는 영력은 그 사용법이 일천하다 하더라도 살인적인 위력
을 발휘한다.

"흐엉……. 배고파!"

정신 집중이 제대로 안 되는지 비틀거리기까지 하는 [나]. 심
지어 나는 내 볼을 따라 흐르는 축축함을 느꼈다.

'이게 뭐야.'

나는 어이가 없었다.

'아니 미친……. 운다고?'

내가 황당해하는 와중 녀석이 숲에 있던 열매를 찾아낸다.

녀석은 반색하며 열매를 한입 씹어 먹었지만.

바로 그것을 뱉어내고는 바닥에 내던졌다.

"젠장 드럽게 맛없네!!!"

[······.]

[······.]

'······.'

두 관제 인격은 물론이고 나 역시 할 말을 잊는다.

'아니, 뭐야. 이 녀석.'

나는 녀석을 두려워했다. 십만이 넘는 생명을 우습게 학살하는 광기(狂氣). 인간을 벌레처럼 멸시하는 오만(傲慢). 그리고 그 모든 것을 성립시키는 강렬한 영성(靈性)까지.

그러나 지금.

고통 속에서 녀석은 새로운 모습을 보여주고 있다.

"왜 이렇게 징징거려?"

신이라 자칭하는 녀석이 고작 배 좀 고픈 거 가지고 야단법석을 떨다니 어이가 없다. 인간을 벌레 같은 존재라 멸시하려면, 적어도 이 정도는 간단히 이겨내야 하는 것 아닌가?

쿵!

기막혀하는 내 앞으로 10층 건물에 맞먹는 은빛의 거인이 내려선다. 고유세계에 있는 존재 중 유일하게 외부 출입이 자유로운 무생물. 신급 기가스 아레스다.

[뭐야 너. 정신을 차린 거야?]

[함장님? 괜찮으십니까?]

어느새, 나는 고유세계에 있었다.

"뭐야 이게. 움직일 수 있네."

침대에서 몸을 일으켰다.

어이없게도 고유세계의 육신을 자유롭게 조정할 수 있다. 물론 나는 원래부터 고유세계의 육신과 현실 세계의 육신을 자유롭게 오갈 수 있었지만, 현실의 자의식이 신성에 취한 상태에서도 그럴 수 있다니 어이가 없는 일이다.

[또 신성에 취한 거야? 근데 이게 어떻게 분리가 된 거지?]

"나도 모르지."

당혹스러워하는 와중에도 [나]는 계속 움직였다.

콰득!

또 하나의 오우거가 갈기갈기 찢어져 바닥에 쓰러진다. 순식간에 썩어 사라져 버리는 오우거의 몸을 짓밟으며 [내]가 으르렁거린다.

"젠장! 씨발! 엿 같아! 날 여기서 내보내!!!!"

콰르르릉!!!!!

고함이 태풍처럼 어둠의 숲을 뒤흔든다.

나는 황당해서 입을 떡 하고 벌렸다.

"…등신인가?"

과연 내가 우려한 사태가 벌어졌다.

"악!!!"

[나]는 비명과 함께 쓰러진다. 아무리 그 배경을 이루는 힘이 영력이라 하더라도 그것을 뒷받침하는 것은 육신이다. 저렇게 [힘]을 실은 고함을 외치면 육신에 무리가 가는 건 너무 당연한 일이 아닌가?

물론 그래 봤자 느끼는 건 그저 약간의 고통일 뿐이지만 녀석은 그조차도 견디지 못한다.

슝!

멀리에서 매서운 기세로 바위가 날아온다. 8레벨 상급의 보스. 날렵한 러너가 저격을 감행한 것이다. 원래는 대뜸 나타나 덤비는 습성을 가진 녀석이지만 [내]가 휘두르는 힘의 행사에 겁을 먹고 원거리 공격을 시도한 것.

물론 기습은 실패다.

콰직!

[내] 주위를 휘도는 은빛의 기운이 격자 형태를 취하더니 그대로 굳어져 마치 그물처럼 바위를 받아낸다. 아레스가 감탄했다.

[마구잡이지만 그래도 대단하네. 무슨 구현을 자기 마음대로 하잖아?]

"하긴 원래 구현은 저런 식이 아니라고 했었지."

오오라 사용자는 수련이 일정 경지에 이르면 속성계(屬性繼)와 구현계(具現繼)로 갈래가 나뉜다. 전자는 해당 속성을 에너지의 형태로 다루는 방식이고 후자는 자신의 속성에 맞는 특수한 물건을 만들어내는 것.

오오라 사용자가 속성계로 들어서기 위해서는 해당 속성에 대한 깊은 이해가 필요하다. 화염 속성이라면 불을 많이 보고, 자신의 힘으로 불을 피워보고, 그 온기를 느껴보고, 아주 긴 시간 동안 불을 가까이하고 심한 경우 불로 몸을 지지는 경험까지 해야 하는 것.

구현계도 어렵기는 매한가지다. 단순한 검을 구현하려 한다 해도 긴 시간 동안 검을 몸에서 떼지 않고 지니고 다녀 마치 한 몸처럼 익숙해져야 하고, 자주 보고, 만지고, 심지어 맛까지 봐 눈만 감아도 검의 길이, 형태, 무게와 특성 그 모든 것을 그려낼 수 있게 되어야 한다. 그야말로 그 검의 모든 것을 무의식 깊은 곳까지 때려 박아야 비로소 현실 세계에 자신의 상상을 구현시킬 수 있다.

그러나 [나]는 다르다.

[나]는 그저 영력을 휘두르는 것만으로 자욱한 금속의 오오라를 사방에 뿌려댄다. 심지어 그 금속의 오오라는 한 줄기 상념만으로 현실에 구현되어 구체적인 형상을 한다.

"크아아!!!"

괴성과 함께 몸에 철검이 몇 개나 박힌 러너가 달려들어 [내] 몸을 붙잡는다. 녀석은 그대로 손을 움켜쥐어 온몸을 으깨려 들었지만 역시나 성공하지 못했다.

"끄아아아······!!!"

괴성을 지르는 날렵한 러너의 팔에 핏줄이 돋아났지만 [내] 몸은 간단히 그것을 견뎌낸다.

어이없게도.

[내] 몸이 금속으로 변해 있다.

[아다만티움이다. 내 몸을 참고한 모양인데.]

"아니, 아무리 그래도 몸 일부도 아니고 전신을 금속으로 만들어 버리다니."

[극(極)에 도달한 속성화입니다. 완성자를 넘어선 오오라 수련자는 한 줄기 바람으로 변해 바늘구멍조차 통과할 수 있지요.]

우리가 감탄하는 동안 날렵한 러너의 육신은 갈가리 찢어진다. 거대한 덩치의 오우거가 어린아이처럼 비명을 지르며 죽어나간다.

쿵!

마침내 쓰러지는 보스 몬스터.

그러나 [나] 역시 무사한 것은 아니었다.

"아."

어느새 인간의 모습으로 돌아온 [나]의 얼굴이 엉망으로 일그러져 있다. 적에게 받은 타격 때문은 당연히 아니다.

"배고파."

녀석이 울고 있다.

"이게 뭐야……. 짜증 나……. 싫어……."

―다음 전투를 시작하시겠습니까?

언제나 그랬듯 흘러나오는 질문.

답은 뻔하다.

"안 해!"

―모든 시험이 끝났습니다!

―스테이지가 클리어되었습니다! 기여도에 따라 보상이 주어집니다.

―당신의 순위는 866위입니다.

최후의 10인 안쪽으로 들었지만, 아직 위에는 상당수의 실력자가 자리하고 있는 상황.

게다가 이번 텍스트는 이걸로 끝이 아니다.

완벽 클리어에 실패했기 때문이다.

—당신의 클리어 횟수는 1,041회입니다.

—사망 취소 인원 1,041명을 표시합니다.

—대상은 혈족. 지인. 거주 지역. 출신 지역 순입니다.

—변경을 원하는 인원을 선택해 주십시오.

눈앞으로 수많은 사람의 얼굴이 떠오른다. 대체로 아는 얼굴들이었지만 누구인가 싶은 얼굴들도 있었다. [나]는 손을 내저었다.

"치워!"

—사망 처리를 변경 없이 적용합니다.

—남은 [사망 처리]의 숫자

—1억 1,322만 3,111명.

—집행합니다.

그리고 그것으로 스테이지가 종료되었다.

＊　　　　＊　　　　＊

천천히 걷는다. 하와는 울창한 숲을 가로질러 자신을 보며 덜덜 떠는 온갖 것들을 지나쳤다.

그리고 드디어 그, 혹은 그녀라 부를 수 있는 존재와 당면했다.

"왜."

하와는 물었다.

"왜 녀석에게 고유세계를 준 거죠?"

하와는 정령계에 들어와 있다. 그리 깊은 곳은 아니다.

—죽을까 걱정되어서.

하와의 앞에는 인간 사이즈의 빛 덩어리가 둥둥 떠 있다. 그것이 가진 힘은 미약하지만 마주한 하와의 태도는 극도로 정중하다.

당연하다.

그것은 대우주를 관리하는 절대신 중 하나이자 정령계의 지배자인 정령신의 아바타.

대하를 찾아왔던 때와 다르게 그녀를 마중하는 데에는 굳이 본체를 가져오지 않은 상태였다.

"이해할 수가 없어요. 당신같이 위대한 존재도 녀석을 보며 불안함을 느끼나요?"

정령신과 대하의 만남은 뜬금없었다. 동시에 있을 수 없는 일이기도 했다.

언터쳐블인 하와가 찾아왔음에도 고작 자신의 일부를 보내는 게 전부일 정도로 오만한 정령신이 대하가 단지 정령계에 들

어왔다는 이유만으로 대뜸 찾아와 별다른 이유도 없이 상급의
권능을 선사하고 떠나간 것이다.

—너도 마찬가지일 텐데.

"그렇긴 하지만……."
대하를 본 초월적 존재들은.
모두 반사적인 두려움을 느끼게 된다.

아, 이 자식.
죽으면 어떻게 하지??

대하는 죽으면 안 된다. 인과율을 읽거나 조작할 수 있는 존
재들은 직감의 형태로라도 그 사실을 깨달을 수 있다.
그 때문에 하와는 그를 만나자마자 [적어도 목숨만은 지키겠
다.]는 약속을 하고 말았다.
미션 시스템은 타이틀 효과로 [부활] 능력을 부여했다.
그리고 정령신은 고유세계라는 고위 권능을 하사했다.
대하는 몰랐지만, 그는 이제 부활을 금지하는 극악의 저주
를 당하거나 최상위 신격조차 죽여 버릴 수 있는 신살의 권능
에 당한다 하더라도 죽지 않게 되었다. 현실의 육신이 영멸(永
滅)한다 해도 고유세계의 육신이 남기 때문이다.
물론 그 경우 대하는 영원히 고유세계에 갇히게 되겠지만.
적어도 죽지는 않는다.

—너. 모르는군.

"…뭘 말이죠?"

—모른다면 됐다.

쿠우우————
순간 일어나는 차원의 파동에 하와의 얼굴에 당혹이 깃든다.
"잠깐만요! 모르다니 그게 무슨——!"
팟!
삽시간에 하와는 물질계로 쫓겨났다,
"이 망할 꼰대가!"
분개하는 그녀였지만 그저 그뿐 감히 다시 정령계로 진입할
엄두는 내지 못한다. 언터쳐블인 그녀라 하더라도 감히 절대신
의 뜻을 거스르며 그의 세계에 침입할 수는 없다.
"도대체 뭐야. 저 녀석한테 뭐가 더 있는 거야?"
하와는 광화문 광장 한쪽에 앉아 있는 대하의 모습을 바라
보았다.
막 스테이지를 끝마친 듯 바짝 마른 그의 모습을 보자 절로
가슴이 아프고 그가 걱정된다.
그가 일어나며 쓰게 웃는 모습을 보자 마음이 따듯해지고
표정이 풀린다.
이제는 신성을 분리해 예전 같은 권한을 휘두를 수 없는 지

금도 이렇다.

"대체 뭐야."

질끈. 입술을 깨문 하와의 모습이 마술처럼 사라진다.

그녀가 사라진 도시에는 혼란에 빠진 사람들만이 남아 있을
뿐이었다.

*　　　　*　　　　*

[저는 지금 장수촌으로 유명하던 오키나와현의 한 마을에 와 있
습니다. 이곳에서는 하루아침에 700여 구의 시체가 발견되어 큰 파
문을 일으키고 있으며……]

[종말 대책 본부에서는 한국의 피해 상황이 지구 평균치의 10분
의 1에 불과하다고 발표했는데요. 이는 앞으로도 충분한 숫자의 플
레이어를 보유하는 것이 국가안보에 얼마나 중요한……]

[추가 클리어의 적용 방식이 알려져 관심을 끌고 있습니다. 대한민
국의 피해자가 상대적으로 적은 것은 바로 이 시스템 때문인데요. 철
가면을 비롯한 수많은 실력자와 풍부한 인적 자원이……]

[종말 대책 본부에서는 한국의 정확한 피해자 숫자를 집계하기
위해 최선을 다하고 있으며……]

1억 3,000만 명의 사람들이 죽었다.

인류 역사를 뒤집어봐도 흔치 않을 정도로 무지막지한 피
해다. 지구 전체로 보면 60명 중 1명 이상의 인간이 죽은 셈이
고, 엔간한 나라 몇 개는 통째로 증발한 것이나 다름없는 사태

였으니까.

다만 특이한 점은, 그들의 평균 나이.

스스로의 힘으로 스테이지를 클리어할 가능성이 거의 없는 어린아이들보다, 오히려 육체적으로 별문제 없는 중장년층과 노인들이 훨씬 더 많이 죽었다.

"아까 봤어? 역에 노숙자가 하나도 없어."

지하철을 탔던 사내 중 하나가 의문을 표하자 강철봉을 등에 메고 있던 사내가 그에게 다가가 소곤거렸다.

"조용히 좀 말해 등신아. 이 시국에 사람이 없으면 왜겠냐? 당연히 죽고 흩어져서 없지."

"…시험 때문에 다 죽는다고? 노숙자 정도면 그래도 몸 멀쩡한 성인 남자인데 오히려 초반 레벨 업은 더 유리했을 거 아냐."

"최초에는 그렇겠지요."

차분하게 끼어드는 목소리에 사내들의 시선이 목소리의 주인에게 모인다. 교복을 입고 있는. 미색이 빼어나지는 않아도 귀여운 인상으로 호감을 살 만한 외모의 소녀.

그러나 그들은 그녀의 외모보다 머리 위에 쓰여 있는 숫자에 주목했다.

"8레벨!?"

스테이지를 진행하고 경험치 포션을 사용할 수 있게 되면서 스테이지를 1회 이상 클리어하는 사람, 속칭 [플레이어]들은 서로의 레벨을 확인할 수 있게 되었다. 대하처럼 실질적인 [역량]을 읽어내는 것이 아니라 시스템이 부여한 레벨이 표시되는 것이기에 절대적이라고는 할 수 없는 기준.

그러나 경험치 포션이 다른 장비류와 다르게 거래 불가 아이템이라는 걸 생각해 보면 레벨이 높다는 건 무슨 수를 썼건 상대가 그만한 [클리어]를 했다는 뜻. 역량을 가늠하기에 충분한 기준이라 할 수 있다.

'와. 8레벨이면 그냥 오우거하고 맞짱도 뜰 수 있는 거 아닌가?'

'처음 보는 초고렙이 이런 여자애라니······'

그들이 8레벨의 소녀. 선애를 보고 수군거렸지만, 선애는 신경 쓰지 않았다. 표면 세계에서나 드문 레벨이지 이면 세계에는 9레벨도 종종 보이는 형국이다.

그녀가 그러하듯. 그리고 그녀의 눈앞의 사람들이 그러하듯 인류 전체가 어마어마한 레벨 업을 겪고 있으니까.

"스테이지가 레벨 9에 도달한 시점에서 초기 능력치는 문제가 아니에요."

"···그렇지요. 문제는 공략해 낼 의지가 있냐 없냐일 테니."

'그리고 이 세상에서 가장 의지가 부족한 존재가 있다면 그게 바로 노숙자겠지.'

흑마법사 집단. [로맨서]에서 탈출한 후, 이가에 납치당해 궁녀가 되기까지 선애는 2년이라는 시간을 길에서 보냈다.

그녀는 많은 노숙자를 봐왔다. 그저 죽지 못해 사는 자들. 누군가 일자리를 구해준다 하더라도 금방 때려치우고 거리로 돌아와 구걸을 하고 행패를 부리는 사람들.

그저 매일매일을 살아갈 뿐인 그들이 살아남기 위해 누구보다 치열해야 하는 스테이지를 버텨낼 수 있을 리 없다. 물론 1레벨이나 2레벨 시험은 통과할 수도 있겠지. 오히려 아이들이나 여자들에 비하면 훨씬 유리한 상황일 것이다.

그러나 3레벨부터는 그저 사나운 성정과 사지 멀쩡한 육신만으로는 돌파할 수 없다. 스테이지는 그냥 강건하다고 이겨낼 수 있는 공간이 아니기 때문이다. [공략]을 위해 궁리하고 학습하고 또 필사적으로 클리어에 매달려야만 한다. 살이 갈라지고 뼈가 부러지는 부상쯤은 감수하고 나아가는 독기는 기본이다.

그들의 대화를 들은 다른 사내들이 고개를 끄덕거린다.

"그러고 보면 노숙자라는 건……. 결국 사회와 연이 끊긴 막장 인생이라는 뜻이기도 하지."

"그렇긴 해. 스스로가 목숨을 구할 수 없는 사람은 추가 클리어를 한 지인이라도 있어야 하는데 말이야."

어떤 이가 두 번 이상 스테이지를 클리어하는 데 성공하면, 그는 자신의 목숨을 구함과 동시에 목숨을 구해줄 또 다른 대상을 선택할 수 있게 된다.

당연한 말이지만.

일반적으로 그 첫 번째 대상은 자식이고 둘째는 다른 가족과 친지들이다.

"그래서 요번 1억 3000만의 희생자 중 아이는 의외로 별로 없다고 하더라고. 보통 부모가 이를 악물고 살려내니까."

"죽는 건 소외당하는 이들이라는 건가."

독거노인. 장애인. 천애 고아 등이 그렇다.

"꼭 그렇지는 않지. 가족 친지 다 있어도 그중에서 스테이지를 클리어할 사람이 없으면 꽝이니까."

"심지어……. 지인 중에 강자가 많은데도 죽은 사람들도 있지."

완벽 클리어의 실패는 그 사람이 살아온 삶을 적나라하게 드러냈다. 상당한 재력이나 권력을 보유하고 있었더라도, 평소 인망이 없었던 이들은 손에 쥐고 있던 것이 허망하게도 시체가 되어 스테이지를 마치고는 했다.

"독거노인도 많이 죽었다더라. 장애인하고 병자들도."

"무섭네. 인맥 없으면 살아남을 수 없는 세상이라니."

"직접 깨면 되잖아?"

"그 말도 맞긴 하는데 슬슬 깨기 너무 힘들어……. 게다가 다치면 차라리 죽어서 완전 회복을 노리곤 했는데 이제 완벽 클리어를 못 하는 지경이 되었으니 팔다리가 잘려도 어떻게든 현실에서 치료해야 하잖아?"

"어떻게든 절단 부위를 현실로 가져와 치료받든지 아니면 아예 자판기에서 육체 복원 포션을 구매하면 되지."

"복원 포션 너무 비싸……."

─다음 역은 신길. 신길입니다.

지하철 문이 열리는 모습에 선애는 자리에서 일어났다.

그녀는 교복을 입고 있다. 겉모습만 보면, 그냥 어디에서나 볼 수 있는 여고생의 모습.

그러나 그녀를 따라 내리는 사내들은 그렇지 않다. 첫 번째 사내의 허리에는 영화에서나 볼 법한 배틀 해머가 달려 있는 것. 심지어 그들이 든 것은 보통의 무기도 아니어서, 망치 머리에 은은한 빛이 휘돌고 있다.

어디 그뿐인가? 그 옆에 있는 사내는 단창을 메고 있었는데 창두가 금속이 아니라 속이 투명할 정도로 깨끗한 얼음으로 만들어져 있다. 그 옆의 사내는 숫제 칼을 차고 있었는데, 칼집 안에서 은은하게 불길이 피어오르고 있다.

갑옷 또한 보통의 물건이 아니다.

그들의 몸을 뒤덮은 갑옷은 검은색의 무광 코팅으로 어둠 속에서도 조금의 빛도 흘리지 않게 처리되어 있었는데, 틀림없이 금속으로 만들어진 갑옷임에도 그들이 움직일 때 조금의 쇳소리도 나지 않는다.

불과 한 달 전만 해도 경찰에 신고당할 복장이지만 역에 있는 사람들의 시선은 전혀 다르다.

"와 미친. 지금 저거 다 마법 무기야? 갑옷도 뭔가 심상치 않은데?"

"멋지다. 저렇게 제대로 된 장비를 가지고 다닐 수 있다니."

"저런 무거운 걸 휘두를 수 있을 정도면 근력도 장난 아니겠는데."

"가서 말 걸어볼까?"

소곤대는 사람들의 모습에 사내들이 얼굴을 붉히며 선애의 뒤로 따라붙는다.

"진짜 이 분위기 너무 낯서네."

"어쩔 수 없지. 지금 온갖 방송에서 스테이지 이야기만 하고 있으니까. 심지어 실제로 사람이 죽기 시작하면서 상황은 더 심각해졌어."

"영원히 완벽 클리어 할 수 있을 거라고는 아무도 장담하지 못했지만 정말로 그날이 와버렸으니 충격이 크겠지."

덜컹! 덜컹, 덜컹!

사람들의 시선을 받으며 그들은 지하철을 다시 갈아탔다.

그리고 목적지에 가까워지면 가까워질수록 지하철 안에 그들과 비슷한 복장의 사람들이 많아진다. 저마다 날카로운 눈빛을 뿜어내는 그들에겐 남녀노소의 구분이 없다. 주축은 20~40대의 사내들이었지만 10대 청소년들이나 60~70대 노년들의 숫자도 상당하다.

철컹!

"앗! 미안합니다."

"아닙니다. 제가 조심하지 못했죠."

지하철에 서 있다가 서로 무기가 부딪친 사내들이 마주 고개를 숙이며 사람 좋게 웃는다. 시퍼렇게 날이 선 무기로 무장한 사람들로 가득한 지하철이지만, 그 안에 있는 사람들은 매우 정중하고 서로를 배려했다.

고결한 야만인(noble savage)이라는 관념이 있다.

문명인들은 예의 없는 말을 해도 머리가 쪼개지지 않기 때문에 야만인보다 더 무례하다는 내용이다. 문명인은 야만인을 무례하다고 평가하지만, 피와 죽음의 지척에서 살아가는 이들이야말로 목숨이 걸린 선을 지킨다는 것.

그들 역시 그러하다.

그들은 매일매일 진지하게 스테이지를 클리어하는 플레이어들이 얼마나 강도 높은 [공략]을 진행하고 있는지 알고 있다. 오직 죽음을 각오하고 고통과 공포를 이겨내는 자만이 스테이지를 클리어할 수 있다는 사실도.

서로가 언제든 서로를 죽이고 상처 입힐 수 있다는 사실을 알고 있으니 조심해야 하는 상황.

그러나 현대는 여전히 문명사회이며,

[문명인]은 당연히 존재한다.

"자, 잠깐만!"

"음?"

느닷없이 팔을 잡는 손길에 선애의 표정이 굳는다. 돌아보니 본 적 없는 노인이다.

"너, 너 추가 클리어 할 수 있지? 내가 딱 보면 알아."

보통은 그렇게 생각할 수 없을 것이다. 겉으로만 보면 선애는 그냥 여고생으로밖에 보이지 않는 외모였으니까.

그러나 선애는 곧 노인이 어떻게 자신을 알아봤는지 알 수 있었다.

[2레벨]

노인의 머리 위에 쓰여 있는 텍스트는 그가 적어도 한 번 이상의 스테이지를 자신의 힘으로 클리어했다는 걸 말해준다.

자판기를 이용해 레벨 업을 했으니 그 역시 선애의 레벨을 볼 수 있는 것이다.

"네. 맞아요. 왜요?"

"나, 날 살려줘. 이제 곧 시험이잖아."

뜬금없는 소리에 선애가 물었다.

"저를 아세요?"

차분한 질문에 노인이 버럭 소리를 지른다.

"모르니까 이러는 거 아냐! 내 이름은 김경원일세. 날 살려주게."

전 인류의 70%는 이미 스테이지 진행을 완전히 놓쳐 버렸다.

인류의 25%는 1번의 클리어로 간신히 자신의 목숨만을 건지거나, 혹 2~3번의 클리어로 직계 가족의 목숨을 구하고 있을 뿐이다.

사실상 남은 5%가 인류 전체의 목숨을 책임지고 있다는 뜻이며.

그 균형조차도 8레벨 상급 시험에서 깨져 버렸다.

"뭐······. 알았어요."

대충 대답하고 넘기는 선애였지만 노인은 막무가내다.

"너! 너! 지금 내 말을 귓등으로 듣고 있지?! 너 이년! 너는 애미, 애비도 없냐? 이 노인네가 살려달라는 말이! 살고 싶다는 내 말이 지금 귀찮아?!"

노인이 선애의 팔을 잡고 늘어진다. 어찌나 흥분했는지 한껏 일그러진 얼굴은 벌겋게 달아올라 있다. 다시 보니 술 냄새도 난다. 이제 스테이지가 30분도 남지 않았는데 술을 먹은 것이다.

"놔요."

"못 놓는다! 못 놔!"

"여보세요."

선애의 얼굴이 차갑게 가라앉는다.

순간적으로 뿜어져 나오는 그녀의 서릿발 같은 기세에 주변에 있는 건장한 플레이어들마저 긴장했지만, 노인만은 그러지 않았다.

"이년이 인상 쓰는 거 봐? 어디 치게? 그래 쳐봐! 8레벨 정도되면 그냥 툭 쳐도 죽겠네! 어차피 난 죽을 테니 어디… 켁?!"

고래고래 소리 지르던 노인의 말이 막힌다.

선애가 그의 목을 잡고 있다. 나름대로 건장한 체구의 노인이었지만 자그마한 체구의 선애에게 붙잡히자 꼼짝도 못 한다.

"안 이해요."

확 몰려오는 짜증에 선애의 얼굴이 가면처럼 차갑게 가라앉는다.

사람으로 가득한 지하철에서 그는 굳이 선애를 물고 늘어졌다. 왜일까? 지하철에서 그녀의 레벨이 가장 높아서?

아니다.

그는 그 와중에서도 가장 만만해 보이는 상대를 골랐다. 레벨이라는 게 있다 하더라도 험악한 사내들보다는 그녀를 더 쉽게 본 것.

부탁하는 것이 아니라 겁박을 하고 억지를 쓰며 고함을 내지르는 것이 바로 그 증거다.

"너무 안이해."

"너, 너……. 이게 무슨……."

그냥 잡히는 것만으로도 힘이 쭉 빠질 정도로 항거할 수 없는 힘. 경원은 다급히 주변을 둘러보며 도움의 눈길을 보냈지만, 그 누구도 그를 위해 나서지 않는다.

지하철에 타고 있는 수많은 사람들은 싸늘한 눈으로 그를 바라보고 있다.

"이 수밖에 없었어요? 정말로?"

경원은 필사적으로 목을 잡은 손을 풀어내려 했지만 선애의 손은 마치 고정된 바이스처럼 꼼짝도 하지 않는다.

그녀는 손에 별로 힘을 주지도 않았다. 당연한 일이다. 이미 인간을 초월한 그녀의 악력이 노인의 목을 조이면 수수깡처럼 간단히 목뼈가 부러지고 말 것이기 때문이다.

"당신이 누군지 전 몰라요. 당신이 어떤 삶을 살았고, 또 어떻게 늙었는지도 알 수 없죠. 하지만."

"크⋯⋯. 어⋯⋯."

경원의 눈이 뒤집힌다. 선애의 강렬한 기세에 그의 심령이 짓눌린다.

선애는 말했다.

"행패를 부리고 남을 피곤하게 하는 것으로 목숨을 구할 수 있는 시대가 아니에요."

—다음 역은 광화문역. 광화문역입니다.

마침내 목적지에 도착한 선애가 노약자석에 경원을 내던졌다. 그는 의식을 잃고 노역자석에 널브러졌다.

"그런 안이한 세상은 끝났으니까."

지하철에 타고 있는 사람 대부분이 지하철에서 내린다. 역을 나서 광화문 광장으로 올라가니 언제나처럼 바글바글한 인파가 보인다.

시간은 저녁 6시 40분.

해가 점점 짧아져 어두워지기 시작한 광화문 한편에서 한무리의 사람들이 우르르 다가온다.

"앗! 안녕하세요! 미팅 좀 안 하시겠습니까?"

"네? 뜬금없이 무슨 미팅을……."

당황하는 플레이어에게 양복을 입은 사내들이 팸플릿 비슷한 것을 나눠 준다.

"S대 무용과와 연극영화과의 재녀들이 있습니다! 요번 스테이지 끝나고 편하게 얼굴이나 한번 보면서 한 끼 드시면 됩니다! 식비도 저희 쪽에서 책임지겠습니다!"

"어머! 오빠 몸 진짜 짱이다. 운동 많이 한 거예요?"

플레이어들에게 사람들이 와르르 달려들어 말을 건다. 친한 척을 하고 연을 맺으려고 한다.

선애는 이들이 원하는 것이 본질적으로 조금 전 자신에게 달려들었던 노인과 같다는 사실을 알고 있다. 다만 다른 게 있다면 이들은 적어도 이쪽의 감정을 최대한 헤아리고 기분이 상하지 않게 조심하고 있다는 것뿐이다.

"저, 저기요."

선애에게 누군가 말을 건다. 돌아보니 초등학생에서 중학생 정도로 보이는 예쁘장한 소녀 하나가 서 있다.

"뭐니?"

"제, 제 이름은 소향이에요. 김소향."

"…그래."

선애는 도도도 도망가는 그녀를 일별하고 사람들을 가로질러 광화문 광장으로 향했다.

—스테이지(Stage)가 오픈됩니다!

—레벨 9. 하급(下級)이 설정되었습니다.

스테이지에 진입한다.

—사망 처리가 모두 취소되었습니다!

—축하합니다! 스테이지가 완벽하게 클리어되었습니다! 기여도에 따라 보상이 주어집니다.

—당신의 순위는 45만 9,147위입니다.

"모두 수고하셨습니다!"

"수고하셨습니다!"

다행히 하급은 무난히 끝났다. 하급 난이도는 오히려 전 레벨의 상급보다도 적의 숫자가 적은 데다 플레이 타임이 짧아 [진짜] 강자들이 홀로 수많은 적을 상대할 수 있기 때문이다.

그러니까 문제는 하급이 아니다.

—스테이지(Stage)가 오픈됩니다!

—레벨 9. 중급(下級)이 설정되었습니다.

전날 저녁의 1차 시험을 지나 아침 7시의 2차 시험.

여전히 어두운 숲속에서 선애는 이를 악물고 오우거를 사냥했다.

현대사회를 살아가는 인간들의 이해를 넘어서는 괴물. 오우거는 영능을 익히고 스탯 포인트로 스스로를 강화한 플레이어들에게도 너무나 강한 적이다.

기관총을 쏴 갈겨도 뚫리지 않을 정도로 질긴 가죽. 그 거대한 덩치에 맞지 않는 민첩함과 극도로 예민한 감각까지.

한 마리만 해도 두렵기 짝이 없는 오우거가 하나도 아니고 다수 등장하는 9레벨 중급 스테이지는 실로 살인적인 난이도를 가지고 있다. 철가면의 [공략]이 없었다면 플레이어 중에서도 최상위권에 속한 선애조차도 과연 성공할 수 있었을지 의문이 들 정도.

그리고 그 결과 역시 예상한 대로다.

—사망 처리를 변경 없이 적용합니다.
—남은 [사망 처리]의 숫자
—8,623만 9,971명.
—집행합니다.

"이봐! 정신 좀 차려봐! 저기요! 여기 사람이!"
"제길 역시! 점점 더 역부족인가……!"

하루하루가 지날수록 광화문 광장의 분위기가 점점 무거워진다. 광화문에 모인 사람들 사이에서 시체가 나오기 시작했다.

'사망자 수가 감소했어. 사람들이 좀 더 이를 악물고 스테이지를 진행한다는 뜻이겠지.'

하지만 그렇다 해도 사망자 숫자는 여전히 적지 않다.

60억 인류 중 벌써 2억 이상이 죽은 상황. 거기에 언제 자신이 죽을지 모른다는 공포가 만연해 있으니 사회 전체가 삐걱거리게 될 것이다.

"감사합니다!"

"…그래."

시험을 마친 선애는 도도도 달려와 꾸벅 고개를 숙이는 소녀에게 대충 고개를 끄덕였다.

"저, 저기!"

"됐으니까 가."

"네, 네! 감사합니다!"

손을 내젓는 선애의 모습에 소녀가 후다닥 도망간다.

"쯧."

선애는 그녀가 인사를 하러 온 이유를 알았다. 왜냐하면, 9레벨 중급 시험에서 사망 취소 인원 중 하나로 그녀를 선택했기 때문이다.

별 이유가 있어서는 아니다.

그에게는 목숨을 걸고 지키고픈 가족이 없다. 지인 중에서도 그다지 구해주고 싶은 이는 없었다. 그러던 중 우연히 이름을 알게 된 그녀를 선택했을 뿐이다.

그러나 그게 의미가 있을까?

"언제까지 지켜줄 수 있는 것도 아닐 텐데."

이제 9레벨이다.

이 스테이지라는 것이 10레벨 정도에 끝나 버린다면 참 좋겠지만…… 과연 그렇게 형편 좋게 상황이 흘러갈까?

"종말 프로젝트."

선애는 점점 막막한 기분이 되었다.

어쩌면 이런 필사적인 싸움이 다 소용없는 게 아닐까.

정말로 종말이 다가오는 것은 아닐까.

—스테이지(Stage)가 오픈됩니다!
—레벨 9. 상급(上級)이 설정되었습니다.

여전히 배경은 지긋지긋한 어둠의 숲이다. 재빠른 오우거가, 맷집 좋은 오우거가, 점프력이 뛰어나거나 예민한 오우거가 적으로 나왔다.

그리고 무엇보다 끔찍한 보스. 무투술을 배운 오우거 전사까지.

과거와 비교도 할 수 없이 강해진 선애조차 마지막에 가서는 [폭주]를 사용할 수밖에 없었을 정도로 위험천만한 스테이지였다.

"전 단계보다 더 많이 죽겠는데."

선애는 내장이 드러날 정도로 큰 상처에 물약을 부으며 중얼거린다.

그리고 그녀의 짐작대로였다.

—사망 처리를 변경 없이 적용합니다.
—남은 [사망 처리]의 숫자
—1억 2,111만 3,276명.

"상춘아! 상춘아 정신 차려! 일어나 이 등신아!"

"미연아!! 안 돼! 정신 차려!"

광화문 여기저기에서 비명이 터져 나온다. 스스로의 힘으로 스테이지를 클리어하지 못하고, 다른 누군가에게 사망이 취소되지 못한 이들은 스테이지가 끝나도 눈을 뜨지 못한다.

그뿐이 아니다.

"아, 아파……. 아파……."

"누가 좀 도와주세요!"

광화문 광장에 피 냄새가 가득하다. 사망자보다도 훨씬 더 많은 숫자의 부상자가 생겼다는 뜻이다.

"내일은 10레벨인가? 하하! 하하하하!!! 진짜 미치겠군!"

"젠장! 씨발!!! 못 해! 못 한다고!!! 자판기에서 스킬하고 스텟을 팔아도 역량이 못 따라가는데 어떻게 하라는 거야!? 어떤 미친놈이 일주일에 2레벨씩 역량을 키울 수가 있다는 거지? 설사 그게 가능하다 해도 대체 언제까지!?"

"우린 다 죽을 거야……."

모두가 절망하고 소리 높여 비통해한다.

그리고 바로 그 순간.

ㅡ들어라.

지구의 모든 이가 머릿속을 아득하게 울리는 음성을 들었다.

ㅡ나는 [정의]다.
ㅡ나는 [진실]이다.
ㅡ나는 [명예]로다.

종교는 있어도 신은 없던 지구에 신성(神聖)이 내려앉았다.

$$* \qquad * \qquad *$$

마침내 스테이지에서 빠져나왔을 때, 내가 돌아온 장소가 지구가 아니었다.

웅성웅성.

새까만 어둠 속에 무수히 많은 불빛이 흩어져 있다. 마치 밤하늘의 은하수를 보는 것 같은 엄청난 숫자다.

[무지의 장막에 들어섰습니다.]

"무지의 장막?"

무심코 입을 열었지만, 그것이 말의 형태로 귀로 와 닿지는 않는다. 이미 내가 인간이 아니라 빛의 형상이 되어 있었기 때문이다.

"뭐야 이건."

그러나 이 어둠 속에 잔뜩 흩어져 있는 불빛들과 내 모습은 다르다.

고오오———!

거대한 빛이 주변을 밝힌다. 광원은 무엇도 아닌 나 자신. 사방을 뒤덮고 있던 어둠이 나로부터 뿜어지는 빛에 밀려 멀찍이 물러난다.

"뭐야? 당신은 누구야? 날 내보내 줘!"

"웃기지 마! 이 타이밍에 신이라니 그런 작위적인 소릴 믿을 것 같아!?"

"당신은 천사님인가요……?"

내 빛에 밀려난 어둠 안에 있던 불빛들이 인간의 형상으로 변한다. 나는 그제야 어둠 속 가득히 떠 있는 무수한 빛들이 무엇인지 알 수 있었다.

"저게 다 사람들의 영체, 혹은 정신체인 건가."

나는 의식을 집중해 그들의 모습을 살펴보았다. 내 영역 안으로 들어온 정신체의 숫자는 대충 봐도 수백이 넘었는데, 그들 모두가 세 명의 존재와 마주하고 있다.

'저건.'

그들은 마치 인간처럼 보였지만, 인간이 아니다.

안대로 눈을 가리고 있는 아름다운 여인.

여섯 장의 거대한 날개를 펼친 천사.

까맣게 빛나는 석판을 안고 있는 노인.
그들은 마주한 이들에게 오만한 목소리로 선언한다.

─나는 [정의]다.
─나는 [진실]이다.
─나는 [명예]로다.

목소리가 사방에서 울린다. 왜냐하면, 내 영역 안에 있는 모든 불빛의 앞에 그들이 서 있었기 때문이다.
"와 저건."
절로 신음이 나온다.

[후안]
[30레벨]
[정의]

[후안]
[30레벨]
[진실]

[후안]
[30레벨]
[명예]

'30레벨이라니.'

인간이 어떠한 영능을 갈고닦아 완성의 경지에 이르게 되는 레벨이 대체적으로 10레벨이며, 완성을 뛰어넘어 초월의 경지에 도달, 하급 신의 자리에 오르게 되면 그것이 바로 20레벨이다.

즉 30레벨이라는 것은 초월의 경지를 또다시 뛰어넘어 새로운 경지에 도달했다는 것이며.

대우주에도 흔치 않은 중급 신. 황제 클래스의 강자라는 것을 뜻한다.

그들이 어디에서 나타난 존재인지는 궁금해할 것도 없다. 그들의 소속이 모든 것을 알려주고 있었기 때문이다.

"후안이군."

알바트로스함에 찾아왔을 때부터 비범한 존재라는 걸 알고 있었지만, 아무리 그렇다 해도 이건 상식을 벗어난다. 황제 클래스의 존재를 이렇게 간단하게 만들어낼 수 있다니. 대우주 전체를 뒤져봐도 흔치 않은 경우가 아닌가?

나는 놀람을 가라앉히고 그들이 사람들과 나누는 대화를 엿들었다.

—주께서는 멸망의 기로에 선 인류를 긍휼히 여기사. 기회를 주기로 하셨다.

—그러나 지금의 인류에게 그만한 가치가 있다고 보기는 어렵다고, 우리는 판단한다.

—그러므로, 우리가 너희를 훈육(訓育)하겠노라. 너희들을 분류해

상을 주고, 또 벌을 내리겠노라. 주의 은혜를 받기에 적합한 존재로 만들겠다.

　대화라고는 하지만 통보에 가까운 태도다. 사람들은 그들에게 애원하고, 부정하고 심지어 비아냥거리거나 비난하기까지 했지만, 그들은 아랑곳하지 않고 자신의 할 말만 했다.

　[정말로 무지의 장막에 아무런 영향도 받지 않으시는군요.]

　"음?"

　나는 가까이에서 들려온 여인의 목소리에 의식을 집중했다. 내 곁에는 아무것도 없었지만, 그 목소리를 인식하자 내 앞에 그 대상의 모습이 나타난다.

　"정의… 인가?"

　[알아봐 줘서 영광이라고 해야 할까요, 신생자(神生子)시여.]

　'신생자라.'

　맘에 들지 않는 호칭에 내심 헛웃음이 나왔지만, 나는 안대로 눈을 가리고 있는 아름다운 여인, 그러니까 [정의]의 말을 반박하는 대신 물었다.

　"무지의 장막이 뭐지?"

　[원초적 입장(original position)을 드러내기 위한 도구입니다. 스스로에 대한 정보로부터 격리하는 것이지요.]

　"스스로에 대한 정보로부터 격리한다?"

　[이 장소에서 그들은 평소와 똑같은 가치 기준을 가지고 있습니다. 다만 그들은 자신이 남자인지 여자인지, 부자인지 거지인지, 흑인인지 백인인지, 기독교인지 이슬람교인지 알지 못

하지요.]

그녀의 말을 듣고 다시 주변에 시선을 돌렸다.

여기서기에서 사람들이 왁자지껄 떠들고 있다.

불과 몇 분 전만 해도 세 명의 중급 신과 대면하고 있던 사람들이었는데, 완전히 달라진 분위기를 보아하니 아무래도 이 공간은 시간의 흐름이 뒤죽박죽인 모양이다.

그들은 서로 모여서 대화를 나누고, 특이하게도 손을 들어 자신의 의견을 표출하고 있다.

"아니, 마음은 이해하는데 너무 가혹한 잣대 아닙니까? 실제로 사람을 죽인 것도 아니고 혼자 사고 난 것뿐인데."

"맞아요. 상사가 억지로 먹인 술이잖아요. 게다가 완전 새벽이라 교통편도 별로 없었고요."

"가정환경이 별로 안 좋아서 대리를 부르기에도 부담이 됐을 거 같은데."

몇몇 사람이 안쓰럽다는 듯 변호했지만 모든 사람이 그들과 같은 의견은 아니다.

"음주 운전은 살인미수랑 동급으로 생각될 만한 범죄 아닌가요?"

"맞아. 충분히 살인미수급이지!"

떠들어대는 사람들에게 의식을 집중하자 새로운 시야가 펼쳐진다. 어떤 사람이 술을 마시고 차에 타더니 상가에 들이받고 멈추는 장면. 그리고 그 모습을 본 사람들이 다시 이야기를 시작한다.

"너무 과한 혐오가 아닐까요?"

"과하다니. 음주 운전한 놈 혐오하면 안 됨?"

"음주 운전 존나 위험한 건데. 면허도 없는 내가 봐도 졸라 위험해 보이는데 허허."

흥분해 소리치는 몇몇 사람들. 그런데 나는 그들을 살펴보다 특이한 점을 하나 깨달았다.

음주 운전이 살인미수라고 고래고래 소리를 치는 사람 중 하나가, 바로 음주 운전을 한 사람과 동일인이라는 사실을.

"허."

나는 그제야 '무지의 장막'의 효과를 제대로 이해할 수 있었다.

"내로남불 방지인 건가?"

[타인에게는 칼같이 엄격하면서 자신에게는 끝없이 관대한 것이 바로 인간이니까요. 그 때문에 저희는 자신의 이득, 소속, 사상이나 입장 모두에서 자유로운 원초적 입장을 그들에게 강제했습니다.]

나는 어둠 속을 가득히 메우고 있는 수많은. 어쩌면 [인류 전체]일지도 모르는 정신체들의 모습을 보았다.

그들은 시간과 공간의 제약에서 완전히 벗어나, 심지어 스스로의 입장마저 초월하여 서로 떠들고, 토론하고, 투표하고 있다.

정의는 설명했다.

[주께서는 업(業)에 연관되지 않은 가치판단을 저울 위로 올리는 것은 불합리하다고 판단하셨습니다. 정의의 개념은 시대에 따라, 또 환경에 따라 제각각이기 때문이지요. 따라서 모호

한 개념들에 관한 판단은 인간 스스로가 내리도록 결정하셨습니다.]

"업에 연관된 가치판단은 또 뭔데?"

[실질적인 섭리가 관여하는 부분을 말합니다. 이해하기 쉽게 설명하자면 살생(殺生)과 같은 악업(惡業), 자기희생(自己犧牲)과 같은 선업(善業), 수행(修行)과 같은 중립의 업 등이지요. 그것들은 실존하는 현상이므로 주께서도 그저 반영할 뿐 간섭하실 생각이 없으시다 하셨습니다.]

그녀의 말을 들은 나는 다시 사람들을 보았다.

"세상에! 오직 국가만을 위해 헌신한다더니, 이런 파렴치한 이었다니!"

"어라. 이 녀석 생각보다 나쁜 사람은 아니었군……."

"세상에! 이게 무고였다고? 저 사람은 그야말로 매장이 되었는데!"

"저 살인마! 인간쓰레기!!! 저런 말종은 심판받아야 해!"

무수히 많은 사람이 무수히 많은 사건을 지켜보며 손을 들어 견해를 밝히고 있다. 개인 정보 보호 따위는 없다. 본인 말고는 누구도 모르는 비밀과 죄악, 혹은 선행들이 모두에게 까발려지고 있다.

[현재 300년째 토론과 투표를 진행 중입니다. 투표도 투표지만 토론에 엄청난 시간이 소모되는군요. 생각 이상으로 모두 의욕이 넘쳐서 1,000년은 더 필요할 듯합니다.]

"벌써 300년?"

시간의 흐름이 제멋대로라고는 느꼈지만, 아무리 그래도 이 무슨 미친 규모란 말인가?

"이걸 지구 전체에 하고 있다고?"

황당해하는 나를 보며 정의가 말한다.

[어차피 기억은 매일 갱신하고 있으니 자아에 영향이 갈 일은 없을 겁니다. 더불어 이 안의 모든 기억은 밖으로 가지고 나갈 수 없습니다. 그들이 가지고 나갈 수 있는 기억이 있다면 최초에 들은 안내와 답변뿐.]

"……."

나는 잠시 사람들을 바라보았다. 수많은 사람의 머리 위에 천칭이 둥둥 떠 있고 그것이 다른 사람들에 의해, 혹은 자신의 견해에 의해 한쪽으로 기울고 있다.

"대체 뭘 하고 싶은 거지?"

[주(主)의 뜻에 따라 인류를 돕는 것.]

확실히 지금 인류가 도움이 필요한 상황이긴 하다.

10레벨에 도달하면서, 종말 프로젝트는 도저히 보편적인 인류가 따라잡을 수 없는 수준에 이르렀다. 막말로 다음 스테이지의 적으로 소드 마스터가 나와도 이상할 게 없다.

'보편적 인류는 고사하고 엄밀하게 말하면 나도 정정당당하게는 못 이길 지경이지.'

물론 9레벨 상급 시험의 보스, 오우거 전사는 10레벨이었고 나는 녀석을 무수히 많이 잡았지만, 그건 내가 녀석을 [공략]하거나, 혹은 나폴레옹의 아이언 하트에서 뿜어져 나온 강대한 영자력과 어빌리티를 활용했기에 가능한 일이다.

아직도 나 스스로의 역량은 입문자—〉숙련자—〉전문가

─〉완성자의 등급 중 전문가에 머물고 있을 뿐이니까.

그런데.

"…이게 인류를 돕는 행위라고? 지금 인류에게 필요한 것은 하루를 더 살아남을 힘이지 도덕성의 회복 따위가 아닐 텐데."

그러나 내 의문을 예상했다는 듯 정의가 웃음소리를 낸다. 새하얀 피부에 붉은 입술이 구부러지는 것이 퍽 매혹적으로 보였다.

[이 행위 자체가 도움이 아닙니다. 이것은 그저 도움을 주기 전 행해지는 분류일 따름이지요.]

"분류?"

[그렇습니다. 그들이 정의롭게 행동한다면, 진실하게 행동한다면, 명예를 위해 전력투구한다면 우리는 그들에게 힘을 줄 것입니다.]

만약 그 말이 사실이라면, 그들이 대상이 누구든 단지 정의롭고, 진실하고 명예를 위해 노력하는 것만으로 힘을 준다면 그건 틀림없이 인류에게 크나큰 도움이 될 것이다. 지금 인류의 생명을 구하는 가장 좋은 방법은 그들에게 힘을 주는 것일 테니까.

하지만 문제가 있다.

"그렇지 못하다면 어떻게 되지?"

[인류가 정의롭지 못하고, 진실하지 않고, 명예로운 존재가 아니라면?]

"그래."

너무나 간단한 이야기다.

정의로운 인간보다는 그렇지 못한 인간이 더 많을 것이고, 누구나 살아가다 보면 거짓말을 하며 명예를 얻는 것 역시 절대 쉬운 일이 아니니까.

슥.

내 대답에 정의 옆으로 다른 존재들이 모습을 드러낸다. 여섯 장의 날개를 가진 굳건한 인상의 천사와 까맣게 빛나는 거대한 석판을 안고 있는 노인.

정의가 먼저 말했다.

[아직은 '진짜' 벌을 내릴 생각이 없습니다. 이제 막 강림한 우리가 지금까지의 모든 죄를 소급 적용하는 것 또한 불합리한 일일 테니까요.]

진실이 말했다.

[하지만 그렇다고 그 모든 일을 없었던 것으로 할 수는 없지.]

명예가 말한다.

[허허허. 맞네, 맞아. 그래서야 주의 이름으로 그들에게 면죄부를 주는 꼴이지.]

웅!

세 명의 중급 신에게서 강렬한 기운이 뿜어진다. 어느새 꺼내 든 정의의 황금빛 저울이, 진실의 은빛 검이, 명예의 칠흑빛 석판이 징징 울리기 시작한다.

[불의를 행한 이들은 그 불의가 몸에 새겨져 누구에게도 감출 수 없을 것이다.]

[거짓을 말하고 살아온 이들은 누구나 알 수 있게 코가 길어

질 것이다.]

[불명예한 자들은 그 어느 장소에서도 편히 앉고 눕지 못할 것이다.]

그 순간, 나는 느낄 수 있었다.

그들이 선언한 순간, 지구에 지금껏 존재하지 않았던 새로운 [법칙]이 생겼다는 것을.

'이건.'

기가 막혀서 숨을 들이켰다.

'저들의 한 일이 아니다.'

이건 중급 신 정도가 휘두를 힘이 아니다. 언터쳐블 중에서도 상당한 위계를 가진 존재여야 흉내 낼 수 있는 고위 권능.

자연스럽게 알바트로스함에 찾아왔던 후안의 얼굴이 떠오른다.

'언터쳐블급이라는 건 알고 있었지만 아무리 그래도 이 정도라고?'

당황하는 나를 보며 정의가 말을 잇는다.

[아마 당신에게는 새로운 법칙이 잘 먹히지 않겠지요. 보통의 인류와는 격이 다른 신생자이니까요.]

[그러나 조심하라. 그대가 혹여 허튼짓을 한다면.]

[주께서, 그리고 우리가 가만히 있지 않을 것이다.]

팟!

그 말을 마지막으로 배경이 변한다.

어느새 나는 광화문 광장에 서 있었다.

"으악!! 이게 뭐야!?"

그 즉시 비명이 터져 나온다. 돌아보니 멀끔하게 차려입은 어떤 사내가 새파래진 얼굴로 비명을 지르고 있다.

"이건."

그의 얼굴에 어린아이를 때리는 사내의 모습을 형상화한 문신이 새겨져 있다. 그 문신은 너무나 생생해서, 마치 살아 움직이는 것만 같다.

'아니, 그게 아니라 정말로 움직이잖아!?'

어이없게도 그의 얼굴에 새겨진 사내의 문신이 움직여 아이를 때리고 있다.

그뿐이 아니다.

"아니야! 아니야!!! 이, 이건 거짓말! 엉터리야!"

비명을 지르는 여인의 코가 엄청나다. 생긴 건 그냥 평범한 동양인인데, 코의 길이가 15센티가 넘는다.

"으악! 따가워!! 이, 이 의자는 뭐야?!"

스테이지를 시작하기 전 무슨 피켓을 들고 고래고래 소리를 지르고 있던 목사가 가시가 돋아난 의자에서 황급히 일어선다.

의자는 그가 몸을 일으키자 스르륵 사라져 버린다.

"코, 코가! 코가!!"

"이 문신은 뭐야!?"

나는 여기저기에서 터져 나오는 비명을 들으며 자리에서 일어났다. 다행인지 불행인지 내 피부는 깨끗하다. 바로 이 장소에서 10만 명의 인간을 학살했음에도 그랬다.

"녀석들이 정말, 이게 정말… 도움이, 구원이 될 수 있을까?"

미심쩍은 느낌에 혀를 찼지만 더는 신경 쓰지 않기로 했다. 후안이 무엇을 하건, 또 사람들이 어떻게 되건 사실 크게 관심 없으니까. 스테이지 공략에 방해만 안 되면 된다.

"나는 나 나름대로 인류를 구할 방법이 있으니."

그렇게 생각하고 나니 마음이 막 두근거린다. 왜냐하면, 드디어 준비가 다 끝났기 때문이다.

오늘. 혹은 내일 벌어지는 중급 스테이지를 공략할 때면.

드디어 배럭(Barracks) 빌드가 완성될 것이다.

＊　　　＊　　　＊

"끄으윽————!"

"자 한 번 더."

"안 돼! 한계야! 지금 팔 근육에서 근육 뜯어지는 소리가 났어! 아파! 통증이 온다니까!?"

다급한 목소리에 고개를 좌우로 흔들었다.

"오우거한테 처맞으면 더 아플 거야."

"좀 있으면 시험인데 몸을 이렇게 혹사하면……! 으아! 아니, 이놈의 경천칠색은! 무슨 생체력이! 근력이 이렇게 딸려!"

다리에 각각 300킬로그램짜리 고리를 건 채 철봉에 매달려 있는 재석이 평소보다 더 심하게 엄살을 떤다. 나는 잠시 녀석을 바라보다 시간을 확인했다. 새벽 5시. 2시간 후면 10레벨 하급 시험이 시작할 것이다.

그렇기에 난 마무리 겸 가볍게 허공을 후려쳤고.

웅!

5톤가량의 충격량을 담은 진동파가 녀석에게 쏟아진다.

"흡!"

한순간 재석의 얼굴이 시뻘겋게 달아오른다. 정확하게 말하자면, 달아오른 것은 녀석의 얼굴만이 아니다.

우웅―!

녀석의 전신에 LED 램프를 켠 것처럼 적색의 빛이 휘돈다. 내가 쏘아낸 진동이 그 적색에 충돌해 사라져 버린다.

"오호. 적색으로 받다니 제법인데?"

물론 적색 자체가 진동을 흡수해 육신에 저장하는 능력을 갖추고 있긴 하다. 경천칠색의 기본인 적색은 육신에 진동을 축적하는 가장 기본적인 수단이니까.

그러나 기습을 당했는데 방어 기술인 녹색이 아닌 적색을 발동했다는 것은 녀석의 경천칠색이 숙련자의 경지를 넘어 전문가의 단계를 넘보고 있다는 뜻이다.

"하악… 학! 그나마! 진동! 이니까! 흐악!"

쿵!

더는 버티지 못하고 바닥을 뒹구는 재석. 나는 헐떡이는 녀석을 바라보며 생각했다.

'생각보다 재능이 있는데? 아니, 그 정도가 아니라……. 이상할 정도로 재능이 넘친다. 이 정도라면 천재라고 봐도 무방할 정도야.'

영능에 대한 재능이 조금도 없어 생체력 인자도 받아들이지 못했던 재석이가 이 정도로 극적인 성장을 보이다니.

'물론 스테이지 안에서의 시간은 현실과 전혀 다르게 흘러가니 어떻게 생각하면 엄청난 실전을 매일매일 경험하는 셈이긴 하지. 어쩌면 저 녀석도 20이 넘을지도 모르는 상황이니.'

정신 못 차리는 재석의 몸에 바늘을 꽂아 영양제를 주입하는데, 그 바늘 옆으로 문신 하나가 다가온다.

그렇다.

문신이 다가와 내 앞에 자신의 모습을 드러낸다.

"흠."

살아 있기라도 한 듯 생생한 문신이다. 재석이 덩치 큰 다른 녀석들과 함께 으쓱대며 교실을 거닐고, 다른 아이들이 움츠러든 채 녀석의 눈치를 살피는 모습.

그것뿐이 아니다.

잘 보니 어린아이의 몸으로 몰래 술을 먹는 문신, 누군가에게 험한 말을 하는 문신, 인터넷에 악플을 쓰는 문신까지.

뒤늦게 정신을 차린 재석이 문신을 보는 나를 보며 쓰게 웃었다.

"중학교 때 일진 놀이하던 모습이야. 싸운 적도 몇 번 있긴 했지만……. 누굴 괴롭혔다고는 생각 안 했는데 악행이더라고."

"그래 봐야 잡범이지."

"그렇긴 해."

문신 중 재석이 말한 문신이 가장 뚜렷하고 컸지만, 그래 봐야 그 크기가 손톱보다도 작다. 색도 흐려 언뜻 보면 뭔지도 알아보기 힘든 수준. 나머지 문신들은 더 심해서 조금만 떨어져도 점으로밖에 안 보일 정도니 과연 잡범이라는 말이 어울린다.

재석은 잠시 그 문신들을 들여다보다가 말했다.

"그리고 보면 참 웃겨."

"뭐가?"

"나는 살인도 했어. 살아 있는 사람 배 속에 폭탄을 넣고 터뜨렸지."

광화문에서 있었던 일에 관한 이야기다. 주가의 사주를 받고 이가 내에서 반기를 들려 했던 흑마법사들에게 폭탄을 먹인 게 바로 재석이었다는 이야기.

"네가 직접 한 거야?"

"사람을 쓸 상황이 아니었어. 꽤 오랫동안 녀석들의 똘마니 생활을 해왔고 마치 지갑처럼 활용되던 나만이 접근할 수 있는 틈이었거든."

재석이 수건으로 몸을 닦은 뒤 옆에 걸려 있던 겉옷을 챙겨 입는다.

"필요한 일이었기에 죽을지도 모른다는 리스크를 감당하면서 저질렀어. 마무리는 경은이가 했지만, 살인은 살인이었지. 그런데⋯⋯. 하."

녀석이 옷을 입어 팔이 가려지자 문신이 슥 하고 움직여 녀석의 손등으로 이동한다. 어떻게든 자신의 존재를 드러내겠다는 의지가 느껴진다.

"어린 시절 장난 같은 허세도 악행인데 정작 살인이 악행이 아니라니."

재석은 이해할 수 없다는 듯 중얼거렸지만, 후안이 만들어낸 내면세계에서 이루어지고 있는 '투표'를 목격한 나는 그 이유를 대략 짐작할 수 있었다.

'과반수의 사람이 녀석의 행위를 긍정했군. 대상이 악인이었기 때문에 오히려 살인이 선업으로 작용했을 수도 있고.'

"불합리하다고 느껴지는 거야?"

"본 적도 들은 적도 없는 신이라는 존재가 멋대로 인류를 심판하는데 어떻게 좋게 보냐? 게다가 설마 이런 방식이라니. 이렇게 되면 사회시스템이 완전히 박살 나버릴지도 몰라. 그나마 난 어려서 새겨진 악행이 별로 없으니 괜찮지만……."

긴 시간 재력과 권력을 가지고 살아온 상류층의 상황은 조금 다를 것이다. 특히나 그의 할아버지, 그러니까 한국 굴지의 대기업인 일성 그룹의 회장은 더더욱 그러하겠지.

"도련님!"

그때 공용 훈련실의 문이 쾅 열리며 한 사내가 안으로 들어온다.

"무슨 일이죠?"

"회장님께서 급히 찾으십니다!"

"아 역시."

깊이 한숨 쉰 재석이 나를 돌아본다.

"그럼 파이팅해. 추가 클리어해서 나 꼭 고르고."

"직접 싸워 이기면 되잖아."

"10레벨 오우거 전사를 어떻게 정면 대결로 이기냐? 우리 같은 사람들은 차라리 중급이 나아. 하급은 리얼 노답이란 말이야."

투덜거리며 떠나가는 재석을 잠시 바라보다가 이내 훈련실을 나선다. 다음 스테이지를 진행하기 전에 든든하게 배를 채워놓아야겠다.

"횅하네."

[이곳만의 이야기가 아닙니다. 세계 전체가 술렁이고 또 틀어박혀 있지요. 이렇게나 흉험한 분위기인데 폭동이 안 일어나는 것도 신기하군요. 사망자가 많기 때문일까요?]

"아. 그러고 보니 너는 공지를 못 들었겠군."

[공지 말씀입니까? 스테이지의?]

"아냐. 새로 강림한 꼰대들이 있어서."

나는 지니와 아레스에게 내가 경험한 일을 전해주었다. 사람들이 전해 들은 말과 나만이 목격한 내면세계에서의 토론과 설전. 그리고 투표까지.

[사람들의 코가 길어지고 문신이 생기는 이상 현상이 그것 때문이었군요.]

이제야 의문이 풀린 듯한 지니와 다르게 아레스는 황당해했다.

[멋대로 악업을 사람들한테 드러내고 그걸로 불이익까지 준다고? 지가 무슨 명왕이야? 막 천국하고 지옥도 만드는 건 아니겠지?]

"모를 일이지. 지금 하는 걸 봐서는 그거랑 비슷한 걸 만들 수 있을지도 모를 상황이긴 하지만 말이야."

그렇게 대화하며 걷는 경복궁은 놀라울 정도로 널널하다.

다만 조용한 것은 아니어서 여기저기에서 수많은 궁녀가 한 아름 되는 도시락 통을 들고 바쁘게 움직이는 모습이 보인다.

"…안녕."

궁녀복을 입은 선애가 내 뒤로 와서 선다. 그런데 녀석의 인상이 평소와 다르다.

"어? 너 코가……."

"말하지 마."

우습게도 선애의 코가 아주 오뚝하다. 그냥 오뚝한 정도도 아니고 거의 7~8센티미터는 되어 보인다.

"코가 굉장하네."

"말하지 말라고……. 아니, 근데 넌 왜 이렇게 멀쩡한 거야? 살면서 거짓말도 안 하고 잘못한 것도 하나 없어?"

그녀의 말대로, 내 코는 평소와 다른 바가 없고 몸에 새겨진 문신 또한 없다.

'내가 정말로 진실 된 삶을 산 건 아니라는 걸 생각하면 꽤 너그러운 판정이 가해졌다고 생각해도 되겠지.'

물론 중급 신 녀석들의 말대로 내가 신생자라서 안 먹히는 것일 수도 있지만, 코가 멀쩡한 건 재석도 그랬다.

'녀석도 진실만 말하며 살아온 인생이 아닌데도 말이지.'

사실 그 정도도 아니다. 오랜 시간 녀석을 봐온 내가 그걸 모르겠는가?

녀석은 성적표를 위조한 적도 있고 아버지 직업을 가수라고 한 적도 있다. 일성 회장을 팔아 야자를 빠지는 건 셀 수조차 없을 정도. 그러나 막상 녀석의 코는 멀쩡하지 않은가?

'그러고 보면 내면세계에서 거짓말에 대해 이야기하는 건 못 봤네.'

어쩌면 [진실]은 투표를 하는 [정의]와는 다른 방식을 사용할지도 모른다.

"곱빼기로."

"뭐, 뭐야. 너 어떻게 이렇게 멀쩡한 거야?"

"뭐가요?"

"뭐가요라니. 너 광장에서 그렇게나……."

"밥이나 줘요."

"…그래 뭐."

어버버거리는 아주머니에게 산더미 같은 돈가스 덮밥을 받아 자리에 앉는다. 경회루 여기저기 흩어져서 소곤거리는 사람들의 목소리가 들린다.

"와 분위기 봐. 스테이지에서 억 단위로 사람이 죽어나갈 때보다 더 황량하네."

"억 단위로 죽던 건 남 일이고 요번 건 자신들 일이니까."

"아니, 아무리 그래도 다들 그렇게 방에서도 못 나올 정도로 심한가? 판정이 생각보다 여유롭다고 생각했는데."

역시나 화제는 새롭게 등장한 세 신과 그들이 가한 징벌.

'그나마 다들 차분하군.'

하긴, 이렇게 떳떳하게 식당에 나올 수 있는 이들이라면 적어도 세 신에게 보통 이상의 선함과 진실함을 가진 존재라 인정받은 이들이라는 말이다. 전 세계가 뒤집힐 정도로 충격적인 사건이라 하더라도, 떳떳한 입장이라면 한 발짝 떨어져 그 상황을 지켜볼 수 있는 입장이겠지.

"하지만 모르겠어. 나도 별로 착하게 살지도 않았고 거짓말도 꽤 했었는데."

"어제 광화문 광장 분위기 진짜 장난 아니었어. 코가 1미터가 넘는 사람도 있더라. 사람들 격려하던 정치인은 몸에 문신이 수십 개가 넘고."

주변 이야기에 귀를 기울이며 덮밥을 퍼먹는다. 그런데 어느 순간 갑자기 주변이 조용해진다.

"옹주님이다."

"바보야. 아가씨 그 호칭 싫어하는 거 몰라?"

"흠. 그래. 근데 경은 아가씨는 심판자의 일맥 아니었어? 악업이 하나도 안 보여."

"악을 처단하는 건 악행이 아니라고 판단하는 모양인데."

"아니, 아무리 그래도 살인이?"

수군거리는 사람들의 목소리가 들릴 텐데도, 언제나처럼 가벼운 복장의 경은은 태연하게 식판을 받아 내 앞에 앉는다.

그리고 녀석이 자리에 앉는 순간.

팟!

갑자기 그녀가 앉은 의자가 바뀐다. 고급스러운 물건이지만 수수한 디자인이었던 의자가 난데없이 날카로운 디자인의 강철의자로 바뀐 것이다.

"음? 의자가 왜 이래?"

내 의문에 경은은 오히려 이해가 안 간다는 표정을 짓는다.

"의자가 왜 그러냐가 아니라 오히려 왜 네 의자가 멀쩡한지를 말해줘야지. 뭐야 너. 설마 가면 때문에 그런가?"

가면이라는 말에 짐작되는 바가 있다.

"명예, 인가"

내면세계에서 세 신은 선포했다.

[불의를 행한 이들은 그 불의가 몸에 새겨져 누구에게도 감출 수 없을 것이다.]

[거짓을 말하고 살아온 이들은 누구나 알 수 있게 코가 길어질 것이다.]

[불명예한 자들은 그 어느 장소에서도 편히 앉고 눕지 못할 것이다.]

그러고 보니 불의와 거짓에 대한 징벌만이 있던 게 아니었다.

"넌 불명예에 걸렸어?"

내 말에 경은이 발끈한다.

"아니거든! 불명예한 녀석들은 의자가 작거나 의자에 가시가 돋는 식으로 불편하게 하지 이렇게 멋지게 변하지 않아. 이건 오히려 반대. 명예의 상징이지."

뭔가 우쭐대는 경은의 말에 나는 녀석이 앉은 의자를 다시 한번 살펴봤다. 날카로운 디자인을 가진 녀석의 의자는 강철. 그러자 문득 짐작되는 바가 있다.

"…설마, 아이언 랭크인가?"

"와. 눈치 빠르네. 맞아. 언니가 보고받는 걸 들었는데 사람들에게 경외와 애정을 받는 사람들에게 랭크가 주어진다고 들었어."

"그럼 불명예는 누구야? 죄인?"

"죄인이 포함되긴 하지. 그 유명한 연쇄살인범이나 아동 강간범 자식은 문자 그대로 '앉지도 눕지도' 못하는 상황이라니까. 하지만 엄밀하게 말하면 불의와는 좀 달라. 악한 사람이라도 실력이나 능력을 인정받는 사람이라면 높은 티어의 보좌(寶座)가 주어지거든. 아무래도 불명예는 사람들에게 무시당하고 경멸받던 사람들에게 주어지는 모양이야."

"예를 들면 어떤?"

"비호감 정치인이나 사업가, 종교인. 욕먹는 게 일상이었던 논객이나 극우 만화가 등등? 뭐, 개중에는 좀 통쾌한 예도 있긴 해. 세상 무서운 줄 모르고 떠들다가 그 업보에 얻어맞는 것 같은 놈들도 있었으니까."

거기까지 말한 경은이 이내 한숨 쉰다.

"하지만 통쾌함은 잠깐이고 뒷수습은 태산이지. 사회 전반적으로 시스템이 다 망가질 위기야."

나는 커다란 돈가스를 씹으며 그녀의 말에 고개를 끄덕였다.

"그래. 생각해 보니 그렇게 되겠네."

스테이지에서 사망자가 억 단위로 나왔음에도 사회는 비교적 정상적으로 굴러갔다. 어떻게 그런 일이 가능했을까?

그것은, 죽은 이들이 [낙오자]이기 때문이다.

사회로부터 별로 중요하지 않다고 판단되는 사람들. 스스로의 능력이 부족하고, 심지어 외부에서 끌어올 인맥조차 없던 사람들이 스테이지에서 가장 먼저 죽었다. 잔혹한 이야기지만……. 그런 이들이 심지어 소수이기까지 한다면, 설사 죽는다 해도 사회에 그리 치명적인 피해를 주지는 않는다.

그러나 지금은 다르다.

무수한 악행을 저지르고.

수많은 사람을 대상으로 거짓말을 하고.

세상의 손가락질을 받으면서도 아무 문제 없이 살 수 있던 사람들.

그들은 권력자이다.

그들은 지배층이며,

그들은 재력가였다.

"그래. 나쁜 놈들이 얼굴을 내비치지 못하고 있어."

정의롭지 않고 진실되지 못하며 명예롭지 못한 이들이 패닉에 빠져 활동을 멈추자, 역설적으로 사회시스템에도 대번에 문제가 터지기 시작했다. 그들이 그만큼 사회에 필요한 존재라서 그렇다기보다는, 그들의 위치가 가진 영향력이 그만큼 크다는 이야기였다.

"언니는 지금도 온갖 유력자들을 만나고 다니느라고 정신 없어. 나도 내 일에 연관된 사람들을 토닥이느라 하루를 다 썼고! 젠장 스테이지에서 엄청 오래 있어서 폭신한 침대가 그리웠는데 막상 잠은 스테이지에서 자야 할 판이네!"

한탄하며 경은이 TV를 가리킨다.

"저것 좀 봐. 어휴, 기자 놈들 아나운서 놈들 꼴이 어떨지는 안 봐도 뻔하지."

그녀가 가리킨 뉴스 채널은 내가 찍어놨던 스테이지 공략법을 반복해서 보여주고 있었다.

'생각해 보면 말이 안 되는 일이지.'

작금의 지구는 그야말로 하루하루가 이벤트.

매일매일 전달해야 할 소식이 태산인 이 시국에 뉴스가 재방이나 하고 있다니? 지금 방송국 관계자들이 얼마나 패닉에 빠졌는지를 알려주는 대목.

그런데 그때였다.

[안녕하세요. 석정인입니다.]

뉴스의 화면이 바뀌고 익숙한 아나운서의 모습이 나타난다.

코가 50센티가 넘고 얼굴이 얼룩덜룩한 우스꽝스러운 모습의 사내.

[9레벨 2차 시험이 끝난 오늘 아침.]

그가 말한다.

[전 자살하려 했습니다.]

        *   *   *

석정인.

한국에서 가장 유명한 언론인 중 하나다. 환갑을 넘어선 나이임에도 양복 모델을 할 정도로 관리된 몸과 잡지에 실릴 정도로 잘생긴 외모를 가진 방송국 사장.

TV를 보고 있던 이가 사람들이 기막히다는 듯 한탄했다.

"아니. 설마 석정인이 저 꼴이 되었다고? 신뢰도 1위 언론인인 그가?"

"존경하는 사람이었는데⋯⋯."

그의 코가 50센티가 넘게 길어져 있다. 활동에 불편함이 올 정도의 길이. 그것은 그가 지독한 거짓말쟁이라는 뜻이다.

얼굴이 얼룩덜룩해질 정도로 많은 문신이 새겨졌다. 진하고 뚜렷한 문신들은 그가 상당한 죄악을 저질렀다는 뜻이다.

"⋯하긴 석정인도 뒷말이 없는 건 아니었지. 얽힌 소송도 몇 개 있었고."

"아무리 그래도 저 정도라니."

사람들의 시선이 화면에 집중된다. 나는 화면 속의 정인을 보며 내심 감탄했다.

'대단한데.'

지금 그의 모습을 한국 전체가 보고 있다고 해도 과언이 아닌 상황이다. 그의 죄악. 그의 거짓이 온 세상에 적나라하게 드러나고 있는데도 그는 카메라 앞에 모습을 드러낸 것이다.

그의 두 눈에 단단한 각오가 서려 있다.

[전 제가 정의롭다고 생각했습니다. 또 정의롭게 살아왔다고 자신했지요.]

잠시 두 눈을 감은 그의 눈꺼풀 위로 TV 안에서 뭔가를 말하고 있는 그의 모습을 상징하는 문신이 올라선다. 그가 두 눈을 뜨자 문신은 후다닥 장소를 옮겨 그의 볼로 이동했다.

[그뿐이 아닙니다. 저는 제가 제법 진실한 사람이라 생각했습니다. 세상을 진실하게 만들기 위해 온몸을 던져 투쟁했다고 믿었지요.]

그는 그렇게 말하며 자신의 코를 쓰다듬는다. 그 코는, 이제는 너무나 길어 팔을 뻗어도 그 끝을 만지기도 힘든 길이가 되어 있다.

[하지만 어쩌면 제가 경멸하던 수많은 이들이 그러하듯 제멋대로의 잣대를 휘둘러 왔을 뿐이었을지 모른다는 생각이 드는군요. 저는 그저 거짓말쟁이 양아치였던 겁니다.]

"뭐 하자는 거야? 왜 뉴스에 나와서 고해성사를 하고 있어? 여기가 참회실이야?"

정인의 고백은 일견 흥미로운 데가 있었지만 터져 나오는 불평 역시 맞는 말이다. 왜 속죄를 TV에서 나와서 한단 말인가?

그러나 그런 사람들의 불평에도 그는 멈추지 않았다.

방송국의 문제는 여전한지 방송이 정지된다거나 하는 일 또한 없었다.

[이 문신은 제가 편협한 판단으로 가짜 피해자의 고발을 방송해

생긴 것입니다. 이 문신은 제 실수로 만든 피해자를 오히려 압박해 만들어진 것이지요. 이 문신은 천하기업의 사주를 받고 기사를 축소해 발생한 것. 이 문신은 진실과 거짓, 옳고 그름이 아니라 진영 논리에 따라 여론을 조작했기에 생긴 것입니다. 그리고 이 문신은……]

정인은 자신의 문제를 하나하나 짚으며 그 문신이 생긴 이유를 밝혔다. 그뿐이 아니다.

[저는 거짓말을 했습니다. 제보자를 조작해서 제가 원하는 주제를 끌어냈지요. 그 사건의 시작과 원인은……]

자신이 했던 거짓말을 줄줄이 늘어놓는다. 그 시간이 꽤 길어지자 흥미진진한 표정으로 화면을 보던 사람들까지 불편한 표정을 짓는다.

"스테이지가 몇 시간 남지도 않았는데 뉴스를 왜 개인 용도로 써? 지가 사장이면 다야?"

"그렇게 죄가 크면 경찰에 가서 자수나 할 것이지!"

"저기 채널 좀 돌려주실래요? 얼른 저녁 먹고 스테이지 가야 하는데 이게 뭔."

불평이 터져 나올 때. 정인이 불현듯 자세를 고친다.

[하지만.]

"하~ 지만? 아니, 여기서 킹지만이?"

TV를 보고 있던 누군가의 비웃음. 그리고 과연 그 뒤에는 하지만에 걸맞은 말이 따라붙는다.

[제가 정의를 위해 힘썼고 진실을 알리기 위해 고군분투했던 것 역시 사실입니다.]

"아니, 뭔 개소리를 하는 거야? 공도 있으니까 과를 용서해 달라고?"
"왜 이런 말을 뉴스에서 하고 있어?!"
"채널 돌리라니까요?"
"아니, 일부러 두는 게 아니라 채널이 안 돌려져요!"
기막히다는 야유와 당황이 터져 나왔고, 전국에서 그런 반응이 나오고 있을 것이라는 사실을 짐작했을 텐데도 정인은 말을 멈추지 않았다.

[그리고 그렇기에……. 저는 이 모든 죄악을 숨길 수 있습니다. 이렇게 뉴스에 안 나올 수 있었다는 말이 아닙니다. 저 스스로 이 긴 코를 작게 만들 수도, 문신을 지울 수도 있는 것입니다.]

"뭐?"
"무슨 소리야?"
이제야 불평하던 사람들이 다시 TV에 집중하기 시작한다. 정인이 말했다.

[인류가 만난 세 명의 신. 그러니까 정의와 진실, 그리고 명예는 인류에게 페널티만 가한 것이 아닙니다. 먼저, 정의는 무기를 주었지요. 나와라, 정의검(正義劍).]

정인의 부름과 함께 나타난 단검이 그의 손에 잡힌다. 다이아로 화려하게 치장된 20센티 정도의 단검은 뭔가 신비로운 기운을 뿜어내고 있다.

[정의검, 죄악을 집어삼켜라.]

정인은 그렇게 말하고 단검을 얼굴로 들이댔다. 그리고 그러자.
우우웅――!
정인의 얼굴에서 뛰놀던 문신들이 단검 안으로 빨려 들어간다. 아무리 가리고 가려도 자리를 옮겨 버렸던 끈질김이 무색할 정도로 손쉬운 작업.
그리고 문신을 집어삼킴에 따라 정의검에도 변화가 일어난다. 검신을 치장하고 있던 다이아가 사라지고 단검의 검신 전체가 밝게 변한다. 은백색의 광택을 흩뿌리는 귀금속, 백금(白金)으로 변한 것.
정인이 설명했다.

[다이아 랭크의 정의검이 플래티넘 랭크로 랭크 다운되었습니다. 아, 참고로 정의검이라는 명칭은 그냥 제가 지었을 뿐입니다. 정의검

이든 저스티스 웨폰이든 정의가 준 무기를 생각하며 부르면 이것은 나타날 것입니다.]

우우웅―!

잠시 후에 정인의 얼굴에 있던 모든 문신이 사라졌다. 얼룩 덜룩하던 그의 얼굴이 다시 원래의 멀끔한 모습으로 돌아온 것. 그리고 그쯤 되자 그의 단검은 금색이 되어 있었다.

[골드 랭크까지 떨어졌습니다. 당연한 말이지만 정의가 준 병기의 위력은 랭크마다 천양지차로 갈라집니다. 죄악을 먹는다고 해서 영구적인 하락이 발생하는 것은 아니니 스테이지는 죄악을 다시 풀어 준 후 진행하는 것이 좋을 것입니다.]

거기까지 말하고 정인은 잠시 호흡을 고른다. 아닌 척해도 제법 긴장한 모양이다.

[다음으로 진실. 진실이 내려준 축복을 저는 정언력(正言力)이라고 이름 지었습니다. 바른말을 한 만큼 쌓이는 힘이기 때문이며, 사용법은 다음과 같습니다.]

정인은 잠시 자신의 코를 만지더니 차분한 목소리로 말했다.

[나는 내 코가 최대한 원래의 상태로 돌아갔으면 좋겠다.]

말과 동시에 마치 마술처럼 그의 기다란 코가 짧아진다. 완전히 짧아진 건 아니어서 여전히 과하게 오뚝하지만 어떻게든 보통 사람으로 볼 수 있는 수준.

TV를 보고 있던 이가의 무사 중 하나가 신음하듯 중얼거렸다.

"저게 뭐야. 그럼 처음부터 멀쩡한 모습으로 나타날 수 있었다는 말이잖아?"

"자신의 죄와 거짓을 숨기려고만 했다면 그랬겠지……."

분노에 차 있던 경회루의 분위기가 한결 차분해진다. 개중 상당수는 스마트폰을 꺼내 밖으로 나오지 못하고 있는 친구들에게 통화와 문자를 보내고 있다.

정인은 말을 계속했다.

[현재 시각은 오후 5시 30분입니다. 이제 다음 스테이지까지 1시간 30분 남았군요. 오늘 아침 저는 자살을 시도했지만……. 우연히 정언력을 발휘하는 데 성공해 살아남았습니다.]

그렇게 말하며 정인은 자신의 손목을 들어 보였다. 그의 손목에는 선명한 칼자국이 새겨져 있다.

[다른 사람은 비웃을지 모르겠지만, 저는 그것에서 사명감을 느꼈습니다. 제가 획득한 정보를 최대한 많은 사람에게 알려 생존자를 늘려야 한다는 사명감. 어쩌면 이조차 저의 오만일지도 모르지만……. 그렇다 하더라도 저는 저보다 정의로운 자들이, 선한 자들

이, 명예로운 자들이 스테이지에서 허망하게 죽는 일이 없기를 원합니다.]

여태껏 서 있던 정인이 스튜디오에 준비되어 있던 의자에 앉았다.

[이 사회의 시스템을 유지하기 위해서는, 더욱더 빠르게 이 신의 은총에 적응할 필요가 있으니까요.]

팟!
정인이 앉아 있던 의자가 금색으로 변한다.

[이건 거의 강제적으로 적용되는 시스템이기에 꽤 알려졌을 것입니다. 타인에게 경애의 대상인 존재가 앉은 의자가 변형해서, 혹은 앉은 자리에서 저절로, 의자가 생겨나죠. 흔히 보좌(寶座)라 불립니다.]

그런데 그때. 갑자기 황금 의자의 색이 변했다. 마치 물감을 풀어 넣듯 금빛이 은백색으로 변하더니, 이내 의자의 디자인이 더욱 화려해지며 다이아몬드로 치장되기 시작한 것이다.
그러나 의자에 앉아 있기에 그것을 모르는 정인은 계속해서 말했다.

[보좌는 그냥 화려하기만 한 의자가 아닙니다. 단지 앉는 것만으

로 체력과 정신력을 빠르게 회복시켜 주고 심지어 부상조차 치유하죠. 그리고 이건 널리 알려진 것은 아니지만, 더욱 중요한 기능이 있습니다. 이 기능은 보좌에 앉은 상태에서 그 앞에 테이블, 혹은 그와 비슷한 무언가가 자리하고 있을 때 작동합니다.]

정인이 드륵, 하고 의자를 끌어 스튜디오에 있는 데스크로 이동한다.

[저는 치즈케이크를 먹고 싶습니다.]

말과 동시에.
팟!
데스크 위에 치즈케이크가 나타났다.
"뭐라고!?"
나는 너무 놀라서 벌떡 일어나고 말았다. 그만큼 중대한 문제였기 때문이다.
"식량이 나온다고!? 진짜?"
"저거 설마 스테이지에서도 적용되는 건가?"
"와 미친!?"
경악한 것은 나만이 아닌 듯 여기저기에서 비명이 터져 나온다. 그럴 수밖에 없다. 보좌가 가진 성능이 앞의 두 능력과 완전히 차원을 달리하고 있기 때문이다.
정의가 내려주는 병기는 물론 강력하겠지만 자판기에서 구매 가능한 마법 병기로 충분히 대체 할 수 있다. 정언력이라는 힘 또한 분명히 대단한 능력이지만 바꿔 생각하면 그냥 언령(言靈) 같은 초능력 하나 생긴 것이 전부 아닌가?

하지만 체력과 정신력을 회복시키고 음식까지 제공해 주는 보좌의 능력은 스테이지의 방향성을 완전히 뭉개 버리는 종류다.

'[광기의 식사] 같은 스킬도 있는데 말이야.'

자신의 신체 일부를 취식하면 그 효과가 10배로 증가하는 이 미친 스킬이 왜 존재하겠는가? 역설적으로 그건 그만큼이나 스테이지 안에서 식사가 절박한 행위라는 뜻이다. 한 모금만 마셔도 메말라 버리는 냇물과 사망과 동시에 썩어 사라지는 몬스터들의 시체는 스테이지 안에서의 수렵과 채집을 원천적으로 금지하고 있으니까.

'이건 스테이지 난이도의 한 축을 완전히 뭉개 버리는 것이나 다름없다.'

이런 건 게임 캐릭터의 특성이나 스킬의 범주 안에 들어갈 수 없다. 종말 프로젝트가 스테이지의 구성 자체를 망치는 이따위 능력을 설계할 리 없으니까. 이건 스킬이나 능력보다는 외부 프로그램으로 모드(Game Modification의 약자)를 추가한 것에 가깝겠지.

과연 이런 행위를 종말 프로젝트가 용납할까?

[자. 이것으로 제가 알아낸 모든 정보를 공개했습니다. 부디 계속되는 스테이지에서 살아남으시길 바라며……. 직원들에게 한마디 하겠습니다.]

하고자 하는 모든 걸 한 덕분인지 한결 가벼워진 표정으로 정인이 말한다.

[오늘 방송국에 오니 그야말로 아무것도 안 되더군. 출근한 직원이 10%가 안 되니 당연한 일이다. 하지만 나를 봐라. 너희들의 죄악, 거짓은 정의를 수행하고 진실을 말해서 벌충할 수 있다!]

턱 하고 의자에 기댄 그의 눈동자가 한순간 흔들린다. 그제야 자신의 보좌가 다이아로 치장된 상태라는 것을 알았기 때문. 그러나 그는 이내 고개를 흔들어 자신을 추스르고 다시 카메라를 응시했다.

[그러니 돌아와라, 이 직원 놈들아. 언론인으로서, 한 명의 인간으로서 해야 할 도리를 다해라!]

그 말을 끝으로 방송이 끝나고 다시 스테이지 공략법이 방송되기 시작한다.
그러나 나는 이미 방송에 관심이 없다. 그리고 그건 나뿐이 아니다.
"나는 롤케이크가 먹고 싶다!"
팟!
경은의 앞으로 롤케이크가 나타난다. 경은은 물론이고 주변에 있던 다른 사람들까지 비명을 지른다.

"우와!!! 진짜 된다!!"

"아가씨! 그거 한번 드셔……. 아니, 혹시 모르니 제가 먹어보겠습니다!"

"말도 안 돼! 아니, 아무리 그래도 무에서 유를 창조한다고!?"

몰리는 사람들의 시선 속에서 경은은 롤케이크를 잘라 입안에 넣었다. 그리고 눈을 크게 떴다.

"맛있어! 이건 진짜야!"

"와 맙소사!"

"아! 제길 난 왜 명예가 없지! 나름 날리는데!"

"정의검! 오!!! 오, 나타났다!!"

여기저기에서 난리가 난다. 온갖 사람들이 세 명의 중급 신, 그러니까 삼 신의 은총을 확인하고 있다.

"롤케이크! 롤케이크! 롤케이크! 아 그리고 우유! 우유!"

경은이 철 의자에 앉아 계속 소리친다. 마술처럼 그녀의 앞에 나타나 쌓이기 시작하는 롤케이크와 우유. 그리고 잠시 후.

팟!

그녀의 철 의자가 다시 평범한 식당 의자로 돌아온다. 가진 힘을 모두 소모해 랭크 다운된 것이다.

"와! 크기와 용량이 상당한데도 롤케이크 5개에 우유 3병이나 나오잖아!? 게다가 쿨타임이 느껴지는데 24시간밖에 안 돼! 이건 뭐 거의 식량 걱정이 없어지는 수준인데?"

경은은 이 상황이 신나는 듯 두 눈을 반짝였고, 나는 그 말에 더욱 황당해했다.

"겨우 아이언 랭크인데도 그렇게나 준다고?"

"겨우라니! 뭐 언랭크(UnRanked. 티어를 부여받지 못함) 바로 윗단계니 가장 아래긴 하지만."

투덜대는 그녀의 말을 들으며 생각한다.

"될까?"

될 것인가? 이게 스테이지 안에서도 된다고? 정말로?

다행히 확인하는 데에는 그리 긴 시간이 필요 없다.

1시간 30분 후.

─레벨 10. 하급(下級)이 설정되었습니다.

─3시간 안에 해당 적을 제거하십시오.

─10초 후 스테이지가 시작됩니다.

─10. 9. 8. 7⋯⋯.

─3. 2. 1. 전투를 시작합니다.

기이잉──!

스테이지에 진입하자마자 외계 생명체 + 기계를 섞은 것 같은 적이 두 눈을 붉게 빛냈지만 그게 중요한 게 아니다.

콰릉!!!!

청색이 번쩍이고 나타난 녀석이 비명도 못 지르고 튕겨 나간다. 물론 일격에 죽은 건 아니지만 큰 타격을 입고 잠시 움직이지 못하는 상황.

나는 즉시 철가면을 꺼내 썼다.

그리고 자리에 주저앉았다.

팟!

순간 주변이 밝아진다. 나는 맨바닥에 앉았지만, 금과 은, 그리고 온갖 보석들로 치장된 화려한 보좌가 내 등을 받쳐준 것.

—당신은 그랜드 마스터(Grand master) 랭크입니다.

그러나 랭크는 당장 중요한 게 아니었기에 고유세계에서 미리 만들어놓은 좌식 테이블을 꺼내 놓은 뒤 소리친다.

"나는 징거벨 더블 버거 B세트가 먹고 싶다!"

외침과 동시에 그것이 나타났다.

빵 대신 두툼한 치킨 패티. 그 사이에 치즈와 베이컨을 넣고 자극적인 소스로 버무려진 징거벨 더블 버거! 옆에는 감자튀김! 심지어 콜라까지!

난 인정할 수밖에 없었다.

"와 미친. 후안, 너 진짜 대단하다."

기이잉——!

감탄하는 내 앞으로 나에게 얻어맞고 날아갔던 괴생명체가 다시 모습을 드러낸다. 이족 보행이지만 인간과는 다른, 굳이 말하자면 에일리언에 가까운 형태를 가진 강철의 괴물이 기다란 장검을 꺼내 든다.

우우우웅————!!

녀석의 장검이 묘한 소음을 흩뿌리기 시작한다. 그 모습에 나는 놀라 굳었다.

"어? 저거 설마?"

[…그러게. 정말 설마설마로군. 저 녀석 저거 '그거' 잖아?]

기막혀하는 아레스. 지니가 말했다.

[네. 그렇습니다, 함장님.]

목소리에 웃음기가 섞여 있다.

[초진동 블레이드입니다.]

나는 그만 박장대소하고 말았다.

정의의 검과 정언력으로 인한 인류 전체의 역량 증가.

굶주림이라는 스테이지의 밸런싱 요소를 박살 내버리는 보좌라는 자원의 추가.

그리고.

"뭐어!? 초! 진! 동! 블레이드라고!?"

호구 같은 적.

그제야 나는 깨달았다.

내 빌드가 완성되는 순간이 다가왔다는 사실을.

※   ※   ※

인류 전체의 레벨이 오르고 있다. 불과 3개월 전만 해도 3레벨 이상의 인간은 인류 전체의 0.1%도 되지 않았는데 이제는 길을 걸어가도 심심치 않게 5레벨이 보일 정도.

농담이 아니라 동물원에서 호랑이가 탈출해도 맨손의 초등학생한테 제압당하는 세상이 열린 것이다.

'그렇게 인류 전체를 성장시키고 있지만……. 문제는 스테이지가 인류를 성장시키기 위한 시험이 아니라는 거지.'

성장시키기 위한 시스템이 아닌 정도가 아니라 반대.

스테이지는 인류를 죽이고자 하는 시험이다.

'그나마 거기에 미션 시스템이 섞인 게 다행인 건가.'

미션 시스템 덕분에 종말 프로젝트를 구성하는 힘 중 상당수가 인간들을 성장시키는 데 소모되고 있다. 제갈량이 위나라에게서 10만 개의 화살을 얻어 군수품으로 쓴 것이나 마찬가지인 상황.

그러나 그런 안배에도.

종말 프로젝트는 점점 인류의 멸망을 향해 달려가고 있다.

—경고. 58억 5,455만 7,531명의 전투가 완료되지 않고 있습니다.

—시험자 59억 1,007만 800명 중 550만 1,263명 합격. 나머지 인원은 [사망 처리]되었습니다.

합격자 550만.

전체 시험자의 0.1%에도 미치지 못하는 수준이다.

'뭐, 정말로 99.9%가 포기자인 건 아니지. 남이 만든 공략이 없어도 스스로 스테이지를 해결할 수 있는 0.1%가 오히려 예외적인 경우니까.'

지금은 오전 7시. 옷장 속에, 화장실에, 책상 아래에 숨어 1차 시험을 넘긴 58억의 후발 주자들이 출근 전 각자의 집에서, 혹은 일찍 등교해 학교나 모임 등에서, 그것도 아니면 미리 가까운 광장에 모여 공략파들이 만든 영상과 문서를 숙지하여 도전하는 2차 시험.

사실 58억 중에서 10억 명 정도가 자기 목숨만큼만 클리어해 줘도 더 바랄 것이 없다.

—스테이지(Stage)가 오픈됩니다!
—레벨 10. 중급(中級)이 설정되었습니다.
—80시간 안에 해당 적(5개체)을 제거하십시오.
—10초 후 스테이지가 시작됩니다.
—10. 9. 8. 7…….

스테이지가 열리고 닥쳐온 것은 눈을 깜빡이는 소리가 들릴 정도로 묵직한 적막. 나는 침대에서 일어나 벽에 있는 패드에 손을 올렸다.

쉬익!

바람 소리와 함께 문이 열리고 방 밖의 모습이 드러난다.

"어디 보자……. 이번에는 보급 창고 근처에서 시작이네."

드러난 풍경은 나에게는 제법 익숙한 종류의 것이다. 마치 병원의 그것과 닮은 손잡이 달린 복도, 플라스틱과 금속으로 이루어진 바닥과 벽, 그리고 약간은 헐겁게 느껴지는 중력까지.

그렇다. 내가 서 있는 곳은 전원이 다 나간 듯 어두컴컴한 우주선 내부.

10레벨 스테이지, [침묵의 스테이시호]다.

"뭐 적당히 자리 잡고 숨어야지."

나는 복도를 쭉 따라 걸었다. 침묵의 스테이시호는 절대 침묵을 유지해야 하는 컨셉이지만 엔간해선 시작 지점에 외계인 놈들이 리젠되지 않기 때문에 쫄 필요 없다. 아직 난이도가 중급이라 적이 다섯밖에 안 되기도 하고.

"캬아아아아!!!"

"…아 놔."

그런데 저 멀리서부터 찢어지는 듯한 괴성과 함께 쿵쾅거리는 소리가 접근하기 시작한다. 내 [발소리]와 [혼잣말]을 들은 외계인 녀석이 포효 후 복도를 달리기 시작한 것이다.

"엔간하면 근처에 없는데 재수도 없네."

투덜거리는 순간.

녀석이 모습을 드러낸다.

[종말 프로젝트]

[10레벨]

[메탈 에일리언]

녀석은 이족 보행의 괴생물체다. 신장은 2미터가 좀 넘는 수준에 불과하지만 기다란 꼬리와 떡 벌어진 어깨. 앞뒤로 기다란 머리 때문에 막상 마주치면 훨씬 더 거대해 보이는 괴물.

녀석의 몸은 생물체라기보다는 기계에 가까워 보이고 실제로도 금속으로 이루어져 있다.

처음 봤을 때는 로봇이 아닌가 의심했을 정도지만, 몇 번 뜯어본 결과 로봇은 아니고 일종의 금속 생명체라 부를 만한 존재라는 걸 알 수 있었다.

"캬아아!!"

"안녕, 호구야."

손을 흔드는 나에게 메탈 에일리언이 거침없이 몸을 날린다. 그러나 그 맹렬한 기세가 무안하게도 한순간 녀석의 몸이 흔들리고—

쿵!

발을 헛디딘 녀석이 나를 제대로 공격하지 못하고 바닥을 뒹군다. 물론 녀석이 정말로 발을 헛디딘 것은 아니다.

"왜 하필 몸이 금속이냐."

금속에 대한 강대한 속성력을 지니고, 실제로 금속성의 정령력, 금속성의 오오라까지 가진 나는 메탈 에일리언에게 그야말로 천적에 가까운 존재다.

그뿐이 아니다.

마치 부러지듯 꺾인 머리 아래로 척추가 열리고 거기에서 뽑혀 나온 기다란 날의 장검.

우우우웅———!!

묘하게 울리는 장검을 보며 나는 헛웃음 지었다.

"주 무기는 또 왜 초진동 블레이드야."

"크아아———!"

놈이 괴성과 함께 바닥에 미끄러지듯 몸을 날린다. 내가 휘두르는 힘이 자신의 균형을 무너뜨릴 수 있다는 걸 안 즉시 무게중심을 아래로 둔다는 것은 녀석이 그저 짐승이 아니라 상당한 수준의 전투 지능을 가지고 있다는 뜻.

그러나 소용없다.

틱.

손을 내밀어 벼락처럼 떨어져 내리던 칼날을 붙잡자 달려들던 메탈 에일리언의 몸이 굳는다. 이해한다. 칼날에 닿는 모든 것을 숭덩숭덩 잘라 버리던 초진동 블레이드가 피육으로 된 맨손에 잡혔으니 어찌 황당하지 않겠는가?

쩍!

초진동 오른손이 발작적으로 덤벼들려 하던 메탈 에일리언의 목을 쳐낸다. 묵직한 소리와 함께 바닥에 떨어지는 메탈 에일리언의 머리통. 나는 붉은빛이 휘돌던 왼손과 주황빛이 휘돌던 오른손을 가볍게 털어 진동을 흩어내고 웃었다.

"나름 마스터급 적인데 나폴레옹의 영자력이 없어도 한 방이네."

경지는 물론 중요하지만, 아무리 그래도 상성이 이렇게까지 최악이면 아차 하는 순간 끝장이다. 녀석이 오우거를 우습게 찢어버릴 수 있는 괴력과 단지 달리는 것만으로 소닉붐을 일으킬 정도의 운동능력, 대포를 맞아도 멀쩡할 내구를 가지고 있어도 한 합을 버티지 못하는 것이다.

'내 초진동 오른손도 사실상 녀석의 진동을 빌려다 쓴 거니까.'

경천칠색이 진동을 다루는 능력이긴 하지만 내가 직접 일으킬 수 있는 진동은 초당 5만 번 정도에 불과하다. 이걸로는 목재나 플라스틱이나 자르지 어디 금속을 단박에 자른단 말인가?

아직도 갈 길이 멀다.

[슬슬 시작하시겠습니까?]

나는 지니의 말에 고개를 끄덕이고 한쪽에 있는 창고 중 하나로 들어갔다. 널찍한 창고 안에는 튼튼하게 생긴 냉장고 하나가 있었다.

"그래야지."

공포 게임이 대체로 그러하듯 스테이지에는 적을 피해 숨을 수 있는 공간들이 중간 중간 마련되어 있다. 추격해 오는 악마나 귀신, 괴물을 따돌리거나 한숨 돌릴 여유를 위해 제공되는 공간.

나는 조금은 비좁은 냉장고에 들어가 문을 닫았다.

"10레벨 중급 난이도 1회차. 배럭 테스트 시작. 지니, 비축은 어떻지?"

[아바타—11은 30기. 아바타—12은 55기입니다. 특성을 안착시키는 데 많은 시간을 잡아먹어 생산이 빠르지 않습니다.]

"괜찮아. 어차피 아바타가 스테이지를 깨는 데에도 꽤 시간이 걸릴 테니까."

그렇게 말하고 눈을 감는다. 그리고 오오라를 일깨운다.

오오오———

금속성의 오오라가 맹렬하게 불타오른다. 온몸을 뒤덮고 잠식해 간다.

배럭에 대한 구상은 오래전부터 가지고 있었지만 그게 제대로 완성되기 시작한 것은 문이 열린 [내]가 아다만티움 인간으로 변한 모습을 봤을 때였다.

지니는 말했었다.

[극(極)에 도달한 속성화입니다. 완성자를 넘어선 오오라 수련자는 한 줄기 바람으로 변해 바늘구멍조차 통과할 수 있지요.]

오오라 사용자가 속성계의 극에 이르게 되면 자신의 전신을 해당 속성으로 화할 수 있다. 혹여 좀 모자란 경지라 하더라도 신체에 속성의 특성을 부여하거나 신체 일부를 속성으로 화하는 정도는 충분히 가능하다.

'그러나 지금 내 경지에서 온몸을 속성화하는 건 자살하겠다는 말이지.'

다른 부위는 상관없지만, 문제는 머리다.

속성에 대한 충분한 깨달음 없이 뇌를 해당 속성으로 화하면 다시는 인간으로 돌아오지 못하게 된다. 충분한 힘이 남았더라도 스스로 생각하지 못한다면 '원래 상태로 돌아가야 한다' 라는 생각 자체를 하지 못하게 되니까.

완숙하지 못한 속성력 사용자가 한 줄기 바람으로 변했다가 영원히 인간으로 돌아오지 못하고 세상을 떠도는 바람이 되었다는 전설적인 이야기는 오오라 수련자 사이에서는 절대 농담이 아니다.

기기긱—!

손끝에서부터, 발끝에서부터 육신이 강철로 변하기 시작한다. 그리고 마침내 온몸이 완전히 강철로 변하는 순간.

뚝—

나의 의식이 끊어졌다.

"흠. 역시 온몸을 속성화하고 의식을 유지하는 건 불가능하네. 게다가 아직도 온몸을 강철로 바꾸는 데 30분이나 걸려."

[아직 완성자의 경지에 이르지 못하셨으니까요.]

"뭐 당장 문제는 없으니."

스테이지의 몸이 철상으로 변해 버렸다. 다른 오오라 수련자였다면 그것은 사망선고나 다름없는 최악의 상황이겠지만 또 다른 육신을 가진 난 언제든 그것을 되돌릴 수 있다.

의도한 상황이니 되돌릴 생각이 없을 뿐이다.

나는 스탯창을 불렀다.

성명: 관대하

클래스: 정령사(1). 대장장이(1). 강체사(5).

칭호: 인류의 재앙.

근력: 300 체력: 300 생명력: 300 순발력: 300

마나: 300 마나력: 300 항마력: 300

회복력: 300 마나 회복력: 300 운: 300

자유 스탯: 50

상태: 정상

정확히 100포인트씩 오른 스탯을 보니 헛웃음이 절로 나온다.

그렇다. 나는.

올 스탯 300이 되었다.

지금까지 그러했듯 [내]가 깨어났기에 벌어진 일이다. 분노로 이성을 잃고 각성한 게 아니라 아사로 인한 결과지만, 결국 원래대로 돌아온 다음의 상태는 지금까지와 같다.

'설마 이런 식으로 문을 7번 더 열면 올 스탯 1,000이 되는 건가?'

좋은 일이긴 한데 이게 뭘 의미하는 건지 잘 모르겠다. 문을 열면 스탯이 오르는 것도 이상하고 오르는 스탯이 [모든] 스탯이라는 것도 신경 쓰인다. 정작 문을 연 [나]도 부풀어 오르는 스탯은 영력 계열뿐인데 왜 막상 다시 문이 닫히면 모든 스탯이 오르는가?

'지금까지는 그냥 비대한 영력에 맞춰 육체도 강화되는 것으로 생각했지만 아무리 그래도 이상해. 행운을 비롯한 모든 스탯까지 전부 동일하게 상승하다니⋯⋯.'

이렇게 스탯이 막 오르는 탓에 나는 막대한 포인트를 벌고 있음에도 단 하나의 경험치 포션도 먹지 않았다. 육체 단련을 하든 말든 소용없는 것처럼 스탯 포인트를 찍어도 별 차이점이 없을 거라는 사실을 알고 있으니까.

"칭호도 왕창 얻었지만⋯⋯. 굳이 바꿀 필요는 없겠지."

스테이지를 진행하면서, 특히나 오우거들을 잡으면서 상당수의 칭호를 획득했지만 스탯의 부족함을 느끼지 못하는 나에게 [인류의 재앙]을 뛰어넘는 칭호가 있을 리 없다.

"뭐, 어쨌든 지금 중요한 일은 아니지."

나는 잡념을 떨치고 내 앞에 있는 강철 인형의 가슴팍에 손을 올렸다.

우웅—!

아바타―11은 1.5미터의 비교적 작은 신장을 가진 소형 기가스다.

'아니, 엄밀하게 말하면 기가스라고 말하긴 어렵지. 안드로이드나 자동 병기라고 해야 하려나?'

중량은 35킬로그램으로 가볍지만 휘두르는 근력, 민첩 수치는 200포인트에 가깝다. 내구도 뛰어난 편이니 어지간한 플레이어는 가볍게 뛰어넘는 출력.

나는 아바타―11을 바라보았다.

[관대하]

[5레벨]

[아바타―11]

너무나 당연한 말이지만 내게는 호구나 다름없던 메탈 에일리언은 아바타에게는 무지막지한 강적이다. 말이 좋아 아바타지 아바타―11은 내 영능을 사용할 수 없으니까. 생체력인 경천칠색은 물론이고 정령력이나 속성력도 쓸 수 없다.

그러나 상관없다.

[데이터는 충분합니다. 제 배틀 A.I는 레온하르트 제국에서도 최고 수준이니 믿고 맡기시면 됩니다.]

지니의 말대로 데이터는 충분히 주입해 주었다. 10레벨 중급, 1차 시험에서 내가 발로 뛰며 만들어낸 공략이 바로 그것.

'물론 오직 철로만 만든 데이터 칩은 그저 정보만 담을 수 있을 뿐이야. 끝없이 영자력을 생산하는 아이언 하트는커녕 영

지구적인 레벨링 343

능을 담는 건전지 역할도 못 하지.'

그러나 스테이지 공략은 로봇 특유의 육체 능력만으로도 충분하다. 그건 내가 인터넷과 공중파로 방송한 철가면 공략의 마지막 공략 제목만 봐도 알 수 있다.

—옆집 호랑이도 한다!? 3레벨로 10레벨 스테이지 클리어하기.

3레벨 스탯으로 10레벨 스테이지를 클리어하려면 전체적인 맵 구성과 몬스터의 동선, 함정의 위치와 작동 방식, 모든 파밍 장소와 스테이지의 배경지식까지 다 알고, 그러고도 플레이타임이 70시간이 넘어야 하지만 어쨌든 가능하다는 것이 중요하다.

물론 게임을 이렇게 해야 한다는 게 좀 양심에 찔리지만, 게임 구성을 이렇게 엿 같은 노가다로 해놨으면 매크로 돌리는 것 정도는 감당해야 할 것이다.

"기가스 콜(Gigas Call)."

정신을 집중해 오오라를 일으키자 내 옆에 서 있던 강철 인형이 허공으로 떠오른다. 내 육신의 [좌표]는 현실의 몸과 이곳의 몸이 공유하기에, 원하면 지금의 나도 철상의 앞으로 리콜을 실행할 수 있다. 스테이지의 자판기에서 산 물건을 고유세계 안에서 받을 수 있는 것과 마찬가지의 현상이다.

"타입, 아바타—11."

팟!

시야에서 사라졌던 스테이지의 광경이 내 눈에 들어온다. 아까처럼 현실의 육신으로 보는 것이 아니라 내가 쓰고 있는 우자트가 비춰주는 광경이다.

"지니, 고!"

[연결 확인. 아바타—11. 작동 시작합니다.]

스테이지로 소환된 아바타—11이 기동을 시작한다. 나는 아바타—11이 주 장비 파밍을 시작하는 것을 확인한 후 작업실 한쪽에 설치된, 온갖 전선이 연결되고 술식이 새겨져 있는 커다란 의자에 앉았다.

이것은 배력의 중추, 내 영력을 빨아들여 자동으로 스킬과 특성을 작동시키는 내 제작 기술의 총화(總和).

[공장장의 옥좌]다.

키키기깅!

철컹!

위이이잉———!

귀를 기울이면 의자와 연결된 거대한 건물에서 울리는 진동과 쇳소리가 들린다. 지니가 설계하고 내가 만든 설비가 마치 게임 속 배력이 해병을 쏟아내듯 아바타 시리즈를 [찍어내기] 시작한 것이다. 내 영력을 빨아들여 작동하고 있기에 아바타 시리즈의 몸에는 온갖 특성들이 적용되어 있다.

'물론 직접 만드는 게 아니라 한 단계, 아니, 어쩌면 두 단계 다운된 수준의 특성만을 부여할 수 있지.'

하지만 상관없다. 어차피 결과물은 고작 5레벨. 공장에서 찍어내는 양산품에 고위의 특성은 필요 없으니까.

"그리고 여기에."

쭉쭉 빨려 나가는 영력을 느끼며 철가면을 꺼내 쓴다.

팟!

순간 주변이 밝아진다. 내가 앉아 있는 공장장의 옥좌가 화려하게 치장된 보좌로 변한 것이다. 다행히 공장과 연결된 기능에는 문제가 없다.

—당신은 그랜드 마스터(Grand master) 랭크입니다.

명예의 보좌가 작동을 시작하자 줄어들던 영력이 빠르게 회복된다. 심지어, 그 속도는 오히려 소모 속도보다 빠르다!

"좋아. 준비 끝!"

그렇게 말한 나는 등받이에 몸을 기대고 왼손을 들었다. 촤륵! 하는 날카로운 금속음과 함께 시계 모양이었던 쉐도우 스토커가 검은 광택을 흘리는 권총으로 돌아온다.

"혹 문제 생기면 깨워줘."

[편히 주무십시오.]

"깨워달라고 했지만 자는 건 아니지. 체감 시간은 1초도 안 될 텐데."

대답하며 그대로 방아쇠를 당긴다. 철컥하는 소리와 함께 시공 동결탄이 작동하고.

그리고.

그리고.

시간이 지났다.

종말 프로젝트의 스테이지가 처음 열렸을 때.

1레벨 하급의 시체 괴물은 1의 포인트를 주었다. 중급은 그 다섯 배인 5의 포인트를, 상급은 하급의 10배인 10포인트를 주었다.

그리고 2레벨 하급의 시체 괴물은 5의 포인트를 주었다. 중급은 전과 마찬가지로 다섯 배인 25포인트를, 상급은 10배인 50포인트.

스테이지가 점점 진행될 때에도, 보상 포인트는 이 비율을 정확하게 지켰다.

난이도가 1단계 올라가면 5배.

중급과 상급의 보상은 하급의 5배와 10배.

돌아보면 종말 프로젝트의 클리어 보상은 꽤 후한 편이다. 직업이 하나라면 스테이지를 딱 1회씩만 클리어해도 경험치 포션으로 해당 레벨을 따라잡을 수 있을 정도. 물론 영약을 산다거나, 마법 무구를 구매한다거나 하려면 추가적인 클리어가 필요하겠지만 이면 세계에서 마족들을 잡아 레벨을 올리려면 그야말로 수천수만의 마족들을 죽여야 한다는 걸 생각하면 이게 얼마나 후한 보상인지 알 수 있으리라.

'후한 대신 도전자를 다 죽여 버릴 난이도를 줘서 문제지만.'

어쨌든 중요한 건 스테이지가 제법 후한 포인트를 뿌린다는 것이다.

그리고 그 후한 포인트를.

'나는 죄다 철광석 사는 데 썼지.'

나는 매 스테이지를 적게는 수십 수백 번, 많게는 천 번 이상 클리어했다.

특히나 1회 클리어 보상이 234만 3,750포인트인 9레벨 상급 스테이지를 1,000번 클리어하자 단지 그것만으로도 234만 3,750톤의 철광석을 얻을 수 있었다. 고유세계의 크기가 커질 정도로 어마어마한 양이다.

'철광석은 꽤 저렴한 편이니까.'

자판기가 판매하는 [재료] 칸에서 기본 자원은 네 가지다.

나무, 돌, 철, 그리고 마나석.

다른 플레이어나 국가, 그리고 기업들은 그중 마나석에 온 정신을 팔았지만 난 거들떠보지도 않았다.

필요한 것은 오직 철.

정확히는 철광석뿐.

자판기에서 영약도, 장비도 살 필요가 없는 나였기에 총 400만 톤 이상의 철광석을 구매할 수 있었다. 그야말로 국가 규모의 어마어마한 자원량!

그런데.

그런데…….

[함장님.]

지니가 날 깨워 말했다.

[철광석이 떨어져 갑니다.]

"…뭐??"

어이없어하는 순간 눈앞으로 텍스트가 떠오른다.

―최후의 1인.
―현재 1명의 시험자가 시험을 진행 중입니다.

최후의 1인이라는 사실에는 전혀 놀라지 않았다. 배럭 빌드를 완성하는 순간부터 최후의 1인이 되는 건 너무나 당연한 일이었으니까.

그러나 다음으로 뜨는 텍스트에도 차분할 수는 없었다.

―현재 남은 [사망 처리]의 숫자
―1억 1,112만 6,777명입니다.

"아니, 최후의 1인에 철광석이 부족할 정도로 오래 플레이했는데 사망 숫자가 이렇게까지 남았다고?"

이해할 수 없는 내용이다. 후안이 만들어낸 3신이 정의의 병기, 진실의 언어, 명예의 보좌라는 힘을 줬는데 9레벨 때보다 클리어율이 더 떨어지다니.

[스테이지의 난이도가 완성자의 벽을 넘어섰으니까요.]

"아무리 그래도."

[더불어……. 3신의 선별에 오히려 피해를 보는 이들이 존재할 겁니다.]

"아."

부정의한 자들은 크게 상관없을 것이다. 피부에 문신이 생긴다고 스테이지를 진행하는 데 불편함이 있을 리 없으니까.

그러나 코가 긴 것은 어떨까? 1미터쯤 길다면? 냉장고에 숨으면 문을 닫을 수가 없고 골목에 숨었을 때 코가 밖으로 튀어나온다면?

앉는 자리마다 가시가 돋아난다면 어떨까? 스테이지의 규모가 너무도 커져 무조건 잠을 자야 하는 상황이 되었는데 앉거나 눕기만 하면 날카로운 가시가 피부를 찌른다면?

"상위 멤버 중에 악인이 많은가 보네. 하긴 이면 세계 굴러가는 꼬락서니를 보니 고위 능력자가 착하게 살 일이 없어 보이긴 해. 다 제멋대로 살겠지."

한두 번 클리어하는 건 상관없겠지만 클리어에 지대한 문제가 생기는 건 너무도 당연한 일이다.

그뿐이 아니다.

'스테이지가 클리어되어 다른 사람을 살려야 할 때……. 인간이라면 당연히 악인보다는 선인을 살리길 원할 거야. 선인을 살리지 않고 악인을 살리면 자신에게 악업이 가중될지 모른다고 두려워할 테지. 후안 이 녀석…….'

나는 그제야 깨달았다.

'모든 인류를 구할 생각이 없군.'

생각해 보면 후안은 종말 프로젝트가 시작되었을 때부터 자신의 권능을 휘두를 수 있었다. 아직 지구의 상황에 여유가 있었을 때 3신을 강림시켜 정의와 진실, 명예의 법칙에 인류가 적응할 시간을 줬다면 인류는 훨씬 쉽게 스테이지를 진행했을 것이다.

즉.

'녀석은 인간을 좀 줄여놓을 생각이야.'

정확히는 현 인류 중에서 악인을 좀 쳐내길 원하는 의도가 느껴진다. 책상을 정리할 때 필요한 것들은 필요한 대로 모으고 먼지와 쓰레기는 쓰레기통으로 털어내는 것과 같다.

"뭐, 당장 중요한 건 아니군."

나는 아직도 깨야 할 스테이지가 한창이라는 것만 기억하고 내 상태를 확인했다.

—당신은 그랜드 마스터(Grand master) 랭크입니다.

—현재 힘의 소모로 다이아몬드(Diamond) 랭크로 다운되어 있습니다.

그랜드 마스터 랭크가 마스터 랭크를 거쳐 다이아 랭크까지 떨어져 있다. 배럭 유지에 소모되는 영력보다 회복 속도가 더 빠르다고 생각했는데, 그렇지도 않은 모양이다.

"지니, 클리어를 몇 번이나 했지? 시간은 얼마나 지났고?"

[클리어 횟수는 4,511만 3,322회입니다. 그리고 시간은.]

차분한 목소리로 지니가 말했다.

[대략 26만 년 정도입니다.]

"……"

어마어마한 시간이다. 물론 이렇게 될 거라고 예상하기는 했다. 내가 직접 하는 것보다 훨씬 느린 클리어 타임을 가진 아바타를 찍어낸 것이 바로 이 엄청난 시간을 패스하기 위함이었으니까.

[오! 너, 일어났구나? 이 장난감에 깃든 특성 좀 어떻게 해 봐! 내구가 너무 딸려서 부무장을 달 수가 없어!]

"엥?"

느닷없는 말에 고개를 돌리자 저 너머에서 은빛의 거인이 성큼 다가온다. 당연한 말이지만 녀석은 신급 기가스인 아레스.

그런데 녀석의 손에 뭔가가 들려 있다. 언뜻 보니 아바타로 짐작되는데 10층 건물만 한 덩치를 가진 아레스의 손에 잡혀 있으니 무슨 피규어처럼 보인다.

[관대하]

[9레벨]

[아바타―1761]

"와. 1761이라니."

모델명 뒤에 붙은 숫자는 해당 모델을 크게 개량해 전과 다른 기종일 때마다 붙이고 있다. 내가 아바타―11부터 활용하기 시작한 건 아바타 10까지는 스테이지를 클리어하기에 충분한 성능을 가지지 못한, 일종의 테스트 기체였기 때문이고 그 뒤로는 고작 아바타―12를 만들었을 뿐.

그런데 1761이라니? 모델명을 변경할 정도의 유의미한 업그레이드가 천 번 이상 있었다는 건가?

심지어 레벨은 더 무시무시하다.

9레벨.

이런 스펙의 아바타가 내 공략법을 가지고 플레이하면 웬만한 마스터를 넘어서는 속도로 스테이지를 공략할 것이다.

"아니, 내가 정지되어 있어서 특성 레벨을 못 올리는데 어떻게 레벨을 이렇게까지 올렸지? 재료도 거의 강철뿐인데."

[꼭 영능만이 기체의 성능을 올릴 수 있는 것은 아닙니다. 과학의 힘을 무시해서는 안 되지요.]

[맞아, 맞아. 쓰레기 같은 장난감이지만 개량하다 보니까 재미있더라고!]

그렇게 말하며 아레스가 자신의 손에 들려 있던 피규어. 아니, 아바타—1761를 내려놓았다.

"어?"

그런데 그 크기가.

크다.

"이게 뭐야? 2.5미터는 되겠는데?"

아바타 시리즈는 1.5미터로 비교적 작게 만들었다. 목적은 스피드 런이 아니라 안정적인 클리어이기에 극단적인 성능은 필요 없었기 때문이다. 최대한 적은 철광석으로 기능할 수 있게 만드는 게 목적이니 은밀성과 탐색 능력에 집중했다.

어차피 공격은 아바타 시리즈 자체의 능력이 아니라 스테이지 곳곳에 숨어 있는 병기와 구조물을 이용해서 해야 했으니까.

[아, 맞아. 차례대로 보여줘야겠네.]

"차례대로?"

내 의문에 지니가 답한다.

[네, 함장님. 현재 완성품이라 할 만한 기체는 세 종류입니다.]

"세 종류라. 스타일이 다르다는 말이네."

[그렇습니다.]

지니가 그렇게 말하자 아레스가 한쪽으로 손을 뻗어 새로운 아바타 시리즈를 가지고 온다.

[관대하]

[4레벨]

[아바타—421]

그것은 처음에 아레스가 가져온 아바타 시리즈와 다르게 극도로 작은 크기를 가지고 있다. 옆에 서 보니 녀석의 머리가 내 골반에도 미치지 못할 정도의 사이즈에 레벨은 내가 만들었던 아바타—11보다 낮은 수준.

아레스가 자신만만하게 말한다.

[아바타—421. 네가 만들었던 아바타 시리즈의 극한을 찍은 녀석이지. 신장은 88센티미터, 중량은 18킬로그램이야. 스테이지 클리어 타임은 최단 54시간에 최장 77시간. 좀 더 중량을 줄여서 422버전도 만들었는데 마지막 전투에서 오히려 당하는 바람에 스테이지가 닫힐 뻔하고는 폐기했지.]

"이 작은 녀석이 스테이지를 클리어할 수 있다니."

나는 아바타—421을 잡아 들었다. 마트에서 살 수 있는 쌀 포대보다도 가벼운 녀석은 마치 작은 꼬마를 보는 것 같다.

[대단하지? 아바타—421은⋯⋯.]

"너무 길다. 이 녀석은……. 그래. 고블린이라고 하자."

[아바타 타입, 고블린인가.]

고개를 끄덕끄덕하는 아레스의 모습에 내심 놀란다.

'이 녀석.'

이 작은 로봇을 보는 아레스의 모습에서 애착이 느껴진다. 자아도 없는 로봇과 갑자기 우정을 나눌 리는 없으니, 아마도 아바타를 개량해 나가며 생긴 감정이리라.

'이렇게까지 해줄 줄이야.'

내 시간을 정지한 후 지니와 아레스가 무얼 어떻게 해야 할지는 이미 스테이지를 시작하기도 전에 이야기를 끝냈었다. 아레스와 지니 모두 자신의 의식을 대기 상태로 전환한 후 기본적인 프로그램만 돌리게 했던 것.

그저 종종 깨어나 상태나 확인해 주길 바랐는데, 지금 분위기를 보니 20만 년은 아니어도 꽤 장시간 깨어서 아바타 시리즈를 개량해 온 것으로 보인다.

[다음은 아바타—888입니다.]

[이거야.]

다시 아레스의 손이 내 앞에 쿵, 하고 아바타 시리즈를 내려놓는다.

[관대하]

[6레벨]

[아바타—888]

[아바타—888. 함장님의 6레벨 원거리 공략법을 참고로 만들어진 기종입니다. 신장은 130센티미터, 중량은 30킬로그램입니다. 스테이지 클리어 타임은 최단 37시간에 최장 44시간으로 단축되었지요.]

아바타—888은 비대하게 확장된 양팔이 인상적인 기체다. 양팔에는 접이식 쇠뇌가 설치되어 있다.

"최장이 44시간이면 엄청 빠른데?"

[더불어 극도로 안정적이라는 장점도 있습니다. 맵 구성을 모두 꿰뚫고 있어야 한다는 전제 조건이 있긴 하지만요. 다음 스테이지의 형태가 개방형으로 바뀌면 더욱 활약할 수 있을 것으로 기대됩니다.]

나는 녀석의 말을 들으며 아바타—888을 자세히 살폈다. 늘어트리면 바닥에 끌릴 정도로 기다란 팔. 특수 처리되어 어마어마한 장력을 발휘할 수 있는 강철 활대와 활줄까지.

"이 녀석은 헌터로 하지. 마지막은 당연히……."

[그래, 이 녀석이다. 아바타—1761. 주어진 한도 내에서 혁신적인 성능을 낼 수 있도록 아예 처음부터 새로 만든 물건이야!]

나는 맨 처음 아레스가 내려놓은 기체를 바라보았다. 전체적인 형태나 관절의 모양, 덩치 등등 앞의 두 기종과 완전히 다른 방식의 결과물.

바로 앞 기종, 그러니까 헌터가 888번인데 이건 1,761번이라는 걸 생각하면 이 녀석에게 지니와 아레스가 얼마나 심혈을 기울였는지 짐작할 수 있으리라.

"하지만 너무 큰 거 아냐?"

아바타—1761이 자재를 낭비한 것은 아니다. 외부 장갑 없이, 마치 스켈레톤처럼 골격만으로 유지되는 몸체에 달린 보조무장 하나 없었으니까. 최대한 철을 덜 쓰기 위한 고민이 엿보이는 결과물.

그러나 아무리 아낀다 해도 덩치 자체가 코스트라는 사실은 변하지 않겠지.

2.5미터나 되는 덩치를 가진 아바타—1761은 아무리 봐도 100킬로그램이 넘어 보였다.

[아바타—1761. 255센티미터, 중량 94킬로그램입니다.]

"생각보다는 가볍지만……. 그래도 고블린을 다섯 기는 만들 수 있을 정도잖아?"

어차피 한 번 클리어하면 끝이고 스테이지 특성상 재활용도 불가능한데 아무 특징도 없는 인간형에 무슨 가치가 있을까?

[그렇습니다. 하지만 함장님.]

의문을 표하는 내 모습에도 지니는 차분하게 답한다.

[아바타—1761의 스테이지 클리어 타임은.]

묘하게 그 목소리에 뿌듯함이 담겨 있다.

[최단 4시간. 최장 9시간입니다.]

"…뭐라고?"

나는 너무나 극단적인 단축에 할 말을 잃어버렸다. 고블린이 최단 54시간에 최장 77시간이고 거기에서 획기적으로 줄인 헌터가 최단 37시간에 최장 44시간인데 어떻게 갑자기 10시간 안쪽이 뜰 수가 있다는 말인가?

[놀랐냐?]

놀리는 듯한 아레스의 말에 나는 황당해하며 말을 쏟아냈다.

"말이 안 되잖아? 아니, 공략을 어떻게 해야 10시간 안쪽으로 해? 이 정도면 거의 스테이지를 뛰어다니는 수준 아닌가? 설마 진짜 뛰어다님?"

황당함에 물었지만, 사실 말도 안 되는 소리다. 10레벨 스테이지의 배경이 어디인가?

바로 '침묵'의 스테이시호.

이 침묵이라는 단어는 괜히 붙어 있는 게 아니다. 침묵은 10레벨 스테이지 전체를 관통하는 컨셉인 것이다.

'메탈 에일리언 놈들이 워낙 귀가 좋아서.'

발소리만 조금 크게 내도 저 멀리에서 괴성을 지르며 달려온다. 메탈 에일리언 놈들이 서로의 괴성을 신경 쓰지 않아서(자기들끼리도 심심할 때마다 한 번씩 질러주기 때문인 것 같다) 괴성과 동시에 모든 에일리언이 한자리에 몰리는 상황은 벌어지지 않지만, 전투가 길어져 소란스러워지면 농담 아니고 1 : 5의 상황이 되는 경우도 왕왕 나온다.

[하지만 함장님은 30분도 안 걸리시지 않습니까?]

"아니, 나는 상황이 다르지."

10레벨 스테이지에서 나는 주 장비도, 보조 장비도 파밍하지 않는다. 그럴 필요가 없기 때문이다.

나에게 메탈 에일리언은 그야말로 호구.

그 때문에 그냥 고래고래 소리를 지르면서 어그로를 끌고 오는 놈들을 잡아 족치면 스테이지가 끝난다. 아직은 10레벨 중급 난이도지 상급 난이도가 아니라서 스테이지의 넓이도 감당할 만한 수준이니까.

그러나 금속의 속성력도, 경천칠색도 없는 아바타―1761의 상황은 전혀 다르다. 녀석이 9레벨의 성능을 가지게 된 것은 물론 놀라운 일이지만, 안타깝게도 메탈 에일리언은 그보다 높은 10레벨의 괴물이니까.

가장 대표적인 [벽]이라 불리는 완성자의 경지를 가르는 것이 10레벨.

9레벨과 10레벨의 차이는 단순히 1레벨의 차이가 아니다. 정면 대결로는 아바타―1761이 다섯에서 열은 덤벼야 메탈 에일리언을 감당할 수 있겠지.

[마침 요번 스테이지가 끝났군요.]

"음?"

지니의 말에 나는 쓰고 있던 우자트를 조작해 스테이지 안을 들여다보았다. 스테이지 안에 있는 내 육신을 중계기 삼은 연결이다.

보이는 것은 쓰러져 있는 마지막 메탈 에일리언의 모습.

―다음 전투를 시작하시겠습니까? 연속으로 적을 쓰러뜨릴 경우 클리어 숫자만큼 [사망 처리]가 취소됩니다. 스테이지 종료 시 취소되지 않은 [사망 처리]는 [확정]으로 변해 되돌릴 수 없습니다.

내 눈앞에도 보이는 안내. 그리고 그러자.

[시작.]

철상으로 변해 있는 내 손에 들려 있던 스피커가 답한다. 스테이지는 아바타—1761이 다 깼어도 시험을 치르는 주체는 나이기 때문에 답은 몸 쪽에서 해야 한다.

팟!

단번에 배경이 변한다. 이번에도 시작 지점은 침대 위다.

윙.

순간 내가 앉아 있던 공장장의 의자가 영력을 훅, 하고 **빨**아들인다. 그와 동시에 내 앞에 서 있던 아바타—1761이 사라진다.

팟!

철상 상태인 내 몸 앞에 나타난 아바타—1761은 조금의 소리도 나지 않을 정도로 날렵하게 침대 위에 내려섰다.

그리고 그렇게 잠시 멈춰 서 있다.

"뭐 하는 거야?"

[공기를 빨아들이고 있습니다. 이물질이 없도록 철저히 정제까지 하고 있지요.]

공기를 왜? 라는 의문을 떠올리는 순간 떠오르는 단어가 있었다. 그러고 보면 아바타—1761은 앞의 두 기체와는 몸의 형태가 전혀 다르다.

"…공압식? 설마 공압식 인공 근육을 만든 거야?"

[그렇습니다. 스테이지가 팍팍한 건 사실이지만……. 적어도 공기는 있으니까요.]

"왜 이렇게 커졌나 했더니 그런 이유였나. 하지만 왜? 특성 [강철 근육]이 있잖아?"

보통 기가스의 운동능력은 유압 구동으로 작동하는 인공 근육에서 나온다. 내유성(耐油性)을 가진 튜브에 초고강도를 자랑하는 섬유 편직 직물을 감고 유압으로 튜브를 팽창시키면 피복 튜브가 길이 방향으로 수축하는 인공 근육이 된다.

크게는 수십, 수백 톤. 적게는 수 킬로그램의 섬세한 힘의 제어가 가능한 인공 근육은 링크 기구 등과 결합하면 관절처럼 구동할 수 있어 기가스를 제작하고자 할 때 당연히 고려했었다, 갑주처럼 입는 방식에는 별 필요가 없지만 스스로 움직이기 위해서는 당연히 사용해야 하는 기술이었기 때문.

다만 결국 나는 인공 근육을 포기했다.

내가 쓸 수 있는 재료가 나무, 돌, 철뿐이었기 때문이다.

튜브가, 섬유 편직이 없는 것은 물론이고 무엇보다 기름이 없다.

'기름이 뭐야. 물도 없는데.'

자판기에서 파는 액체라고는 현실로 가지고 나갈 수 없어 당장 써야만 하는 영약이나 포션류뿐. 그 때문에 지니와 아레스는 아예 유압식 인공 근육이 아니라 공압식 인공 근육을 만든 모양이다.

유압식에 비하면 부피는 커지지만, 최소한 작동은 할 테니까.

'하지만 그래 봐야 강철 근육의 출력을 따라오지는 못할 텐데……'

내 내심을 짐작한 듯 지니가 긍정한다.

[강철 근육이 편하긴 합니다.]

[강철 근육]의 효과는 간단하다. 그냥 금속에 수축하고, 또

이완하는 특성을 부여하는 게 전부.

그러나 이 간단한 특성이 가진 효과는 너무나 막대해서 이 특성을 가진 금속을 재료로 한다면 운동능력을 가진 기가스를 간단히 만들어낼 수 있다. 특히 부여하는 영자력이 강하면 강할수록 출력이 강해지므로 내 경지가 올라가면 올라갈수록 점점 더 강력한 괴력을 부여할 수 있겠지.

그러나 거대한 아레스의 고개가 절레절레 흔들어진다.

[우리도 그냥 그 특성을 쓰고 싶었는데……. 성능을 극도로 올리려면 결국 편한 건 포기해야 하더라고.]

"강철 근육 대신……. 다른 특성을 강화하고 싶었구나?"

[그렇습니다.]

내가 부여할 수 있는 특성의 총량은 주어진 금속의 총량과 비례한다.

내가 1킬로그램의 철에 1만큼의 특성을 부여할 수 있다면 2킬로그램의 철에는 2만큼의 특성만을 부여할 수 있다.

즉, 부여되는 특성의 종류가 많으면 많을수록 각각의 특성은 약해진다.

"그럼 결국 무슨 특성을 추가하고 싶었던 거야?"

내가 정지되어 있던 와중이니 새로운 특성을 추가할 수는 없다.

내가 배력에 추가해 놓은 특성 카트리지는 [동심원], [강화], [복원], 그리고 화염, 빙결, 뇌전의 [속성 저항]. 그리고 가장 긴 시간을 투자해 만들어낸 [강철 근육]까지 7개뿐이니까.

[계속 보시면 아실 겁니다.]

"거참, 그냥 좀 말해주지."

투덜거리며 아바타―1761의 시선을 바라본다. 녀석은 침대 근처에 있던 수건을 주섬주섬 챙긴 후 그걸로 자신의 발을 두툼하게 덮었다. 발소리를 덮기 위함이다.

"자료실 근처네. 그럼 내 몸은 캐비닛에 숨기면 되겠다."

[바로 그렇습니다.]

우리들의 대화대로 아바타―1761은 내 몸을 번쩍 들어 자료실 한쪽에 자리한 캐비닛에 가져가 넣고 문을 닫았다.

그 후로는 아는 대로다. 내가 셀 수 없이 공략해 왔던 플레이대로.

아바타―1761은 각각의 숙소들을 뒤져서 탄환들과 보조 무기를 파밍했다. 숙소의 개인 사물함들은 죄다 잠겨 있으므로 개인 일기장이나 신분증 등을 뒤져서 비밀번호를 찾아야 한다. 딸아이의 생일, 연인의 생일, 본인의 이름, 주민등록번호 등등이다.

"…평범한데?"

천천히, 차분하게 공략하고 있다. 시간을 확인하니 이것만으로 벌써 3시간을 썼다. 초반 파밍에 이 정도의 시간을 쓰는데 최단 4시간이 가능하단 말인가?

그러나 파밍이 어느 정도 완료되는 순간.

분위기가 급변한다.

슥.

여태껏 자세를 낮춰 움직이고 있던 아바타―1761의 허리가 꼿꼿이 펴졌다. 그뿐이 아니다. 녀석은 심지어 발에 감고 있던 수건까지 벗어버렸다.

"…뭐야? 진짜?"

녀석의 행동에 입이 벌어진다. 설마설마했는데 진짜 설마였다.

쿵! 타다다당!!

마치 육상선수처럼, 아바타―1761이 거침없이 달리기 시작한다. 스테이시호의 바닥이 아바타―1761의 강철 부츠에 짓밟혀 발생하는 소음은 절대 작지 않다. 복도를 울리는 소리가 스피커를 통해 전해 듣는 나에게도 소란스럽게 느껴질 정도다.

"아니, 미친. 진짜 달린다고!?"

혹시 뭔가 다른 조치가 있었나? 라고 생각했지만 아니다. 녀석이 달리기 무섭게 저 복도 너머에서 괴성과 함께 메탈 에일리언이 나타난다.

그뿐이 아니다.

"키에에에엑―――!!"

아래층에서 새롭게 터지는 포효가 들려온다. 동시에 두 마리의 메탈 에일리언에게 어그로가 끌렸다!

"일단 숨어!"

외쳤지만 아바타―1761은 자리를 피하는 대신 등에 메고 있던 총기를 꺼내 들었다.

―소멸 탄환 장전 완료.

기계음과 함께 바주카포처럼 생긴 총기에 불이 들어온다.

운명의 총, 데스티니(Destiny).

그것은 1~6레벨 스테이지에 있던 권총, 소총처럼 10레벨 스테이지를 진행하기 위해 사용해야 하는 주 무기다. 강대한 위력을 가진 제4문명의 병기!

그것은 스테이시호의 연구원들이 실험체였던 메탈 에일리언에게 학살당하며 만들어낸 최후의 보루다. 어떻게든 메탈 에일리언을 몰살시키고 생존하고자 하는 집념으로 만든 병기!

메탈 에일리언을 가지고 실험하던 연구원들이 만들어낸 만큼 데스티니는 일격에 메탈 에일리언을 살해할 만한 위력을 가지고 있다.

하지만.

"아니, 탄환이 부족하잖아!"

데스티니의 탄환인 소멸 탄환은 스테이시호를 탈탈 뒤져도 2~3개밖에 나오지 않는다. 데스티니로 메탈 에일리언을 다 잡으려면 행운의 기운을 장착해야 하겠지.

심지어 지금의 아바타—1761은 단 한 발의 탄환을 가지고 있을 뿐인데 녀석은 조금의 망설임도 없이 데스티니를 들어 발사했다.

"캬악!"

순간 정면에서 달려들던 메탈 에일리언의 몸이 부풀었다. 겨누어진 데스티니에 위협을 느끼고 신체 일부분을 포기해 방어벽을 만들어낸 것!

그러나 아바타—1761이 노린 것은 녀석이 아니다.

"켁!?"

저 멀리 부서진 엘리베이터를 박차고 올라오던 메탈 에일리언의 머리가 지워진다. 전혀 예상하지 못한 타이밍이었던 듯 허무하게 당해 버렸다.

"캬아아아아!!!"

순간 가까이 있던 메탈 에일리언이 방어 자세를 풀었다. 마치 기다리기라도 했다는 듯 매끄러운 자세 변경 후 돌격! 그러나 기다리기라도 했다는 듯 반응하는 건 아바타—1761도 마찬가지다.

위잉!

등에 차고 있던 초진동 블레이드를 뽑아 든다. 스테이시호에서 파밍한 부 무장이다.

콰득!

메탈 에일리언의 꼬리가 아바타—1761을 채찍처럼 후려치자 아바타—1761의 왼쪽 다리가 박살 나며 몸이 크게 꺾인다. 메탈 에일리언은 잠시 스텝을 밟았다가 아바타—1761의 자세가 무너진 것을 확인하고 벼락처럼 안쪽으로 파고들었다.

'역시 나한테만 호구지 만만한 녀석이 아니야.'

메탈 에일리언은 그 짧은 순간에도 제자리에서 두 발짝이나 뛰었다. 그냥 달려드는 게 아니라 적의 반응을 보고 완벽한 공격 기회를 잡은 것. 어느새 메탈 에일리언의 손에도 초진동 블레이드가 잡혀 있다.

아바타—1761은 날카로운 내려치기로 적을 노렸지만 메탈 에일리언이 더 빨랐다.

콰작!

메탈 에일리언이 초진동 블레이드로 아바타—1761의 오른팔을 자르고 가슴팍을 가른다. 초진동 블레이드를 들고 있던 팔이 잘려 나가며 아바타─1761의 공격은 허공을 갈랐다.

한순간에 갈라진 승리와 패배!

그렇게 보였지만……. 아니었다.

땅!

떨어져 나간 아바타─1761의 오른팔이 허공에서 쇳소리와 함께 회전하더니 초진동 블레이드를 아바타─1761의 왼손으로 집어 던졌다. 팔의 구조를 보니 애초부터 아바타─1761의 오른팔에만 내장되어 있던 기능이다. 이 치열한 전투가 모두 설계 위에서 행해지고 있었다는 뜻이다.

콰득!

치명적인 공격에 성공해 한순간 느슨해진 메탈 에일리언의 목을 왼손으로 초진동 블레이드를 받아 든 아바타─1761이 쳐 버린다. 초진동 블레이드가 아바타─1761의 몸통에 물려 있었기에 괴물 같은 감각을 가진 메탈 에일리언조차 피하지 못하고 당할 수밖에 없었다.

쿵! 쿵!

쓰러지는 아바타─1761과 메탈 에일리언. 잠시 소란스러워졌던 스테이시호가 침묵에 잠긴다.

결과는 동귀어진.

아바타─1761도 메탈 에일리언도 행동 불능이다.

"…와."

치열한 전투에 절로 탄성이 흘러나온다. 파밍을 제외하면 기존 공략법과는 완전히 다른, 그야말로 노 빠꾸 플레이가 아닌가?

끼이익. 텅.

아직 작동하고 있던 초진동 블레이드 때문인지 덜렁덜렁하던 허리가 마침내 끊어져 아바타—1761의 상체가 바닥을 구른다.

처참한 상황이었지만,

"그렇군."

오히려 그 모습에 나는 깨달았다.

"복원이야. 강철 근육을 포기하고 복원을 강화했어."

[그렇습니다.]

끼기긱—!

그그극!

절단되고 파괴되었던 아바타—1761의 몸이 점점 복구되기 시작한다. 특성, [복원]의 효과인데 그 수준이 어마어마하다.

"이 정도면…… [강화]도 빼버렸겠네."

어차피 부무장으로 주어진 초진동 블레이드가 극한의 공격력을 제공하고 있는 이상……. 필요 이상의 출력도. 방어력도 필요 없지요.]

"하지만 이렇게 하면 성능은 어떻게 끌어올렸지?"

특성이 죄다 복원에 몰빵인데 9레벨이라는 것 자체가 무지막지한 일이다. [강철 근육]의 강력한 근력도, [강화]의 불가사의한 강도도 없으면 아바타—1761은 그저 부서졌을 때 회복되는, 그냥 평범한 로봇에 불과하지 않은가?

그러나 지니의 말은 달랐다.

[레온하르트 제국의 기계공학을 무시하지 마십시오. 아이언

하트가 등장하며 도태되었지만……. 불과 오백 년 전만 해도 순수 과학기술로 만들어진 기가스가 우주를 지배했습니다.]

그리고 바로 그 아이언 하트를 품고 있는 아레스도 거기에 말을 보탠다.

[완성자조차 1 : 1로 격살하는 안드로이드도 꽤 있어. 제작 비용이 미쳐 돌아가서 마도학을 접목하는 추세지만 말이야. 아, 참고로 마도학을 접목해도 제작 비용은 미쳐 돌아가는 건 알지?]

"차라리 인건비가 싸서 완성자를 쓴단 말이냐."

어이없어하는 동안에도 시간이 지나고 아바타—1761의 몸이 회복된다. 아바타—1761는 가볍게 자신의 상태를 체크한 뒤 바닥을 굴러다니던 무장들을 챙겨 달리기 시작했다.

그다음 다시 한 마리와 동귀어진. 그리고 남은 두 마리는 두 발의 탄환으로 살해.

스테이지를 클리어하는 데 걸린 시간은 3시간 50분.

신기록이었다.

*   *   *

—다음 전투를 시작하시겠습니까? 연속으로 적을 쓰러뜨릴 경우 클리어 숫자만큼 [사망 처리]가 취소됩니다. 스테이지 종료 시 취소되지 않은 [사망 처리]는 [확정]으로 변해 되돌릴 수 없습니다.

[시작.]

내 몸이 들고 있던 스피커가 말하고 다음 스테이지가 시작된다. 기가스 콜이 자동으로 발동되고 다음 아바타—1761이 스테이지로 소환된다.

나는 그 광경을 보고 혀를 찬다. 지금 이런 모습 때문에 철광석을 다 써가고 있다는 사실을 떠올렸기 때문이다.

"아직 멀쩡한 기체인데 새것을 써야 하네."

[스테이지 특성이니 어쩔 수 없지요.]

소환체(召喚體). 혹은 스테이지 클리어 시 플레이어가 장비하고 있지 않은 장비(쏘아버린 화살, 잃어버린 무기 등)는 재도전 시 사라져 버린다.

고유세계에서 불러내는 아바타 시리즈는 그중 소환체로 인식되는 것 같다. 스테이지를 클리어하기 전 아바타 시리즈가 내 몸에 붙어 있어도 재도전하면 사라진다는 것이 바로 그 증거.

아무래도 스테이지에 진입하는 그 순간 장비하고 있던 것들만을 장비로 인정해 주는 모양이다.

"그나마 완전히 날아가지 않는 건 다행이지."

[이번 스테이지에서는 소용없는 이야기이지만요.]

사라진 물건들은 소멸하는 대신 현실로 넘어간다. 실제로 모든 스테이지가 끝나고 나면 현실에 있는 몸 주변에 나타나는 모습을 몇 번이고 봐 왔으니까.

"흠."

나는 내 뒤에 서 있는 다른 기체들을 바라보았다. 고블린. 헌터. 그리고 아바타—1761.

나는 물었다.

"철광석이 얼마나 남았지?"

[현재 13톤가량 남았습니다.]

"상당하잖아? 얼마 안 남았다더니."

내 의문에 지니가 답한다.

[400만 톤에서 시작했습니다, 함장님.]

"아 그랬지."

게다가 아직 남아 있는 [사망 처리]의 숫자가 1억 1천만이 넘는 상황이니 한참 모자란 것은 사실.

나는 말을 멈추고 아바타―1761를 바라보았다. 고블린의 4배가 넘는 철광석을 소모하는, 효율로만 보면 절대 좋지 않은 선택지.

그러나 내 제작자로서의 역량이 한참 성장 중이라는 걸 생각해 보면 개량과 발전은 분명히 필요한 과정이다. 지니와 아레스는 내가 걸어가야 할 길을 극단적으로 줄여 준 것이나 다름없다.

'극단적이야.'

온몸이 박살 나는 걸 가정 한 전투법은 살아 있는 인간이 감히 흉내조차 낼 수 없는 종류의 것이었으니까.

'하지만 강렬해.'

그렇다면 녀석에게 줄 이름은 하나뿐이다.

"고블린, 헌터, 버서커의 설계도를 보여주겠어?"

[버서커… 말씀입니까?]

"그래, 전투 방식이 딱 버서커답던데."

[네!]

[크! 그래, 딱 그 느낌이긴 하지! 절대 물러나지 않고 콰광!!]

왠지 기뻐 보이는 두 관제 인격의 말을 들으며 남아 있는 기체들의 숫자를 확인한다. 13톤의 철광석 말고도 완제품의 아바타 시리즈도 50기 이상 보인다. 30기의 고블린. 10기의 헌터와 10기의 버서커다.

"이제 생산은 멈추고, 스테이지 진행도 고블린으로 해."

[더 하실 생각입니까?]

"너희가 여기까지 해줬는데 그냥 끝내기는 아쉽지."

지니와 아레스는 기계공학이 허용하는 한 할 수 있는 대부분의 시도를 해보았을 것이다. 재료도 한정되어 있는데 완성자에 근접할 정도의 개량을 이뤄낸 것만 해도 실로 대단한 일.

그러나 그것이 영적인 강화는 아니다.

"파츠들을 가져다 줘."

[특성을 강화하실 생각이시군요.]

"너희가 오랫동안 고민해서 만든 설계를 굳이 더 손볼 이유가 없으니까."

지니의 메탈 바디들이 부지런히 움직여 내 앞에 고블린의 파츠들을 내려다 놓았다. 아직 특성이 부여되지 않은 파츠들이지만 지니가 고유세계에 설치한 거대 설비들로 생산해 낸 물건들이기에 상상을 초월하는 강도와 탄성을 가지고 있다.

우우웅━━━!

파츠 중 하나를 집어 들어 오오라를 주입하기 시작한다. 온몸을 휘도는 오오라를 일점에 집중. 그냥 평범한 강철을 특수한 성질을 가진 무언가로 재탄생시킨다.

꿈틀!

망치로 때린다 해도 흠집 하나 안 날 정도로 단단하던 강철이 마치 살아 있는 살점처럼 움찔거린다. 안에서 피가 흐르듯 맥동하고 연신 수축과 이완을 반복한다.

지구의 과학자들이 보았다면 비명을 지를 기사(奇事)!

특성. [강철 근육]의 구현이다.

나는 타오르던 오오라를 안정시키고 잠시 쉬었다가 다음 파츠에 손을 올렸다. 조금 전에 손을 댔던 파츠가 내장 파츠라면 이번에는 외장 쪽이다.

고오오―!

고블린이라고 이름 지었지만, 철광석의 소모를 최소화하기 위해 스켈레톤에 가까운 외향을 가지고 있는 고블린의 갑옷 파츠에 은빛의 오오라가 깃든다.

이미 압연강판으로 한계에 가깝게 압축되어 있던 갑주가 물리법칙을 넘어서는 수준으로 압축되어 얇아지고, 심지어 한계 이상의 강도와 탄성마저 가지게 변한다.

특성. [강화]의 구현.

그런 식으로 나는 고블린의 파츠 하나하나에 특성을 부여했다. 그리고 그렇게 특성을 부여한 파츠들을 지니가 다시 받아가 조립해 고블린을 완성한다.

[관대하]

[6레벨]

[강화형 고블린]

들어간 재료와 부여된 특성이 동일한데도 고블린의 레벨이 2나 올랐다. 당연한 일이다. 대량생산을 위해 카트리지로 찍어내는 특성과 내가 직접 부여하는 특성이 같을 리 없으니까.

"헷갈릴 수 있으니."

나는 고블린의 뒤통수에 손을 올려 속성력을 발휘했다. 녀석의 뒤통수에 [고블린(레벨6)]이라는 글자가 새겨진다.

"흠."

잠깐 고민하다 그 아래 한 줄 추가한다.

―by 철가면

"후후."

멋쩍게 웃고 왼팔을 들어 시간을 확인하자 지니가 먼저 답해준다.

[2시간 47분 지났습니다.]

"시간 훅 날아가네. 고블린을 배럭에서 찍어내는 데에는 얼마나 걸리지?"

[12시간 30분 이상입니다.]

"수작업이 훨씬 더 빠르다니."

심지어 버서커의 경우는 스테이지 클리어에 10시간도 안 걸리기 때문에 버서커로만 스테이지를 진행하면 오히려 제작이 밀릴 정도다.

'물론 제작이 밀리면 고블린으로 진행하면 그만이겠지만.'

나는 같은 과정을 거쳐 헌터(8레벨)과 버서커(10레벨)을 만들었다.

그렇게 반복한다.

또 반복했다.

"흠. 도통 안 느는걸."

어떤 영능이든 단련을 위해서라면 반복이 가장 효과적인 방법이라는 생각에 노가다를 반복했지만, 제작 시간만 줄어들 뿐 결과물은 크게 달라지지 않는다.

"지니, 철광석은 다 제련해 놓고 미리 만들어뒀던 헌터와 버서커도 파츠별로 분해해 놔. 새로 작업할 테니까."

[네, 함장님.]

나는 지니의 메탈 바디들이 부지런히 움직여 파츠들을 늘어놓는 걸 보며 다시 특성 부여에 집중했다.

'특성의 종류를 늘려볼까?'

만약 나 말고 다른 누군가 특성 부여 같은 능력을 갖추고 있다면 그는 아마 죽을 때까지 몇 개 안 되는 특성만을 부여할 수 있었을 것이다. 특성은 자신이 완전히 이해하고 체화하고 있는 능력 위주로 부여할 수 있기 때문이다.

진동을 다루는 내가 맨 처음 [동심원] 특성을 만든 것과 마찬가지다. 극도로 단련한 기예, 타고난 재능, 종족 특성이나 아주 강렬한 개성. 심지어 그중에서도 물건에 부여할 수 있는 극소수가 특성 부여의 범위에 들어갈 수 있겠지.

그러나 나는 다르다.

"책."

*오늘의 어빌리티!
[가속]
[중압]
[절약]
[점멸]

나는 책에서 어빌리티를 뽑아내 특성을 만들어낼 수 있었다. 물론 모든 어빌리티를 자유롭게 뽑아낼 수 있는 것은 아니었다.

'점멸! 점멸 안 되나!?'

욕심에 시도해 보았지만 실패했다. 공간계 특성이라 그런지 감을 잡기가 어렵다. 나름 일반 등급 어빌리티인데도 이 모양.

웃기는 건 레어급 어빌리티라고 할 수 있는 [강철 근육]은 특성으로 만드는 데 성공했다는 것이다.

'내가 근육을 사용하는 종족이라 가능한 일이었겠지.'

만일 이런 능력을 갖춘 장인이 근육이 없는 종족, 예를 들어 캔딜러족이었다면 유니크급 어빌리티만큼이나 강철 근육 특성을 획득하기 어려웠을 것이다.

'그렇다면 가속은?'

속성만 보면 점멸만큼 만들기 어려워야 하는 특성이다. 점멸이 공간계 특성이라면 가속은 시간계 특성이니까.

그러나 특성이 꼭 가진 속성만으로 만들어지는 게 아니다.

대체의 생명체들이 그러하듯 나 역시 공간은 실감하지 못해도 시간은 체감하며 살아가기 때문이다.

[스킬. 가속 특성 부여(Unique)를 획득하였습니다!]

"…안다 알아. 이거 진짜 개쓸모없네."

나는 떠오르는 텍스트에 인상을 찡그렸다. 꼭두각시도 그렇고, 고유세계도 그렇고 미션 시스템의 스킬은 아무런 쓸모가 없다. 스탯 포인트는 있는데 스킬 포인트는 없으니 그냥 내가 가지고 있는 능력이 어느 정도인가 안내하는 역할밖에 못한다.

[스킬. 중압 특성 부여(Unique)를 획득하였습니다!]

나는 내가 부여할 수 있는 특성의 숫자를 점점 늘려 나가기 시작했다. 수련 기회는 충분하다. 나에게는 막대한 영자력을 보정해 주는 나폴레옹의 아이언 하트가 있으니 휴식도 필요 없이 계속 시도하면 그만이니까.

항상 문제가 되던 식량도 풍족하다.

음메~ 꿀꿀! 꼬끼오!

"…와."

나는 산책 겸 고유세계를 돌아다니다가 한쪽에 있는 축사를 보고 헛웃음을 지었다. 10층짜리 건물에 무지막지한 숫자의 가축들이 사육되고 있다.

그뿐이 아니다.

"광활하네."

[20만 년이 지났습니다, 함장님. 고유세계의 자원이 한정되어 있어서 이것밖에 안 되는 것이지요.]

"흙은 어디에서 난 거야?"

[철광석을 제련하고 나면 토양으로 쓸 만한 불순물이 꽤 남습니다.]

"그게 또 그렇게 되는구먼."

지평선이 보일 정도로 광활하게 펼쳐진 농지가 보인다. 또다시 문이 열리면서 B랭크까지 성장한 고유세계의 30%를 차지할 정도로 막대한 규모.

그곳에는 온갖 종류의 식물들이 무럭무럭 자라고 있다. 물론 그중에서 가장 많은 종류는 레온하르트 제국의 특수 작물이라는 빅 브래드다.

빅 브래드는 땅에서 자라는 빵.

신기하게도 이미 다 자란 순간부터 빵이나 다름없는 모양과 식감을 가진 빅 브래드는 옥수수 같은 맛을 가지고 있어서 괜찮은 먹거리다.

물론 처음에는 그랬다는 말이다.

"물리니까 옥수수는 비율을 좀 줄여줘."

[어차피 빅 브래드는 우수한 사료이기도 하니 걱정하실 필요 없습니다. 물론 그래도 저녁에 스프로는 나올 거지만요.]

"으. 옥수수 냄새 토 나와……."

[스킬. 진동 흡수(Unique)를 획득하였습니다!]

특성이 계속 늘어간다. 나는 일단 기가스에 특성을 부여하는 것보다 사용할 수 있는 특성들의 숫자들을 늘리는 데 집중했다.

먹고, 자고, 특성을 만들고, 지니와 아레스가 만든 설계도를 살피는 생활이 반복된다.

그리고 어느 순간, 구체적으로는 부여할 수 있는 특성의 숫자가 20개에 도달했을 때.

지니가 말했다.

[30기의 고블린이 모두 소모되었습니다. 새로 만든 고블린을 출격시킬까요?]

"뭐?"

지니의 말에 깜짝 놀란다.

"30기를 벌써 다 썼다고?"

고블린은 버서커와 다르다. 최단 54시간에 최장 77시간이나 걸리는데 벌써 30기를 다 썼다는 말인가?

[벌써가 아니라 70일이 넘게 지났습니다.]

"신선놀음에 도낏자루 썩는 걸 몰랐네. 그래 일단 새로 만든 고블린들을 보내고……. 지니, 이 설계도 좀 봐줄래?"

[…흠? 죄송하지만 이건 제 메탈 바디 중 하나 아닌가요? 그것도 전투용이 아니라 운송용인데.]

그러나 철광석이 지속해서 소모되는 지금에는 운송용이 필요한 상황. 나는 설계도를 고쳐서 아바타 시리즈로 만들었다.

"이름은 포터(Porter)로 하자. 버서커랑 같이 들여보내."

수백 수천 번 그래 왔듯 기가스 콜(Gigas Call)이 발동한다.

먼저 들어선 것은 지금까지 만든 아바타 시리즈 중 가장 강력한 전투력을 가진 10레벨 버서커.

팟!

그리고 그 뒤로 3레벨 포터가 들어선다.

사삭.

침묵 속에서 버서커는 공략과 파밍을 시작한다. 포터는 그런 버서커를 따라가는 대신 철상 옆에 대기한다.

나는 의식을 집중해 속성화를 해제했다.

"끙. 몸이 뻐근하네."

아닌 게 아니라 20만 년을 철상으로 있던 상황이 아닌가? 다행히 진짜 강철이 아니었기에 녹이 슬지는 않았지만, 혹여라도 문제가 생기면 큰일이라는 생각에 명예의 보좌를 불러 충분한 휴식을 취했다. 그리고 푸짐하게 식사도 마쳤다.

[결국, 이렇게 가는군.]

"너희도 생각했었구나?"

[당연하지. 구체적으로는 좀 달라. 큰 아바타 시리즈를 만들어서 네 몸을 태우고 다니게 하려고 했거든.]

"좋긴 한데 좀 위험하지. 철상이 돼서 딱딱해진 내 몸을 탑승시키기에는 설계도도 이상해질 테고."

식사를 마치고 침대에 눕는다.

그래, 서는 게 아니라 눕는다. 그것도 반듯하게 눕는 게 아니라 마치 태아처럼 몸을 둥글게 말아 몸의 체적을 최대한으로 줄였다.

그리고 강철화(化).

기긱! 기기긱!

육신이 강철로 변한다. 뇌가 강철로 변하는 순간 정신을 집중하고 오오라를 일으켰지만……. 역시나 의식은 끊긴다.

"아직도 안 되네. 망할, 완성자 언제 찍나."

내가 고유세계에서 투덜거리고 있을 때 포터는 둥글게 변한 내 몸을 마치 백팩처럼 설계된 등에 수납했다.

그리고 메탈 에일리언이 찾아오지 않는 포인트로 들어가 숨었다.

"키에에에엑!!!"

콰작!

버서커는 늘 그랬듯 화끈하게 전투에 임한다. 내가 직접 만든 버서커는 복원 능력이 훨씬 더 강화되어 전투 시간이 더욱더 단축되었다. 지니의 배틀 A.I에 수백 수천도 아니고 수십만 단위의 전투 데이터가 쌓이고 있으니 더 줄면 줄었지 늘어날 리는 없을 것이다.

사사삭.

포터는 마치 바퀴벌레처럼 버서커의 뒤를 스토킹했다. 메탈 에일리언에게 인식당할 위험 때문에 가까이 붙지는 않았지만, 그래도 50미터의 거리는 상시 유지했다.

그리고 그렇게 버서커가 마지막 메탈 에일리언을 쓰러뜨리는 순간.

사사삭!

등에 내 몸을 지고 있는 포터가 순식간에 버서커의 옆에 붙었다.

—다음 전투를 시작하시겠습니까? 연속으로 적을 쓰러뜨릴 경우 클리어 숫자만큼 [사망 처리]가 취소됩니다. 스테이지 종료 시 취소되지 않은 [사망 처리]는 [확정]으로 변해 되돌릴 수 없습니다.

늘 그랬듯 흘러나오는 텍스트에 대답하지 않고 대기한다. 최대 대기 시간은 5분이나 되니 대기 시간을 놓칠 일은 없다.
발동되는 기가스 콜(Gigas Call).
그러나 지금까지와는 소환의 방향이 다르다.
팟팟!
스테이지 안쪽에 있던 버서커와 포터가 사라진다. 그것들은 사라진 즉시 고유세계에서 모습을 드러낸다.
[부담은 없으십니까?]
"부담은 없어. 다만……. 소모 영력이 좀 많은데?"
이해할 수 없는 현상이었지만 감당하지 못할 정도는 아니다.
고유세계가 B랭크로 성장하면서 내가 하루에 고유세계로 진입시킬 수 있는 무생물의 질량은 약 5톤.
버서커와 포터의 중량을 합쳐봐야 120킬로그램에 불과하다는 걸 생각하면 사실상 제한 없이 반복할 수 있다는 말이다.
'중량 제한에 걸리려면……. 어디 보자. 스테이지를 하루에 40번 넘게 클리어해야 하는군. 거의 40분에 한 번씩 클리어해야 하나.'

아무리 아바타 시리즈를 개량해도 그런 미친 기록이 나올 리는 없다. 내가 몸으로 뛴다면 모를까.

촤륵!

내가 적당한 자리에 앉아 쉐도우 스토커를 권총 모양으로 변경하자 아레스가 묻는다.

[자려고?]

"자는 거 아니고 그냥 시간 정지라니까. 그리고 너희도 너무 오래 깨 있지 마. 괜히 미안하게."

[나도 우연히 일어났다가 심심해서 한 거니 너무 부담 가질 필요 없다.]

"그래. 지니 너도 기본 프로그램만 돌리고 절전 상태 유지해."

[알겠습니다, 함장님.]

나는 둘의 대답을 듣고는 즉시 방아쇠를 당겼다. 철컥하는 소리와 함께 시공 동결탄이 작동하고.

그리고—

[함장님, 일어나십시오.]

"오! 지니! 얼마나 지났어? 20만 년?"

나는 그동안 매크로가 얼마나 잘 돌았나 하는 기대감에 미소 지으며 말했지만…….

안타깝게도 지니는 고개를 흔들었다.

[아닌데요? 70년입니다.]

"아, 왜!"

분통을 터뜨렸지만 소리치는 즉시 그 이유를 알 수 있었다.

"웃."

온몸에 기운이 하나도 없다. 영력이 텅텅 비어 공허하기까지 하다.

　—당신은 그랜드 마스터(Grand master) 랭크입니다.
　—현재 힘의 소모로 언랭크(UnRanked)로 다운되어 있습니다.

고개를 돌려보니 보좌가 사라지고 없다. 내 기운을 계속 회복시키다가 마침내 사라져 버리고 만 것.

나는 이해가 안 되어 물었다.

"보좌의 회복 속도가 소모 속도보다 빠르지 않았나?"

[최초에는 남아도는 정도였지만 회복 속도가 점점 줄어들더군요. 마치 살아 있는 생물체의 근육이 그런 것처럼 점점 피로도가 쌓이는 것으로 보였습니다.]

"그렇게 치면 70년도 꽤 많이 버틴 건가."

나는 끙. 하고 힘을 주어 자리에서 일어났다.

영력이 텅텅 비어 공허할지라도 몸 상태는 멀쩡했던 만큼 잠시 휴식을 취하니 금세 아무렇지 않게 움직일 수 있었다.

[스테이지 공략은 잠시 중지해 두었습니다.]

"보좌가 회복되려면 얼마나 걸리지?"

[스테이지에 진입하기 전에 입수한 정보에 따르면 그랜드 마스터 랭크를 회복하는 데 걸리는 시간은 대략 3개월 정도라고 합니다.]

그랜드 마스터 랭크의 명예를 가진 건 나 혼자가 아니다. 한국에는 나뿐이고 마스터 랭크가 다섯 정도 있을 뿐이지만, 세계 대부분의 사람이 얼굴을 아는 강대국들의 대통령, 교황, 세계적인 사랑을 받는 스타 등등이 그랜드 마스터 랭크였으니까.

"아이언 랭크는 24시간밖에 안 걸리던데. 하긴 뭐, 등급이 높으면 회복량은 물론이고 불러낼 수 있는 음식도 훨씬 많았으니."

투덜거리며 고유세계의 몸을 침실에 눕혔다.

그리고 스테이지로 의식을 이동시켰다.

[직접 플레이하시는 겁니까?]

"쉬는 동안은 그게 낫지."

"캬아아악!!"

"소리 좀 지르지 마라."

덤벼드는 메탈 에일리언의 초진동 블레이드를 잡아챈 후 목을 쳐낸다.

"캬아아악!!!"

"조용히 하세욧!"

역시나 초진동 블레이드를 잡아내며 이번에는 진동을 충격으로 바꿔서 머리를 내려친다. 강철로 만들어진 녀석의 머리통이 찌그러진다.

[…역시 쉽게 잡으시네요.]

"상성 문제지, 상성. 아아아! 이것들아 얼른 안 오냐~! 내 손이 논다!"

"캬아아악!!!"

천천히, 그리고 반복적으로 스테이지를 클리어한다. 애초에 영력과 보좌를 회복하는 게 목표였던 만큼 스피드 런을 할 이유가 없었다.

[함장님, 실례가 안 된다면 소변과 대변을 고유세계로 보내 주실 수 있습니까?]

"…아니, 이걸 굳이 영력까지 써가면서 보낸다고?"

[퇴비와 액비가 모자랍니다. 하나하나는 별것 아니어도 모으면 상당한 분량이니 자원 자체가 한정된 고유세계에 큰 도움이 되지요. 아, 그리고 맛없더라도 스테이지 안에서 음식물을 파밍해 드시면 좋을 듯합니다. 음식은 가져와 봐야 스테이지가 갱신되면 사라지지만 음식을 먹어서 나온 결과물은 이야기가 다르니까요.]

"고유세계 운영에 너무 과몰입하는 거 아니냐……. 힐링 게임을 빡세게 하는 한국인을 보는 기분이구먼."

극도의 효율을 추구하는 지니의 모습에 투덜거렸지만 어려운 일은 아니었기에 순순히 따른다. 그렇게 스테이지를 4개월 정도 공략하니 보좌가 언랭크에서 다시 그랜드 마스터 랭크로 회복되었다. 원래는 3개월이면 되지만 중간중간 보좌를 이용해 식사하거나 했기에 좀 늦어졌다.

그리고 다시 70년의 시간 정지.

4개월의 스테이지 진행.

또 70년의 시간 정지.

4개월의 스테이지 진행.

또 70년의 시간 정지.

"아."

그리고 어느 순간.

"힘든데?"

나는 점점 피폐해지는 것을 느꼈다. 9레벨 스테이지를 진행할 때와는 다르다. 그때의 스테이지는 고통이었다. 오우거를 만나기만 해도 침이 고일 정도의 허기는 내 정신을 극단으로 몰아붙였다. 얼마나 상황이 심각했으면 내가 아사했겠는가?

그러나 지금은 다르다.

"지겨워."

메탈 에일리언을 잡아 족치는 것은 어렵지 않지만, 그렇다고 그게 무슨 벌레를 잡아 죽이는 것처럼 간단한 일은 아니다. 상성의 우위로 쉽사리 격살하고 있을 뿐 메탈 에일리언은 완성자에 맞먹는 괴물이니까.

때문에 계속 스테이지를 진행하면 진행할수록 피로감이 쌓여갔다. 70년은 시간 정지로 넘겨 내가 체감할 수 없는 시간이라는 걸 생각해 보면, 사실 난 그냥 몇 년이고 스테이지만 진행하고 있는 상황인 것이다.

'그나마 경지가 쭉쭉 오른다면 성장하는 재미라도 있겠는데.'

그러나 정령력도, 생체력도, 오오라도 모두 전문가의 극한에서 막혀 제자리걸음만 반복하고 있다.

흔히 말하는 깨달음의 벽이다.

[진행을 멈추시겠습니까?]

"그것도 애매하지."

9레벨 때처럼 한계에 이르러 더 진행하다가는 죽을 상황이라 포기하는 것도 아니고, 그냥 지겨워서 그만두기는 좀 그렇다. 한두 명도 아니고 몇천만 명이 죽는 것이다.

[그럼 쉬면서 해.]

"쉰다고?"

[그래. 어차피 3개월은 영력을 회복하는 데 필요한 시간 아냐? 왜 굳이 스테이지에서 지겨운 노가다를 하고 있어? 놀아 봐야.]

"듣고 보니 맞는 말이군."

논리적으로 반박할 수가 없던 나는 아레스의 조언에 따라 놀기 시작했다.

3개월의 스테이지 진행.

70년의 시간 정지.

3개월의 스테이지 진행.

70년의 시간 정지.

스테이지가 시작되면 일단 몸을 숨기고 속성화로 몸을 굳혔다. 10레벨 중급의 시간제한은 80시간이기에 고유세계에서 70시간을 놀고 남은 시간 동안 스테이지를 클리어하는 식.

소설과 영화를 봤다. 드라마도 몰아 봤다.

게임으로 밤을 새우고, 아무것도 안 하고 음악만 듣기도 했다. 이미 내가 현실에서 가져온 온갖 저장 매체들이 있었기 때문에 노는 데 콘텐츠가 부족할 일은 없는 상황.

날이 시작되면 고유세계를 천천히 걸었다.

내키면 며칠이고 잠만 잤다.

아무 말 없이 밤하늘을 몇 시간이고 본다.

가끔은 지니와 아레스와 함께 며칠이고 잡담을 나눴다.

휘오오…….

나는 아레스의 어깨에 앉아서 불어오는 바람을 맞았다. 저 아래로 반짝이는 도시와 공장. 드넓은 농지가 보인다.

시간이 지난다.

시간이 지났다.

1년. 5년. 10년. 15년······.

초반에는 미친 듯 영화와 소설을 보고, 밤을 새워 게임을 했지만 날이 가면 갈수록 그런 시간이 줄어들었다. 대신 그냥 멍하니 앉아 있는 시간이 늘어났다.

그리고.

"문이."

[문? 왜? 또 열리려고 그래?]

"그런 거 아냐."

대충 둘러댔지만, 꽤 중요한 문제다.

어느 순간, 마음속에서 문이 사라졌다.

고요하게 가라앉은 마음이 너무나 단단해 벽처럼 느껴진다. 이제 [내]가 현실로 뛰쳐나오려면 문을 여는 게 아니라 벽을 부숴야 할 수준이 되어버린 것.

"아."

뒤늦게 나는 깨달았다.

이 아무것도 아니고, 아무것도 하지 않는 이 시간이.

나에게 너무도 간절히 필요했다는 사실을······.

"생각해 보니 이러려고 지구에 온 거였지."

원하기만 하면 레온하르트 제국에서 무소불위의 권력을 휘두르는 황제가 될 수 있었던 내가 왜 지구로 돌아왔던가? 물론 그것은 가족 때문이기도 하지만……. 이 지긋지긋한 매일매일. 변화 없는 하루하루가 그리웠기 때문이다.

나는 다시 게임을 켰다. 오랜만에 대전쟁을 플레이해 보기도 했다. 무의미하고 남는 것 없는 기록 경신을 해보기도 했다.

그렇게 시간이 지난다.

또 시간이 지났다.

마음이 점점 고요하게 가라앉는다. 눈을 감으면 의식이 몸 밖으로 확장되는 것이 느껴진다.

"지니, 남은 사망 처리 숫자가 몇이지?"

[9,112만 5,553명입니다.]

"시간 미친 듯이 빠르네."

시간의 밀도는 사람마다 다르다.

치열하게 살아가는 이들에게는 하루 24시간이, 일주일이, 한 달이, 1년이 어마어마한 시간이다.

고시 공부를 위해 하루 16시간씩 공부하는 사람이라면 1년 도 견디기가 어렵다. 농담이 아니라 마음을 깎아가며 살아가는 시간이 3년, 4년을 넘어가면 아무리 강건한 사람이라 하더라 도 제정신을 유지하기가 어려울 것이다.

반면 대충 흘러가는 인생이라면 어떨까? 3년, 4년이 아니라 10년, 20년도 돌아보면 순식간이다.

난 아무것도 한 게 없는 거 같은데 십수 년이 지나는 경우는 흔하디흔해서 주변을 둘러보면 얼마든지 그런 사람들을 찾을 수 있을 것이다.

—다음 전투를 시작하시겠습니까? 연속으로 적을 쓰러뜨릴 경우 클리어 숫자만큼 [사망 처리]가 취소됩니다. 스테이지 종료 시 취소되지 않은 [사망 처리]는 [확정]으로 변해 되돌릴 수 없습니다.

"시작."

나는 스테이지에 들어섰다. 스테이지가 시작하기가 무섭게 성큼성큼 복도로 나선다. 발소리를 감출 생각은 당연히 없다.

"캬아아악!!"

메탈 에일리언이 등장한다.

나는 괴성을 지르며 달려드는 메탈 에일리언을 가만히 지켜보았다.

"캬?"

미친 듯이 달려오던 메탈 에일리언이 멈칫한다. 녀석은 나와 4미터 정도 떨어진 거리에서 마치 경계하듯 주변을 빙글빙글 돌았다.

"하던 대로 해, 이 녀석아."

피식 웃으며 성큼성큼 녀석에게 다가간다. 녀석은 살짝 움츠린 태도로 멈칫거렸지만, 내가 녀석의 간격 안에 들어서자 더는 참지 못했다.

핑!

벼락처럼 내리찍는 초진동 블레이드!

나는 그걸 굳이 손을 들어 막지 않았다. 초진동 블레이드가 어깨를 내려친다.

틱.

그냥 손으로 가볍게 어깨를 치는 소리. 나는 손을 뻗어 녀석의 팔을 잡았다.

웅——!

"캬악!!! 캬아아아악!!!!"

메탈 에일리언의 몸이 마치 물결치듯 뒤틀린다. 메탈 에일리언은 괴성과 함께 발버둥 쳤지만, 결국 견디지 못하고 쓰러졌다.

"……."

쓰러진 메탈 에일리언을 가만히 내려다보았다.

문득.

종말 프로젝트에게 고맙다는 생각이 들었다.

"지니, 만들어놨던 헌터하고 버서커들로 스테이지 자동 진행 해줘."

[포터도 들여보낼까요?]

"아니, 소모해도 상관없으니 그냥 기존 방식으로 해."

[알겠습니다.]

지니의 말을 들으며 다시 몸을 강철화 했다.

"아."

그런데 의식이 안 끊긴다.

[강철화 상태로 움직였습니다! 축하드립니다. 함장님! 오오라가 완성자에 도달하셨군요!]

[아니, 맨날 놀았는데 왜 갑자기 완성자야?]

두 관제 인격의 말을 들으며 정신을 집중한다. 당연하게 유지되고 있는 의식을 강제로 끊어낸다. 속성화 상태로 움직일 수 있다는 건 상당한 전력 상승을 의미하지만, 적어도 지금 필요한 능력은 아니었다.

"지니, 철광석 남은 것 있어?"

[제련을 다 끝냈기에 철광석은 없습니다. 철괴(鐵塊)로 가져다 드릴까요?]

"그래. 대충……. 3킬로그램 정도만 줘."

나는 지니에게서 철괴를 받았다. 작업장으로 향하지는 않는다. 그냥 준비되어 있던 방으로 가지고 가 마치 찰흙을 주무르듯 모양을 빚는다.

먼저 고블린을 만들었다. 그냥 겉모습만이 아니라 기존의 설계도대로 모든 부품과 구조를 모방하여 만들었다. 고블린들에게 부여했던 특성들도 부여하고 실제로 움직이는지도 확인했다.

그리고 뭉개 버린다.

[뭐 하는 거야? 왜 만들고 부숴?]

아레스가 물었지만 대답하지 않고 헌터를 만들었다. 마찬가지 과정을 반복한 다음 뭉개 버린다.

버서커를 만들었다. 마찬가지 과정을 거친 후 뭉개 다시 철괴로 만들었다.

재료는 고작 철괴 3킬로그램. 너무 작아서 작업이 힘들었지만 높은 속성력을 가진 나였기에 결국 해낼 수 있었다.

우우웅——!

다시 괴의 형태로 변한 강철에 오오라를 쏟아붓는다. 주입되는 오오라가 정도를 넘어서자 마치 살아 있는 것처럼 맥동하기 시작하는 철괴.

이어 정령력도 일으킨다.

팟!

기가스 콜로 소환하곤 했지만, 사실 아바타 시리즈를 기가스라고 부를 수는 없다. 전체적인 구조야 기가스의 설계에 따랐지만, 기가스가 가져야 할 가장 중요한 것이 없었기 때문이다.

파직! 파직!

정신을 집중하자 한 점으로 응축된 정령력이 뇌정(雷精)으로 화했다.

이것은 라이트닝 하트(Lightning Heart).

반쪽짜리에 불과한 아바타 시리즈를 진짜 기가스로 만드는 최후의 퍼즐이다.

기이잉――――!

최대 오오라와 최대 정령력이 영구적으로 감소하는 게 느껴진다. 그저 휴식하는 것만으로는 다시 회복되지 않을 크나큰 소모.

그러나 신경 쓰지 않는다.

기기긱!

마치 피규어처럼 작달막한 인형이 몸을 일으킨다. 기본 형태는 고블린이지만 너무도 작아 장난감으로나 쓸 수 있을 것 같은 물건.

그러나 다르다.

이것은 지금까지의 아바타 시리즈와는 차원이 다른 물건

이다.

[와……. 이렇게 작은 기가스가 있을 수 있다고? 물론 아이언 하트가 아니니 출력도 달리고 영자력도 못 다루겠지만 아무리 그래도 이건.]

[엄청나군요.]

나는 시간을 확인했다. 제작에 꽤 많은 시간이 소모되었다. 정신 차리고 보니 헌터와 버서커가 거의 다 소모된 상황.

그러나 상관없다.

"기가스 콜(Gigas Call)."

내 앞에 있던 작은 인형이 사라진다.

"타입. 프레데터(Predator)."

스테이지에 들어선 작은 약탈자는 즉시 벽을 때려 메탈 에일리언을 유인했다.

"캬아악!"

모습을 드러낸 메탈 에일리언은 언뜻 보면 장난감으로밖에 보이지 않는 프레데터를 보고도 방심하지 않고 초진동 블레이드를 꺼내 들었다.

땅!

프레데터는 메탈 에일리언을 마주하자마자 바닥을 박차고 화살처럼 튀어나갔다. 바닥을 박차는 순간의 각력이 얼마나 강한지 고작 3킬로그램밖에 안 되는 프레데터의 발자국이 깊숙하게 새겨져 있다.

팟!

메탈 에일리언은 벼락같은 참격으로 날아들던 프레데터를

잘라 버렸다. 느닷없는 기습에도 불구하고 침착한 대응이었지만… 소용없는 이야기다. 절단된 프레데터의 몸이 마치 연못에 떨어진 물방울처럼 메탈 에일리언의 몸에 빨려 들어갔기 때문이다.

콰득!

"캬아악━━━━━!!"

메탈 에일리언이 고통의 비명을 지른다. 프레데터의 몸이 스며들어 간 오른쪽 어깨와 왼쪽 허벅지에서부터 녀석의 몸이 구겨지기 시작했기 때문이다.

녀석은 발버둥 치며 괴로워하다 어깨와 다리를 잘라내는 극단적인 대처를 보였지만 그런 결단조차도 무의미. 잘려 나간 팔과 다리가 마치 살아 있는 것처럼 메탈 에일리언의 몸으로 달려들어 다시 한 뭉치가 되었다.

끼기긱━!

그리고 잠시 후.

메탈 에일리언의 몸이 구겨지고 재구성되어 버서커의 모습으로 변한다.

[와, 미친.]

[속성력을 휘두르는……. 기가스로군요. 전례가 없는 건 아니지만.]

그 후로는 말할 것도 없다. 버서커로도 클리어하던 스테이지를 심지어 [어빌리티]까지 가진 프레데터가 클리어하지 못할 리 없으니까.

프레데터는 4마리의 메탈 에일리언을 죽여 버린 뒤 다섯 마리째의 메탈 에일리언에게 스며들어 산 채로 내 몸까지 끌고 왔다.

그리고 내 몸 앞에서 육체의 통제권을 뺏어 죽여 버리고 스테이지 클리어. 기가스 콜로 고유세계로 돌아온 후 다음 스테이지를 공략했다.

프레데터의 중량은 3킬로그램에 불과했기에 이제는 영력이 모자랄 일도 없다.

"웃차."

나는 적당한 장소에 자리 잡고 쉐도우 스토커를 권총의 형태로 바꿨다.

인간이 참으로 간사한 것이, 혼자 있어 마음이 안정되고 평화를 찾았음에도……. 막상 이렇게 시간이 지나니 인간의 북적거림이 그립다.

광화문에 모여들던 수많은 사람, 자신이 저지른 악업을 부정하며 발악하던 망종, 평소와 똑같이 살고 있을 뿐인데 위인급으로 칭송받아 부담스러워하는 사람의 모습이 보고 싶다.

"또 새로운 문제가 터지려나?"

물론 막 만든 프레데터가 완벽히 스테이지를 클리어한다는 보장이 없는 만큼 아직 아무것도 장담할 수 없는 상황.

그러나 더 이상의 문제는 없었고.

—사망 처리가 모두 취소되었습니다!

—축하합니다! 스테이지가 완벽하게 클리어되었습니다! 기여도에

따라 보상이 주어집니다.

　　―당신의 순위는 1위입니다.

　　10레벨 중급 스테이지가 끝났다.

새로운 영웅들 ☽ ＊ ＊

나는 온갖 디스플레이에 비치는 다양한 사람들을 가만히 앉아 지켜보았다. 핸드폰을 보며 거리를 걷는 사람. 잔뜩 흥분해서 떠들고 있는 사람.

그리고.

양복을 입고 출근하는 사람들,

나는 참지 못하고 신음했다.

"와, 출근 무섭다. 직장인 대단해."

그러나 아레스는 콧방귀를 뀐다.

[어차피 대부분은 스테이지에서 아무것도 못 하고 죽었을 거 아냐? 스테이지 기억이 없으면 몇 달 전하고 똑같은데 출근 못 할 것도 없지.]

"그렇게 말하면 또 그렇기도 하지만."

나는 시간을 확인했다. 금요일 오전 8시.

우습게도 세상은 여전히 돌아가고 있다.

[생산 기종은 어떻게 하시겠습니까?]

"뭐 일단은 헌터하고 버서커 중심으로 해줘. 고블린은 이미 너무 많으니."

[확실히.]

아레스가 말했다.

[많긴 많지.]

녀석의 말에 나는 내 아래에 광활하게 펼쳐진 강철의 산맥을 바라보았다.

그렇다. 산맥.

나는 거대한 강철의 산맥 위에 앉아 있다.

"지니, 이거 총 몇 대지?"

[5,000만 대가 좀 안 됩니다.]

"우리나라에 다 풀면 1인 1아바타가 가능할 지경이라니… 당연히 다시 고유세계로 넣는 건 안 되겠지?"

내 질문에 지니가 큰 충격을 받은 듯 목소리를 떨었다.

[지금 밀리고 밀린 투입 리스트가 얼마나 많은데 그런 말 씀을……]

"하긴. 하루 몇 톤 넣지도 못하는데 말이야."

이번 스테이지에서 나는 평소처럼 광화문 광장이나 경복궁에서 플레이를 시작하지 않았다. 당연히 그러면 안 된다. 경복궁에서 했으면 경복궁 결계가 다 터져 나갔을 테고 광화문 광장에서 시작했으면 수십만 명이 죽었을 것이다.

[스테이지가 끝나는 순간 알바트로스함이 한순간 균형을 잃을 정도였지요.]

"엄살은."

나는 헛웃음을 지으며 몸을 일으켰다. 모처럼 나왔으니 사람 구경이나 가야겠다.

"아, 맞아! 나이트도 업그레이드시켜 줘! 알바트로스함에는 영혼로랑 영자 회랑이 있으니 가능하지?"

[물론입니다 함장님. 중량은 어떻게 할까요?]

"5톤이 넘어도 괜찮으니까 튼튼하게만 부탁해!"

[알겠습니다. 아, 영력이 떨어졌으니 공유 부탁드립니다.]

"뭐, 벌써? 오케이."

고개를 끄덕인 나는 내 몸 안에 있던 모든 정령력과 오오라를 고유세계의 육신으로 보냈다. 그 외 모든 상태를 유지한 채 오직 지닌 힘의 [상태]만이 오간다.

'진짜 상태 공유는 아무리 봐도 말이 안 된단 말이야.'

언터처블조차도 눈 아래로 내려다볼 절대 신격, 정령신으로부터 선물 받은 고유세계는 권능 그 자체에 또 다른 육신을 포함하고 있다.

그것은 그냥 육체가 2개가 되어서 영혼이 날아다니는 그런 저열한 수준의 권능이 아니라 '나'라고 하는 존재의 좌표를 증식시킨 것에 가깝다. 좌표는 틀림없이 하나인데 거기에 존재하는 육신도, 세계도 2개라는 불가해한 현상.

사실 정말로 말이 안 되는 건 상태 공유를 스테이지에서는 사용할 수 없다는 점이다.

"완전 무용지물이 되는 건 아니지만… 아무리 그래도 정령신의 권능을 차단할 수 있다니."

현실의 육신과 고유세계의 육신은 모든 상태를 임의로 공유할 수 있다. 즉, 한쪽 육신이 내리 잠을 자면 한쪽 육체는 잠을 안 자도 상관없고 한쪽 육신이 밥을 두 배씩 먹으면 나머지 육신은 영원히 식사할 필요가 없다는 말.

그뿐이 아니다.

현실의 육신이 어깨가 박살 나고 고유세계의 육신은 다리가 박살 나도 나는 내가 원하는 대로 상처를 교환할 수도, 한쪽에 몰아 넣을 수도 있다. 독에 중독되어도 두 육체로 나눠서 부담할 수 있고, 심지어 한쪽에서는 운동하고 한쪽에서는 휴식해 둘 모두의 이득만 취하는 것조차 가능한 것.

그런데 그 권능이, 절대 신격의 권능이 스테이지에서는 차단된다.

'역시 언네임드겠지.'

이름 지어지지 않은 자. 비설정(非設定)의 존재.

기이하고, 끔찍하고, 종잡을 수 없는 그들은 대우주의 설정에 편입되지 않은 존재이기 때문에 세상의 법칙과 이치를 무시한다고 알려져 있다. 녀석들이라면 절대 신격의 권능을 차단한다 해도 이상할 게 없겠지.

'그러고 보면 후안 녀석도 그래.'

나는 녀석이 알바트로스함으로 침입해 왔을 때를 떠올렸다.

"이름이 뭐야?"

"후안이다. 후안 언네임드 니에또."

녀석의 외모를 생각해 보면, 아마도 녀석은 멕시코인일 것이다. 본인의 이름+아버지의 성(姓)+어머니의 성(姓)으로 지은 이름만 봐도 그렇다.

'여기서 문제는 아버지의 성이지. 성이 언네임드라니. 너무 노골적이야.'

즉 녀석은 처음부터 자신의 정체를 드러낸 것이나 다름없다. 이해하기 어려운 일이지만, 인간과 언네임드 사이에서 태어난 것이 바로 후안이라 할 수 있겠지.

"방으로 보내줘."

[잘 놀다 오시길.]

인사와 함께 배경이 변한다.

"아, 그러고 보니 고유세계에 있는 몸에 시간 정지 안 걸었지?"

내 물음에 아레스가 답했다.

[시간 정지는 왜? 헬스라도 해줘?]

아레스의 말에 나는 고개를 내저었다.

"아니, 됐어. 매크로 헬스가 개꿀이어도 이렇게까지 헛되면 안 하는 게 낫겠지."

[매크로 헬스? 너, 어감이 맘에 안 든다?]

투덜거리는 아레스의 말에 쓰게 웃는다.

"됐으니까 뭐. 지금 철 좀 더 든다고 크게 달라질 것도 아니니."

나는 준비되어 있던 옷으로 갈아입고 방을 나섰다. 내가 머무는 곳은 여전히 강녕전이지만, 예전과 달리 한 층에 머무는 게 나 혼자일 정도의 초호화 객실로 변경된 상태.

심지어 담당 궁녀가 머무는 객실이 따로 딸려 있다.

달칵.

"와. 무슨 5분 대기조야?"

"5분이면 너무 늦어. 10초 이내에 나올 수 있어야 해."

내가 열고 나온 방의 맞은편 문이 열리고 나타난 것은 궁녀복을 입고 있는 선애.

[원일고등학교]

[8레벨]

[권법 숙련자 이선애]

10레벨 스테이지를 클리어했을 텐데도 그녀의 레벨은 겨우 8에 도달한 상태. 그러나 또 다른 레벨은 다르다.

[10레벨]

다른 정보 없이 오직 레벨만 보이는 스테이지의 정보창에는 저렇게 표시되어 있다. 아마 다른 플레이어들의 눈에는 저 레벨만이 보일 것이다.

'역량이 스탯을 따라가지 못하는군.'

생각보다 많은 사람이 10레벨 스테이지를 클리어했지만 그건 어디까지나 [공략]의 덕분이지, 그들이 정말로 완성자의 경지에 이르러서가 아니다. 경험치 포션을 구입해 레벨을 올리면 스탯이야 올릴 수 있겠지만, 대단한 천재가 아닌 이상 그 스탯에 맞는 역량을 키우는 데 충분한 시간과 노력이 필요하다.

"꼬꼬!"

"엥?"

나는 열린 문을 통해 쪼르르 달려오는 닭의 모습에 고개를 갸웃거렸다. 왠지 눈에 익은 녀석. 선애의 표정이 자상하게 풀린다.

"오구오구! 아리 나왔쪄? 엄마 나갔다 올 테니까 집에서 쉬고 있어."

"꼬!"

마치 말을 알아듣기라도 한 듯 몸을 돌려 쪼르륵 문 안으로 들어가는 닭. 나는 어이가 없어 물었다.

"뭐야? 저 닭을 설마 집에서 키우는 거야?"

"뭐래, 지가 줘놓고는."

"아니, 그렇긴 하지만……. 그냥 닭이잖아?"

좀 특이하게 생기긴 했지만 내가 재석이한테 달라고 한 건 결국 가축들이었는데?

황당해하는 내 모습에 선애는 발끈했다.

"아리는 그냥 닭이 아니야! 백봉오골계거든!"

'백봉오골계가 뭐야?'

내 질문에 지니가 대답한다.

[백봉오골계. 오골계 중 온몸의 깃털이 새하얗고 살과 혀, 뼈와 내장은 온통 검은색인 약용계입니다. 동의보감에 '백모오골이 좋다'고 언급됐을 정도로 귀한 약재로 쓰이는 닭이지요. '왕의 보양식'이라고 합니다.]

'뭔가 엄청나다는 듯 말하지만 결국 식용이잖아.'

[물론 그렇습니다.]

'……'

나는 전에 받은 700마리. 아니, 정확히 699마리의 닭이 이미 다 내 배 속에 들어갔다는 것을 기억하고 헛웃음을 지었다. 뭐, 반려동물이 따로 있나. 정 주면 그게 반려동물이지.

"뭐, 아리는 네가 신경 쓸 일 아니고 선배가 말 좀 전해달래."

"무슨 말?"

"한번 만나고 싶은데 괜찮냐고. 찾아올 필요는 없고 허락해주면 찾아오겠다던데."

그녀의 말에 나는 선선히 고개를 끄덕였다.

"마음대로 하라고 해. 마침 쉬려던 중이니."

그렇게 말하고 계단을 내려간다. 산책 겸 사람 구경 하러 광화문 광장이나 가보려는 것이다. 이가는 광화문 광장이 바로 앞에 있어서 산책하기 참 좋다. 이면세계에서 빠져나오면 바로 경복궁이니까.

팟!

삽시간에 표면세계로 빠져나오자 선애가 혀를 찬다.

"와, 경복궁에서 표면세계로 직접 이동하는 건 절대 금지 사항이었는데."

그때 끼어드는 목소리가 있었다.

"별 의미 없는 규칙이다. 알게 모르게 직위 좀 되는 이들은 어겨왔다고 하더군."

"선배?"

어느새 우리 옆에는 민경이 도착한 상태다. 한창 바쁠 시기라는 걸 생각해 보면 놀라울 정도로 빠른 반응이다.

"선배라, 뭐 이해 못 할 바는 아니지만……. 너도 참 여전하구나."

선애를 보며 쓰게 웃은 민경이 나를 보며 꾸벅 고개를 숙인다.

[대한제국]

[11레벨]

[황녀 이민경]

레벨을 보고 내심 휘파람을 불었다. 못 본 사이에 그녀가 벽을 넘어섰기 때문이다. 이제 그녀는 완성자. 인류 정상급 강자다.

'뭐, 이유는 알겠군.'

원래도 성숙한 미모를 뽐내던 민경이지만 지금 그녀의 모습은 고등학생이라고 하기에는 지나치게 성숙했다.

'이십대 중반… 아니, 어쩌면 후반일지도.'

그런 생각을 하는데 정중히 고개를 숙인 민경이 인사한다.

"오랜만입니다."

"그래."

대충 손을 흔들어 인사한다. 관광객인 척 상당한 거리를 두고 서 있는 민경의 호위들이 움찔거리는 모습이 보였지만 무시한다. 이미 들은 말이 있는 듯 그들도 인상만 찡그릴 뿐 감히 나에게 뭐라 하지는 못했다.

"전 근처에서 대기하고 있을게요."

"부탁한다."

민경의 말에 선애가 조용히 사람들 속에 녹아든다. 어느새 그녀의 궁녀복은 평범한 교복으로 바뀌어 있었기에 누구의 시선도 끌지 않았다.

"그런데 무슨 일이야?"

그렇게 민경에게 묻는 순간.

갑자기 사람들 사이에서 익숙한 이름이 들린다.

"배재석? 그놈이 미쳤군. 장사치 따위가 어디 긴급 요청을."

"하지만 단장님, 황녀님께서 그 재벌 손자 놈을 제법 중히 쓰시고 있습니다."

"하… 정말 말세긴 말세군. 영능에 입문도 못 하던 천것이 일반인들 모아서 세상모르고 나대다니."

시기에 가득 찬 목소리에 잠시 말을 멈춘다. 내 앞에 서 있던 민경 역시 그 말을 들은 듯 깊은 한숨을 내쉬었다.

"추한 꼴을 보여 죄송합니다. 변명을 하자면 쓸 만한 녀석들은 다 할 일이 많아서."

"호위 같은 허례허식에는 저런 것들을 데리고 다닌다는 건가."

"운검단은 이가 최대 세력이니까요. 결국 품어야 할 사람들이지요."

그녀의 말에 대충 고개를 끄덕인다. 그녀가 이가를 어떻게 이끌지에 대해서는 관심 없고, 그보다는 다른 것에 관심이 간다.

"마침 근처라면 재석이도 부르자. 얼굴 본 지 너무너무 오래 돼서 보고 싶네."

"너무너무 오래라면……."

민경이 내 얼굴을 가만히 뜯어보는 게 느껴진다.

"왜?"

"역시 당신도 오래 있었군요."

"당연한 소리를."

민경 역시 내가 철가면이라는 사실을 아는 사람이다. 현재 전 세계에서 가장 유명한 플레이어인 내가 상위 랭커라는 걸 짐작하기는 어렵지 않겠지.

"하지만 당신의 모습은."

"아하."

그녀가 무슨 말을 하는지 알겠다. 왜냐하면 당장 그녀만 해도 더 이상 고등학생이 아닌 성숙한 여인이 되어 있는데 내 모습은 그대로일 테니까.

하지만 웃기는 이야기다.

"이제 와서 불로(不老) 따위가 신기해?"

한 번 문을 열 때마다 올 스탯이 100씩 올라가는 몸뚱이다. 나이를 먹지 않는 것 따위는 이야깃거리도 되지 않는다.

"하긴 그렇겠군요."

"재석이나 불러줘."

내 말에 민경이 고개를 돌려 입술을 달싹거린다. 멀리에서 애송이 녀석들이 깜짝 놀라 허둥대는 모습이 보이더니 잠시 후 한 무리의 사람들이 다가온다.

사람들의 술렁임이 느껴진다.

"아니."

"이런 미친."

"말도 안 돼……."

운검단뿐만 아니라 경복궁을 거닐던 사람들 모두 기겁해 비명을 지른다. 도저히 믿을 수 없는 무언가를 보았다는 반응.

재석을 무시하던 운검단 녀석들은 사람들 가운데 있는 사내를 보고 신음했다.

"어떻게 이럴 수가."

"거짓말. 거짓말! 이건 불가능해!"

"정말, 정말로 저 녀석이 몇 달 전만 해도 입문도 못 했던 일반인이라고?"

술렁이는 사람들을 뚫고 녀석이 모습을 드러냈다.

2미터가 넘는 키. 떡 벌어진 어깨. 그리고 믿을 수 없을 정도로 잘록한 허리와 기다란 팔다리.

마치 극도로 압축된 강철처럼 단단해 보이는 사내는 나를 보며 활짝 웃었다.

"대하야!!!"

나는 녀석을 보고 어이가 없어 웃었다.

"와."

녀석의 머리 위에는 이런 글자가 떠 있다.

[일성]

[15레벨]

지금은 사라진 우리 형과 맞먹는.

말하자면… 인류 최강급 강자가 그곳에 있었다.

"아니."

이쪽을 향해 웃고 있는 녀석을 보고 기가 막혀 입을 벌렸다. 나는 그저 녀석의 레벨만 보고 놀란 것이 아니다. 정확히는, 녀석의 외양을 보고 놀랐다.

'이건 어른이 된 정도가 아냐.'

민경이 이십 대 후반으로 보였다면 재석은 그 이상으로 보였다. 삼십 대 후반. 아니, 어쩌면 사십 대로도 보인다.

녀석이 늙어 보인다는 말은 아니다. 전신을 뒤덮은 강철 같은 근육. 팽팽한 피부는 노화와 거리가 먼 종류의 것이었으니까.

하지만 녀석의 눈매, 입매. 피부에서 숨길 수 없는 세월이 느껴진다.

'노인이다.'

만일 재석이 다른 영능을 익힌 수행자라면 나와 비슷한 시간을 보냈다고 예상했을 것이다. 한 20~30년 정도의 시간을 스테이지에서 보냈을 것이라고, 그렇게 생각했겠지.

그러나 아니다. 녀석이 어떤 영능을 익혔던가?

녀석은 생체력 수련자다.

"대체 거기에서 얼마나 있었던 거야?"

만일 생체력 수련자가 간절하게 자신의 팔이 네 개이기를 바라며 수련을 이어나간다면 그 육신은 팔이 네 개가 되기 위해 가장 근본적인 방향에서부터 육신을 개변시킨다. 팔이 네 개가 될 수 있는 어깨의 형태. 추가된 팔에 적합한 신경계의 구조. 추가적인 근육 등등이 만들어지는 것이다.

즉, 생체력은 수련자가 간절히 염원하는 방향으로 신체를 [진화]시킨다.

그런데 지금 재석을 보라. 명백하게 [나이를 먹은] 모습. 하지만 세상에 나이 먹고 싶어 하는 이가 어디 있겠는가? 세상에 자신의 노화를 [염원]하는 존재가 과연 존재할까?

결국 지금 그의 모습은······.

녀석이 정말로. 정말로 긴 시간을 보냈다는 말이다.

"정확히는 모르겠는데. 60년은 넘었던 것 같은데."

"뭐?"

나보다 옆에 있던 민경이 더 놀란다. 아니, 놀란 건 그녀만이 아니다.

"60년? 60년이라고? 지금 60년이라고 했어!"

"그 미친 공간에서 60년을 있었다고?"

"한 번 클리어하고 PTSD를 앓는 사람도 있는데."

여기저기에서 비명이 터져 나온다. 그러나 동시에, 60년이라는 세월에 납득하는 사람들도 있었다.

"과연, 과연 그렇군. 그 미친 공간에서 60년… 그래서 가능했구나."

"대단해."

"그야말로 불굴의 정신이야."

"과연 17레벨인가."

그들의 말에 나는 재석을 다시 보았다. 내가 보는 칭호가 아니라 남들도 볼 수 있는 레벨을.

[17레벨]

누군가가 말했다.

"그런데 혹시 저 이상의 레벨이 있다는 말을 들어본 적이 있어?"

"저 이상이 아니라 지금 알려진 최고 렙이 13레벨 아냐?"

"설마… 저 사람이 현 인류 최강이라고?"

경복궁에 놀러 온 것으로 보이는 5레벨 플레이어의 말에 누군가 반론했다.

"철가면이 있잖아."

"철가면 공략이 쩔긴 하는데 레벨은 도통 올리지 않아서 구분이 안 가. 올리는 공략 대상도 8레벨이 최고고."

"들은 소문으로는 0.0.5레벨이라던데."

"0.0.5레벨이 뭐야?"

"너 공략 동영상 제대로 안 봐? 직업이 세 개잖아. 드문 일이긴 하지만 원래부터 관련 재능을 가지고 있으면 직업을 여러 개 가질 수 있거든."

"저 사람처럼?"

"그래. 저 사람처럼… 어? 어라?"

불현듯 사람들의 시선이 나에게로 모인다. 아마도 내 머리 위에 떠 있는 숫자를 봤기 때문이리라.

직업이 여러 개인 사람이 나뿐인 건 아니었기에 지금까지 괜찮았지만… 17렙으로 보이는 재석이 찾아온 사람이 0.0.5레벨이라면 그런가 보다 하고 넘기기 힘들 것이다.

"누님."

"…그래. 장소를 옮기지."

민경은 재석의 '누님'이라는 단어에 움찔했지만 이내 고개를 털고 손뼉을 쳤다.

짝!

주변에 잔뜩 몰려 있던 사람들이 한순간 사라졌다가, 다시 특이한 복색의 사람들로 변한다. 표면세계에서 거품세계를 거쳐 이면세계로 진입한 것이다.

"대하야!"

"어, 그래그래."

"어, 그래그래가 뭐냐! 이 정 없는 자식!"

재석이 삽시간에 접근하더니 내 몸을 와락 껴안았다. 접근하는 자세가 워낙 낮아서 태클이라도 거는 줄 알았다.

"진짜 보고 싶었어. 큭큭큭. 나 참 웃기지도 않지. 스테이지 진행하면서 가장 많이 떠오르는 얼굴 2위가 너더라고. 정작 가족 친지들은 얼굴도 가물가물한데."

"경천칠색이 쓸 만해서 그런가 보네."

"뭐 그렇기도 해. 네 가르침을 수십 년 동안 곱씹다 보니 얼굴을 잊을 수가 없더라. 아! 물론 진짜 네가 보고 싶어진 건 갑옷이 박살 난 다음이지만."

재석의 말에 물었다.

"갑옷이 박살 나다니? 복구 기능 꽤 세게 넣었는데."

"아끼고 아꼈는데도 계속 박살 나니 못 버티더라고. 9년 차에 철 쪼가리가 돼서 눈물을 머금고 맨몸 진행을 했지. 진짜 팔 찔리고 다리 깨물리면서 갑옷을 얼마나 그리워했는지. 아, 그나저나 너지?"

"뭐가?"

내 반문에 재석이 당연하다는 듯 물었다.

"최후의 1인 말이야."

녀석의 말에 잠시 고민했지만 딱히 숨길 이유가 없다. 특히나 '최후의 2인'일지도 모르는 녀석 앞에서는 말이다.

"따로 또 누가 있겠어."

"큭큭. 역시. 완전 미친놈이네."

"뭐래, 미친놈이."

재석은 한참 끅끅거리며 웃었지만 이내 진정하고 고개를 끄덕였다.

"뭐, 메탈 에일리언을 보는 순간 우리 스승님이 최후의 1인이 될 거라고 예상했지. 심지어 너는 금속 계열 정령사에 금속성 오오라 사용자이기까지 하니… 하지만 아무리 그래도 완벽 클리어는 어떻게 한 거야? 1억이 넘게 남아 있었는데."

쉴 새 없이 떠벌떠벌 떠들어대는 재석. 나는 녀석의 몸을 가만히 살펴보았다.

"몸 비쩍 곯은 거 봐. 뼈만 남았네."

"네? 뼈만 남았……?"

옆에서 아무 말 없이 우리의 해후를 지켜보고 있던 민경이 말을 더듬었지만 무시하고 고유세계의 물건을 꺼냈다.

팟!

"일단 이거라도 먹어."

꺼낸 것은 샌드위치다. 빵보다 고기가 훨씬 많이 들어가고, 특제 소스가 들어가 혀끝이 아릴 정도로 달달한 칼로리 폭탄!

"엥? 먹어? 빵?"

그런데 샌드위치를 본 재석의 반응이 기묘하다.

재석은 나에게 샌드위치를 받아 든 후 멍청한 표정으로 그것을 바라보기만 했다. 마치 생각지도 못한 무언가를 본 것처럼. 잘 모르는 무언가를 본 것처럼 애매한 표정.

"엥은 무슨 엥이야? 생체력 수련자면 칼로리 섭취 제대로 해야지. 아니, 완성자도 넘은 거 같은데 몸 상태가 이 지경이라니."

아무리 나이를 먹었어도 그렇지 생체력 수련자가 피부가 거칠거칠한 게 말이 되는가? 나는 샌드위치를 녀석에게 들이밀었다. 안쓰러워서 더는 못 보겠다.

"얼타지 말고 일단 먹어. 먹고 이야기하지."

"아, 그래. 음식. 먹어야지."

재석이 홀린 듯 고개를 끄덕이고는 샌드위치를 잡아 한 입 베어 물었다.

그리고 굳어버린다.

"……?"

영문을 알 수 없는 반응에 잠시 녀석의 모습을 바라보았다.

경복궁 안을 어지러이 돌아다니던 이가 사람들 중 몇몇이 서서 우리 모습을 살펴보았지만, 우리 옆에 서 있는 민경과 뒤늦게 따라온 호위들의 모습에 함부로 다가오지는 못했다.

"아."

재석은 한참의 시간이 지나고서야 다시 움직이기 시작했다. 다시 한 입 크게 샌드위치를 베어 물더니 아무 말 없이 씹어 삼키고 또 한 입 베어 먹었다.

샌드위치는 순식간에 사라졌다.

"…맛있네."

재석은 멍한 표정으로 너무나 당연한 이야기를 했다.

"그야 당연히 맛있지. 생체력 유저들 최고 인기 레시피 중 하나라던데."

"아아. 그런가. 인기 제품일 것 같긴 해. 육즙도 팡팡 터지고. 달달하고… 그리고."

홀린 듯 중얼거리던 재석의 말이 멈춘다. 그리고 녀석의 얼굴이, 점점 일그러지기 시작했다.

"아, 이런 주책이… 하하… 윽. 끄윽……."

신음과 함께 녀석의 어깨가 들썩인다.

"흑. 흐윽. 으으으… 흐윽……!"

"재석아?"

당황해 녀석의 어깨에 손을 올렸지만 녀석은 멈추지 못했다.

"끄윽… 크흑… 흐윽……!"

눈물을 쏟아내기 시작한다. 그토록 쾌활해 보이던 녀석의 표정은 완전히 무너져 있는 상태. 나는 뭐라 더 말하지 못하고 그저 녀석의 등을 두들겨 줄 수밖에 없었다.

'그렇군. 쉬웠을 리가 없나.'

경천칠색 수련자는 초진동 블레이드를 주 무기로 하는 메탈 에일리언의 천적이다. 거기에 내가 만들었던 공략법도 있으니 녀석은 능력 이상으로 손쉽게 스테이지를 클리어할 수 있었겠지.

그러나 그렇다 하더라도 메탈 에일리언은 완성자급에 맞먹는 강적이다.

초진동 블레이드를 무용지물로 만든다 해도 메탈 에일리언에게 물어뜯기면 살점이 떨어져 나갈 것이다. 공략에 실수가 있거나 재수가 없으면 둘 이상의 적을 상대해야 할 수도 있다.

거기에 스테이지에서 보낸 시간.

'60년이라니.'

정말 미친 소리다. 나도 몇십 년이라는 시간을 겪었지만 우리가 겪은 시간의 질은 전혀 다르다. 그저 기나긴 휴식을 취하고 온 나와 다르게 그는 매일을 고통과 외로움 속에서 투쟁했으리라.

'하지만 왜?'

이해할 수가 없다. 왜? 대체 무엇이 녀석을 이렇게까지 필사적으로 만들었단 말인가? 아무리 현실의 시간이 멈춰 있다 하더라도 60년은 보통의 시간이 아니다. 영능으로 장수하게 된 능력자라 하더라도 [수명]을 걱정해야 하는 시간인 것이다.

'그토록 고통스럽다면 그냥 스테이지를 종료하고 나왔으면 됐는데 어째서?'

그런데 그때 끼어드는 목소리가 있었다.

"왜 이런 데에서 징징 짜고 있어?"

"……!"

눈물을 쏟아내고 있던 재석의 몸이 멈칫한다. 나는 고개를 돌려 목소리의 주인을 보았다.

[심판일맥]

[11레벨]

[심판자 이경은]

언제나 그랬듯 화려한 복장을 걸친 늘씬한 미녀가 그곳에 서 있다. 역시나 나이를 먹은 모습으로, 민경이 그랬듯 20대 중후반으로 보이는 외모.

'다들 꽤 버텼군.'

벌써 10레벨 스테이지에 이르렀지만 지금까지 스테이지를 많이 진행해서 늙거나 성장한 사람은 거의 없는데 이 잠깐 사이에 그런 사람을 몇 명이나 본다.

'명예의 보좌 덕분이지.'

스테이지 레벨을 압도적으로 뛰어넘는 역량을 갖추지 못한 이상, 스테이지는 장시간 버티기에 적당한 환경이 아니다. 편한 수면은 꿈도 못 꾸는 잠자리. 한정된 식량과 식수는 플레이어를 끊임없이 한계에 몰아넣으니까.

그러나 명예의 보좌가 생기며 상황은 달라졌다.

앉는 대상의 체력과 마력을 회복시키며 심지어 바라면 음식까지 보급해 주고 부상마저 치료하는 밸런스 브레이커. 명예의 보좌.

'후안, 이 망할 놈. 이런 게 1레벨 스테이지 때부터 있었으면 많은 사람들이 시간을 가지고 역량을 키울 수 있었을 텐데.'

지금이라도 3신기가 생겨서 많은 도움을 받고 있는 처지지만 그런 생각을 안 할 수가 없다. 1레벨 스테이지를 처음 깨고 영능을 얻은 플레이어들이 비교적 약한 다수의 적을 상대로 수련을 할 수 있었다면, 지금보다 훨씬 더 많은 플레이어들이 레벨에 맞는 수준까지 역량을 키울 수 있었을 것이기 때문이다.

"대하야."

그런데 그때 나직한 목소리가 내 상념을 지운다.

"음?"

고개를 돌려보자 옷깃으로 눈물을 슥슥 훔친 재석이 내 귀에 대고 속삭였다.

"점심. 아니, 1시. 아니, 2시… 아니야. 3시에 보자."

"얼씨구? 너, 설마 가장 많이 떠오르는 얼굴 1위라는 게……."

"고마워."

내 손을 잡더니 제 맘대로 흔들어댄 재석이 몸을 돌려 경은을 향해 다가갔다. 경은은 도발적인 표정으로 재석을 마주보았다.

"뭐야 너, 엄청 늙었네. 많이 굴렀나 봐?"

묘하게 공격적인 어투. 그러나 재석은 아무 답 없이 그녀에게 다가갔다.

"뭐야? 지금 내 말 씹어? 이젠 레벨 오를 만큼 올랐다 이 거야?"

이제는 숫제 시비를 거는 느낌이었지만 재석은 대답하지 않 았다. 그저 그녀에게 더 바짝 다가갔을 뿐이다.

그리고 마침내 재석과 경은이 마주섰다. 모델 수준의 신장 을 가진 경은이었지만 이제는 2미터가 넘는 재석과 마주하니 작고 연약하게만 보인다.

"뭐, 뭐야. 맨날 눈도 못 마주치더니 이제 와서⋯⋯."

경은의 뾰족한 목소리에 재석이 말했다.

"미안해."

"뭐? 미안? 뭐가?"

"이제야 결심해서 미안해. 명확하게 갖춰지지 않으면 결심하 지 못하는 바보라서 미안해."

"너! 무슨 개소⋯⋯."

그러나 그 순간 재석이 그녀를 껴안았다. 나를 껴안은 것 보다 훨씬 깊은 밀착. 재석의 품속으로 경은이 쏙 하고 들어 간다.

"이거 놔."

당장이라도 물어뜯을 듯 으르렁거리는 목소리.

"놓으라니까! 내 말이 우스워?!"

마치 발작하듯 발버둥 치는 경은이었지만 그럼에도 재석은 꿈쩍도 않는다. 그저 그녀를 가만히 안고 있는 모습은 마치 석 상처럼 보인다.

"뭐야! 너 뭐냐고!! 지금 뭐 하자는 거야!"

뻑! 뻐억! 쾅!

그녀의 주먹이 보는 사람이 다 움찔거릴 정도로 매섭게 재석의 옆구리를 후려친다. 농담이 아니라 강철판도 우그러뜨려 박살 낼 정도로 파괴적인 공격.

그러나 경천칠색이 진동 다음으로 강한 게 바로 물리적 충격이다.

그리고 그렇게 몇 번 더 후려치던 경은의 손이 늘어뜨려진다.

"뭐 하는 거냐고……."

길게 늘어지는 말꼬리.

이내 들리는 울음소리.

나는 신음했다.

"아… 나는 그만 정신을 잃고 말았습니다."

이미 옛날 옛적에 연애 세포가 사멸한 난 차마 눈 뜨고 볼 수 없는 광경에 고개를 돌렸다. 그곳에는 그들을 멍한 표정으로 바라보고 있는 민경이 있다.

"할 말 있다고 했지? 나가서 하자."

"예? 하지만."

"하지만이라니? 저거 더 구경하려고?"

"…아닙니다."

나와 민경은 다시 이면세계에서 표면세계로 이동했다. 아까처럼 사람이 모일까 두려워한 것인지 마법 도구를 꺼낸 민경이 사람들의 인식능력을 왜곡시키는 결계를 펼치는 모습이 보인다.

그런데 문득 호기심이 일었다.

'그나저나 재석이 녀석, 음식 문제는 어떻게 해결한 거지?'

먹는 문제로 엄청 고생하긴 한 모양인데 고생을 어떻게 해야 60년을 버틸 수 있는지는 알 수가 없다.

'보좌가 있긴 할 테지만 기껏해야 아이언일 텐데… 아닌가? 무기들 나눠 주고 일반인들 키워주며 꽤 유명해졌으니 브론즈 정도는 되려나?'

그러나 말이 안 된다. 고작 브론즈 랭크 정도로는 칼로리를 어마어마하게 소모하는 경천칠색을 감당할 수 없기 때문.

'3시에 만나면 물어봐야겠군.'

그렇게 생각하며 민경을 따라갔다.

나는 민경과 광화문을 지나 길을 건너 광화문 광장으로 들어섰다.

잠시 어색한 표정을 짓고 있던 민경이 말한다.

"경은이와 재석이는 태중 혼약 한 사이였습니다."

"이가 사람들은 재석이를 장사치 아들이라고 무시하던데?"

"이면세계에 취해서 현실감각을 잃은 꼰대들이나 할 법한 소리지요."

그녀의 말에 고개를 끄덕였다. 하기야 지금은 현대고, 금력은 절대 무시할 수 없는 힘이다. 아무리 돈보다 힘이 더 중요한 이면세계라 해도 막대한 금력을 가진 재벌가는 반드시 잡아야 할 세력이리라.

"거기에 경은이는 후궁의 자식이니 재벌가와의 정략결혼에 충분히 쓸 법한 카드였지요. 그 결과 경은이와 재석이는 아주

어릴 적부터 가까이 지내게 되었지요."

결국 저울추가 맞았다는 뜻. 민경은 한결 차분해진 표정으로 말을 이었다.

"어른들의 사정으로 시작한 관계였지만, 두 녀석의 사이는 꽤 좋았습니다. 특히 경은이가… 재석이를 많이 좋아했지요."

"뭐?"

전혀 짐작 못 하던 일이다. 왜냐하면 학교에서 재석이는 경은이만 보면 바퀴벌레처럼 몸을 숨기기에 급급했기 때문이다. 경은 역시 재석을 무시하고 경멸하는 모습을 보였는데 경은이 재석이를 많이 좋아했다고?

"그럼 뭐가 문제였어?"

"선별이 문제였지요. 재석은 완전 무능력자 판정이 나왔거든요. 사실 거기까지도 문제가 없었지만… 경은이가 파란색 촛불을 피워내 버렸지요."

민경의 말에 나는 나 역시 받았던 선별의 과정을 떠올렸다. 그리고 [선별의 빛] 역시도.

"아. 기억난다. 신마기영응체(神魔氣靈應體)."

"네. 경은이가 파란색 촛불을 피운 재능은 영력이었습니다. 심지어… 호응력까지 노란색의 재능을 피워냈지요."

나는 과거 나를 선별하러 왔던 선별사 율(律)의 말을 떠올렸다.

"맞습니다. 이 초들은 각각의 재능을 색으로 구별시켜 주지요. 아, 물론 지금 이게 내 재능이라는 건 아닙니다. 사실 남색 이상의 재능을 가진 자는 전 세계를 뒤져봐도 한 명도 없거든요."

빨주노초파남보. 무지개의 등급 분류에서 남색 이상의 재능을 가진 사람이 전 세계에 단 한 명도 없는데 파란색이라는 게 무슨 뜻이겠는가?

"최상위급 재능이겠네."

"그 정도를 넘어섭니다. 이 세상에 살아 있는 파란색 재능의 소유자는 100명이 채 안 되니까요. 거기에 호응력의 재능까지 가진 경은이는… 이가의 가장 강력한 비수라 불리는 심판자의 일맥을 이을 수 있는 유일한 존재가 되었지요."

그리고 그 결과, 이가와 일성 그룹의 정략결혼이 박살 나버렸다는 말이다. 어쩔 수 없는 일이겠지. 비등하다고 생각한 저울추가 한쪽으로 급격하게 기울어 버렸으니.

"경은이는 울며불며 저항했습니다. 단식은 물론이고 자해까지… 어린 녀석이 고집이 얼마나 센지 어른도 당혹스러워할 정도였지요."

"재석이는?"

"그런 경은이를… 설득했지요."

"아이고."

나는 대충 그려지는 그림에 혀를 찼다. 재벌가의 사람이었기 때문일까? 재석이 녀석이 좀 더 현실적으로 자신의 처지를 파악한 모양이다.

그리고 그것이 경은에게는 상처가 되었겠지.

'하지만 재석이라고 정말 괜찮았을 리는 없다.'

헤어지기 싫다고 저항하는 소꿉친구를 스스로 설득해 떼어내야 하는 것이다. 다른 것도 아니고 자신의 재능이 너무나 별볼 일 없다는 이유로……

얼마나 비참했을 것인가? 얼마나 세상이 원망스러웠을까?

"그럼 지금은 어때?"

"물론 지금도 가문의 어른들은 불평할 겁니다. 심판자 일맥에 대한 가문의 자부심은 정말 대단하니까요. 하지만."

지금껏 담담하던 민경의 얼굴에 싸늘한 미소가 피어올랐다. 맺힌 게 많았는지 보기 드문 표정을 보이고 있다.

"이제 와 그것들이 뭐 어쩌겠습니까? 일반인이었던 재석이가 17레벨이 되는 동안 완성자도 못 된 버러지 놈들이."

"흠. 그래."

나는 대충 고개를 끄덕였다. 뭐, 알아서 할 것이다. 인류가 멸망하네 마네 하는 상황에서는 그리 중요한 문제도 아닐테고.

'문제가 생기면 재석이가 도와달라고 하겠지. 자존심 때문에 실리를 버릴 녀석은 아니니.'

그렇게 생각하며 한쪽에 있던 벤치에 앉는다. 민경은 약간의 간격을 두고 따라 앉았다.

더위가 점점 가시기 시작하는 늦여름.

나는 사방에 가득한 사람들을 보았다.

"와글와글하구먼."

하도 많은 사람이 오는 장소였기에 도로까지 폐쇄되어 버린 광화문 광장은 무슨 단체 시위가 있는 것도 아니거늘 사람으로 빽빽하게 들어찼다. 사람들은 길을 따라 걸으며, 혹은 준비된 자리에 앉아서 삼삼오오 대화를 나누고 있다.

심지어 서로 모르는 사이여도 거리낌 없이 자리를 내서 앉아 대화를 나눈다. 그들 중에는 잘 차려입은 사람들도 있었고.

"뉴스 보셨어요? 지금 출석한 국회의원이 서른 명밖에 안 된다던데."

"전 좀 달라요. 편견이겠지만 국회의원은 다 쓰레기라고 생각했거든요. 정의가 내리는 심판은 권력자에게 불리하게 작용한다는 걸 생각하면… 전 서른 명이나 남아 있다는 게 오히려 기대 이상으로 느껴지네요."

중고등 학생들도 보인다.

"여성부 없어졌다는 건 들었냐? 진짜 개 빵 터진다. 푸하하하하!! 와, 이게 하루 만에 정리가 되네. 사실 절차상 말이 안 되는데 지금 세상 돌아가는 판이 절차 같은 게 없는 판이라."

"지금 여성부가 문제냐. 국방부를 봐라 국방부를."

"기부 단체도 다 박살 나서 국가에서 아예 새로 만든다더라."

"뉴스에서 오늘 터진 대형 폭로만 3,000건이 넘는대. 너무 많아서 다 기억하기도 힘들다."

당연한 말이지만 가장 큰 화제는 바로 정의와 진실. 그리고 명예의 등장이 만들어낸 후폭풍이다.

'아 그래. 이런 일이 있었지. 하도 오래되어서 잊고 있었네.'

물론 화제가 그것만은 아니다.

"철가면 공략 통째로 외우고 갔는데도 기억이 하나도 안 나네. 이래서야 어쩌다 죽었는지도 알 수가 없으니."

"철가면이 진짜 대박이긴 해. 아니, 10레벨 시험을 어떻게 3레벨로 깨지? 공략할 시간이 뭐 얼마나 많았다고."

"사람이 아냐 신이지. 공략의 신."

"난 글렀어. 못 깨겠어……. 이제는 한 번을 클리어할 수가 없으니 레벨 업도 스톱이야."

"아니 근데 10레벨 중급 스테이지는 어떻게 완벽 클리어가 된 거야? 삼신의 가호가 그렇게 대박인가? 내 주변에는 가호 받은 사람이 없어서 모르겠어."

광화문 광장은 수많은 사람들의 활기로 북적거린다. 사람들이 바쁘게 오가고, 대화하고, 먹고 마시며, 강연을 듣고, 공연을 하는 한편, 심지어는 함께 수련도 하고 있다.

그 모습을 보다 보니 문득 궁금해졌다.

"신기해."

"뭐가 말씀입니까?"

"사회가 여전히 이렇게 잘 굴러가고 있잖아."

인간이 만든 시스템이라는 건 섬세한 유리와 같아서 어디 한 군데만 잘못 맞아도 사회 전체에 쩍, 하고 금이 가버리기 마련이다.

지금은 그야말로 말세(末世).

국정이 마비되고 사회시스템이 붕괴하면서 음모론이 퍼지고 시위가 일어나는 게 정상인 상황인데, 어째서인지 기이할 정도로 사회가 멀쩡히 유지되고 있다. 점점 절망적으로 변해가는 상황에 전체적으로 분위기가 가라앉고 있는 게 느껴지긴 하지만, 그럼에도 대중교통은 여전히 운행하고 있고, 식당들도 문을 열며, 직장인과 공무원들은 정상적으로 출근한다.

"필사적인 발악이지요. 절망을 느끼는 만큼 더더욱 일상을 지켜내고 있는 것입니다."

"부족해."

그녀의 말이 완전히 틀렸다고는 생각하지 않는다. 실제로 내 눈에 보이는 사람들이 이 악물고 서로를 응원하며 일상을 지켜내는 모습을 보여주고 있었으니까.

정말 죽음이 눈앞에 다가오자, 그것도 모두에게 평등하게 다가오자 사람들이 더더욱 필사적으로 살아가고 있는 상황.

그러나 모두가 한마음으로 그럴 리는 없지 않은가?

세상에는 구제 불능의 인간들이 존재하게 마련이다. 아니, 존재하는 정도가 아니라 무수하게 많다. 말도 안 되는 유언비어를 퍼뜨리는 자들. 뇌를 비우고 믿고 싶은 것만 믿는 자들. 모든 도움과 선의를 뒤틀리게 받아들이는 이들과 새롭게 얻은 힘으로 남을 억압하고 싶어 견디지 못하는 자들까지.

"대마법사님의 안배입니다."

"안배가 참 많기도 하군."

"실제로 많습니다. 대마법사님께서는 모든 경우의 수를 다 대비하셨지요. 좀비 바이러스, 우주 괴수의 강림, 게이트의 등장, 최악의 전염병, 기계족 각성……. 저조차 다 알지는 못하지만, 아포칼립스 영화에 나올 법한 거의 모든 경우에 대비하셨다고 하죠. 각 부처는 물론이고 방송, 교통, 의료 등등 모든 분야에 대응 매뉴얼이 완성되어 있습니다."

"그건… 대단하네."

아무리 생각해도 어처구니가 없다. 초월자라도 이렇게까지 하려면 어지간한 정성과 노력으로는 어림도 없을 텐데. 이쯤 되면 거의 안배의 제왕 아닌가?

"물론, 대마법사님의 안배가 모든 걸 해결한 건 아닙니다. 사람들이 그 안배를 제대로 실행할 수 있어야 하죠. 그런 면에 서 한국은 전 세계에서 톱클래스라고 할 수 있습니다. 사회시스템을 거의 온전히 유지하고 있으니까요."

자부심이 느껴지는 발언. 그리고 그건 틀림없는 사실이다. 정권이 붕괴하고 무정부상태가 되어버린 북한, 나라가 지역별로 쪼개져 버린 중국을 제하더라도 지금 세계 대부분의 나라는 계엄령을 선포하고 개인의 자유를 억압하고 있는 상황이니까. 선진국 중에서도 대중교통과 문화 사업이 살아 있는 국가는 그리 많지 않다는 것만 봐도, 한국이 종말 프로젝트에 얼마나 잘 적응하고 있는지를 알 수 있다.

"삼신 덕이기도 하지."

"그건 인정합니다."

악한 짓을 하면 그것이 문신으로 몸에 새겨진다. 거짓을 말하면 코가 길어지고 불명예스러운 일을 한다면 앉는 자리가 불편해진다.

인류의 이해를 넘어서는 초월적인 존재. 삼신(三神)의 권능은 멸망의 기로 앞에서 미쳐 날뛸 수 있었던 인류의 정신 줄을 강하게 틀어쥐었다. 멸망의 시대에 사회시스템을 망가뜨리는 행동은 대부분 [악행]이 될 수밖에 없고, 아직까지 그 어떤 방법으로도 그런 행동에 대해 가해지는 삼신의 권능을 피하는 게 불가능하기 때문이다.

때문에 사람들 중에는 삼신을 종말의 시대에 내려온 구원자로 보기도 했다. 실제로 그들의 존재로 인해 인류 문명이 지켜지고 있었으니까.

물론 모든 사람이 그렇게 생각하는 것은 아니다.

—기적이 신의 증거는 아니다. 왜냐하면 기적은 악마도 일으킬 수 있기 때문이다.

겨드랑이에 성경을 끼고 있는 노인이 팻말을 들고 서 있다. 일종의 일인 시위. 누구 보라고 하는 것인지, 어떤 의미가 있는지 알 수 없는 행동이지만 이 항거할 수 없는 변화 앞에서 그렇게라도 저항하기로 마음먹은 모양이었다.

"저기 저 사람 좀 봐."

"뭐 당연히 있을 법한 모습이지. 오히려 뭔 일 터질 때마다 사람들 우르르 몰려나오던 대형 교회 목사들이 안 보이는 게 신기하다."

"대형 교회 목사들이 어떻게 광화문으로 와? 방 밖으로도 못 나오지."

"하기야."

냉소 섞인 사람들의 반응에 움찔하지만 팻말을 들고 버티는 노인. 나는 잠시 그 모습을 바라보다가 입을 열었다.

"그나저나 이렇게 잡담을 하려고 찾아온 건 아닐 테고. 용건은 뭐야?"

내 물음에 민경이 고개를 끄덕이고 답했다.

"지킴이에 대해 알고 계신가요?"

"들어는 봤지."

그것은 대마법사가 만들었다는 율법 단체(律法團體)의 이름이다. 이면과 표면을 구분하려는 대마법사의 뜻을 강제하는 단체, 지킴이.

"그들은 규칙의 수호자들입니다. 그들은 한 명 한 명이 인류 최강에 맞먹는 힘을 가지고 있지만 그 힘을 스스로를 위해 쓸 수는 없는 존재들이지요."

그녀는 지킴이에 대해 간단히 설명했다. 이면세계의 능력자들이 제멋대로의 성향을 가지고 있음에도 표면세계에 별다른 영향을 끼치지 못하는 것이 바로 보이지 않는 곳에서 규칙을 강제하는 지킴이들이 있기 때문이라는 사실을.

"인류 최강에 맞먹는 힘이라는 게 어느 정도인데?"

내 질문에 민경은 잠시 고민하다 말했다.

"정확히는 알 수 없지만… 탑을 탈출할 때 잠시 대적한 적이 있습니다. 그들 중 하나가 영민이와 대등하게 싸웠었지요."

'15레벨이라는 건가. 그러고 보니 경회지의 이무기 녀석들도 15레벨이었… 설마?'

순간 떠오르는 생각이 있어 물었다.

"그 녀석들도 스테이지를 클리어하는 건가?"

스테이지를 진행할 때 적을 죄다 일격에 쓰러뜨리며 진행했음에도 내 위에 수천 명의 랭커가 있었다. 아직 스테이지라는 시스템에 적응할 틈도 없을 텐데 도대체 어디에 이만한 강자들이 숨어 있었나 하는 의문이 들게 만들었던 정체불명의 존재들.

"물론입니다. 지킴이는 온갖 사명으로 억제되고 있어 사욕을 채울 수 없는 존재지만… 그럼에도 인간이니까요."

"숫자는?"

"정확히는 알 수 없습니다. 아주 강력한 은폐 능력을 지닌 집단인지라……."

잠시 고민하던 민정이 말했다.

"대충 5천 명에서 1만 명 정도?"

"……!"

나는 깨달았다.

'내가 이상하다 했지!'

역시 그런 놈들이 있었구나!

＊　　　＊　　　＊

"이거야."

오후 3시에 만난 재석은 나에게 살구색의 구슬을 건넸다. 만져보니 말랑말랑하다. 볼살을 모아서 손가락으로 톡톡 눌러보는 것 같은 감촉. 마치 살아 있는 것만 같다.

"이게 뭐야. 살덩어리?"

"혈골육(血骨肉)이야."

설명하는 재석은 연신 싱글벙글이다. 뭐가 그렇게 좋은지 눈과 입에서 웃음이 끊이질 않고 세월이 묻어나던 피부에서 광이

난다.

그뿐이 아니다.

[일성]
[16레벨]
[고행자 배재석]

'아니, 대체 왜 레벨이 올라? 몇 시간 동안 대체 뭔 일이 있던 거야?'

물론 짐작 가는 바가 없는 건 아니지만 구태여 묻고 싶지 않았다. 그런데 묻지 않았음에도 재석이 녀석이 자꾸 알려주고 싶어 하는 게 아닌가?

"후후후. 대하야. 난 어른이 되었다."

"넌 그냥 어른이 아니라 노인이야, 노인. 80살이라고. 팔순 잔치를 열어야 할 정도인데 뭘 새삼스럽게 어른이 돼?"

"남자는 그냥 나이 먹는다고 어른이 되는 게 아니란다. 후후후. 하하하하!"

"미친놈아… 정신 좀 차리고 이 혈골육인가 뭔가 하는 거나 설명해."

눈살을 찌푸리며 닦달하자 그제야 정신을 차린 재석이 말했다.

"이건 아마 2년. 아닌가? 3년인가? 하여튼 그때쯤에 내가 아사할 뻔하고 작업을 시작해 7년 차에 완성한 기술이야. 내 몸속에 혈골육을 만들어낼 수 있는 기관이 있고, 완성품은 배

꼽을 통해서 [배출]할 수 있어."

"배출… 그렇다는 건 역시."

"맞아. [광기의 식사]를 위한 물건이지."

윙! 하는 소리와 함께 혈골육이 잘려 나가자 그 안의 깔끔한 단면이 드러난다. 그것은 단순한 살덩어리가 아니었다. 고작 손톱만 한 크기. 약국에서 흔히 사 먹는 알약 같은 외양이지만… 그 안에는 살점은 물론 핏물, 그리고 무엇보다 뼛조각이 들어 있었다.

"씹지는 않아. 정확히는 씹지 않기 위해 작게 만들었지. 처음에는 그냥 살점만 넣었지만 점점 신체가 병들어가서 뼈와 피도 넣어야 했고. 아, 참고로 이거 하나만 먹으면 생존에 필요한 모든 영양소를 다 획득할 수 있어."

자신의 신체 일부를 취식하면 그 효과가 10배로 증가하는 스킬. [광기의 식사]는 자판기에서 처음 발견했을 때부터 내가 눈여겨보던 스킬이다.

당연하지만 탐나서 눈여겨본 게 아니다.

끔찍해서 눈여겨본 것이지.

'저런 스킬이 있는 것 자체가 문제라고 생각했는데… 그걸 재석이가 익히다니.'

광기의 식사는 스테이지의 끔찍한 설계를 단적으로 보여주는 스킬이다. 이런 미친 스킬이 있다는 것은, 스테이지가 그런 스킬이 필요할 만큼 열악한 환경이라는 것을 뜻하기 때문이다.

스테이지를 단 한 번만 클리어하고 말 거라면 상관없지만 여러 번 클리어하려면 반드시 식사 관련 스킬이 필요하다. 스테이지는 추가적인 클리어를 통해 스테이지 클리어에 실패한 사망자를 구할 수도 있고 포인트 수급도 할 수 있지만, 바꿔 말하면 단지 강하다고 닥치는 대로 스테이지를 클리어하지 못하게 설계되어 있다고 할 수 있다.

"사실 효율로 따지면 그 어떤 스킬도 광기의 식사를 따라올 수가 없어. 다른 스킬은 만렙을 찍어도 한계가 분명하니까. 무지막지한 식량을 필요로 하는 생체력 수련자에게 무한 보급이 가능한 스킬은 오직 광기의 식사뿐이지."

"하. 미친. 광기의 식사라니."

한숨 쉬는 내 모습에 재석이 씁쓸하게 웃었다.

"다른 수가 없었어. 내 명예도 브론즈 랭크는 되지만 생체력이란 게 워낙 많이 먹어야 해서 턱도 없더라."

그 마음은 충분히 이해가 간다. 당장 나만 해도 스테이지를 진행하다 아사(餓死)한 경험이 있었으니까. 다만 나에게는 권능. 고유세계가 있었기에, 스테이지의 설계를 벗어난 방향으로 다회차 플레이를 성공할 수 있었다.

"그나저나 스킬 만렙은 무슨 말이야?"

"무슨 말이라니? 공략을 그렇게 올리는 녀석이 스킬 레벨 올리는 법을 모르다니… 아니, 그러고 보니 너 설마 진짜 1레벨도 안 올린거야? 그 5레벨은 종말 프로젝트 전에 올린 거고?"

나는 자판기에서 경험치 포션을 산 적이 없다. [문]이 열릴 때마다 올 스탯이 100포인트나 올라가는 통에 레벨 업을 할 이유가 없었기 때문이다.

"아! 개멍청한 짓 했네. 아니, 근데 인터넷 검색도 나름 했었거든? 스킬 포인트가 있다는 말은 못 들어본 것 같은데."

"스킬 포인트는 따로 없어. 보너스 포인트로 스킬 레벨을 올릴 수 있는 거지. 실제로 내 광기의 식사는 10레벨. 즉 만렙이고 [안정화] 트리를 타서 효과가 20배야. [광기] 트리를 타면 40배까지 된다는데 그건 진짜 미친 짓이라 안 했어. 명예의 보좌가 없으면 그 미친 짓을 했어야 할지도 모르지만서도."

명예 짱짱!을 외치는 재석을 무시하고 나는 지니를 시켜 단박에 인터넷에 있는 모든 공략 정보를 뒤지기 시작했다.

과연 키워드를 알고 검색하니 스킬 레벨에 관한 정보가 무수히 쏟아진다.

'아, 제길. 내가 너무 오만했구나.'

너무 내 공략이 최고라고만 생각했다. 아니, 그걸 떠나서 그냥 지니에게 관련 정보 습득을 요청하기만 했어도 얼마든지 모아 왔을 텐데.

"그랬구나. 나는 네가 1레벨 스킬로도 할 수 있다는 걸 알려 주려고 스킬들을 항상 1레벨로 쓰는 줄 알았는데."

"뭐, 이제라도 알았으니 됐지. 그나저나 광기의 식사를 계속 사용할 생각이야?"

내 물음에 재석이 고개를 절레절레 흔들었다.

"아니, 이제 못 하겠어. 솔직히 반쯤 미쳐 지내느라 버텼던 거지, 사람 할 짓이 아니더라고. 미친 듯 벌어놓은 포인트로 스킬은 초기화 하고 명상도 길게 해서 몸 안에 만든 혈골육 생산 기관도 없애 버릴 거야."

"그러면 음식 문제는 어떻게 하려고?"

내 물음에 재석이 쑥스럽게 웃었다.

"그래서 말인데. 갑옷 좀 있는 대로 줘봐. 보나마나 새로운 모델 많이 만들었겠지? 자칭 생산계니까."

녀석의 말에 짐작 가는 바가 있었다.

"네 이놈! 나를 팔아 명예를 얻을 수작이렷다!"

"아, 좀 도와줘. 나와서 맛있는 거 먹으니 내 몸은 더 이상 못 먹겠단 말이야. 좀 강력한 갑옷이나 무기 같은 거 지원해 주면 6시 뉴스에 내가 17렙 찍은 스토리 읊으면서 풀어버릴 거야. 다이아는 안 되어도 플래티넘은 찍어야겠어."

사정하는 재석의 모습에 어이가 없어 헛웃음을 지었다. 불굴의 정신으로 60년을 버틴 녀석이 오히려 예전보다 더 능글맞아진 것 같다.

"공짜로?"

"돈이야 많지. 빌딩 줄까?"

"네가 돈이 그렇게 많아? 옥상으로 따라와!"

"하하하!"

아쉬운 입장이라 그런지 전혀 웃기지 않은 소리에도 박장대소해 주는 재석. 그러나 녀석은 내가 엘리베이터를 타자 눈을 동그랗게 떴다.

"뭐 해?"

"옥상으로 따라오라고."

"……?"

갑작스러운 내 행동에 갈피를 잡지 못하는 재석과 함께 빌딩의 옥상으로 올라섰다. 앞으로는 경복궁이 보이고 옆으로는 광화문 광장이 보이는 일성 소유의 빌딩. 문 타워다.

피우우우————!

"뭐야? 무슨 소리야?"

난데없는 바람 소리에 영문을 몰라 하는 재석. 그러나 그 순간.

"뭔가 온다!"

우웅— 우웅—!

느긋하던 재석의 분위기가 날카로워지고 재석을 중심으로 반경 300미터 안쪽의 공기가 묵직하게 진동한다. 마치 거대한 우퍼스피커가 쿵쿵 울리는 것만 같은 감각.

나는 녀석의 등짝을 때렸다.

"내 거야, 이놈아."

"아, 미안. 깜짝이야."

무안해 뒤통수를 긁는 녀석의 정면 공간이 일렁인다.

팟!

아무것도 없던 허공에 2.5미터의 갑주가 나타난다. 갑주를 내려놓았던 드론은 다시 클로킹 모드로 전환. 허공으로 사라져 버린다.

"와… 이건."

재석은 자신의 앞에 서 있는 묵색의 갑주를 보고 말을 잇지 못했다. 거인으로까지 보이는 덩치를 가진 그것은 날카로운 디자인에 왼팔에는 편하게 쓸 수 있는 형태의 버클러를. 오른팔에는 짧은 길이의 숏 소드를 장착하고 있다.

"나이트 아머(Knight armor)야. 예전에는 동심원 특성을 갑옷 전체에 걸었었는데 비효율적이어서 왼손에 달린 버클러에 동심원 효과를 집중하고 오른손에 달린 숏 소드에는 초진동 특성을 입혔지."

"초진동? 설마 초진동을 특성으로 구현했다고?"

"물론 그냥은 안 돼. 네가 직접 진동을 주입하거나 버클러로 받아들인 충격이 일정 수준을 넘어야 작동하지. 아, 그리고 양 주먹에는 충격 방출 특성이 걸려 있어서 주먹을 쥐어 때리면 충격을 증폭하고 혹은 손바닥을 펴면 전방으로 넓게 뿜어낼 수 있지."

그렇게 말하며 나이트 아머의 등을 탕 하고 친다. 최소한으로 부여되어 있는 강철 근육 특성이 작동하자 나이트 아머의 후면부가 활짝 열려 내부가 드러난다.

"지금 이 진동 기억했지? 이 진동으로 자극하면 갑주가 열려. 나갈 때도 마찬가지. 아, 그리고 주먹하고 장비를 제외한 몸통 전체는 강화와 복원 특성에 몰빵 했어. 조각조각 부서져도 복원될 정도니까 아끼지 말고 막 굴려도 상관없지."

"방패랑 칼이 망가지는 건 어떻게 해? 그 두 개에는 복구 능력이 없는 것 같은데."

"몸통에 붙여놓으면 돼. 몸통에 걸린 복구 특성이 장비들을 복구시켜 줄 테니까."

이건 내가 사용할 기사형 기가스. 나이트(Knight)의 갑주 형태다. 지니와 연결되어 있지 않으면 배틀 AI는 작동하지 않기 때문에 강철 근육의 사용은 최소화. 대신 갑주로서의 기능에 집중했고, 덕분에 나이트에 비하면 훨씬 경량으로 만들 수 있었다.

"와… 너무 멋지다……."

재석은 감탄하며 나이트 아머를 쓰다듬더니, 이내 나이트 아머 안으로 탑승했다.

키리릭! 철컥!

갑주가 닫히고 이내 몸을 이리저리 움직이기 시작한다. 움직임은 자연스럽다. 일반인이 탄다면 제대로 걷지도 못할 정도의 부하가 걸리는 물건이었지만, 16레벨에 도달한 생체력 수련자 재석에게는 반팔 반바지만큼이나 가볍겠지.

"…대하야."

그리고 한참을 그렇게 움직였을까? 재석이 나를 돌아본다. 얼굴은커녕 녀석의 머리카락 한 올 볼 수 없는 상태지만 왠지 녀석의 표정이 보이는 것만 같다.

"왜?"

"너, 너 혹시 부동산 관심 없냐? 이 빌딩, 너 가져! 아니, 내가 상속받을 재산 다 줄게!"

"그런 잡것 필요 없구여~"

나는 키득키득 웃으며 말을 이었다.

"그보다 갑옷은 이거 하나야. 너밖에 챙겨줄 사람이 없어서."

"뭐? 그 이상한 아공간에 설비가 그렇게 엄청났는데 이거 하나뿐이라고?"

"그래. 대신 말이야."

나는 재석을 보며 말했다.

"로봇 관심 없냐?"

"......?"

영문 모를 소리에 고개만 갸웃거리는 재석.

그리고 그렇게 시간이 지나 저녁이 다가오고.

─스테이지(Stage)가 오픈됩니다!

─레벨 10. 상급(上級)이 설정되었습니다.

......

─사망 처리가 모두 취소되었습니다!

─축하합니다! 스테이지가 완벽하게 클리어되었습니다! 기여도에 따라 보상이 주어집니다.

─당신의 순위는 1위입니다.

활성화된 직업: 정령사, 대장장이, 강체사

[현재 레벨: 10, 10, 10]

보너스 포인트는 300.

레벨을 올렸다. 직업이 여러 개여서 경험치 배율이 엉망이라지만 포인트가 너무 많아 감당이 불가능한 나에게는 상관없는 이야기. 나는 철광석을 내키는 대로 사고. 목재도 사보고 석재도 사보고. 마나석도 잔뜩 샀다.

영약들도 사서 닥치는 대로 먹어보았다. 마법 무구들도 제일 좋은 걸로 몇 개 사보았는데 성능이 너무 제한적이다. 최상위 물품조차도 딱 완성자가 사용할 정도에 불과하다.

―스테이지(Stage)가 오픈됩니다!

―레벨 11. 하급(下級)이 설정되었습니다.

역시나 완벽 클리어에 성공했다.

―스테이지(Stage)가 오픈됩니다!

―레벨 11. 중급(中級)이 설정되었습니다.

역시나 완벽 클리어 성공. 이제는 살 것도 별로 없어서 포인트가 쌓이기만 한다.

―클리어 보상으로 219경(京) 7,265조(兆) 포인트를 획득하셨습니다.

―포인트는 거래의 수단이며 [각성 포션], [경험치 포션], [장비], [도구], [재료] 등을 구매할 수 있습니다.

"219경(京) 7,265조(兆)?! 아니, 이제 억 단위는 표시도 안 해주네."

비명이 절로 나온다. 포인트양이 점점 미쳐 돌아가기 시작한다. 언뜻 보면 자릿수가 가늠이 안 될 지경으로 올라가고 있는 상황.

당연하지만, 스킬을 찍었기 때문이다.

―억제기(10레벨): (극한) 1회 클리어를 20회 클리어로 판정. 고스탯

부터 2,000포인트 스탯 감소 디버프.

억제기의 스킬 트리는 3갈래였다. 계속 100포인트 스탯 감소만 감수하면서 5회 클리어 판정까지 올라가는 (절제) 트리. 스탯을 1,000포인트 감소시키며 10회 클리어 판정까지 올라가는 (돌파) 트리. 그리고 스탯을 2,000포인트 감소시키는 대신 20회 클리어로 판정하는 (극한) 트리까지.

보통 어지간히 여유가 있지 않은 이상 극한 트리를 노릴 수는 없겠지만, 내 스탯은 올 300포인트로 총 포인트 합이 3,000포인트다.

심지어 어차피 클리어는 프레데터가 다 하기 때문에 스탯 감소가 아무런 페널티도 되지 않는다.

—스테이지(Stage)가 오픈됩니다!

—레벨 11. 상급(上級)이 설정되었습니다.

…….

—사망 처리가 모두 취소되었습니다!

—축하합니다! 스테이지가 완벽하게 클리어되었습니다! 기여도에 따라 보상이 주어집니다.

—당신의 순위는 1위입니다.

완벽 클리어. 완벽 클리어. 완벽 클리어.

11레벨 스테이지가 누구의 피해도 없이 클리어된다. 다른 사람들이 공략을 하건 안 하건 어차피 남은 스테이지는 나 혼자 감당할 수 있으니, 그 횟수가 1억이든, 2억이든, 3억이든… 내 시간을 정지하고 프레데터가 반복해서 돌면 그만인 것.

그러나 12레벨 하급. 12레벨 중급까지 클리어되고.

마침내 12레벨 상급.

시간을 정지하고 있던 난 외부 자극에 강제로 깨어났다.

눈을 뜬 내 눈앞으로 텍스트가 떠올라 있다.

—시스템이 일부 업데이트됩니다.

—특정 유저의 과도한 클리어로 인한 비정상적인 진행이 유지되고 있습니다.

—1인이 클리어 가능한 횟수가 1만 회로 제한됩니다.

"…뭐라고?"

무슨 말을 하는 건지 이해가 안 돼서 잠깐 동안 텍스트를 멍하니 바라봤다.

특정 유저의 과도한 클리어? 비정상적인 진행? 그러나 내 당혹스러움을 가볍게 무시하며 새로운 텍스트가 떠오른다.

—모든 시험이 끝났습니다!

—스테이지가 클리어되었습니다! 기여도에 따라 보상이 주어집니다.

—당신의 순위는 1위입니다.

—당신의 클리어 횟수는 1만 회입니다.

—사망 취소 인원 1만 명을 표시합니다.

─대상은 혈족, 지인, 거주 지역, 출신 지역순입니다.

─변경을 원하는 인원을 선택해 주십시오.

눈앞으로 수많은 사람들의 얼굴이 떠오른다. 딱히 수정할 내용은 없었다. 내가 아는 사람을 다 더한다고 해봐야 1만 명이 넘을 것 같지는 않으니까.

─사망 처리를 변경 없이 적용합니다.

─남은 [사망 처리]의 숫자.

─8억 2,663만 9,991명.

─집행합니다.

"이런 미친."

그제야 나는 종말 프로젝트가 무슨 짓을 저질렀는지 알 수 있었다.

그렇다. 녀석은 해버린 것이다.

저격 패치를…….

결국 한계가 있을 것이라는 사실은 당연히 예상하고 있었다. 기본적으로 종말 프로젝트의 업데이트 속도는, 절대 인류가 감당하기 불가능한 구성으로 설정되어 있기 때문이다.

완성자(10레벨)가 어떠한 경지인가?

불과 몇 달 전만 해도 이 경지는 인류 최정상에 위치한 강자들이나 올라설 수 있는 위치였다.

예컨대 소드 마스터.

천재적인 자질을 타고난 자가 검 하나에 인생을 다 내던지고 사선을 건너며 깨달음까지 얻어야 마침내 도달할 수 있는 게 완성자의 경지인 것이다.

전투계 완성자의 전투력은 그야말로 킬링 머신.

현대 병기로 무장한 일개 사단이 몰려들어도 소드 마스터와 충돌하면 그저 학살당할 뿐이다. 탱크의 복합장갑도 뚫어버리는 검기와 대포를 맞아도 견디는 호신기. 총알을 피할 정도의 기동력은 현대의 군인들이 감당할 수 없는 수준의 것이니까.

과거 한국 최강의 검사라 불리던 천검(天劍) 이종우의 레벨이 11이었으니 더 말해 무엇 하겠는가?

그러나 지금.

11렙, 12렙을 지나 13레벨의 적을 쓰러뜨리는 것은.

간신히 [1인분]을 했다는 뜻에 불과하다.

―모든 시험이 끝났습니다!

―스테이지가 클리어되었습니다! 기여도에 따라 보상이 주어집니다.

―당신의 순위는 공동 1위(1만 122명)입니다.

―사망 처리를 변경 없이 적용합니다.

―남은 [사망 처리]의 숫자.

―9억 1,113만 5,211명.

종말 프로젝트가 마침내 이름값을 하기 시작했다는 느낌이 든다.

그렇다.

인류는… 정말 종말에 접어들고 있다.

[미국 플로리다주의 한 슈퍼마켓에서는 물자를 두고 총격전은 물론 플레이어들끼리 전투까지 벌어졌습니다. 영국 길거리에서는 높은 정의 랭크를 가지고 있던 싱가포르 출신 대학생이 습격당하는 사건이 발생했고 프랑스에서는 동양인을 사냥하는 폭력 집단까지 출현했습니다. 종말론의 확산 속에서 바닥을 드러낸 인간성. 한혜진 기자가 취재했습니다.]

[인간성이 어디까지 추락할 수 있는지를 두고 경쟁이라도 하는 듯 눈살을 찌푸리는 장면이 곳곳에서 속출하고 있습니다. 세계 각지에서 벌어진 폭력시위로 인해 엄청난 숫자의 사상자가 발생하고 있으며…….]

[의회에서는 계엄령에 대한 이야기도 나왔지만, 플레이어들의 수준이 크게 오르고 국방부가 와해 직전의 상황에 처하게 되면서 그 실효성이 의심되고 있습니다.]

[아프리카 부르키나파소 공화국이 공식적으로 '소멸'되었음이 확인되었습니다. 부르키나파소는 총인구 1천 400만에 달하던 나라였는데요. 마땅한 플레이어 전력이 없었던 부르키나파소는 총인구의 90% 이상이 사망하여 사체들을 처리할 엄두조차 내지 못하는 참혹한 지경에 빠져들었습니다. 이런 국가는 비단 부르키나파소뿐만이 아니라…….]

"업데이트가 계속되는 이상 이렇게 될 수밖에 없긴 했지……."

13레벨 하급 시험이 끝나고, 가뜩이나 줄어든 인류의 숫자는 더더욱 줄었다. 전 세계는 그야말로 혼란의 도가니. 지금껏 간신히 나라 꼴을 유지하고 있던 수많은 나라들의 사회시스템도 마침내 무너져 내리기 시작했다.

대마법사의 안배도, 삼신의 제약도 공포에 이성을 잃은 사람들을 완전히 통제하지는 못한다.

"야! 뭘 멍 때리고 있어? 빨리 가서 털자!"

"그래! 움직여!!"

나는 벤치에 앉아 아이스커피를 마시며 은행 문을 부수고 들어가는 사내들의 모습을 지켜보았다. 고작 열 명 정도의 인원에 총 한 자루 없는 강도들이지만 주변에 있는 사람들은 물론 경찰들조차 감히 그 앞을 막아서지 못했다.

그 열 명의 인원 모두의 머리 위에 이런 글자가 떠 있기 때문이리라.

[11레벨]

내 눈에 보이는 그들의 역량은 고작 7~9레벨에 불과하지만 그렇다 하더라도 일반인들의 눈에는 항거할 수 없는 강자로 보이는 모양이다.

'일반인 중에서 플레이어가 그렇게 많지 않네.'

스테이지는 전 인류를 대상으로 진행되고 있다. 사실 상식적으로 생각하면 인류의 절반 이상은 플레이어여야 하는데, 주변에서 비명을 지르며 숨는 사람들 중에는 어찌 된 게 플레이어가 하나도 없는 것 같다.

[정확히는 고레벨이 없는 것이지요.]

'그래. 그러고 보니 5레벨 이하는 꽤 많이 보이네.'

그러나 그 이상의 플레이어는 거의 없다. 지금 스테이지 진행이 인류 전체의 역량이 아니라 소수의 엘리트 중심의 역량으로 진행되고 있다는 증거이기도 하다.

"저거 어떻게 해요! 경찰에 신고 했어요?"

"신고는 했는데 경찰이 온다고 저걸 막을 수 있어요?"

발을 동동 구르는 사람들.

그리고 그때였다.

"모두 멈추십시오."

쿵, 하는 소리와 함께 은행을 털던 플레이어들의 뒤에 한 명의 인영이 내려선다. 나는 그를 보고 입을 벌렸다.

"…스님."

그렇다. 스님이다. 파르라니 깎은 머리에 장삼을 입고 그 위에 가사까지 걸친 진짜배기 스님. 산속에 있는 절도 아니고 이런 도시 한가운데에서 보기에는 너무도 이질적인 존재다.

"너 뭐야?! 꺼져!!"

이런 곳에서 강도질이나 하는 머저리들인 만큼 바로 공격해 들어갈 줄 알았는데 뜻밖에도 녀석들은 스님을 경계하며 자세를 잡았다.

'완전 바보들은 아니군.'

왜냐하면 알고 있기 때문일 것이다. 아무것도 아니던 자신들이 총알을 피하고 은행의 두꺼운 철문을 부술 수 있듯, 아무런 힘이 없어 보이는 스님 역시 완성자 이상의 강자일 수 있다. 자신들에게 있어 가장 큰 위협은 경찰이나 군인이 아니라… 지나가던 고렙 플레이어인 세상이 되어버린 것이다.

"뭘 쫄고 있어 바보야! 레벨을 봐! 8렙밖에 안 된다!"

"어, 그러네? 아니, 이 노친네가 미쳐 가지고! 너무 갖춰 입은 땡중이라 지나가던 고수인 줄 알았잖아?!"

새파랗게 불타는 검을 든 사내가 으르렁거리며 땅을 박찬다. 더 이상의 말도 필요 없다는 듯 조금의 망설임도 없는 참격!

그러나.

쩡!

"멈추시오. 지금 이 행동들로 그대들의 악업만이 쌓이고 있다는 것을 모르겠소?"

우우웅!!! 우우우웅———!!!

"윽! 으아악!!"

"크윽! 이게 뭔……?!"

황금색 파동과 함께 덤벼들던 플레이어들 전부가 바닥을 뒹군다. 온화한 종류의 기운이었기 때문에 크게 다친 이는 없었지만, 그야말로 상식을 벗어나는 힘이다.

'뭐야? 힘을 숨겼나?'

그러나 내 눈에 보이는 정보도 크게 다를 게 없다.

[성불사]

[7레벨]

[일선행자 명월]

"뭐지?"

무심코 중얼거리던 난 이내 그가 사용하는 힘의 출처를 발견했다. 그것은 그의 손에 들려 있는 지팡이. 그것을 발견한 것은 나뿐이 아닌 듯 플레이어들에게서부터 비명이 터져 나온다.

"저스티스 웨폰이다!"

"아니, 시발! 8레벨짜리가 저 막대기 하나 들었다고 이 정도까지 강해진다고?"

"티어가 대체 어떻게 되는 거야?!"

비명을 지르면서도 그들은 맹렬한 기세로 덤벼들었다. 그들역시 공포와 싸우며 스테이지를 클리어해 온 플레이어. 이미돌이킬 수 없는 상황이라면 더욱더 빨리 결단을 내려야 한다는사실을 알고 있다.

퍽!

명월의 어깨에 단검이 박힌다. 명월은 이를 악물며 정의봉을휘둘렀다.

후웅—!

해일처럼 일어난 기운이 플레이어들을 날려 벽에 충돌하게만들었다. 그러나 그런 와중에도 죽는 사람은 없다.

'바보 같은.'

힘을 조금만 집중해도 두 명씩 끊어서 처리할 수 있을 텐데명월은 철저히 제압만을 목표로 움직이고 있다.

문제는 그가 그렇게 자비를 보일 수 있을 만큼의 강자는 아니라는 점이다. 강력한 저스티스 웨폰을 들고 있다 하더라도 스스로의 역량이 부족하니 한계가 분명하다.

"땡중 새끼야————!!"

아스팔트 바닥이 물결쳐 명월이 넘어지게 만든다. 지팡이를 잡고 버텼지만 결국 넘어졌고, 살아 있는 생물처럼 몸을 일으킨 아스팔트가 명월의 몸을 집어 삼키려 들었다.

"합!"

그러나 기합과 함께 명월이 바닥을 치자 바닥에서 삽시간에 나무가 자라나 그의 몸을 뒤덮는다.

"좋아, 땡중! 거기 딱 그러고 있어라!"

화악!

불덩이가 만들어진다. 강도 무리에 마법사가 있었던 것. 명월은 대경해 몸을 일으키려 했지만 여전히 땅이 흔들리고 있다.

그리고 그 순간.

푸욱!

"끄… 억."

불덩이를 만들었던 마법사의 입에서 피가 울컥 뿜어져 나온다. 깜짝 놀란 플레이어들이 고개를 돌렸을 때 보인 것은 기다란 쇠꼬챙이를 들고 있는 강철 난쟁이다.

"고블린! 이, 이런 시발! 조종사를 찾……!"

퍽! 퍽퍽!

화살이 쏟아진다. 나는 근처 건물 옥상에 자리 잡고 있는 헌터들을 발견했다.

쿵쿵!

두 기의 버서커가 모습을 드러내 달리기 시작한다. 녀석들의 손에는 자판기에서 본 적 없는 디자인의 병기. 그러니까 광선 검이 들려 있다.

'저스티스 웨폰이다.'

챠챵!!

"큭! 아, 안 돼! 도망쳐야……!"

몇 번의 충돌에 중과부적을 느낀 플레이어들이 몸을 돌리려 했지만 광선 검은 그들을 놓아주지 않았다. 화살은 계속 쏘아졌으며, 작은 체구의 고블린들이 날렵한 움직임으로 치명적인 일격을 날린다.

눈 깜빡할 사이에, 강도들은 전부 시체가 되었다.

"이, 이런……."

죽음을 각오한 듯 눈을 감았던 명월이 망연자실한 표정으로 피바다가 된 도로를 바라보았다.

"괜찮으십니까?"

날카로운 디자인의 헬멧을 쓰고 있는 사내가 명월에게 다가온다. 내가 재석이에게 아바타 시리즈를 넘겨주며 같이 넘겼던 조종기. 아바타 시리즈를 움직이는 소프트웨어는 어디까지나 지니의 배틀 AI였던 만큼 다른 사람이 사용하려면 반드시 필요한 물건이다.

"괘, 괜찮소이다. 하, 하지만… 어떻게. 다, 다 죽이다니."

"제압하기에는 너무나 위험한 녀석들이었습니다."

"아니, 플레이어들의 생명력은 보통이 아니지 않소? 부상을 입히는 정도만 해도."

창백한 얼굴로 항의하는 명월.

그리고 그때였다.

─악을 멸하는 것은 정의의 첫걸음. 김소향. 충분히 정의를 실행한 너에게 나의 신기를 내리노라.

묵직한 목소리와 함께 하늘에서 빛나는 단검이 내려온다.

덜컹!

근처에 주차되어 있던 자동차의 문이 열린다.

황급히 튀어나와 빛나는 단검을 받은 건 초등학생 정도로 보이는 꼬맹이였다.

"와! 저스티스 웨폰! 저스티스 웨폰이에요!"

떨어져 내린 무기를 받아 든 꼬마가 활짝 웃으며 방방 뛰었다.

명월이 창백한 얼굴로 물었다.

"서, 설마……. 저 꼬마가 고블린을 조종한 것이오? 저렇게 어린 아이가?"

"…아바타 시리즈는 신체 능력이 모자라도 조종할 수 있으니 어린아이도 조종할 수 있습니다. 오히려 어린아이들이 적응이 빨라 조종술에서 더 좋은 결과를 내는 편이지요."

"말, 말도, 말도 안 되오! 저렇게 어린 아이를 이런 끔찍한 현장에 데려왔단 말이오? 저렇게 어린 아이에게 살인을 시켰단 말이오? 어떻게? 대체 어떻게?"

명월이 도무지 믿을 수 없다는 듯 손을 덜덜 떨었다. 하늘에서 내려온, 마치 장난감처럼 생긴 단검을 품에 꼭 안고 있던 소녀. 소향은 겁먹은 표정으로 명월을 바라보았다. 자신을 바라보며 덜덜 떠는 노인의 모습에 어쩔 줄 몰라 한다.

"저, 저기. 제가 잘못한 건가요?"

"아니, 그렇지 않다. 소향아, 어서 셸리를 데리고 차로 돌아가거라."

"네!"

소향은 도도도 하고 달려 땅에 뿌려진 피와 시체를 피해 맨 처음 마법사의 가슴에 꼬챙이를 꽂아 넣었던 고블린에게 다가갔다. 그러고는 웅차, 하고 고블린을 안아 들더니 다시 달려 자동차로 돌아간다.

이제 보니.

그녀가 안고 가는 고블린의 머리에 분홍색 리본이 매어져 있다.

"……"

나는 그 모든 모습을 가만히 지켜보았다. 나뿐이 아니라 많은 사람들이 그 모습을 지켜보고 있다.

헬멧을 쓰고 있는 사내가 말했다.

"명월 스님, 우리는 종말을 앞두고 있습니다."

"하, 하지만. 하지만."

"스님."

사내는 잠시 말을 멈췄다.

그 역시 하고 싶은 말이 많아 보였다. 이 모든 건 정부의 승인하에 벌어지고 있는 일이라든지, 이 혼란스러운 시국에 악인들을 즉시 처벌하지 않으면 상황이 걷잡을 수 없이 악화될 것이라든지. 저스티스 웨폰의 성능을 끌어올리지 않으면 이 어린아이들은 다음 스테이지에서 죽게 될 것이라든지. 뭐 이런저런이유들이 있겠지.

그러나 결국 그가 꺼낸 말은 그리 길지 않았다.

"인류는 살아남기 위해 뭐든 해야 합니다."

"……."

대답하지 못하는 명월을 두고 사내가 떠나간다. 연예인들이나 탈 법한 승합차에 올라탔고 그런 승합차의 지붕에 두 기의버서커와 3기의 헌터. 8기의 고블린이 자리 잡는다.

부릉!

떠나가는 승합차. 그때까지도 명월은 멍하니 자리에 앉아 있었다.

"어떻게."

한참이 지나고 나서야 그는 간신히 말을 내뱉었다.

"어떻게 이럴 수 있단 말이오. 세상이 어떻게… 어떻게…으흑……."

다 늙은 노인이 펑펑 눈물을 쏟아내기 시작한다. 주변에 있던 사람들이 그런 그의 모습을 더 지켜보지 못하고 고개를 돌린다.

나는 지니에게 물었다.

'지금 남은 인류의 숫자는 어떻게 되지?'

[40억이 채 되지 않습니다. 그리고… 다음 스테이지에서는더욱 줄어들겠지요.]

펄럭!

그녀의 말을 들으며 고개를 돌리니 때마침 펄럭이는 현수막이 시야에 들어온다.

그곳에는 이렇게 써 있었다.

－군사정권 때 불법 고문 당하고 40년 만에 무죄판결.
－눈물을 쏟던 밤에서 마침내 평안을 찾기까지.
－절망의 끝에서 희망을 찾는 이야기
－명월 스님 [행복한 대화] 선착순 무료 입장!
－매일 오후 2시 달라달라 문화센터
－(명월 스님은 다이아 랭크 정의봉의 소유자이십니다)

"……."

나는 자리에서 일어나 시간을 확인했다.

오후 5시 30분. 13레벨 중급 스테이지까지 고작 1시간 30분이 남아 있을 뿐이었다.

*　　　*　　　*

리콜을 이용해 알바트로스함으로 돌아간 후 워프 기능을 이용해 미국으로 이동했다.

"음메~"

"꼬꼬!!"

도착한 곳에는 어마어마한 규모의 가축들이 자리하고 있다.

약속했던 대로 물과 사료를 양껏 먹인 녀석들. 주변에 따로 대기하고 있는 사람은 없다. 미국 정부와 이야기해서 가축을 모아놓기로 약속한 장소였기 때문이다.

팟팟팟팟!!

가축들을 터치하며 지나간다. 가축들은 그대로 사라져 고유세계로 이동했다. 고유세계의 나는 지니가 지정해 주는 위치로 가축들을 보냈다. 녀석들은 도축되거나 축사로 이동해 고유세계에 고기와 가죽. 그리고 뼈를 제공할 것이다.

"그나저나 아바타 시리즈는 다 나눠 줬어?"

[고블린 1억 대. 헌터 3천만 대. 버서커 2천만 대 분배 완료했습니다.]

"작동률은?"

가축들을 고유세계로 보내며 묻자 지니가 답한다.

[현재까지 확인된 바로는 약 45%입니다.]

"생각보다 빠르네. 인재가 많아서인지 다들 절박해서인지는 모르겠지만."

[아직 버서커 8억 대가 남아 있는데 이건 나눠 주지 않아도 괜찮은 걸까요?]

"스테이지가 4렙이나 5렙이었다면 모르겠지만 13레벨이야. 막 뿌린다고 될 문제가 아니지."

어차피 스테이지를 클리어하지도 못할 무력이라면 줘봐야 의미가 없다. 남아돈다고 미친 듯이 뿌려봐야 사고만 터질 뿐일 테니.

재석은 뉴스에 나와서 자신이 스테이지에서 60년의 시간을 보냈다는 것을 밝히고 그 안에서의 경험과 장시간 버틸 수 있었던 노하우에 대해 담담하게 늘어놓았다.

그리고 나에게 받은 [아바타 시리즈]의 이름과 성능. 그리고 그것을 분배하는 과정에 대해 설명했다. 그 모든 과정을 일성의 인프라를 이용해 수행하리라는 것도.

효과는 엄청나서 단박에 다이아 랭크의 명예를 손에 넣었다고 한다.

"대전쟁 최고 점수는?"

[27만 4,000점입니다.]

"10만점 이상 인원은 어떻게 되지?"

[74명입니다.]

"멀었네……."

[아직 시간이 모자라겠지요. 스테이지를 진행하며 점점 많아질 겁니다.]

"그 스테이지를 진행할 수 있을지 없을지를 모르겠단 말이야. 아무리 아바타 시리즈를 조종한다 해도 시작이 13레벨이니."

나는 아바타 시리즈도 많이 풀었지만 조종기는 그것보다도 두 배 이상. 정확히는 5억 대나 풀었다. 그리고 이 조종기는 아바타 시리즈와 링크되지 않더라도 하나의 계정이 되어 알바트로스함의 시스템에 접속. 일종의 가상현실 게임기로서 작동하는 기능을 가지고 있다.

당연한 말이지만 그들이 해야 할 게임은 [대전쟁]이다.

'왠지 그립기까지 한 이름이구먼.'

만성 조종사 부족에 시달리고 있는 레온하르트 제국은 우주 곳곳에 조종사 육성 시뮬레이션을 뿌린 후 조종사의 자질을 가진 이가 그것을 플레이해 일정 점수 이상을 내면 찾아와 그들을 스카우트해 갔다.

참고로 대전쟁 랭킹 시스템에서 10만점 이상의 점수를 획득하게 되면 예비 조종사 자격을 얻을 수 있고.

50만 점 이상이면 숙련된 파일럿으로 취급하여 당장 기가스 탑승이 가능.

100만 점 인(人)급 이상의 기가스를 탈 수 있는 일류 파일럿으로.

1,000만 점 이상이면 성(星)급 이상의 기가스를 탈 수 있는, 기간트 마스터(Gigant Master)자질을 가진 파일럿으로 분류한다.

참고로 나는 12억 8,000만 점을 따는 바람에 해킹범으로 몰렸었다.

[그래도 인원이 꽤 나오는 편입니다. 정품 대전쟁과 달리 조종사로서의 재능, 그러니까 어빌리티 유무는 신경 쓰지 않고 오직 조종술만 보니까요.]

"아바타 시리즈는 기가스가 아니니까."

어빌리티는 가지고 있어도 작동시킬 수 없으니 시뮬레이션에서도 배제해 놓았다. 당장 그들이 신경 써야 할 것은 기가스의 조종법뿐이다.

팟! 팟!

계속해서 사라지는 가축들. 정신 놓고 집어넣다 보니 어느새 기의 다 사라진 상태다.

"그런데 이쯤 되면 너무 많은 거 아냐?"

아무리 내가 많이 먹는다지만 이미 고유세계의 규모는 어느 선을 넘어섰다. 내가 그냥 계속 먹기만 해도 다 못 먹을 수준에 도달한 건 물론이고, 이젠 그 안에서 생태계가 만들어질 정도인데 이 상태에서 설비들이 아닌 가축을 계속 넣는다니.

그러나 지니는 당연하다는 듯 답했다.

[확인을 위해서입니다.]

"확인?"

[그렇습니다. 신뢰도가 그리 높지는 않지만 역사에 남아 있는 고유세계의 전승에 따르면…….]

그때였다.

[특성 고유세계(Legend++++)가 랭크 업 합니다!]

[B랭크 → A랭크]

나는 고유세계의 규모가 한 차원 더 거대해지는 것을 느꼈다.

미친 듯이 팽창하는 사철의 소행성.

소행성의 중심부에서부터 쏟아진 엄청난 양의 사철에 소행성이 계속해서 부풀어 오른다. 구획별로 분류되어 있는 건물들이 폭풍을 만난 조각배처럼 출렁거린다.

그리고 잠시 후.

"와."

[오, 넓다. 이 정도면 알바트로스함도 들어올 수 있겠는데?]

"진입 중량 때문에 어림없지."

난 아레스의 어깨에 올라 고유세계를 한 바퀴 돌았다. 아레스가 비교적 빠른 속도로 비행을 했음에도 불구하고 한 바퀴 도는 데 상당한 시간이 걸렸다. 대부분이 이미 개발된 상태였던 고유세계가 다시 황량한 사철의 대지가 되었을 정도로 무지막지한 확장.

농담이 아니라 나라 한두 개는 집어넣을 수 있을 정도의 넓이다.

[역시 그렇군요.]

"역시라고?"

[네. 전승에 따르면 고대의 고유세계 소유자들은 많은 생물과 무생물을 고유세계에 진입시키는 것으로 고유세계를 성장시켰다고 합니다.]

"이게 정상적인 방법이라는 건가."

생각해 보면 지금까지 고유세계는 아레스의 영력을 소모하거나 내가 문을 열어서 영력을 각성시켰을 때만 성장했다. 당연한 말이지만 이게 정상적인 성장과정일 리는 없다. 그렇다면 고유세계는 일방적인 방식으로 성장이 불가능하다는 뜻이겠지.

[짐작하건대 무생물만 받아들이거나 생명체만 받아들이는 것만으로는 성장시킬 수 없는 것으로 보입니다. 만약 무생물만으로 가능했다면 벌써 최고 랭크를 찍었을 테니까요.]

"하긴."

내가 스테이지를 진행하면서 자판기에서 구매한 목재, 석재,

철광석의 규모는 그야말로 무지막지하다. 부족한 것이 있다면 당연히 진입시킨 생명체의 숫자일 것이다.

[함장님, 현재 시각 시간은 6시 30분입니다.]

13레벨 중급 스테이지까지 고작 30분이 남아 있다는 말.

"이제 와서 추가적인 가축을 구하긴 좀 그렇고… 차라리 이 기회에 물을 구해놓는 게 낫겠다."

나는 남아 있는 가축들을 모두 진입시킨 뒤 주변에 있는 강으로 다가갔다.

"잠깐 기다려."

쿠오오오오!

강에 몸을 담그고 고유세계와 연결하자 강물이 고유세계에 준비되어 있던 거대한 수조에 담기기 시작했다.

그런데 그 양이 상상을 초월한다.

"오."

한순간 푹 줄어드는 수량에 놀라 눈을 크게 떴다. 고유세계의 랭크가 올라갈수록 진입 중량의 증가량이 늘어난다는 걸 알고 있었지만, 그렇다 하더라도 상상 이상의 양이다.

잠시 후. 강물이 바닥을 드러냈을 때쯤 한계 중량까지 물을 받아들였다는 것을 알아차렸다.

"많이 먹고 많이 마시는 편이군."

"성장기다 보니."

갑자기 끼어드는 목소리에도 놀라지 않고 답했다. 그의 은신은 여기 처음 온 순간부터 알고 있었다.

모습을 드러낸 이는 구면이다. 물론 지인이라는 말은 아니다.

[어벤저스]

[15레벨]

[악멸(惡滅)사냥꾼 알렉스]

자신의 키만큼이나 거대한 대검을 메고 있는 건장한 체구의 서양인은 예전보다 높은 레벨, 그리고 늙은 얼굴을 하고 있다.

철컥!

알렉스는 등에 메고 있는 대검 대신 허리에 차고 있던 권총을 뽑아 나를 겨눴다.

파르르……

나를 겨누고 있는 총구가 흔들린다. 나는 그것이 그의 심적인 고뇌나 망설임 때문이 아니라는 것을 안다.

그는 분명히 방아쇠를 당기려고 했다.

그러나 그러지 못하고 있다.

그가 들고 있는 것은 저스티스 웨폰. 정의 무구라 불리는 저무기는 불의한 자가 아니면 공격할 수 없다는 특성을 가지고 있기 때문이다.

"어째서. 어째서 네가 불의하지 않을 수 있는 거지? 너는 수만이 넘는 사람을 학살한 살인마인데. 설마 정의는 살인이 별것 아닌 악업이라 생각하는 건가?"

납득이 가지 않는다는 표정에 나는 잠시 고민했다.

그러나 이제 와서 무슨 말을 조심하겠는가?

"알렉스, 당신은 채식주의자인가?"

"…무슨 말을 하는 거지?"

"대답해 봐."

"물론 고기를 좋아한다."

대답하면서도 이해가 가지 않는다는 표정에 나는 웃었다.

"그럼 소나 닭이 보기에 너는 무수한 동족을 죽여 집어삼킨 학살자겠군?"

"무슨 미친 소리… 설마?"

그가 순간 발끈했지만 금세 뭔가를 깨닫고 눈을 크게 치켜 뜬다.

나는 고개를 끄덕였다.

"그래. 답은 영격(靈格)이다."

나에게는 [정의]의 가호가 없다. 그러니까 정의의 무기. 저스티스 웨폰을 얻을 수 없다는 것.

그게 정의가 나를 싫어해서는 당연히 아니다.

그저, 업(業)의 작동 방식 때문이다.

'그러고 보면 저 녀석은 예전에도 나에게 따져 물었었지.'

"하지만 그래도 나는 묻고 싶다. 수천수만 명을 학살한 악인(惡人)이여."

"왜 꼭 그래야만 했지? 굳이 그들을 몰살시키지 않아도 충분한 힘을 가지고 있는 듯한데."

"그리고 왜 그런 학살을 저지른 너에게 조금의 악업도 쌓이지 않는단 말이냐?"

나에게는 단 하나의 문신도 없다. 코 역시 전혀 길어지지 않았다.

'사실 말이 안 되는 일이지.'

나는 이미 1,000만 명이 넘는 인간을 죽였다.

사람을 죽인 걸로 악업이 쌓인다면 그 누구도 감히 내 앞에 이름을 내밀지 못할 것이다. 그 어떤 연쇄 살인마도. 설사 히틀러가 와도 내 앞에서는 애송이일 뿐이겠지.

그러나 살충제를 뿌려 셀 수 없는 벌레들을 죽인 농부를 악인이라 할 수 있을까?

매일매일 땀 흘려 그물을 걷는 어부를 학살자라 할 수 있을까?

아니다.

업(業)이 쌓이는 기준은 도덕이 아니라 법칙이며, 그 법칙상 업은 대상과의 영격이 차이 나면 쌓이지도 깎이지도 않는다.

인간이 개미를 학살하고 치킨을 1년에 300마리씩 먹어도 지옥에 가지 않는다는 것이다.

"그런, 그런……. 설마 네가 인간 이상의 존재라는 말인가?"

"선천신족이라 부르지. 뭔가 대단하거나 훌륭한 존재는 아니야. 그냥 신의 핏줄을 타고났을 뿐이니까."

내 말에 알렉스는 믿기지 않는다는 표정을 지었다.

"그러니까 반인반신이라는 건가? 헤라클레스 같은?"

"옛날 옛적에 멸망한 올림포스 신족을 가져다 붙일 필요는 없어."

"…무슨 말이야. 마치 제우스가 정말로 있었다는……."

"됐고."

나는 버벅거리는 말을 끊어버리고 물었다.

"여긴 왜 온 거지? 이 시국에 그저 징징거리려고 온 건 아닌 것 같은데."

단호한 내 말에 잠시 머뭇거리던 알렉스가 말했다.

"지킴이분들의 접촉을 거절했다고 들었다."

"딱히 필요가 없으니까."

전에 민경이 찾아왔던 게 바로 그 지킴인가 하는 녀석들 때문이었지만 당연히 까버렸다. 용건도 안 알려주고 그저 '보자'라니 웃기는 녀석들 아닌가?

그런데 알렉스는 진지한 표정으로 말했다.

"미국에서 아크 프로젝트를 발동했다."

"그게 뭔데?"

"방주를 만들어 우주로 떠나는 계획이지. 극비 사항이지만… 지구를 벗어나면 스테이지에서도 벗어난다는 게 확인되었거든."

"오호."

모르던 정보에 휘파람을 분다. 이건 꽤 흥미로운 정보다. 최악의 상황이 되면 알바트로스함에 사람들을 태워 지구를 떠나는 것도 가능하다는 말이기 때문이다.

'물론 채우고 채워봐야 인류 전체에 비하면 극히 일부겠지만.'

"하지만 지금 이대로는 아크 프로젝트로 구원할 수 있는 인간은 극히 일부에 불과하다. 과학과 영능의 힘을 총집결한다 해도 시간이 너무 부족하니까."

"그래서?"

"아크 프로젝트의 진정한 완성을 위해서는 지킴이들의 도움이 필요한데 그들이 너의 방문을 조건으로 걸었거든. 다른 건 필요 없고 한번 찾아와 주기만 하면 된다고 한다."

"참으로 납득이 가는 이유네. 너무 납득이 가서 수상한 느낌 먼지만큼도 없다 그치?"

"……."

"게다가 좋게 말하고 있지만 결국 웃대가리들끼리만 도망가자는 말 아냐?"

비웃는 내 목소리에 알렉스가 이를 악문다.

"그럼 어떻게 한단 말이냐? 그 위대하고 위대하시던 대마법사님이 20레벨이었다고 하는데! 만일 이대로 스테이지가 20레벨까지 진행되면… 홀로 인류 전체와 대적할 수 있었던 대마법사님이 수십억은 있어야 클리어가 가능……."

"에이. 아무리 그래도 20레벨은 아니겠지. 지금 남은 흔적들만 봐도 20대 후반은 될 거 같은데."

"너! 인류가 멸망을 피하고자 하는 발버둥이 웃긴단 말이냐?"

발끈하는 그의 모습에 나는 다시 웃었다.

그리고 물었다.

"글쎄. 그런데 인류가 정말 멸망할까?"

"…뭐라고? 그게 무슨 뜻이지?"

흔들리는 그를 보며 나는 후안을 생각했다.

[내]가 핵폭탄을 투하해 인류를 멸망시키려고 했을 때 녀석은 그것을 막기 위해 찾아왔었다. 녀석이 정말로 인류를 사랑하는지는 알 수 없지만 인류 멸망이 녀석이 바라는 바가 아니라는 것은 분명하다.

이미 인류는 충분히 추려졌다.

녀석은 분명 움직일 것이다.

"너무 조바심 내지 말고 할 수 있는 만큼 해. 나도 최선을 다해볼 테니."

"잠깐! 대체 무슨 소……."

팟!

알렉스가 말을 채 끝내기도 전에 리콜을 발동시켜 알바트로스함으로 돌아온다. 이제 남은 시간은 고작 10분 남짓.

'그러고 보니 여기에서는 문제없이 스테이지 진입이 가능했었지. 아예 위성궤도에서도 벗어나야 스테이지에서 벗어나는 건가.'

그렇게 생각하며 식사를 마친 난 알바트로스함의 거주 구역을 통째로 밀어버리고 만들어놓은 거대한 공동의 중앙으로 향했다.

그곳에는 묵빛의 거인이 서 있다.

텅!

진동의 주입과 함께 나이트의 등이 열리고 조종석이 드러난다. 즉시 탑승한 후 라이트닝 하트를 일깨운다.

기이이잉————!

[라이트닝 하트 기동. 시스템 올 그린. 드래곤 나이트. 작동합니다.]

지니의 안내와 함께 한쪽 무릎을 꿇고 있던 거인이 몸을 일으킨다. 초기형에서 몇 번의 개량을 거쳐 완성된 중량 7.5톤. 신장 4.5미터의 수(獸)급 기가스.

카캉!

쇳소리와 함께 드래곤 나이트와는 비교도 안 되게 작은 기가스가 드래곤 나이트의 몸을 박차고 뛰어올라 어깨에 내려선다. 중량 3킬로그램. 길이 18센티미터의 수급 기가스.

'슬슬 인급으로 넘어가야 하는데. 어렵네. 설계도가 다 있는데도 안 되다니.'

그렇게 투덜거리고 있을 때.

그대로 13레벨 중급 시험이 시작되었다.

＊   ＊   ＊

―스테이지(Stage)가 오픈됩니다!

―레벨 13. 중급(中級)이 설정되었습니다.

―200시간 안에 악령나무를 파괴하십시오.

―10초 후 스테이지가 시작됩니다.

―10. 9. 8. 7…….

도착한 곳은 중세로 짐작되는 도시다. 중세라고는 하지만 전체적인 분위기가 그렇다는 것이지 지구의 중세와는 100만 광년은 떨어져 보이는 광경.

4~5층이 넘는 건물들과 그 두 배 이상 높이까지 치솟아 있는 첨탑(尖塔). 무기들을 잔뜩 늘어놓은 상점들과 도시 곳곳에 박혀 있는 기묘한 분위기의 토템들까지.

하지만 당장 내 눈에 들어오는 것은 그런 배경보다 텍스트 내용이다. 클리어 조건이 지금까지와는 달랐기 때문이다.

"설마… 이 미친놈이 또 업데이트를 한 건가?"

지금까지의 스테이지는 목표가 언제나 똑같았다. 중급 스테이지는 해당 레벨 5개체의 적. 상급 스테이지는 해당 레벨 10개체의 적과 그보다 1레벨 높은 보스를 잡는 방식이었던 것.

그러나 이제는 다르다.

"중급 주제에 시간을 200시간이나 주다니."

'지금부터 플레이 더 여유 있게 하세요. ^^' 같은 친절일 리는 절대 없으니 플레이 타임이 길어진다는 소리다. 바꿔 말하면 다회차 플레이가 더욱 힘들어진다는 말.

"게다가 몇 마리 잡으라는 말은 없고 악령나무 파괴만 있다… 적을 안 죽이는 플레이도 가능하다는 건가?"

그러나 느낌이 싸하다. 평소 하던 게임이 대대적으로 업데이트를 했다면 당연히 좋아했겠지만 이 종말 프로젝트는 무조건 최악의 방향으로만 업데이트를 해왔기 때문이다.

생각해 보니 열받는다.

"똥망겜 똥망겜 했더니 진짜 똥 같은 업데이트만 하네. 아니, 업데이트를 할 거면 장비나 아이템부터 업데이트해야 하는 거 아니냐? 얼탱이가 터져서 진짜."

자판기의 장비. 소비 아이템 등등은 사실상 10렙이 만렙이다. 1레벨 스테이지 이후로 목록에는 업데이트가 없는 상태.

　재료 아이템도 목재, 석재, 철광석, 마나석이 전부라서 미스릴이나 아다만티움 같은 레어 메탈은 구경도 못 하는 상황.

　직업 시스템도 별게 없다. 스테이지 전용 칭호 같은 것도 없다. 그나마 오우거 슬레이어 같은 건 있었지만 메탈 에일리언의 경우는 수억 마리를 죽여도 칭호가 없을 정도니 그야말로 유저 관련 시스템은 만들다 말았다는 느낌.

　그런데 그런 주제에 스테이지 난이도 관련해서는 저격 패치도 하고 대규모 업데이트도 한단 말인가?

　정말 이쯤 되면 죽으라고 고사를 지내는 수준이다.

　—크아아아앙——!

　"뭐, 뭐야?"

　심장을 죄어오는 포효에 놀라 몸을 숨긴다. 소리가 들려온 곳은 하늘.

　고개를 내밀어 하늘을 올려다본 나는 보이는 광경에 할 말을 잃었다.

　[종말 프로젝트]

　[19레벨]

　[망령룡 레플리]

"…19레벨?"

기가 차서 입만 쩍 벌렸다. 아니, 13레벨 스테이지에 왜 19레벨이 튀어나온단 말인가? 황당하기까지 한 일이었지만 게임 하루 이틀 하는 게 아니었던 난 금세 돌아가는 상황을 파악할 수 있었다.

"플레이 방식을 강제하는 용도로군."

스테이지를 클리어할 때 공략 따윈 전혀 없이 그냥 레벨빨로 플레이하는 경우가 많다. 대표적으로는 지킴이라는 녀석들이 그렇고, 나 역시 후반에 **뺑뺑이**를 돌 때에는 그런 식으로 했었지.

그러나 지금… 하늘에 저런 게 날아다닌다면 나타나는 적을 다 때려죽이며 일직선으로 맵을 돌파하는 짓거리는 할 수가 없게 된다. 저런 괴물의 시선을 끌었다가는 무슨 일이 벌어질지 모르기 때문이다.

[19레벨이라면 초월자 직전이라는 뜻이군요. 덩치로 보아 성룡인 것 같은데 초월지경이 아니라는 건… 죽게 되어 레벨이 다운되었다는 뜻이겠지요.]

레벨은 절대적인 것이 아니며 손상을 입으면 당연히 다운된다. 예를 들어 검사인데 팔이 하나 잘렸다든가, 마법사인데 마나홀이 파괴되었다든가 하면 지식과 경험이 있더라도 전투력과 역량은 떨어지게 마련이니까.

그렇다면 레벨을 다운시키는 손상 중 가장 심각한 것은 무엇일까?

'당연히 [죽음]이지.'

초월자라 하더라도 죽음은 죽음이다. 살아 있을 때에는 초월자라 하더라도 죽은 다음에는 초월자였던' 망자일 뿐이라는 것.

경복궁에서 중국 녀석들이 소환한 악령이 그런 케이스였다. 초월자였고, 또 초월의 힘을 일부 다루기는 하지만 그보다 훨씬 격 떨어지는 모습밖에 보여주지 못했지. 죽음마저 초월하기 위해서는 언터쳐블(상급 초월자, 40레벨)의 경지에 오르거나 아주 특수한 종류의 깨달음을 얻어야 하는 것이다.

끼아악!

잠시 분위기를 살피고 있는데 벽을 통과해 반투명한 무언가가 모습을 드러낸다.

[종말 프로젝트]

[5레벨]

[이름 모를 악령]

퍽!

경천칠색(驚天七色).

자(紫).

드래곤 나이트의 손가락이 악령의 몸을 가리키자 [닿지 않는 존재]까지 진동시키는 기예가 단박에 악령을 터뜨려 죽인다.

"레벨이 완전 뒤죽박죽이군… 그나저나 설마 악령도 나올 줄이야."

13레벨 하급 난이도에서 등장한 적은 키메라였기에 안심하고 있었는데 분위기를 보니 이번 스테이지의 컨셉은 [흑마법]인 모양. 이렇게 되면 경천칠색이 거의 힘을 못 쓴다.

"상성으로 꿀 빨 때는 좋았는데 이젠 반대인가."

경천칠색의 기예 중 비물질적인 적을 공격할 수단은 오직 자색뿐. 그나마도 최악의 상황을 피하기 위해 있는 체면치레 기술이기 때문에 효율이 극도로 떨어진다. 동렙의 악령이 나오기라도 하면 아무것도 못 하고 맞기만 해야 하는 게 경천칠색인 것이다.

"게다가 역상성인 건 아바타 시리즈도 마찬가지네."

프레데터는 어쩔 수 없는 문제다. 극도의 효율을 위한 메탈에일리언의 카운터 기체가 바로 프레데터였기 때문이다.

문제는 드래곤 나이트.

"시끄럽게 굴면 저 망령룡인가 하는 녀석이 와버리겠군. 지니, 은폐 모드로."

[은폐 모드 활성화. 압축 특성 활성화로 출력이 60%까지 감소합니다.]

묵빛이었던 드래곤 나이트의 장갑이 빛마저 빨아들이는 칠흑으로 변하고 4.5미터였던 신장 역시 압축되어 2.5미터까지 줄어든다.

이렇게 되어도 여전히 큰 덩치지만 고개를 숙이면 문을 열고 들어갈 정도는 된다.

"파밍부터 해야지."

나는 주변을 뒤져서 벽에 쓰여 있는 글자나 서적들. 그리고 쪽지들을 조사했다. 주변에 있는 집들을 죄다 뒤지다 보니 기묘한 점이 발견된다.

"어라? 건물들 구조가……."

"크워……."

"아, 꺼져봐."

어둠 속에서 몸을 일으키던 키메라의 머리통을 박살 낸 뒤 십여 미터 뒤로 이동해 전체적인 형태를 살핀다.

"그러네. 대칭이야. 근데 이건 너무 큰 그림 아닌가?"

나는 다시 건물들 안에 들어가서 엉망으로 흩어져 있는 내부 구조를 동일하게 맞추기 시작했다. 종종 나타나는 키메라나 악령들은 잡아 죽였다. 다행히 10렙 이상의 악령과는 아직 만나지 않았다.

그리고 잠시 후.

우우웅──!

대여섯 개의 건물을 돌아다니며 가구 구조를 재배열하자 건물들의 한가운데에 마법진이 생겨난다.

나는 거기에 근처 서적이나 쪽지들에서 발견한 문자들을 새겨 넣었다. 무슨 글자인지는 몰라도 서적과 쪽지들의 내용을 참고하니 순서는 대충 맞출 수 있었다.

윙!

마법진이 낮게 울더니 그 위로 황금으로 만들어진 거울이 떠오른다.

[···와. 잘 찾고 잘 푸네.]

가만히 보고 있던 아레스가 감탄한다.

"뭘, 이쯤이야 누구나 하지."

조금만 고민해 보면 누구나 알 수 있는 퍼즐이다. 나는 그걸 조금 빨리 찾을 뿐이지.

나는 구석에 박혀서 황금 거울을 조사했다. 별다른 특이점은 없어 보인다. 그저 거울 뒤편에 별 모양을 상징화한 문양이 10개 새겨져 있을 뿐이다.

"분위기를 보니 이게 주력 무기 같은데."

일단 챙기고 다시 파밍을 시작한다. 주변을 뒤지다 보니 가끔 잠겨 있는 자물쇠들이 있다.

자물쇠는 특이하게도 문자를 쓸 수 있게 만들어져 있고 그 위에도 문자가 쓰여 있다.

"아··· 그렇군. 말하자면 위쪽 문자는 비밀번호 찾기 질문이고 아래는 답변이야."

[하지만 모르는 언어잖아?]

"기다려··· 기다려 봐. 그래. 책들에 문자들이 있었지. 그래. 그것들 중에는 일기도 있었고 편지도 있었어. 그중에서 이 위쪽 질문에 해당하는 내용을 찾으면 답변도 알 수 있겠지······."

그러나 아직 스테이지 전체를 뒤지지 못한 만큼 내가 이 자물쇠의 답을 구하는 데 필요한 문서를 가지고 있다 장담할 수 없는 상황.

때문에 나는 문자들을 때려 맞히는 대신 내가 찾은 문서들의 칭호를 확인했다.

[종말 프로젝트]
[얀의 편지]

내용을 본다. 당연히 읽을 수 없는 문자. 때문에 나는 칭호를 분류하고 또 분류한 후, 그 내용과 문자들의 형태를 하나하나 비교해 문자의 뜻을 파악하기 시작했다.

머리가 팽팽 돌았지만, 못 할 정도는 아니다.

"샐… 리를… 처음 분양 받았던 날짜는?"

다행히 가지고 있는 문서 중에 답이 있었다. 어이없게도 날짜라고 해놓고는 숫자가 아니었다.

"참월이 첨탑 끝에 머물던 날."

철컥!

열쇠가 열린다.

[아니, 이게 말이 되나? 이렇게 해석을 한다고?]

[역시 함장님이시군요. 어떻게 이런.]

놀라는 아레스와 지니.

그런데 놀라는 건 녀석들뿐이 아니었다.

—7억 8,993만 5,521명이 당신에게 경탄합니다!

—정의 포인트가 45억 1,112만 3,324점 누적됩니다!

"응?"

영문을 알 수 없는 텍스트에 의문을 표할 때였다.

우웅—!

내 눈앞의 공간이 갈라지더니 화려한 디자인의 권총이 생겨
난다. 들여다보니 익숙한 디자인이다.

"저스티스 웨폰 아냐? 보석으로 치장된 걸 보니 다이아 랭크
인가?"

손을 뻗어 그것을 잡았다.

—당신은 다이아몬드(Diamond) 랭크(임시)입니다!
—정의의 요람에 접속합니다!
—8억 111만 4,851명이 당신을 시청 중입니다!

"아니, 이게 뭔 소리야. 날 보고 있다고? 그것도 이렇게 많은
사람이?"

기막혀 하면서도 생각했다.

'역시. 후안이 뭔가 했군.'

슬슬 그럴 타이밍이라고 생각하긴 했지만 역시나 전혀 예상
못 한 방향으로 일을 벌인 모양. 나는 상황 파악을 위해 일단
주변에 있는 창고에 들어가 문을 잠그고 몸을 숨겼다.

—히든 포인트에 들어서셨습니다! 히든 포인트에는 몬스터가 접근하
지 않습니다.

"음? 원래 그랬잖아. 왜 이걸 안내해 주지?"

난데없는 친절에 황당해했지만 새롭게 떠오른 텍스트가 그

이유를 알려준다.

　—히든 포인트 사용 시간 앞으로 6시간.
　—사용 시간을 모두 사용 시 12시간의 대기 시간 동안 히든 포인트가 작동하지 않습니다.

"아. 진짜. 개치사하게 구네. 이것도 건든다고?"
이번에는 종말 프로젝트의 간섭이다. 6시간마다 히든 포인트에서 나가야 한다면 히든 포인트에 숨어서 스테이지가 끝날 때까지 버티는 것도 불가능해진다. 이렇게 되면 2차 시험이라는 것 자체가 사라져 버리니 내가 늘 하던 공략 배포에도 의미가 없어지겠지.
스테이지를 간신히 1번만 클리어하던 인원들이 다들 공략 이용자라는 걸 생각해 보면, 실로 절망적인 패치다.
"그나저나 정의의 요람은 또 뭐야?"
손을 뻗어 눈앞에 떠오른 텍스트를 건들자 새로운 창이 떠오른다.

　—정의의 요람에 오신 것을 환영합니다.
　—당신의 정의 포인트 0점.
　—부여받은 정의 포인트 45억 1,112만 3,324점
　—(게시판 읽기), (플레이 시청)
　—현재 정의의 요람 접속자. 9억 3,321만 5,566명

"정의의 요람 접속자라. 스테이지 접속자면 고작 9억일 리 없는데."

스테이지는 전 인류를 대상으로 강제로 진행되는 시험이기 때문에 예외란 있을 수 없다. 미국에서 아크 프로젝트를 하는 것도 결국 지구를 벗어나서 스테이지에 안 끌려오려는 것 아닌가?

나는 게시판 읽기를 선택했다.

벌써 게시물이 몇 개 올라와 있다.

—여긴 뭔가요? +133(아람)

—플레이어분들에게 알립니다. +522(톰)

—지금까지 확인한 업데이트 내용 +1,222(쇠렌)

—철가면님! 철가면님! 너무 멋져요! 진짜 천재!!!! +888(라온)

게시물을 읽어본다. [지금까지 확인한 업데이트 내용]은 내가 이미 들어와서 눈치챈 정보들이었기에 별 영양가가 없었지만 [플레이어분들에게 알립니다.]라는 게시물에는 모르는 내용이 많았다.

—정의 무구를 지니신 분들은 알고 계시겠지만 정의와 불의의 천칭에서 조금이라도 정의 쪽에 기운 모든 사람들에게는 스테이지 진입 시 [선택지]가 떠올랐습니다. 그것은 스테이지를 진행할 것인지 아니면 요람에 입장할 것인지 묻는 내용이었고, 스테이지를 클리어할 자신이 없던 저는 요람으로 들어

왔습니다.

요람은 독립되어 있는 10평 정도의 공간입니다. 이곳에서는 스테이지를 진행 중인 플레이어의 모습을 시청할 수도, 게시판을 확인할 수도 있습니다. 혹은 그냥 잠을 잘 수도 있지요. 들어왔을 때 아주 기본적인 식사가 준비되어 있었는데 이게 정기적으로 주어지는 것인지는 아직 확인되지 않았습니다.

현재 스테이지에 들어가는 대신 요람에 입장한 인원은 9억 3,321만 5,566명입니다. 플레이어분들의 부담이 줄어들기를 기도합니다.

추신— 요람에 있는 사람들은 뒤늦게라도 스테이지에 진입할 수 있습니다. 플레이어들의 플레이를 보고 추가적으로 진입하는 인원들도 있을 수 있다고 생각합니다.

'즉, 스테이지가 시작하는 순간 사람들을 다른 차원으로 보내 스테이지에서 이탈시켰다는 말이군. 그리고 그들이 가진 정의 무구를 포인트로 만들어서 다른 사람을 지원하는 데 쓸 수 있다.'

나를 지켜보는 사람들이 있다는 건 좀 기분 나빴지만 꽤 괜찮은 방법이다. 당장 예비 사망자만 10억 명 가까이 줄었고 그들의 정의 포인트로 남은 플레이어를 지원할 수 있게 되었으니 그 효과는 엄청나리라.

"결국 지금도 사람들이 보고 있다는 말인데… 들리는지 안 들리는지 모르지만 정의 포인트인가 뭔가는 다른 사람한테 쏘세요. 나는."

확인이 끝났기에 다시 몸을 일으켜 창고를 나선다.

"그런 기 없어도 깨니까."

다시 공략 시작이다.

＊　　　＊　　　＊

골목을 빠져나가는 순간이었다.

퍽!

빛살 같은 속도로 뭔가가 어깨를 후려친다. 몸이 붕 뜰 정도로 강렬한 타격! 나는 일단 뒤로 구르면서 골목 안쪽으로 빠졌다.

"저격?!"

황당하게도 내 몸을 뒤덮고 있는 드래곤 나이트의 장갑이 조금의 방어도 해주지 못했다. 시커먼 무언가가 강철 장갑을 그냥 뚫고 들어온 것이다.

[탄종 확인! 사령탄(死靈彈)입니다! 영적인 손상에 대해 확인해 주십시오!]

"사령탄? 제길, 영적인 공격이라 갑주를 뚫고 들어온 건가."

다행히 영적인 손상을 걱정할 필요는 없다. 생체력으로 진화한 육신은 [모든] 속성에 저항하기 때문으로, 생체력 수련자인 난 사령탄에 영적인 손상 대신 물리적인 상처를 입었다.

[환부 압박을 완료했습니다. 잠시간 휴식해 주십시오.]

"기껏 만든 드래곤 나이트가 아무 도움도 안 되다니."

마음 같아서는 고유세계에 다시 넣어놓고 싶지만 물을 잔

뚝 집어넣은 직후 스테이지에 들어왔기에 질량 제한에 걸린다. 24시간이 지나야 넣을 수 있으리라.

'그나마 근력 보조 기능이 있으니까.'

그렇게 생각하는 순간 꿍음과 함께 한쪽에 있던 문이 박살난다. 주변에 있던 몬스터 중 하나가 사령탄에 맞아 바닥을 구른 내 인기척에 달려온 모양이다.

[오, 이게 누구야! 인간이로구나!]

"오, 이게 누구야. 소대가리구나."

[캬캬캬! 유쾌한 녀석이로구나!]

[종말 프로젝트]

[13레벨]

[상급 키메라 도알]

다행히 나타난 녀석은 키메라였다. 13레벨 하급에서 만났던 녀석과는 종류가 다르지만 수준은 동일한 녀석.

[참신하게 생겼네.]

[다리가 많군요.]

녀석은 특이하게도 인간의 것으로 보이는 다리를 8개나 달고 있었는데, 그걸로도 모자라 몸통은 벌레의, 머리는 소의 것을 달고 있다.

쿠과과!

녀석이 충돌하는 모든 것을 밀어버리며 돌진한다. 기묘하게 달린 8개의 다리는 언뜻 혼란스러워 보이는, 그럼에도 뭔가 규칙성을 가진 보법을 밟고 있다.

쿵!

피하지 않고 충돌한다. 드래곤 나이트의 왼손에 장착된 방패와 녀석의 뿔이 충돌하자 충격파가 폭발해 주변 건물들을 박살 낸다.

[켁!]

충돌의 순간, 이득을 본 건 당연히 내 쪽이다. 물리적 충격에 강한 경천칠색으로 충격을 흡수해 내고 미리 준비했던 청색이 녀석의 몸통을 후려친 것.

그러나 그 순간 키메라의 몸을 중심으로 새까만 기운이 터져 나온다.

"저주!"

[캬하하하! 눈치채 봐야 늦었다! 비명을 질러라! 절망의 노래를 불…….]

푸각.

뒤틀린 표정으로 소리를 지르던 녀석의 목이 그대로 떨어져 바닥을 구른다. 오른팔에서 튀어나왔던 초진동 블레이드가 다시 모습을 감춘다.

"좋아. 그래도 키메라는 잡기 쉬운 편이네. 방어력도 좀 떨어지는 편이고."

그러나 아무 문제가 없는 건 아니다.

내 몸 주위로 은은한 어둠이 휘돌기 시작한 것이다. 아레스가 경고했다.

[저주다. 상태를 확인해! 몸 상태는 어떻지? 정신은?]

"저주라."

나는 가지고 있던 거울을 들어 내 모습을 비췄다.

그리고 상태를 구체화해 저주를 확인했다.

—레플리의 어둠

저주가 폭발하는 순간 3초에서 15초 동안 상태 [극도의 공포]를 유발한다. 이후 몸 주위에 어둠이 맴돌게 되며 대상이 일정 밝기 이하의 장소에서 머물 시 힘을 얻어 대상에게 환각을 부여한다. 환각이 충분히 쌓이면 다시 [극도의 공포]가 발동한다.

1. 해제하기가 몹시 어려운 상급 저주.

2. 정상 상태의 인간이라면 자연 회복까지 12시간.

3. 또다시 공격당할 시 중첩되며 회복되는 데 걸리는 시간이 크게 증가한다.

"아 공포 유발 저주구먼. 멘탈 박살 용도네."

그러나 당연히 나에게는 아무런 영향도 끼치지 못한다. 나는 모든 정신계 이능에 면역이니 상급 저주건 말건 효과를 발휘할 수가 없는 것이다.

"뭐, 다행히 댓글 같은 건 없지만 시청자가 많다니 설명을 드리겠습니다. 제가 지금 당한 공격은 레플리의 어둠이라고 하는데……."

혼자 중얼중얼 저주에 대해 설명했다.

"물론 저는 멀쩡합니다. 극한의 정신력이면 이겨낼 수 있는 모양이네요. 하지만 아무나 되는 건 아니니 따라 하지 마시고 키메라가 돌진하기 전에 처리하세요."

정신계 이능 면역이라는 사실을 실명하기 힘들어서 대충 개소리로 뭉개고 주변을 살핀다.

"그나저나 저격이라."

나는 도시 곳곳에 위치한 첨탑들을 바라보았다. 주변의 다른 건물들보다 훨씬 높이 솟은 건물들 사이로 눈깔 비슷하게 생긴 키메라들이 보인다. 아마 저 녀석들이 저격수인 모양이다.

"첨탑의 숫자는 9개인가."

건물에 숨은 채 고개를 내밀어 도시의 구조를 파악할 때였다.

—크아아아앙——!

어디선가 날아온 망령룡 레플리가 도시 상공을 낮게 활공해 스쳐 지나간다. 나는 건물 사이에 숨어 그 모습을 지켜보았다. 지니가 말했다.

[143분 만입니다.]

"2시간 23분 만에 다시 등장. 쿨타임인지 지 맘대로 돌아다니는지는 차차 보도록 하죠."

그렇게 말하며 파밍을 이어나간다. 저격수의 사선(射線)을 신경 써야 했기에 조금 돌아가는 동선을 짜 움직인다.

파밍 결과는 간단하다.

"주력 무기는 거울. 거울을 충전시키는 데 보석이 소모되고… 보조 무기는 축복받은 단검이네."

거울에 파밍한 보석을 접촉시키면 거울 뒤에 있는 별 모양의 문양이 은은히 빛난다. 즉 보석을 10개까지 충전시킬 수 있다는 말이다.

단검은 8개 찾았는데 한 번 사용하면 축복이 다 소모되는 주제에 길이가 50센티에 가까워 소지가 불편한 종류. 나야 드래곤 나이트의 적재함에 넣으면 되니 상관없지만 다른 사람들은 바로바로 소모하지 않으면 짐이 될 것이다.

"그리고 음식은… 이거, 먹어도 되는 건가?"

나는 부엌에서 발견한 곰팡이 핀 빵과 물통을 보고 고개를 갸웃했다. 그나마 음식 비슷한 거라고는 이것뿐인데 상태가 너무 안 좋아 보인다.

"설마 이것도 패치된 건가. 그렇다면 해도 너무하는 건데."

혹시 몰라 드래곤 나이트의 적재함에 집어넣고 파밍을 계속한다.

철컥.

파밍한 열쇠로 자물쇠를 연다. 익숙한 파밍 과정.

그런데 보관함이 열리며 거기에서 검은 기운이 폭발했다.

쾅!

강렬한 충격이 내 전면부를 덮친다. 물리적 충격이었기에 드래곤 나이트의 장갑을 뚫지 못하고 흩어졌지만 이게 터졌다는 게 문제다.

"아니, 아무 복선 없이 보상 상자에서 함정이라고?"

심지어 진짜 문제는 그게 아니었다.

―아파!!! 아파!!!! 아파!!!!!

"아, 제길 올 게 왔네."

나는 땅을 박차 뒤로 몸을 날렸다.

[종말 프로젝트]

[13레벨]

[최상급 망령 썩은 손]

양손이 없는 희끄무레한 망령이 허공에 떠서 비명을 지른다.

"당장 공격할 생각도 안 하고 소리만 지른다? 어그로입니다. 당장 후려 패야 한다는 뜻이죠."

경천칠색(驚天七色).

자(紫).

드래곤 나이트의 주먹이 망령을 후려친다. 그러나 최상급 망령은 그저 온몸을 한 번 들썩였을 뿐 딱히 대미지를 먹은 것 같지 않다.

―아프다고!!

촤악!

텅 비어 있던 녀석의 양 손에서 탁기가 흘러나오더니 드래곤 나이트의 장갑을 뚫고 들어와 살점을 잡아 뜯는다. 심지어 그냥 부상도 아니고 상처에 흉흉한 기운이 감도는 게 느껴진다.

"일반 공격에 저주가 담겨 있습니다. 저항력이 모자라거나 저주가 중첩되면 상처가 썩어가겠네요."

다시 한번 자색을 이용해 적을 때려본다. 역시나 별다른 대미지가 들어가지 않는다.

'아, 이건 못 이기겠네.'

경천칠색은 물리력 특화 능력이고 그것은 드래곤 나이트도 마찬가지. 가급적 본신의 능력으로도 잡아보고 싶지만 그렇게 하려면 전투가 너무 길어지고, 전투가 길어지면 상황이 꼬여갈 게 뻔할 뻔 자.

그리고 안 되는 걸 알면서 들이대는 건 미련한 짓이다.

―꺄아아악!!

거울 안에 녀석의 모습을 비추자 비명과 함께 최상급 망령이 비틀거린다. 화살처럼 측면으로 돌아 다시 공격해 들어오는 망령. 그러나 그 앞에 기다리는 건 녀석을 비추는 거울이다.

―꺄아악!

같은 과정을 2번 더 반복하자 최상급 망령이 한 줌의 재로 화한다.

"최상급 망령이 고작 네 번 비췄다고 죽어버리다니."

스테이지에서 주는 주력 무기들이 대체로 그렇지만, 그야말로 개사기 아이템이다. 성물(聖物)이라고 불러도 부족함이 없으리라.

"황금 거울의 최대 충전은 10회에 최상급 망령을 잡으려면 4번 비춰야 합니다. 빗나갈 위험도 있으니 2마리와 붙는 상황은 절대적으로 회피하세요."

대충 그렇게 말한 다음 다시 움직이기 시작한다. 다시금 저격수들의 사선을 피해서……

"음?"

그러다 문득 생각한다.

"왜 거울이지?"

나는 금색으로 은은하게 빛나는 거울을 잠시 바라보았다. 그리고 그러다가 첨탑들을 바라보았다.

첨탑의 숫자는 9개.

"아하."

나는 좀 전에 쓰러뜨렸던 키메라를 한 손에 집어 들고 광장을 향해 달렸다. 가장 넓고 탁 트인 광장에는 오히려 골목보다도 더 몬스터가 없다.

"웃차!"

달려가다 골목을 벗어나기 직전 키메라의 사체를 집어 던진다. 키메라의 몸이 투포환처럼 날아간다.

퍼버버버벅!

키메라의 몸을 향해 지체 없이 날아드는 다섯 발의 사령탄! 나는 아직 허공에 떠서 날아가고 있는 키메라의 몸에 바짝 붙어 달렸다.

그리고 그런 나를 다시 사령탄들이 노렸다.

"재장전 1초 내외."

낮게 읊조리며 황금 거울을 잡아 들었다.

그리고.

파파파파팟!!

빛이 번뜩인다.

그리고⋯ 날아든 모든 사령탄이 반사되었다.

"오케이."

달리기를 멈추고 잠시 제자리에 서 있어본다. 그러나 더 이상의 사령탄은 날아오지 않았다. 바로 직전 사격으로 위치를 파악했던 눈깔 키메라 녀석들에게 사령탄을 되돌려 줬기 때문이다.

"역시. 거울에는 저주의 힘을 반사하는 능력이 있었어. 저격을 반사로 해결하라고 거울이 주어진 거라는 말!"

[그거 아닌 거 같은데.]

[애초에 어딜 노릴지 어떻게 아셨던 거죠? 음속을 훨씬 넘어섰는데⋯⋯.]

두 관제 인격이 기막혀 하는 순간이었다.

—10억 3,453만 8,829명이 당신에게 경탄합니다!

—정의 포인트가 55억 4,132만 8,924점 누적됩니다!

"아, 뭐야. 못 깰 것 같은 사람들한테 점수 주라니까."

혀를 찬다. 그나마 다행인 건 경탄과 정의 포인트 알림이 계속 날아드는 게 아니라 한 방에 몰아서 나온다는 점이다. 뭐만 하면 억대인 걸 보니 따로 분리해서 알렸다면 플레이에 지장이 생길 정도로 시끄럽게 알람이 울렸으리라.

그러다 문득 기묘한 사실을 깨닫는다.

"왜 인원이 늘었지?"

정의 요람의 총 인원이 9억인데 어떻게 10억 명이 감탄할 수가 있을까? 나는 허리에 차고 있던 권총에 손을 올렸다. 권총은 그사이에 또 모습이 변해 있다.

　—당신은 마스터(Master) 랭크(임시)입니다!
　—정의의 요람에 접속합니다!
　—11억 6,551만 1,441명이 당신을 시청 중입니다!

　역시나 시청 인원이 늘었다.

　—정의의 요람에 오신 것을 환영합니다.
　—당신의 정의 포인트 0점.
　—부여받은 정의 포인트 100억 5,245만 2,248점
　—(게시판 읽기), (플레이 시청), (코멘트 확인), (설정)
　—현재 정의의 요람 접속자. 9억 3,321만 5,566명
　—외부 접속자 4억 2,221만 5,521명

　"뭔가 자꾸 바뀌네. 실시간 업데이트도 아니고."
　코멘트 확인과 설정이 생겼고 외부 접속자라는 항목이 추가
되었다. 외부 접속자가 뭘 뜻하는지는 고민할 필요도 없다.
　'플레이어들이다.'
　아마 내가 아까 그랬던 것처럼 히든 포인트에 들어가 쉬고
있는 플레이어들이 정의 무구를 이용해 요람에 접속. 플레이
시청으로 나를 보고 있다는 뜻.
　나는 혹시나 해서 플레이 시청을 눌러보았다.

―1위. 철가면(11억 6,551만 1,441명 시청 중)

―2위. 아르트랑의 저격 플레이. 포인트 찾으며 진행 중.(1억 423만 3,442명 시청 중)

―3위. ☆쇠렌의 마법사 플레이! 마법사라면 참고!☆(9,911만 3,311명 시청 중)

순위는 10위까지였지만 어차피 1위 이하로는 시청자 수가 다 고만고만한 수준.

"아니, 나는 아이디건 방송 제목이건 정한 적도 없는데."

기막혀 하며 설정을 확인한다. 방 제목 변경을 비롯한 몇 가지 설정들이 보인다.

심지어 그중에는 [방송 중지]도 있다.

"자동으로 방송을 시킬 게 아니라 하고 싶은 사람만 방송을 시켜야지. 쯧."

투덜거리며 창을 꺼버린다. 한두 명도 아니고 11억 명이 방송을 보고 있는데 이제 와 꺼버리기도 애매했기 때문이다.

[그나저나 꽤 재미있어 보이네. 12레벨은 다 때려잡고 매크로만 돌려서 이런 플레이가 신선하다.]

'12레벨 때에도 공략 영상 찍을 때는 제대로 했거든?'

[나한테는 그게 수백 년 전이란다.]

'아, 그러네.'

잡담을 나누며 진행을 계속한다.

어려울 건 없다.

키메라는 직접 때려잡고 망령은 거울을 이용해 해결했다. 메탈 에일리언 때처럼 깽판을 치고 다닐 수는 없지만 어차피 [공략]을 할 거라면 상관없는 일이다. 나는 3레벨 대상으로 10레벨 이상의 스테이지 공략을 짰던 남자다.

'그 공략을 제대로 배운 녀석이 거의 없다는 게 문제라면 문제지.'

—최초 클리어!
—다음 전투를 시작하시겠습니까? 연속으로 적을 쓰러뜨릴 경우 클리어 숫자만큼 [사망 처리]가 취소됩니다. 스테이지 종료 시 취소되지 않은 [사망 처리]는 [확정]으로 변해 되돌릴 수 없습니다.

결국 별문제 없이 스테이지를 클리어하자 지금까지 본 적 없는 최초 클리어라는 문구가 날 반긴다. 아직 모든 유저들의 플레이가 끝나지 않았음에도 재도전이 가능한 것도 특이점.
이어서 새로운 텍스트가 떠오른다.

—7억 2,111만 4,782명이 당신에게 경탄합니다!
—정의 포인트가 11억 2,344만 1,122점 누적됩니다!

"아, 좀."
또다시 떠오르는 텍스트에 나는 그만 눈살을 찌푸리고 말았다. 경탄하는 인원수에 비해 포인트 비중이 줄어든 걸 보니 부여 포인트양을 줄인 듯했지만 그렇다 해도 억 단위다.
"그만 주라고."

왜 이렇게 말을 안 듣는지 모르겠다.

*　　　　*　　　　*

[30번부터 40번입니다.]

"고마워."

지니가 내 옆에 커다란 박스를 내려놓는다. 철컥. 하고 자동으로 열린 박스 안에는 날이 시퍼렇게 서 있는 단검 10개가 들어 있다.

지금까지 계속 그래 왔지만.

직업이 대장장이라고 내가 정말로 망치질을 할 이유는 없다. 내가 왜 대우주 시대에 망치를 들고 금속을 정련해야 한단 말인가? 금속에 대한 높은 속성력을 가진 나는 강철은 물론 미스릴 같은 레어 메탈조차 찰흙처럼 변형시킬 수 있는데.

때문에 검을 만드는 과정은 처음부터 끝까지 지니의 책임하에 이루어졌다. 인간이 아무리 열심히 망치질 해봐야 수백 수천 톤의 무게로 찍어내는 설비의 힘을 이겨낼 리 없고 아무리 섬세한 공정을 거쳐봐야 관제 인격이 주관하는 레이저 커팅과 CNC(Computer Numerical Control. 컴퓨터 수치제어)가공을 이겨낼 수는 없는 법이니까.

대신 나는 지니가 할 수 없는 과정, 즉 영적인 가공을 위해 오오라를 끌어올렸다.

평소에 사용하던 금속의 오오라가 아닌, 난폭한 전격의 오오라다.

파직!

검날의 길이가 고작 20센티에 불과해 어린아이라도 들고 휘두를 수 있는 단검에서 스파크가 튄다.

내 속성은 금(金)과 뇌(雷).

나는 검에 특성이 아닌 속성 그 자체를 부여했다. 금 속성으로 검날 그 자체를 그릇으로 만들고 그 안에 뇌 속성을 깃들게한 것이다.

파지직! 땅!

거센 소음과 함께 검신이 끊어져 두 쪽이 된다. 처참한 실패. 나는 깨진 단검을 옆에 있는 새로운 박스에 집어넣었다. 흔하디 흔한 강철이지만 스테이지에서 산 물건들이니 분리해 둬야 한다.

"재활용해 줘."

[같은 형태로 만들어 오겠습니다.]

"고마워."

파지직! 땅!

대답의 순간 새로운 단검이 박살 난다. 바로 바구니에 던져넣었다.

땅! 땅! 땅!

나는 같은 작업을 계속해서 반복했다. 외부 영력. 그러니까 나폴레옹의 영자력을 내 것처럼 쓸 수 있는 나에게 연습 기회는 무한한 것이나 다름없다.

노가다는 위대한 법.

어려운 기술이었지만 검을 160개 정도 깨먹고 나자 대충 감이 잡힌다.

팟!

지금까지와 다르게 단검 전체에 전격이 스며든다. 단검을 구성하는 강철 자체에 뇌전의 속성이 깃들어 성질 자체를 변화시킨 것.

사실상 특수한 철. 뇌철(雷鐵)이 만들어진 것이나 다름없다.

"그지 같은 자판기에 레어 메탈이 업데이트되지 않으니 만들어 쓰는 수밖에……."

키리릭!

단검의 검날을 쓱 문지르자 속성력이 발동해 검날에 음각으로 문자를 새긴다.

—라이트닝 블레이드. NO. 1

"이제 겨우 하나네."

사실 위력을 높이려면 더 큰 칼을 쓰는 게 효율적이지만 일단은 부무장을 목적으로 만든 물건이다. 사이즈가 작고 무게도 적게 나가는 편이니 여자나 아이들도 쓰기 편할 테고.

팟!

다시 100여 개 정도 깨먹고 나자 또다시 성공.

—라이트닝 블레이드. NO. 2

그다음엔 50개. 그다음엔 30개. 성공률이 점점 높아졌고, 익숙해지고 나니 최종적으로는 2개 중 한 개는 성공하는 수준에 도달했다.

그리고 그때쯤 지니가 나를 불렀다.

[함장님.]

"왔군."

나는 즉시 의식을 고유세계에서 현실로 돌려보냈다. 악령나무 옆에서 가부좌를 틀고 있던 육신이 번쩍 눈을 뜬다.

나는 눈을 뜨자마자 바로 악령나무를 후려쳤다.

콰직!

나무 주제에 뼈로 만든 갑주를 입고 있는 악령나무는 꽤 튼튼한 녀석이었지만, 결국 물리 세계에 존재하는 이상 파괴적인 진동의 힘을 견딜 수 없다.

—클리어!

—다음 전투를 시작하시겠습니까? 연속으로 적을 쓰러뜨릴 경우 클리어 숫자만큼 [사망 처리]가 취소됩니다. 스테이지 종료 시 취소되지 않은 [사망 처리]는 [확정]으로 변해 되돌릴 수 없습니다.

떠오르는 텍스트를 대충 넘기며 하늘을 올려다본다.

새까만 하늘 저 멀리에서부터 작은 점 하나가 점점 커지는 모습이 보인다.

—크아아아앙——!

그것은, 거대한 용이다. 살아 있는 생물체였던 주제에 30미터나 되는 아레스보다도 거대한 덩치. 날개를 쫙 펼치면 10~15층 정도 되는 아파트 한 동과 맞먹는 그 엄청난 사이즈는 적이 아니라 무슨 자연현상을 대하는 느낌이 들 정도로 경이적이다.

경천칠색(驚天七色).

남(藍).

가볍게 뛰어올랐다가 대지를 딛는 순간 무지막지한 폭음과 함께 대지가 흔들린다. 그것은 접촉하고 있는 물질에 광범위한 진동을 투사하는 기예. 사용하기에 따라 지진을 일으키거나 폭풍조차 불러올 수 있다.

쿠콰쾅!!!

주변에 있던 건물들이 죄다 무너지거나 박살 난다. 당연한 말이지만, 그런 내 행동은 망령룡 레플리의 어그로를 끌었다.

훅.

순간, 뭔가 빨려 들어가는 느낌이 들었다.

"뭐지?"

온몸을 바짝 긴장시킨 채 하늘을 올려다본다. 인간의 수준을 초월한 내 눈은 저 높은 하늘을 날고 있는 레플리의 고개가 나를 향해 돌아간 모습을 볼 수 있었다.

그리고 녀석의 입안에 모이기 시작한 새카만 기운도.

[함장님!]

"그래! 온다!"

이미 충분한 시간이 지나 드래곤 나이트는 고유세계로 보낸 상태. 비교적 가벼운 무장과 철가면으로 변신한 프레데터를 착용하고 있을 뿐인 난 마치 단거리 육상선수처럼 스타팅 포즈를 취한 채 타이밍을 쟀다.

그리고 아찔한 위기감에 온몸의 털이 바짝 일어나는 순간.

축적하고 있던 진동의 힘으로 바닥을 박찬다.

쾅!

뛴다. 아니, 거의 발사되었다고 해도 좋을 정도다. 고작 1초 만에 이동한 거리는 550미터 이상! 소총의 탄환보다는 느려도 권총의 탄환보다는 빠른 돌진은 내 인생 최고 속도를 경신했을 정도로 어마어마했지만.

그럼에도 쏜살같이 따라온 충격파가 등을 후려친다.

"컥?!"

세상이 빙글빙글 도는 걸 느끼며 몸을 둥글게 만다. 그리고 그대로 수백 미터는 더 날아가 건물 몇 개를 부수고 바닥에 처박혔다.

[괜찮으십니까?]

"허억… 허억… 으, 등이 다 익어버렸네."

투덜거리며 주위를 둘러보자 도시의 9분의 1 정도가 아주 박살이 나 있는 모습이 보인다. 온갖 건물들은 물론이고 스테이지의 [외곽]이라고 할 수 있는 성벽조차도 파괴되었다.

"좋아… 확인 완료. 역시 되는군. 그리고 레플리는?"

[브레스 한 발 뿜고 쿨하게 가는데?]

"그냥 보낼 수는 없지."

나는 품속에 넣어놨던 황금 거울을 꺼내 저 멀리 있는 레플리를 비추었다.

파직! 쨍!

황금 거울이 순간 크게 빛나는가 싶더니 쩍 하고 금이 가버린다. 황금 거울이 담아내기에 망령룡 레플리는 너무나 거대한 존재였던 것이다.

―크아아아앙――!

포효와 함께 사라지려던 레플리가 그대로 선회해 내 쪽으로 날아오기 시작한다.

"오 살벌해. 역시 공격을 당하면 브레스 뿜고 가는 게 아니라 조지러 오는구나."

거기까지 파악했으면 끝.

나는 즉시 말했다.

"스테이지 시작!"

―스테이지(Stage)가 오픈됩니다!

―레벨 13. 중급(中級)이 설정되었습니다.

―200시간 안에 악령나무를 파괴하십시오.

―10초 후 스테이지가 시작됩니다.

―10. 9. 8. 7……

날아오던 레플리가 사라지고 내 위치 역시 도시의 북문으로 이동된다. 뒤에 보이는 것은 굳게 닫힌 문. 악령나무가 자리 잡은 남문과 가장 먼 장소다.

"가능성이 보인다."

[무슨 가능성? 설마 저 망령룡 잡으려는 건 아니지?]

"당연히 아니지."

[그럼 딱히 더 목적이 없지 않아? 클리어는 이미 100번도 넘는데.]

의아해하는 녀석의 말에 웃었다.

"목적이 왜 없어."

가장 가까운 히든 포인트에 들어선다. 옥좌를 불러내 식사를 하고 권총 형태의 정의 무구를 소환해 정의의 요람에 접속하며 말했다.

"공략이 있지."

나는 게시판에 접속해 게시물을 하나 썼다.

—12시간 후에 1레벨도 클리어할 수 있는 13레벨 중급 공략 올릴 예정.(철가면)

내용도 작성했다.

—제목대로 12시간 후에 1레벨도 클리어할 수 있는 13레벨 중급 공략 올릴 예정입니다. 스테이지 완료하지 말고 대기하다가 시청하고 클리어하세요. 정의의 요람에 있는 분들도 가급적 나와서 스테이지 클리어하고 보상 챙기세요.

그럼 이만.

간단한 제목과 내용. 그러나 반응은 격렬하다. 그야말로 눈 깜빡할 사이에 코멘트가 수만 개 이상 달린 것이다.

―뭐임? 이거 진짜 철가면임?

―철가면 맞음! 지금 시청 중인데 게시물 작성하셨음!

―철가면님! 팬이에요! 와 게시물도 써주시고!

―아니, 근데 제목도 그렇고 이게 말이 되는 내용임? 13레벨 스테이지는 최하급 몬스터도 5렙이 넘는데 1레벨로 클리어하는 공략이 있을 수 있다고?

―철가면님, 세상 사람들은 당신과 다릅니다. 단지 스탯이 모자라서 클리어에 실패하는 게 아니에요.

―아무리 그래도 이건 말이 안 된다 진짜.

―여러분! 속지 말아야 합니다! 이자는 사탄의 앞잡이요 인류를 유혹하는 악의 화신입니다! 지금껏 이자가 해온 일들을 잘 살펴보면 수많은 상징과 음모를 깨달을 수 있습니다!

―윗놈 뭐야 미친놈인가? 뭘 잘 살펴봐 철가면님 덕분에 살아난 사람이 몇인데?

―철가면이 해온 일이 워낙 말이 안 되는 게 많긴 함. 사실 종말 프로젝트에서 만들어낸 NPC 같은 거 아님? 최후에 인간한테 더 큰 절망을 주기 위한 장치라든가.

―뭔 또라이 같은 소리야? 이런 미친 소리를 하는 놈들이 정의의 요람에는 어떻게 들어온 거야?

―철가면님! 사랑해요! 철가면님을 만나고 싶어요! 저는 23살에 이름은 크리스티나입니다! 그리고…….

―와 리플 달리는 속도가… 벌써 7만 개가 넘음. 일일이 읽어볼 수도 없는 수준인데?

나는 코멘트를 대충 훑어보다가 화면을 꺼버리고 다시 공략을 시작했다. 다른 건 필요 없다. 모든 건 레플리에 관한 것들.

그리고 나는 레플리에 대한 정보들을 몇 가지 확인할 수 있었다.

1. 레플리는 스테이지에서 소란을 인식하면 그 장소에 브레스를 뿜고 사라진다.

레플리는 공격 가능한 대상이지만 조금이라도 타격을 입을 시 즉시 그 존재를 찾아 추살한다.

레플리가 공격당하더라도 공격한 대상을 찾지 못하면 역시나 그 장소에 브레스만 뿜고 사라진다.

2. 레플리가 사라졌다가 다시 등장하는 데 걸리는 시간은 143분으로 고정. 스테이지를 관통해 지나가는 데에는 1분 4초가 걸린다.

"좋아. 혹시 모를 문제도 없군."

나는 만족스러워하며 스테이지의 시작 지점. 그러니까 북문에서 대기했다. 어느새 게시물을 올린 지 12시간이 지난 후.

나는 정의 무구에 손을 올렸다.

—당신은 마스터(Master) 랭크(임시)입니다!

—정의의 요람에 접속합니다!

—17억 2,345만 6,247명이 당신을 시청 중입니다!

"와. 17억?"

어이없게도 시청 인원은 그 와중에 더더욱 늘어 있다. 인류의 절반이 지금 나를 보고 있다 해도 과언이 아니리라.

"어떻게 이렇게 많은 사람들이 정의의 요람에 접속할 수가 있지? 죄다 정의 무구를 지니고 있을 수는 없을 텐… 아, 그렇군. 사람들한테 정의 포인트를 부여받으면 되는구먼."

정의의 요람에 접속하는 것 자체는 아이언 등급의 정의 무구만 가지고 있어도 가능하다. 즉 자신의 가족이나 지인들 중 누군가에게 정의 포인트를 선물받는다면 그걸로 정의의 요람에 접속할 수 있겠지.

"뭐 어쨌든 충분히 들어온 것 같으니 시작하겠습니다."

나는 늘 그랬듯 공략 방송을 시작했다.

"몬스터의 등장 위치는 랜덤이 아닙니다. 하늘에 달이 보이시죠? 저 멀리 보이는 지평선 위에 각도기가 있다고 생각하세요. 달이 10도 위치에 있을 때는…….."

설명을 하며 파밍을 한다.

"쓸데없는 생각 말고 외우세요. 아, 파밍 장소도 다 외우셔야 합니다. 황금 거울이 생겨나는 위치는 북문 근처 5개 장소에서 랜덤인데… 역시나 외우세요."

"제가 여기 문자 다 알아냈습니다. 지금부터 문자 뜻 적어드릴 테니까 외우세요. 이걸 외우셔야 최대한 덜 움직이고 파밍이 가능합니다."

"아! 이거 이렇게 하면 좀 더 간략하지 않을까? 같은 생각은 제발 때려치우고 그냥 외우세요."

"여기 지형은 이런 형태입니다. 이쪽으로 돌아갈 수 있고. 달이 20도, 혹은 60도, 그것도 놓쳤으면 150도에 이 위치로 들어가서야 합니다. 타이밍이 안 맞으면 기다리세요. 제한 시간 200시간이니 조급해하지 마세요. 조급해하다간 죽으니까."

"파밍하실 때 무조건 황금 거울로 비추면서 하셔야 합니다. 보상 상자 터지고 악령 튀어나오면 그냥 죽을 수 있거든요. 대신 악령이 상자 안에 있을 때 거울로 비추면 4번 비춰야 할 걸 1번 만에 해결할 수 있습니다."

"이건 외우세요."

"이것도 외우세요."

"외우세요. 그냥 외우시면 됩니다."

나는 파밍을 완료해 황금 거울을 어느 정도 충전한 뒤, 황금 거울을 북문에서 조금 떨어진 건물의 기울어진 처마에 눕혀놓았다. 당연하지만 거울은 그대로 하늘을 비추게 된다.

"자, 이렇게 하시고. 다시 북문으로 돌아오셔서 창고에 숨으세요."

공략은 어렵지 않다. 공략만 충분히 숙지하면 초등학생이라도 클리어할 수 있다.

"최종적으로, 거울을 제가 말한 위치에 눕혀놓고 축복받은 단검 3개 이상 가지고 계시면 됩니다."

거기까지 말했을 때였다.

─크아아아앙──!